BIOGRAFIAS — MEMÓRIAS — DIÁRIOS — CONFISSÕES
ROMANCE — CONTO — NOVELA — FOLCLORE
POESIA — HISTÓRIA

1. MINHA FORMAÇÃO — Joaquim Nabuco
2. WERTHER (Romance) — Goethe
3. O INGÊNUO — Voltaire
4. A PRINCESA DE BABILÔNIA — Voltaire
5. PAIS E FILHOS — Ivan Turgueniev
6. A VOZ DOS SINOS — Charles Dickens
7. ZADIG OU O DESTINO (História Oriental) — Voltaire
8. CÂNDIDO OU O OTIMISMO — Voltaire
9. OS FRUTOS DA TERRA — Knut Hamsun
10. FOME — Knut Hamsun
11. PAN — Knut Hamsun
12. UM VAGABUNDO TOCA EM SURDINA — Knut Hamsun
13. VITÓRIA — Knut Hamsun
14. A RAINHA DE SABÁ — Knut Hamsun
15. O BANQUETE — Mario de Andrade
16. CONTOS E NOVELAS — Voltaire

OS FRUTOS DA TERRA

Vol. 9

Capa
Cláudio Martins

Traduzido e anotado do
original norueguês por
Guttorm Hansen

Prefácio
Aluízio Medeiros

EDITORA ITATIAIA
BELO HORIZONTE
Rua São Geraldo, 53 — Floresta — Cep. 30150-070
Tel.: 3212-4600 — Fax: 3224-5151
e-mail: vilaricaeditora@uol.com.br
Home page: www.villarica.com.br

Knut Hamsun

OS FRUTOS
DA TERRA

EDITORA ITATIAIA
Belo Horizonte

Título do original Norueguês
MARKENS GROEDE

2004

Direitos de Propriedade Literária adquiridos pela
EDITORA ITATIAIA
Belo Horizonte

Impresso no Brasil
Printed in Brazil

ÍNDICE

Prefácio	9
Primeira Parte	13
Capítulo I	13
Capítulo II	19
Capítulo III	25
Capítulo IV	32
Capítulo V	40
Capítulo VI	47
Capítulo VII	57
Capítulo VIII	65
Capítulo IX	72
Capítulo X	80
Capítulo XI	87
Capítulo XII	93
Capítulo XIII	101
Capítulo XIV	109
Capítulo XV	119
Capítulo XVI	127
Capítulo XVII	137
Capítulo XVIII	147
Capítulo XIX	157
Segunda Parte	167
Capítulo I	167
Capítulo II	177
Capítulo III	198
Capítulo IV	210
Capítulo V	220
Capítulo VI	230
Capítulo VII	242
Capítulo VIII	250
Capítulo IX	261
Capítulo X	271
Capítulo XI	282

PREFÁCIO

Os conhecedores e estudiosos da figura literária de Knut Hamsun são acordes no considerar "Os Frutos da Terra" como o seu melhor romance. É assim que pensa, por exemplo, o crítico inglês W. W. Worster, para citar apenas um dos seus exegetas. Na verdade, lendo-se este romance, agora traduzido para o português, diretamente do original, não se pode chegar a outra conclusão.

Autor já conhecido do público brasileiro, conhecido e justamente admirado pela leitura de "Fome", "Vitória", "Pan", "Um Vagabundo Toca em Surdina", "E não Consegue Fugir", e "O Sonhador", Knut Hamsun revela em "Os Frutos da Terra" o máximo de seu poder criador e o pleno domínio da técnica do romance. Para atingir esse plano do conhecimento e do exercício da criação literária, o escritor norueguês serviu-se de uma larga e funda experiência de vida, pois estão indissoluvelmente ligados entre si a existência de Knut Hamsun e todos os romances, contos e novelas que ele escreveu.

Nascido em 1858, em Gudbrandsdalen, na Noruega, criança ainda Knut Hamsun mudou-se para Bodoe, onde trabalhou como aprendiz de sapateiro, durante alguns anos, lá nesse tempo custeava a publicação dos seus trabalhos juvenis com as economias feitas com dificuldade. Depois de mudar várias vezes de emprego, sempre se entregando a ocupações as mais humildes e várias, Knut Hamsun chegou a Cristiânia, onde pretendia estudar. Esse intento ele não conseguiu alcançar. Por duas vezes tentou a sorte na América do Norte, mas sem sucesso. E durante três anos trabalhou como pescador na Terra Nova.

Essa vida atribulada e ansiosa, enriquecida pela experiência, fornece ao escritor escandinavo o lastro mais profundo e múltiplo para os livros que escreverá ao longo dos anos de sua longa existência. A atenção dos críticos e leitores noruegueses foi despertada para Knut Hamsun, quando da publicação, em 1890, de "Fome", fato igualmente ocorrido no Brasil, por volta da década de 30, ocasião em que foi traduzido para a nossa língua o conhecido romance.

O livro faz uma análise percuciente das reações físicas e mentais do personagem principal, um jornalista que sofre privações durante semanas e semanas numa grande cidade. O romancista acompanha atentamente, chegando mesmo às fímbrias da impiedade, os menores gestos e

9

os mais recônditos pensamentos daquele homem que vagueia por todos os recantos de uma cidade metropolitana.

Knut Hamsun, provavelmente fazendo uso de suas vivências, faz com que o personagem, ao falar e agir irracionalmente, movido pela privação do alimento, se analise a si mesmo em suas esquisitices e acabe inquirindo-se: "Será isso sinal de loucura?"

Se em "Fome" Knut Hamsun é um romancista marcado pela dramaticidade, em "Pan" e "Vitória" é um lírico dos mais autênticos, ao contar histórias de amor que tomam a forma de conflitos espirituais, também assumindo contornos de uma batalha entre os sexos. E tal é a mestria de Knut Hamsun, ao construir uma aparentemente singela narrativa de dois seres que se amam, que um crítico como Otto Vleiningir, talvez num julgamento extremado, asseverou sobre "Pan" ser este "o romance mais bonito que já se escreveu".

O simples confronto entre "Fome" e "Pan" evidencia a complexa e polimorfa personalidade criativa de Knut Hamsun, que, perscrutando as mais díspares manifestações da alma humana, domava as sutilezas da arte literária, preparando-se para construir sua "obra monumental", como julgaram os que conferiram, em 1920, O Prêmio Nobel de Literatura a este seu romance "Os Frutos da Terra".

"Na realidade" — é assim que se manifesta o crítico inglês W. W. Worster —, "Os Frutos da Terra" muito se distancia dos primórdios da atividade literária de Knut Hamsun; está longe até dos livros de seu próprio período intermediário, que lhe deu fama. É a história da vida de um homem na terra inculta, o nascimento e crescimento gradativo de um lar, daquilo que une os homens, que surge como de uma semente lançada ao chão ainda virgem, ainda selvagem, tal como existe até hoje nos altiplanos noruegueses. É o poema épico da terra, a história de um microcosmo. Sua nota dominante é a da força paciente e da simplicidade; o esteio que o suporta é a aliança tácita, austera mas amorosa, entre a natureza e o homem que a enfrenta em pessoa, confiando nela e em si mesmo para seu sustento, para a satisfação que ela lhe dará, dependendo apenas de merecê-la. O homem moderno encara a natureza só por meio de intermediários ou sendo, ele mesmo, intermediário, através de outros ou para outros, e a intimidade se perde. Na terra agreste o contacto é direto e imediato; é do pé que se firma no solo, do contacto com o próprio chão, que emana a força. A história é épica em sua magnitude, em seu progresso calmo e constante, no seu ritmo estático e lento, na sua humanidade, vasta e íntima. O autor encara suas figuras com grande e tolerante simpatia, distante mas bondoso, como um deus. Dificilmente se poderia encontrar mais objetiva obra de ficção — sobretudo naquilo que se convencionou denominar "o neurastênico Norte".

História da vida simples de um pequeno agrupamento de camponeses isolados nos confins da Noruega, onde os dias e os anos, as estações e o tempo, desdobram-se isentos dos arrepios dos acontecimentos abruptos, nem por isso deixa de perpassar pelas páginas de "Os Frutos da Terra" um sopro de epopéia, nascido da luta permanente do homem com a terra para nela encontrar a fonte da própria vida. E é esse clima de grandeza brotado da simplicidade que caracteriza Isak, a figura central do romance, como um homem de caráter elevado, apesar de ser ele um camponês primitivo e quase selvagem. Dotado de uma extraordinária forca física e de uma obstinada vontade, Isak estava apto para criar uma comunidade humana onde habitavam apenas árvores e animais. Esta passagem, que é apenas um acontecimento acidental na vida de Isak, mostra a poderosa compleição física de que ele era dotado: "Certa vez, uma árvore que estava derrubando caiu-lhe em cima, quebrando-lhe uma orelha; não se aborreceu por tão pouco, ergueu a orelha, manteve-a no lugar, segurando-a dia e noite com o gorro, e ela tornou a soldar-se, a crescer". E é com essa altivez e com essa energia que Isak enfrenta todas as dificuldades que surgem na sua vida, todos os conflitos que desabrocham na sua convivência com a mulher, os filhos e com outros camponeses que habitam as cercanias de sua propriedade.

Conhecedor da terra norueguesa no seu conjunto e em suas nuanças, Knut Hamsun constrói uma unidade conflituosa entre a natureza e o homem, em nenhum instante vislumbrando-se no escritor uma atitude esquemática. Daí surge a variedade dos tipos psicológicos com os quais o leitor trava conhecimento na medida em que repontam as ocorrências da vida cotidiana. E há, nesse sentido, uma extraordinária riqueza espiritual nos diversos personagens que compõem a trama romanesca de "Os Frutos da Terra". Livro ímpar, por isso mesmo, esse, tanto no confronto que se faça com os outros romances de Knut Hamsun como numa comparação com livros semelhantes de outros escritores de renome universal.

Tal é a capacidade de fixador de tipos humanos no romancista norueguês, que até mesmo alguns lapões, passando pelo livro quais vagantes seres misteriosos, ficam retidos indelevelmente na memória do leitor. E isso por que Knut Hamsun sabe captar o típico existente em cada um dos seus personagens, ao mesmo tempo que é capaz de debruçar-se sobre a alma humana e com paciência analisar tudo o que possa existir nela de mais secreto. É assim que ele procede com Isak, Inger, Oline, Aksel, ou com personagens que vivem num plano secundário. Atitude idêntica tem o romancista para com o mundo natural que envolve aqueles camponeses, detendo-se na descrição dos primeiros sinais de uma estação que se anuncia, da estrada que surge onde outrora existia uma vereda, da terra que se mostra ávida em receber as sementes que se transformarão em frutos, nos "frutos da terra, que devem ser obtidos a qualquer preço, pois são a origem de tudo, são a fonte perene da vida". Que se prepare o leitor para conhecer essa "obra monumental" de Knut Hamsun — "Os Frutos da Terra".

ALUÍZIO MEDEIROS

PRIMEIRA PARTE

CAPÍTULO I

O longo caminho através de pantanais e florestas — quem o trilhou pela primeira vez? Foi o homem, foi um ser humano o primeiro a andar por ali. Não havia atalhos antes de sua vinda. Depois, um ou outro animal, seguindo as fracas pegadas por prados e paludes, foi calcando-as, tornando-as cada vez mais nítidas; um lapão solitário, indo de campo a campo para ver suas renas, percorreu a estreita senda. Foi assim que surgiu o caminho através do grande almenning[1], que a ninguém pertencia, da vasta terra sem dono.

O homem vem vindo; está de jornada para o norte. Carrega um saco — o primeiro saco — com provisões de boca e uns trastes miúdos. É um tipo robusto e grosseiro, de barba avermelhada, cor de ferrugem, as faces e as mãos marcadas por pequenas cicatrizes. Onde as teria arranjado? Seriam esses antigos ferimentos marcas de trabalho ou sinais de briga? Talvez seja um foragido, acabe de cumprir pena e ande ocultando-se; ou — quem sabe? — é um filósofo em busca de paz. Seja lá quem for, apontou por ali, figura humana naquela solidão imensa. O homem anda, anda sem parar. Por onde ele passa, há a grande mudez: nem pássaros, nem animais do mato rumorejam ao seu redor. De vez em quando fala sozinho, resmunga uma ou outra palavra para si mesmo. "É... Bem, bem. *Herregud*![2]" — diz ele.

Atravessa os charcos e chega a sítios mais aprazíveis, a uma clareira em plena floresta, onde arria o saco e sai a explorar os arredores. Volta, porém, logo depois, torna a pôr o saco às costas e continua a andar. Caminha o dia inteiro, vendo as horas pelo sol; a noite o pega, e ele estira-se entre as urzes, descansando a cabeça sobre o braço.

Dentro de algumas horas, ei-lo de novo a caminho. Eh, *Herregud*! Vai indo rumo ao norte, contando as horas pelo sol. Come uma broa de cevada com queijo de cabra, toma água no ribeiro, e continua a andar. Também esse dia vai-se inteirinho na jornada, pois são muitos os recantos bonitos na floresta que ele se detém a examinar. Que andará procurando aquele homem? Andará em busca de terra, de um pedaço de chão?

---

1. *Almenning* — Designação de vastos campos desabitados na Noruega setentrional, significando campos públicos, sem dono definido, propriedade comum do povo, de onde vem sua designação (*almen* = comum, geral, universal). N. do T.
2. *Herregud*! — Literalmente: Senhor Deus! No caso, trata-se de uma interjeição de uso corrente, sem qualquer significado mais profundo. — N. do T.

Talvez seja um emigrante dos distritos rurais; tem os olhos bem abertos, tudo espreita e tudo vê. Eis que sobe a uma elevação do terreno e olha ao redor. De novo o sol se põe.

Ele caminha agora no lado oeste de um vale coberto de florestas, onde, entre as coníferas, avultam árvores folhudas e aparece o chão revestido de relva. As horas avançam, vem o crepúsculo; mas chega-lhe aos ouvidos o tênue murmúrio de um ribeirão. O ruído da água corrente o anima como a voz de um ser vivo, amigo. Sobe ao topo de um outeiro e contempla o vale lá embaixo, imerso na penumbra, e, muito ao longe, o céu, que se estende para o sul. Deita-se para descansar.

Ao raiar o dia, vê a sua frente uma paisagem de florestas e pastos naturais. Desce o vale pelo declive verdejante; lá embaixo, o ribeirão lhe aparece de relance, e vê uma lebre atravessá-lo de um salto. Uma perdiz choca levanta-se de repente a seus pés, num agitado bater de asas, sibilando, enfurecida; o homem torna a menear a cabeça em sinal de assentimento: no lugar há caça de penas e de pele, o que é bom saber.

Anda entre moitas rasteiras de mirtilos e arandos[3], entremeadas de vincas e samambaias; detendo-se de vez em quando e cavando o solo com um pedaço de ferro, encontra ora terra humosa, ora turfa, solo feraz, fertilizado por folhas mortas e ramos decompostos caídos durante milênios. O homem afirma com meneios da cabeça que ali vai ficar, ora se vai, é ali mesmo. Durante dois dias inteiros percorre os arredores, mas regressa todas as tardes à mesma colina, onde dorme, à noite, numa cama de ramos. Já está ali como em sua casa, já possui uma cama de galhos ao abrigo de uma rocha inclinada.

O pior tinha sido encontrar o lugar, este lugar sem dono, só seu. Daí por diante os dias transcorreram repletos de trabalhos.

Começou desde logo a colher cascas de vidoeira[4] nas matas mais distantes, enquanto a seiva ainda circulava nas árvores. Comprimia e secava a casca, e, mal ajuntava uma boa carga, fazia toda aquela pernada de muitas milhas de volta à aldeia, onde vendia a casca para construções. De regresso à colina, vinha carregado de novos sacos, de provisões e ferramentas, farinha, toucinho, uma panela, uma cavadeira. Ia e vinha pelo atalho, sempre carregado. Era homem nascido para carregador de fardos, verdadeira gabarra humana atravessando a floresta; parecia gostar da profissão, de andar muito e carregar muito; como se a vida sem um fardo às costas não fosse vida de homem, não fosse para ele.

Certo dia, além da pesada carga costumeira, veio puxando duas cabras e um bode novo. Aquelas cabras lhe davam satisfação tão grande

---

3. *Mirtilos* e *arandos* — Arbustos baixos, pequeninos, da família das mirtáceas, de frutos comestíveis. — N. do T.
4. *Vidoeira* ou *bétula* — Arvore da família das betuláceas, cuja casca habitualmente é usada na Noruega, em zonas rurais, na cobertura das casas camponesas. — N. do T.

como se fossem vacas, e ele as tratava com carinho. O primeiro estranho, um lapão nômade, passou por ali; vendo as cabras, compreendeu desde logo que aquele homem viera para ficar e dirigiu-lhe a palavra:
— Vais morar aqui?
— Vou — disse o homem.
— Como é teu nome?
— Isak. Não sabes de alguma mulher que queira vir trabalhar para mim?
— Não. Mas vou perguntar por aí.
— É favor. Podes dizer que tenho animais e ninguém para os cuidar.
Então o homem chamava-se Isak. Também isso o lapão ia contar por aí, e ia dizer mais, que o homem lá no campo não era nenhum desertor, já que não ocultava o nome. Desertor, aquele? Não podia ser, pois bem depressa o teriam vindo pegar. Era um trabalhador, isto sim; um trabalhador infatigável que vivia atarefado, cortando forragem de inverno para suas cabras, desbravando terreno, destorroando os arais, tirando e ajuntando os calhaus, empilhando as pedras em cordão. No inverno deu por concluída sua morada: uma cabana de turfa, sólida e quente, que não seria abalada pelas tempestades nem devorada por incêndio. Naquela casa podia entrar, fechar a porta e ficar lá dentro; podia ficar de pé à soleira, como compete ao proprietário de uma casa, se alguém passasse por ali. Era dividida em duas partes; numa, morava ele e, na outra, os animais. No extremo da casa, no lado da parede de rocha, ficava o paiol de feno. Ali nada faltava.

Passaram mais dois lapões, pai e filho. Pararam, apoiando-se nos longos cajados com as duas mãos, olhando para a cabana e a terra lavrada, e ouvindo o tilintar das sinetas das cabras pela colina.
— Muito bom dia! — disseram eles. — Temos gente boa morando aqui agora.

Os lapões são uns bajuladores de marca.
— Sabeis de alguma mulher que queira vir trabalhar para mim? — respondeu Isak ao cumprimento.

Aquilo da mulher não lhe saía da cabeça.
— Mulher? Para trabalhar? Não, não sabemos. Mas podemos contar por aí...
— É favor. Eu tenho casa, terreno e criação, e não tenho mulher para ajudar. Dizei isso por aí.

Cada vez que estivera na aldeia com suas cargas de casca, procurara a mulher para o ajudar, mas sem resultado. As mulheres com quem falara, uma viúva, duas solteironas, tinham-no mirado bem, sem se atreverem, contudo, a prometer-lhe qualquer coisa; fosse lá por que fosse, haviam-se recusado a acompanhá-lo, Isak não sabia por que. Mas não saberia mesmo? Então podia ele imaginar que alguém quisesse vir trabalhar para um homem naquele fim de mundo, distante muitas milhas do povoado, a um dia inteiro de viagem da habitação mais próxima? E ele mesmo? Ele não era lá nenhum encanto, nem agradável de se olhar; pelo contrário; e quando falava não era um tenor com olhos voltados para o céu: lembrava antes um animal, com sua voz áspera e grosseira. O jeito era mesmo ir-se arranjando sozinho.

Durante o inverno fazia grandes gamelas de madeira, que vendia na aldeia; voltava através da neve, lombando sacos de comida e ferramentas; vivia dias penosos, sempre com um fardo às costas. Tinha criação e estava só para cuidar de tudo; não podia, pois, demorar-se muito tempo longe de casa. Que fazer? A necessidade é mãe da invenção. Exercitou o cérebro, forte e nada gasto, para realizações cada vez maiores. Sua primeira iniciativa foi soltar as cabras antes de sair, a fim de que elas se fartassem de pastar entre os ramos. Depois teve outra idéia. Pendurou uma vasilha de grande capacidade no ribeirão, colocando-a de maneira que nela caísse uma gota de água de cada vez, sendo necessárias quatorze horas para enchê-la. Cheia até as bordas, a vasilha inclinava-se, impelida pelo peso da água, e, ao fazê-lo, puxava um cordão ligado ao paiol; abria-se um alçapão, deixando cair três molhos de forragem; as cabras estavam alimentadas.

Assim ele resolvia os seus problemas.

Invenção bem engenhosa, talvez até idéia vinda de Deus. O homem era dos que se sabem arranjar. Seu invento funcionou direitinho até o meio do outono, quando caiu neve, depois chuva, depois neve outra vez, que nunca mais se acabava, o que naturalmente foi um verdadeiro desastre: a chuva enchia a vasilha e o alçapão abria-se antes da hora. Pôs uma tampa, e por mais algum tempo correu tudo bem. Mas com a chegada do inverno a gota de água congelou-se e o maquinismo parou de uma vez.

As cabras tiveram de aprender com o seu dono a passar mal. Eram tempos duros, o homem necessitava desesperadamente de alguém para ajudá-lo e ninguém aparecia; no entanto, não perdia a cabeça, continuava a trabalhar e a introduzir novas benfeitorias. Pôs na cabana uma janela com duas vidraças. Foi um grande dia em sua vida, claro e alegre; não precisava mais de fazer fogo para enxergar, podia ficar dentro de casa e trabalhar em suas gamelas de madeira à luz do sol. Eram dias mais risonhos, mais claros, *Herregud...*

Nunca lia um livro, mas os seus pensamentos muitas vezes procuravam Deus; nem podia deixar de ser assim, pois eram produto da ingenuidade e do temor. As estrelas lá no alto, o vento que sibilava nas frondes, a grande solidão e a neve imensa, a força da terra e o poder acima da terra levaram-no a meditar, tornavam-no muitas vezes grave e devoto. Era um pecador e temia a Deus; aos domingos lavava-se em respeito ao dia santo, mas trabalhava como sempre.

Na primavera lavrou seu pedaço de chão e plantou a batata. Seu rebanho aumentou; cada uma das cabras teve dois filhotes, eram agora sete ao todo, no pasto, entre grandes e pequenos. Aumentou o curral tendo em vista o futuro, e colocou também duas vidraças para os animais. Agora, sim, tudo estava mais claro, havia mais sol em toda parte. Finalmente, veio a ajuda de que tanto necessitava. Uma rapariga espigada, de olhos castanhos, apareceu por ali e ficou andando por muito tempo, de um lado para outro, pela colina, antes de atrever-se a chegar mais perto. Já era quase noite quando afinal se decidiu a fazê-lo. Era louçã e robusta, tinha mãos boas e rudes, as mãos de quem trabalha, calçava sapatos grosseiros como os dos lapões e trazia a tiracolo um embornal de couro de bezerro. Não era lá muito moça; mandava a cortesia que não se lhe dessem mais que trinta, mas trinta já tinha.

Por que estaria ela com medo? O caso é que, ao saudá-lo, apressou-se a dizer:

— Eu só ia atravessando as montanhas, por isso passei por aqui.

— Ah... — disse o homem.

Ele quase não a entendia, pois ela falava de um modo indistinto, e além disso virava o rosto para o lado.

— É... — disse ela — é uma boa caminhada...

— Isso é — respondeu ele. — Vais atravessar a serra?

— Vou.

— Que vais fazer lá?

— Minha gente mora lá.

— Ah, então tua gente mora lá? Como é teu nome?

— Inger. E o teu?

— Isak.

— Isak? Ah... Moras aqui?

— Moro, sim, como estás vendo.

— Não deve ser nada mau! — disse ela para lhe agradar. Ele, porém, com o tempo, tornara-se mais esperto e capaz de idéias próprias. Ocorreu-lhe que ela devia ter vindo de propósito, que sem dúvida saíra de casa havia três dias, e que o fim de sua jornada era ali mesmo. Talvez ela tivesse ouvido dizer que ele precisava de mulher para ajudá-lo.

— Entra um pouco e descansa os pés — disse ele.

Entraram na cabana e comeram um pouco da comida que ela trazia, com algum leite de cabra. Fizeram café do pó que ela trazia numa bexiga. Ficaram à vontade, tomando café até a hora de dormir. À noite, ele ficou deitado, desejando-a com avidez, e acabou por possuí-la.

Chegou a manhã e nada de ela ir-se embora. Continuou por ali o dia todo, ajudando; ordenhou as cabras e esfregou as panelas com areia fina, até deixá-las bem limpinhas. Nunca mais se foi embora. Chamava-se Inger, e ele Isak.

A vida do homem solitário mudou. É verdade que a mulher falava de um modo confuso e sempre virava o rosto para o lado por causa de seu lábio leporino, mas isso, afinal de contas, não era motivo de queixa. Se não fora aquela boca deformada, ela certamente jamais o teria procurado; o lábio leporino da moça fora a sorte dele, Isak. E ele mesmo, por acaso, não tinha defeitos? Isak, com a barba vermelha, com aquele corpo pesado e grosseiro, era como uma figura de homem vista através de uma falha na vidraça. Tinha uma expressão de meter medo, parecia que uma espécie de Barrabás ia surgir a cada momento. Era até de admirar que Inger não fugisse de lá.

Mas ela não fugiu. Sempre que ele, tendo-se afastado por mais tempo, voltava para casa, encontrava Inger na cabana; era como se ambas, a mulher e a cabana, se fundissem num único ser.

Era uma boca a mais para comer, mas valia a pena; ele podia sair mais à vontade, não tinha mais os passos tolhidos como dantes. Havia o rio, por exemplo: não era só um rio bonito, de aspecto agradável; era também profundo e caudaloso. E nem era tão pequeno, pois devia vir de algum grande lago lá pelas montanhas. Arranjou apetrechos de pescaria, tomou o caminho do rio e regressou à noitinha com um cesto cheio de trutas e salmões. Foi uma agradável surpresa para Inger, que o recebeu encantada. Não estava acostumada a coisas tão boas. Bateu as mãos de contentamento, exclamando: "Veja só, que beleza!"

Percebeu que ele apreciava seu elogio e que ficava todo desvanecido ao ouvi-la dizer mais palavras elogiosas, como quem nunca vira coisa tão bonita e nem compreendia como podia um homem ser capaz de tanto!

Também em outras coisas Inger fora um presente do céu. Não possuía inteligência muito viva, isso não, mas possuía duas ovelhas com cria em casa de uns parentes, e as foi buscar. Ovelhas com lã e cria, exatamente o que fazia mais falta! Eram quatro cabeças mais, a criação aumentava em grande escala, e era maravilhoso vê-la crescer. E Inger trouxe, além disso, roupas e miudezas que possuía, um espelho, um fio com bonitas contas de vidro, cardas e roca. Se ela continuasse desse jeito, dentro em pouco não haveria mais lugar na cabana. Isak naturalmente se comoveu ante tanta fartura, mas, homem de poucas falas, teve como sempre dificuldade em expressar o que sentia. A passos lentos foi até a soleira da porta, onde ficou olhando para o tempo, e no mesmo andar pesado voltou ao interior da cabana.

Ah, ele realmente tivera uma grande sorte e sentia-se cada vez mais apaixonado, ou atraído para ela, ou o que quer que fosse.

— Não devias trazer tanta coisa — disse finalmente.

— Pois ainda tenho mais, é só ir buscar. E tenho o meu tio Sivert. Já ouviste — falar nele?

— Não.

— Pois é um homem rico. É coletor do distrito.

O amor torna tolos os sábios. Isak quis mostrar-se magnânimo a seu modo, e excedeu-se.

— Sim, o que eu ia dizendo., não precisas mondar as batatas. Eu mesmo o farei, à noite, quando voltar.

Assim dizendo, tomou o machado e saiu para a mata. Pouco depois ela ouvia golpes de machado, não muito longe dali; pelo baque percebeu que ele derrubava árvores grandes. Ficou escutando por mais algum tempo, depois foi ao campo e pôs-se a mondar as batatas. O amor torna sábios os tolos.

Isak regressou à noitinha, arrastando enorme tronco por uma corda. Simples e inocente, Isak fazia todo o barulho possível com seu toro, bufava e tossia, para que ela saísse, viesse vê-lo e admirá-lo.

— Não estás doido, não? — exclamou ela, espantada, quando o viu. — Afinal não és mais que um homem!

Ele não respondeu. Não deu um pio. Ainda ia poder com um tronco de árvore, ora essa! Nem valia a pena falar nisso!

— E que vais fazer com esse pau? — perguntou ela.

— Isso vamos ver ainda... — respondeu ele, importante e desdenhoso.

Nisto, porém, viu que ela tratara o talhão de batatas, feito que a elevava quase ao nível dele, Isak. Não gostou daquilo; desatou a corda do tronco e saiu com ela.

— Que? Vais mais uma vez?

— Vou — respondeu ele, asperamente.

Voltou com mais um tronco, mas sem barulho e sem dar mostras de estar fora de fôlego. Como um boi, arrastou-o até a cabana, deitando-o no chão.

Muitos foram os paus que ele arrastou para junto da cabana, no decorrer do verão.

CAPÍTULO II

Certo dia, Inger pôs algumas provisões em sua bolsa de couro de bezerro.

— Vou dar um pulo até a casa de minha gente.

— Está bem — disse Isak.

— Preciso muito falar com minha gente.

Isak não a acompanhou e, logo ao vê-la sair, ficou indeciso por algum tempo. Quando por fim se encaminhou até a porta, sem aparentar a mínima ansiedade, sem negros pressentimentos, Inger estava prestes a desaparecer na fímbria da floresta.

— Eh! Tu vais voltar outra vez? — gritou ele.

Aquilo lhe escapara antes que o pudesse evitar.

— Se eu vou voltar? — respondeu ela. — Esta é boa! Claro que vou, ora essa!...

— Bem, bem.

Ele estava novamente só. *Herregud!* Com suas forças e sua vontade de trabalhar não podia ficar por ali à toa, olhando para ontem; tratou de fazer alguma coisa, arrumou os toros e pôs-se a aplainá-los de dois lados. Trabalhou nisso até o anoitecer, depois ordenhou as cabras e foi dormir.

A cabana estava triste e vazia. Pesado silêncio pairava entre as paredes de turfa e o chão de terra batida; ele sentiu-se atrozmente abandonado. A roca e as cardas estavam em seu lugar, as contas de vidro enfiadas na linha, bem guardadas numa bolsa sob o telhado; Inger nada levara consigo. Isak, porém, era tão simplório que chegou a ter medo do escuro, apesar de ser bem clara a noite estival, a ver coisas, formas passando furtivamente pelas janelas, o diabo. Quando, a julgar pela claridade, deviam ser umas duas horas da madrugada, não teve paciência de continuar deitado, levantou-se e quebrou o jejum com possante tigela de mingau. Com aquilo devia agüentar o dia inteiro, pois não queria perder mais tempo na cozinha. Até a noite preparou novo pedaço de chão para acrescentar ao talhão de batatas.

Passou três dias trabalhando alternadamente na madeira e na terra; imaginou que Inger deveria voltar no dia seguinte. Não seria demais ter peixe em casa quando ela chegasse. Assim mesmo, preferiu não ir ao rio pelo caminho direto, onde iria ao encontro dela se ela viesse; fez uma volta para chegar ao pesqueiro. Passou por regiões desconhecidas da montanha, onde havia rochas cinzentas, rochas castanhas e seixos tão pesados que poderiam ser de chumbo ou cobre. Aquelas pedras castanhas podiam até ser coisa de valor, talvez conter ouro ou prata; disso ele não entendia nem queria saber. Chegou à margem; era noite, nuvens de mosquitos esvoaçavam sobre a água, e os peixes picavam bem. Encheu o cabaz de trutas e salmões. Inger ia arregalar os olhos!

De manhã, voltou para casa, pelo mesmo caminho mais longo por onde viera, e teve a idéia de apanhar alguns dos seixos pesados, das rochas; eram de cor marrom, com pintas azul-escuras, e realmente muito pesados.

Inger não viera ainda, e nem veio naquele dia, o quarto desde que se fora. Ordenhou as cabras, como costumava fazer quando morava sozinho com elas e não tinha quem o ajudasse; depois foi à pedreira e trouxe ao quintal grandes montões de pedras escolhidas, para construir uma parede. Vivia atarefado, era um nunca acabar de planos.

Na quinta noite, ao deitar-se, já sentia certa inquietação; mas afinal de contas ali estavam a roca, as cardas e o calor. A mesma desolação na cabana. Não se ouvia o mais leve rumor. As horas foram passando intermináveis, e quando, finalmente, ouviu algo parecido com pesados passos lá fora, disse a si mesmo que apenas devia tê-la imaginado, que lá não havia nada. — "Ai-ai. *Herregud!*" — murmurou, desconsolado; e Isak não era dos que usam levianamente tais palavras. Nisto ouviu de novo os passos, e um instante depois viu, através da vidraça, passar alguma coisa, coisa viva com chifres. Ergueu-se de um salto, correu à porta e teve uma visão.

— Deus ou diabo! — murmurou Isak, que não costumava dizer tais palavras sem ter forte motivo. Viu uma vaca, Inger e uma vaca, que naquele momento desapareciam no estábulo.

Se ele ali não estivesse, ouvindo a voz de Inger que, no estábulo, falava de mansinho à vaca, não teria acreditado. Mas ele ali estava, vendo e ouvindo. Ocorreu-lhe de repente uma feia suspeita: mulher danada essa, não há outra igual. benza-a Deus! Mas assim também era demais! A roca e as cardas, vá lá; o colar também ainda passava, embora, de tão luxuoso, desse para desconfiar. Mas uma vaca, talvez recolhida na estrada ou num pasto! Passava da conta! O dono daria pela falta e não tardaria a descobrir-lhe o paradeiro.

Inger saiu do estábulo e, sorrindo, orgulhosa, disse:

— Não é nada. Sou eu, e trouxe minha vaca comigo.

— Ah... É? — respondeu Isak.

— Por isso demorei tanto. Subindo o morro, não podia andar mais depressa com ela, que está com cria.

— Então trouxeste uma vaca, hem?

— Trouxe — disse ela, envaidecida, não cabendo em si ante tanta fartura. — É sério, não estou brincando não — acrescentou, vendo-lhe os modos.

Isak temia o pior, mas conteve-se e desviou a conversa:

— Entra, vem comer alguma coisa.

— Que tal a vaca? Não é bonita?

— Muito bonita. Onde a foste arranjar? — disse Isak, esforçando-se por manter um tom indiferente.

— Chama-se Guldhorn[5]. Estás fazendo um muro aí? Para que? Tu te matas de tanto trabalhar, homem! Mas agora não fiques por aí e vem olhar a vaca!

Saíram, Isak em roupas de baixo, o que não fazia mal. Olhavam a vaca por todos os lados, examinando-lhe minuciosamente todos os sinais, a cabeça, a paleta, as ancas, a pelagem branca e vermelha, ligeiramente hirsuta.

— Que idade achas que ela tem? — perguntou Isak cautelosamente.

— Acho? Ora, eu sei que ela tem três anos e pouco. Eu mesma a criei, e todos diziam que era o mais lindo bezerro que já se tinha visto. Será que vamos ter forragem suficiente?

Isak começou a acreditar, pois para tanto estava inclinado, e declarou:

— Não seja esta a dúvida! Forragem nunca lhe faltará!

Entraram na casa, onde comeram, beberam e passaram alegremente as horas da noite. Depois, deitados, continuaram a falar na vaca, o grande acontecimento.

5. *Guldhorn* — Chifre de ouro. — N. do T.

— Não é uma vaca bonita? Está com a segunda cria. Chama-se Guldborn. Tu dormes, Isak?
— Não.
— Imagina, ela me reconheceu logo, e ontem me acompanhou como um cordeiro. A noite passada paramos por algum tempo no morro.
— Ah, sim...
— Assim mesmo vamos ter de amarrá-la durante o verão, pois é capaz de fugir. Vaca é vaca.
— Onde esteve ela antes? — perguntou Isak finalmente.
— Com a minha gente, que a criava. Nem queriam ficar sem ela, as crianças até choraram quando a levei.
Seria possível que Inger estivesse mentindo com tanta perfeição? Não: devia ser verdade; a vaca era mesmo sua. O sítio estava ficando rico, já tinham de tudo, e dentro em breve nada mais faltaria para uma quinta completa! Ah, essa Inger, quanto gostava dela, e ela dele! Simples e modestos, viviam no tempo do rei velho, viviam bem. — "Vamos dormir!" — pensavam, e iam dormir. Pela manhã despertavam para um novo dia, que raiava com novas penas, sem dúvida, mas trazia alentos também, horas de luta e horas de doçura, como é próprio da vida que passa.

Havia, por exemplo, as vigas que aparelhara; devia tentar montá-las? Nas suas idas à aldeia, Isak andara sempre com os olhos bem abertos, nada lhe escapara; aprendera, assim, a construir, e era capaz de erguer o madeiramento de uma casa. Além disso, bem ou mal, não era obrigado a fazê-lo? Seu quintal já tinha ovelhas, uma vaca, as cabras eram muitas e seriam mais dentro em pouco. O rebanho estava em ponto de arrebentar sua divisão da cabana, cumpria arranjar uma saída qualquer. O melhor era atacar o serviço logo de uma vez, enquanto as batatas ainda estavam em flor e a fenação ainda não começara. Inger teria de dar uma mão de vez em quando.

À noite, Isak despertou e levantou-se, enquanto Inger, após a longa caminhada, dormia como uma pedra; foi ao estábulo e dirigiu-se à vaca, afagou-a amavelmente, mas sem exagero, sem excessiva adulação. Reexaminou-a por todos os lados, à procura de algum sinal ou marca de proprietário estranho. Nada encontrou, porém, e voltou, aliviado.

Lá estavam as vigas. Ergueu-as e deitou-as, depois, sobre o muro, armando um quadro; fez um quadro grande, a sala, e um quadro pequeno, o quarto de dormir. Trabalho bem duro, aquele; absorveu-o tanto que se esqueceu do tempo. Começou a sair fumaça no buraco do telhado da cabana, e Inger apareceu, chamando-o para o primeiro almoço.
— Em que andas metido agora? — perguntou.
— E tu, já estás de pé? — retorquiu Isak.
Era o Isak de sempre, cheio de mistérios. Mas no fundo gostava que ela perguntasse, agradava-lhe vê-la curiosa, fazendo um cavalo de batalha de sua futura obra. Acabado o almoço, deixou-se ficar por algum tempo na cabana, demorou a sair, esperando, sabe Deus o que.

— Olha eu, uma coisa! Matando o tempo! — disse finalmente, erguendo-se. — Eu, com tanto que fazer!
— Estás construindo uma casa? — perguntou Inger. E acrescentou logo: — Não podes responder?
Condescendente, ele dignou-se afinal a responder, ele com toda sua importância, que construía e dava conta do recado, que era homem para tudo.
— Sim, estou construindo!
— Muito bem...
— Que queres que eu faça! Não há outro jeito! Tu me apareces com uma vaca inteira... Ela precisa de cocheira, não achas?
Pobre Inger, não podia ser tão inteligente como ele, como Isak, senhor da criação. Isso era antes de ela vir a conhecê-lo, antes de vir a fazer o verdadeiro juízo de seus modos.
— Que estás construindo? Não é o estábulo, é? — arriscou ela.
— Sei lá...
— Não te faças de tolo! Esperei que fosses construir casa para a gente!
— Acharias melhor, hem? — disse Isak com afetada expressão de surpresa, fingindo nunca ter tido, por si mesmo, idéia tão luminosa.
— Claro! a cabana ficaria para os animais.
Isak ponderou.
— De fato, acho que seria o melhor — disse, enfim.
—Estás vendo? — retrucou Inger, triunfante. — Eu também entendo do negócio!
— Sei disso. E que dizes de uma casa com sala e quarto?
— Sala e quarto? Uma casa como a de outra gente? Ah, se nós conseguíssemos isso!
Eles o conseguiram. Isak pôs mãos à obra, construindo, acertando caibros e montando o vigamento; fez também fogão, procurando pedras apropriadas, mas não foi tão bem sucedido neste trabalho. Isak nem sempre estava satisfeito consigo mesmo. Chegou o tempo da fenação e ele teve de abandonar sua obra e percorrer as encostas, cortando capim, enfeixando o feno e carregando-o ao paiol em enormes fardos. Veio um dia chuvoso e Isak disse que tinha de descer à aldeia.
— Que vais fazer lá?
— Não sei com certeza...
Ficou dois dias fora de casa, e voltou carregando um fogão.
A gabarra vinha bufando através da floresta com todo um fogão às costas.
— Se tu não és doido! — exclamou Inger.
Isak, porém, demoliu o fogão de pedra, que ficava tão mal na nova casa, e colocou em seu lugar um fogão de ferro.
— Não é qualquer um que tem um fogão assim — disse Inger. — É maravilhoso! Isso sim!
A fenação continuou, Isak recolheu enormes reservas de feno; o capim que dá na mata não é o mesmo que o dos prados, é infelizmente

muito mais pobre, sendo pois necessárias maiores quantidades. Só restavam os dias de chuva para trabalhar na construção. A obra progredia muito lentamente, e pelo fim de agosto, quando todo o feno se achava seguramente ensilado sob o abrigo de rocha, a casa nova estava pela metade. Chegou o mês de setembro, e Isak declarou um dia que assim não podia continuar.

— Isso não tem jeito — disse ele a Inger. — Será bom dares um pulo à aldeia e ajustares um homem para vir trabalhar.

Inger, coitada, ultimamente não andava em condições ideais de dar muitos pulos, mas assim mesmo aprontou-se para ir.

Mas de um momento para outro o homem mudou de idéia; encheu-se de orgulho e de novo resolveu fazer tudo sozinho.

— Isso não é coisa para ir amolar outra gente — disse. Eu sozinho dou conta do recado.

— Não, isso é demais para ti, vais te matar!

— É só me ajudares a suspender esses caibros.

Quando o mês de outubro chegou, Inger declarou que não podia mais. Isso foi grande prejuízo; as vigotas tinham a todo custo de ser colocadas, para poder-se ter a casa coberta antes das chuvas de outono, e não havia tempo a perder. Que haveria com Inger? Estaria doente? De vez em quando fazia queijo de cabra, mas a não ser isso limitava-se a ir muitas vezes por dia ao pasto, para mudar Guldhorn de lugar.

— A próxima vez que fores à aldeia — disse ela —, traze um grande cesto, ou caixa, ou coisa parecida.

— Para que? — perguntou Isak.

— Preciso de uma coisa assim — respondeu Inger.

Isak suspendeu os caibros por meio de uma corda, Inger empurrando-os com uma das mãos; dir-se-ia que só a presença da mulher já era uma ajuda. O moroso trabalho progredia aos poucos; o telhado não era alto, mas as vigas eram gigantescas para casa tão pequena.

O outono ainda se manteve bonito por algum tempo. Inger recolheu sozinha as batatas, e Isak conseguiu terminar o telhado da casa antes de as chuvas começarem seriamente. Na cabana, as cabras já eram mudadas à noite para o compartimento da gente, que se arranjava de um jeito ou de outro, assim como tudo se arranja, sem lamúrias.

Isak dispunha-se a ir à aldeia. Inger repetiu seu humilde pedido.

— Traze o grande cesto ou caixa que eu pedi!

— Encomendei umas janelas com vidraça e duas portas pintadas. Vou buscá-Ias — disse ele com ares de superioridade.

— Sei, sei. Então deixa a cesta...

— Para que precisas de uma cesta?

— Para que? Oh, céus, homem, não tens olhos? Não enxergas?

Isak saiu, mergulhado em cismas. Dois dias mais tarde voltou, trazendo uma janela e uma porta para a sala e uma porta para o quarto; trazia também, na frente, pendurada ao pescoço, a caixa para Inger, e dentro da caixa várias provisões.

— Tu acabas te matando de tanto carregar! — exclamou Inger.
— Eu? Eu é que não morro por tão pouco!
Na realidade, bem longe estava ele de morrer. Tirou do bolso um vidro de nafta e deu-o a Inger, recomendando que o usasse assiduamente, para sarar. Orgulhava-se das janelas e portas pintadas, e logo começou a lidar para colocá-las. Eram portas pequenas, sim, e de segunda mão; mas bem pintadas, de vermelho e branco, pareciam novas e davam à casa um aspecto tão festivo como figuras na parede.

Mudaram-se para a casa nova, e os animais foram colocados na cabana de turfa; uma ovelha com cria foi deixada com Guldhorn, para que esta não ficasse tão só.

Progredira bem, aquela gente que começara a vida num campo ermo. Realizara verdadeiro milagre.

CAPÍTULO III

Isak trabalhou no campo, destocando e tirando pedras, preparando a terra para o ano vindouro. Quando o chão congelou, embrenhou-se na mata e cortou muitos estéreos de lenha.

— Que vais fazer com tanta lenha? — perguntava Inger.

— Ainda não sei ao certo — respondia Isak, mas sabia-o muito bem. Ali a densa e antiga floresta virgem chegava até perto das casas, barrando a expansão dos campos e pastos; além disso, pretendia, de um modo ou de outro, levar a lenha à aldeia, onde no inverno facilmente a venderia. Certo da excelência de sua idéia, Isak atirou-se com afinco à derrubada e ao corte. Inger vinha muitas vezes vê-lo trabalhar; ele fingia indiferença, fazia como se não fossem absolutamente necessárias aquelas vindas; ela, porém, compreendia perfeitamente que o ajudava, procurando-o durante o trabalho. Às vezes trocavam umas poucas palavras:

— Tu não tens mais que fazer senão vir aqui e desgraçar-te com o frio? — dizia Isak.

— Não sinto frio... respondia Inger. — Tu arruínas a saúde desse jeito, isso sim!

— Veste o meu casaco que ali está! Agora mesmo!

— Tomara ter eu tempo para bobagens! Logo agora que Guldhorn está em vias de parir...

— Que dizes? Guldhorn vai parir?

— Então não sabes? E que achas, vamos criar o bezerro?

— Aí nada posso dizer. Faze como achares melhor.

— Bem, o que sei é que não podemos matar o bezerro para comer. Nunca iríamos ter mais do que uma vaca.

— E nem ia me passar pela cabeça que tu quisesses matar o bezerro! — disse Isak.

Embora feios e grosseiros, naquele ermo os dois eram uma bênção um para o outro, para os animais e para a terra.

Guldhorn deu cria. Foi um grande dia no rincão, foi verdadeira providência e felicidade. Guldhorn foi tratada com farelo, e o próprio Isak, apesar de tê-lo carregado às costas da aldeia até lá, dizia: — "Nada de mesquinharia com o farelo!" Era uma bonita bezerra, um amor de vitelinha, de flancos vermelhos, engraçadinha, espantada com o milagre pelo qual acabava de passar.

Dentro de alguns anos também ela seria mãe de outros bezerros.

— Isso vai dar uma vaca bonita — disse Inger. — O que não sei é que nome lhe vamos dar.

Inger era infantil e tudo menos sagaz em coisas assim.

— Que nome? É o de menos — retrucou Isak. — Queres nome mais acertado do que *Solvhorn* [6]?

Caiu a primeira neve. Assim que o caminho ficou transitável, Isak tomou o caminho da aldeia, como sempre cheio de mistério, esquivando-se a explicar a Inger ao que ia. Voltou com a maior de todas as surpresas: um cavalo e um trenó!

— Tu estás é com mofa — disse Inger. — Não vais me dizer que roubaste esse cavalo?

— Eu! Roubar cavalos?

— Quer dizer que o achaste?

Com que vontade teria ele dito: "Meu cavalo, nosso cavalo!"

Mas a verdade era que apenas o tomara emprestado por certo prazo, para carregar lenha.

Isak levou seus estéreos de lenha à aldeia e trouxe para casa provisões, farinha e arenques. Certa vez voltou com um novilho; fora uma pechincha, graças à falta de forragem que começava a reinar na aldeia. Era um garrotinho magro e esmolambado, mas bem construído, e com boa forragem não tardaria a melhorar.

— Tu me vens com tanta coisa! — disse Inger.

Sim, Isak vinha com muita coisa. Veio um dia com uma carga de pranchas e uma serra que obtivera em troca da madeira; trouxe uma pedra de afiar, um ferro de fazer filhós e utensílios diversos, tudo em troca de lenha. Inger não cabia em si ante tanta riqueza.

— Que? Tu ainda vens com mais novidades? — dizia ela sempre de novo. — Já temos gado e tudo quanto se possa imaginar!

Até que um dia Isak respondeu:

— Se queres saber, agora não virei com mais nada.

Tinham com que viver por muito tempo, eram gente remediada. Que faria na próxima primavera? Isak pensara nisso o tempo todo, quan-

---

6. *Sotvhorn* — Chifre de prata. — N. do T.

do, no inverno, marchara centenas de vezes atrás de suas cargas de lenha: iria desbravar mais chão pelas encostas, lavrá-lo e deixar a lenha cortada secando durante o verão; quando o inverno viesse de novo e a neve cobrisse os caminhos, permitindo o tráfego do trenó, teria cargas duplas para levar à aldeia. Era um cálculo sem falhas que iria dar certo. Mas também em outra coisa Isak pensara, quando, centenas de vezes, fizera a caminhada de ida e volta: pensava em *Guldhorn*. De onde teria ela vindo, quem teria sido seu dono antes? Não havia outra mulher como Inger; moça doida, deixava-lhe fazer tudo que queria com ela, e estava satisfeita... Mas poderia aparecer alguém um dia, em busca de *Guldhorn*, para levá-la na corda, e sabe Deus, que aconteceria depois! — "Tu roubaste este cavalo, ou o achaste?" — Inger havia dito. Fora sua primeira idéia. Não lhe ocorrera outra coisa ao vê-lo com o animal, senão que ele simplesmente o tivesse pegado, vendo-o solto, isto é, que o tivesse roubado. Logo, como poderia dizer se ela mesma merecia confiança? Que deveria ele fazer? Em tudo isso pensara muitas vezes. E ele mesmo hava trazido um boi para a vaca — para uma vaca roubada, talvez!

Havia, ainda, o negócio do cavalo que ele teria de devolver. Era pena, pois o bicho era dócil e já gostava muito dele.

— Já assim tu fizeste verdadeiros milagres — disse Inger, consolando-o.

— Mas justamente agora, que a primavera está aí, eu podia precisar tanto de um cavalo!

Pela manhã, pôs-se a caminho com a última carga de lenha e esteve fora até o terceiro dia. Voltou a pé, meditando pelo caminho; ao abeirar-se da casa, ouviu um estranho ruído lá dentro. Não atinava com o que seria e deteve-se a escutar. Era choro de criança — Herregud! Era mesmo, não havia dúvida! Coisa espantosa e estranha. E Inger, que nada lhe dissera!

Entrou, e a primeira coisa que viu foi a caixa, a famosa caixa que ele trouxera para casa pendurada ao pescoço, e que agora pendia por duas cordas de uma viga do telhado, servindo de berço e cama para a criança. Inger andava por ali, atarefada, apenas ligeiramente vestida, e até já ordenhara a vaca e as cabras.

Quando a criança ficou quieta, Isak perguntou:
— Já passou tudo?
— Já. Tudo passou.
— Bem...
— Foi à noitinha, depois que tu saíste.
— Sei...
— Eu quis ainda me despir e pendurar a caixa vazia, para ter tudo à mão, mas nem isso pude fazer, pois comecei a sentir dores.
— Por que não me avisaste?

— E eu podia saber exatamente quando seria? É um menino.
— Ah, é menino!
— Tomara que a gente pudesse atinar com um nome para ele! — disse Inger.

Isak espiou o pequeno rosto avermelhado; era bem feito, sem lábio leporino, com espessa camada de cabelos na cabeça. Um bonito rapazinho, para a sua classe e posição, dentro de uma caixa. Isak teve uma esquisita sensação de fraqueza. O homem bruto presenciava um milagre, algo de maravilhoso originado no mistério que envolve as coisas sagradas, e que surgia agora para a vida, com um rosto pequenino que era como uma alegria; Passariam os dias e anos, e o milagre transformar-se-ia num homem.

—Venha comer agora — disse Inger.

Isak desbrava a mata e corta lenha. Progride em seu trabalho, possui uma serra, e enormes pilhas de lenha vão-se formando; vai arrumando os estéreos e faz uma rua, uma cidade inteira de montes de lenha. Inger, agora mais presa à casa, não, pode como antes estar com ele durante o trabalho; em vez disso Isak é que dá uma fugida de vez em quando, para uma olhadela em casa. Engraçado, um gurizinho desses, numa caixa! Vê lá que Isak fosse importar-se com aquele tiquinho de gente! Mas, afinal de contas, gente é gente, ele não era nenhum bicho, e não podia ficar indiferente ouvindo choro, um pequenino choro como aquele que vinha lá de dentro.

— Não pegues nele! — disse Inger. Tens as mãos sujas de resina!

— Resina? Eu? — respondeu ele. Tu estás doida! Não tive resina nas mãos desde que acabei esta casa. Dê-me o menino, que o vou embalar... vês? já está quieto!

Em maio uma mulher do outro lado dos montes veio visitar a casinha solitária, onde nunca chegava ninguém; era uma afastada parente de Inger, e foi bem recebida.

— Eu só vim ver como Guldborn está passando desde que nos deixou — disse ela.

— E por ti ninguém pergunta, não é? Só porque és tão pequenininho — disse Inger em resposta, dirigindo-se à criança em voz lamentosa.

— Ora, esse eu vejo que está passando bem, nem preciso perguntar! É um rapagão! Quem teria dito há um ano — hem, Inger? — que eu haveria de te encontrar com marido, filho, casa e fartura!

— Não fales em mim, que eu nada fiz para ter tudo isso. Olha ali, ali está quem deves gabar, quem me tomou tal e qual eu sou!

— Ah, já estão casados? Mas não, ainda não, é claro!

— Vamos tratar disso quando este homenzinho aqui tiver de ser batizado — disse Inger. Já devíamos ter casado antes, mas não houve jeito. Que achas, Isak?

— Casar? Ah, sim... Sim, naturalmente...

— E tu, Oline, não podias voltar, em teus dias de folga, para cuidar dos animais enquanto estivermos fora? — perguntou Inger.

A mulher prometeu que sim, que viria.

— Nós te agradeceríamos muito, não irias perder com isso. Mas claro, a mulher não duvidava disso, ora...

— E, como vejo, estás construindo outra vez — disse ela.

Construindo o que? Não chega o que já tens?

Inger aproveitou a oportunidade e observou:

— Isso deves perguntar a ele. Não o devo saber!

— Que eu estou construindo? — respondeu Isak. Não é nada, é um pequeno rancho de que eu talvez vá precisar um dia. Mas falaste de Guldborn. Que há com ela, querias vê-la:? — acrescentou, dirigindo-se a Oline.

Foram até o curral viram a vaca e o bezerro. O boi era um portento. A visitante meneou a cabeça para os animais e para o próprio estábulo em sinal de aprovação, afirmando que era tudo do melhor, que tudo estava muito limpo, uma verdadeira maravilha.

— Inger, para cuidar de animais, está sozinha mesmo disse ela.

— Então Guldborn esteve em tua casa antes? — perguntou Isak.

— Desde que era uma bezerra! Não na minha, mas na de meu filho, o que é a mesma coisa. Ainda temos a mãe dela no estábulo!

Isak havia muito não ouvira notícia mais agradável; caiu-lhe — uma pedra do coração. Então Guldborn era sua e de Inger por lei e por direito. Para falar a verdade ele já andara meio decidido a lançar mão de um bem triste expediente para livrar-se daquela eterna incerteza em que vivia: matar a vaca no outono, raspar o couro, enterrar os chifres no campo, apagando assim todo e qualquer vestígio da passagem da vaca Guldborn por este mundo. Nada disso era mais necessário. Orgulhou-se muito de Inger e disse:

— Ah, como Inger não há outra! Isso aqui andava daquele jeito antes de eu ter minha mulher.

— E nem se podia esperar outra coisa! — disse Oline.

Aquela mulher, vinda do outro lado dos montes, criatura sabida, de voz doce e fala fina, de nome Oline, ficou ali durante alguns dias, dormindo no quarto pequeno. Ao voltar para casa levava consigo um molho de lã das ovelhas de Inger. Não deixou Isak vê-lo, embora não houvesse o menor motivo para ocultar a lã.

Novamente, a criança, Isak e a mulher estavam a sós em seu pequeno mundo, o mesmo de sempre, na lida de todos os dias, com muitas alegrias grandes e pequenas. Guldborn era boa leiteira, as cabras tinham cabritinhos e davam muito leite. Inger já fizera toda uma fila de queijos brancos e vermelhos, guardados para curar. Ela pretendia ajuntar tantos que, com o produto da venda, pudesse comprar um tear. Até fiar Inger sabia!

Isak construía um rancho. Também ele devia ter um plano! Aumentou a cabana com um puxado de tábuas duplas; nele, colocou uma porta e uma bonita janelinha com quatro vidraças.

Fez uma coberta provisória de tábuas de refugo, à espera de que o campo degelasse e ele pudesse extrair turfa. Primou em tudo quanto fosse prático e necessário; nada de luxo, como assoalho ou paredes de tábuas aparelhadas. Construiu uma baia e manjedoura, como se fosse para um cavalo. Aproximava-se o fim de maio. O sol degelou as colinas, e Isak cobriu seu puxado com turfa, rematando a obra. Então fez, certa manhã, uma refeição que devia sustentá-lo o dia inteiro; levando consigo algumas provisões e, de picareta e pá ao ombro, desceu à aldeia.

— Vê se me trazes três varas de chita — Inger gritou atrás dele.
— Chita? Para que? — retomou Isak.

Parecia que ele não fosse voltar mais. Todos os dias Inger olhava para o tempo, notando a direção dos ventos, como quem espera por navio a vela. Saía à noite para escutar, pensou até em tomar a criança nos braços e sair atrás dele. Finalmente ele voltou, com cavalo e carroça.

— Ôôa! — fez Isak ao aproximar-se da casa, e, olhando para a cabana como se a reconhecesse, gritou, embora o cavalo fosse dócil e estivesse bem quieto, para o interior da casa:
— Podes vir segurar o cavalo um pouquinho?

Inger acudiu.
— Que há? — exclamou. Ah, Isak, és tu! E alugaste o cavalo de novo? Por onde andaste o tempo todo? Já é o sexto dia...
— Por onde mais devia eu andar? Tive de fazer caminho em muitos lugares para poder passar com meu carro. Segura um pouco o cavalo, ouviste?
— Teu carro? Vais dizer-me que o compraste?

Isak continuou mudo, em ponto de estourar. Começou a descarregar o carro, tirou um arado e uma grade que adquirira, pregos, provisões, uma pedra de afiar, um saco de trigo.
— Como está o menino? — perguntou.
— O menino está bem. Compraste este carro? É o que quero saber. Aqui estive eu ansiando o tempo todo por um tear disse ela, pilheriando, contente por tê-lo de volta.

Isak calou-se novamente por algum tempo, ocupado com suas coisas, olhando ao redor, à procura de lugar para tudo, mercadorias e utensílios, o que não era tão fácil assim. Todavia, como Inger desistisse de continuar perguntando, em vez disso pondo-se a falar com o cavalo, ele interrompeu seu silêncio:
— Já viste fazenda sem cavalo, sem carro nem arado, grade e tudo o mais? E, já que me perguntas: sim; comprei o cavalo, o carro e tudo o que estava dentro dele.

Inger só conseguia sacudir a cabeça e repetir:
— Vejam só que coisa!

Isak não era mais o homem modesto e humilde; dir-se-ia que tivesse pago de maneira cavalheiresca e generosa por Guldhorn, como se dissesse: "Aí está! De minha parte, entro com um cavalo!" Estava tão cheio de galhardia que mudou mais uma vez o arado de lugar, erguendo-o e carregando-o com uma só mão, e o encostou à parede. Ele era homem para tocar uma fazenda! Apanhou as outras coisas, a grade, a pedra de afiar, um novo forcado que comprara, valiosos utensílios de lavoura, preciosidades da nova casa. Equipamento formidável e completo, nada mais faltava.

— É, daremos jeito no tear também, não tenhas medo! disse ele — é só eu ter saúde. Aí está a chita; só tinham azul.

Aquilo era um nunca acabar de novidades. Quem o visse diria que ele vinha não da aldeia, mas de uma cidade.

Inger disse: — Eu só queria que Oline tivesse visto tudo isso quando estava aqui!

Vaidade, ostentação tola por parte da mulher, enquanto o homem sorriu desdenhosamente a essas palavras. Como se, no fundo, ele mesmo não tivesse gostado de que Oline visse aquelas maravilhas!

A criança chorava.

— Vai para dentro ver o menino — disse Isak. O cavalo já sossegou.

Desatrelou o animal e levou-o ao estábulo. Levou seu próprio cavalo ao estábulo! Deu-lhe forragem, afagou-o, tratou-o com carinho. Quanto devia pelo cavalo e pelo carro? Tudo, o preço inteiro, uma dívida enorme. Mas esta não passaria do estio, ah, isso é que não! Para resgatá-la possuía muitos estéreos de lenha empilhada, alguma casca para construções — resto do ano passado, e ainda por cima diversas toras de boa madeira. Não havia pressa. Mais tarde, quando o entusiasmo e o orgulho tinham desvanecido um pouco, houve horas amargas de temor e preocupação. Tudo agora dependia do estio e das colheitas, tudo dependia de o ano ser bom ou mau.

Depois era a lida de todos os dias que nunca mais acabava: o preparar de novos pedaços de campo, que ele limpava de tocos e pedras, arava, adubava, gradeava, cavoucava, desmanchando torrões, triturando-os com a mão e os calcanhares; era o homem da terra, transformando os arrais em tapetes de veludo. Esperou ainda uns dias mais, pois ameaçava chuva, e depois semeou o trigo.

Seus antepassados haviam semeado trigo durante vários séculos. Aquilo era um rito celebrado com devoção, em tarde calma e serena, sem vento, de preferência com chuvisqueiro bem fino e triste, sempre quando possível após a revoada dos gansos selvagens de arribação. Batatas eram novo fruto do solo, nada tinham de místico, nada tinham a ver com a religião; mulheres e crianças podiam ajudar no plantio desses tubérculos vindos, como o café, de terra estranha, alimento abençoado e magnífico, mas aparentado com o nabo. O trigo, não. Trigo era pão; ter trigo ou não o ter era uma questão de vida ou de morte.

Isak ia caminhando de cabeça descoberta, semeando em nome de Cristo. Parecia um toro munido de braços, mas no coração uma criança. Cada lanço era feito com zelo especial, com carinho, num espírito de benevolência e resignação. Vêde! Os grãos vão germinar, transformar-se em planta, em espigas e em novos grãos. E assim em qualquer parte da terra onde se semeia o trigo, na Judéia, na América, no vale de Gudbrand, por todo o vasto mundo; e no meio daquela imensidão ficava a pequena mancha em que Isak andava semeando. Os pequenos jatos de semente saíam-lhe em leque das mãos. O céu estava encoberto, como devia, com a ameaça de um tênue chuvisqueiro pairando no espaço.

CAPÍTULO IV

Entre uma estação e outra vieram dias de folga; quem não veio foi a mulher, Oline.

Livre por algum tempo do trabalho da terra, Isak preveniu-se para a fenação com duas foices e dois rastelos, colocou fundo comprido no carro, adaptando-o ao transporte de feno, arranjou um par de patins e madeira adequada, e construiu um trenó para carregar lenha no inverno. Fazia inúmeras coisas úteis. Chegou até a montar duas prateleiras na sala, para guardar os mais variados objetos, o almanaque comprado após muitas delongas, e as conchas e vasilhas em desuso. Inger achou maravilhosas as duas prateleiras.

Mas Inger achava tudo maravilhoso: Guldhorn, por exemplo, que não mais queria fugir e vivia sossegada desde que tinha o bezerro e o touro, passava o dia inteiro na mata. As cabras estavam que era uma beleza, só faltavam arrastar no chão os úberes pejados. Inger costurava um vestido comprido de chita azul e uma pequena touca do mesmo pano. Era o que havia de mais bonito; ia servir para o batizado. De vez em quando o menino acompanhava com os olhos seus movimentos durante o trabalho; era um garoto vivo como ele só! Se ela absolutamente queria dar-lhe o nome de Eleseus, vá lá, Isak não mais se oporia! O vestido ficou pronto, com longa cauda de duas varas de pano, cada vara custando um bom cobre. Mas não havia outro jeito, era o primeiro filho...

— Se teu colar de pérolas algum dia tiver de ser usado, é agora! — disse Isak.

Inger já pensara nas pérolas, já pensara em tudo, pois a mãe era ela, tola e vaidosa. As contas não davam para rodear o pescoço do menino, mas ficariam muito bem na touca, e ali ela as colocou.

E Oline, que não vinha...

Se não fossem os animais, poderiam ter saído todos, e voltado três ou quatro dias depois, com a criança batizada. Não fosse o bendito casamento, e Inger poderia ter ido sozinha.

— Se deixássemos o casamento para mais tarde? — propôs Isak.

Inger, porém, não queria saber disso.

— Então vamos esperar dez ou doze anos, até que Eleseus possa ficar em casa ordenhando as vacas, enquanto estivermos fora!

Não, não, Isak que usasse a cabeça, que fizesse alguma coisa. Sua vida em comum nunca tivera um verdadeiro começo, nem tinha jeito assim; talvez o casamento fosse tão importante como o batizado, que sabia ele? Havia no céu indício de seca, seca braba. Se não chovesse logo, sua plantação corria o risco de ser queimada. Fosse tudo como Deus mandava. Isak dispunha-se a ir à aldeia e procurar alguém que ficasse no sítio. Ia fazer de novo o longo caminho de muitas milhas. Quanta amolação por causa de um casamento e um batizado! A vida de quem mora no campo é toda feita de atribulações!

Aí Oline veio...

Estavam casados e batizados, tudo em ordem como deve ser; trataram de casar-se primeiro, de maneira que a criança fosse filho legítimo. A seca, porém, continuava, torrando os arrais de trigo novo, queimando os tapetes de veludo — por que? Era tudo como Deus mandava!

Isak ceifou seus pedaços de campo, mas neles não havia bom capim, embora tivessem sido adubados na primavera. Ceifou pelas encostas, por prados distantes, não se cansava de ceifar, secar o feno e armazená-lo no paiol, pois possuía cavalo e muita criação. Mas em meados de julho viu-se obrigado a cortar também o trigo como forragem verde, não havia outro remédio. Só lhe restava agora a lavoura de batatas, de que tudo dependia!

Que vinham a ser as batatas? Seriam apenas uma espécie de café, vinda de fora, do estrangeiro, sem a qual se devia poder passar? A batata é um fruto abençoado, dá na seca, dá nas águas, e cresce sempre. Resiste ao tempo e agüenta um bocado, compensando o pouco trato que recebe com produção quinze vezes maior que a semente. A batata não tem o sangue da uva, mas tem a carne da castanha, pode ser assada ou cozida e serve para tudo. O homem sem pão, se tiver batatas, não passará fome. A batata assada na cinza quente é janta, e cozida na água é almoço. Não exige muita carne, e pouca coisa se precisa, em geral, para acompanhar as batatas: uma tigela de leite, um arenque, é quanto chega. O rico come-as com manteiga, o pobre se arranja com uma pitada de sal. Aos domingos, Isak deliciava-se com um prato de batatas e creme do leite de Guldhorn. A desprezada e abençoada batata!

Mas, agora, a ameaça pairava até sobre as batatas. Inúmeras vezes por dia Isak fitava o céu. O céu continuava azul. Muitas vezes, à noitinha, a chuva parecia querer formar-se. Então ele entrava e dizia: — "Parece que desta vez a chuva vem!" — E poucas horas mais tarde todas as esperanças se desvaneciam.

A seca já perdurava por sete semanas, e o calor era forte. As batatas floresciam o tempo todo, uma floração anormal, abundante e maravilhosa. Vistos de longe, os arrais pareciam campos cobertos de neve. Qual seria o fim daquilo tudo? O almanaque não dava nenhuma idéia, os almanaques hoje em dia não eram mais o que tinham sido dantes, não prestavam mais para nada.

De novo parecia querer chover, Isak foi ter com Inger e disse:
— Com a ajuda de Deus vamos ter chuva esta noite!
— Está com jeito de chuva?
— Está. E o cavalo treme nos varais.

Inger encarou a porta e disse:
— Vais ver uma coisa!

Algumas gotas caíram. As horas foram passando, jantaram, e quando Isak saiu, à noite, para olhar, o céu estava azul.

— *Herregud*! — disse Inger, e acrescentou, para o consolar o melhor que podia: — Ao menos assim teu último líquen seca amanhã.

Isak trabalhara assiduamente catando líquen, e conseguira acumular boa porção, da melhor qualidade. Valiosa forragem, tratava-a como o feno, cobrindo-a com cascas, na mata. Havia apenas um pequeno monte ainda por recolher, e por isso respondeu a Inger, com o desespero de quem já dera tudo por perdido:

— Que me importa secar ou não! Já não o vou recolher!
— Tu estás brincando! — disse Inger.

De fato não recolheu o monte de líquen no dia seguinte, só para mostrar que não falava à toa. Que ficasse onde estava, já que a chuva não vinha mesmo! Ficasse lá, em nome de Deus! Ele o poderia recolher qualquer dia, antes do Natal, se até lá o sol não tivesse queimado tudo!

Isak sentia-se profundamente magoado. Não mais causava prazer ficar sentado à soleira da porta, olhar para as terras e saber-se o dono delas. Lá estava o campo de batatas, numa floração louca, em vias de secar; não podia, então, o líquen ficar onde estava? Ora! Mas apesar de tudo, de toda a sua ingênua teimosia, Isak talvez tivesse uma intenção oculta, talvez estivesse —quem sabe? — sondando, tentando provocar o céu azul, agora, com a mudança de lua.

À noitinha, ameaçava chuva de novo.
— Devias ter recolhido o líquen — disse Inger.
— Por que? — disse Isak, mostrando-se surpreso.
— Estás sempre com bobagens! Pode ser que agora dê chuva!
— Não estás vendo que este ano não chove mais?

À noite, porém, era como se escurecesse em frente à vidraça, como se alguma coisa batesse contra ela, molhando-a, fosse lá o que fosse. Inger acordou.
— Está chovendo. Olha as vidraças!

Isak limitou-se a fungar e respondeu:
— Chovendo? Isso não é chuva... Sei lá do que estás falando!
— Não faça pouco caso — disse Inger.

Mas Isak fazia pouco caso. Iludia a si mesmo. Era chuva, sim, e uma boa pancada d'água. Mas, assim que tinha dado para encharcar bem o líquen amontoado, parou. O céu estava azul.

— Que foi que eu falei? — disse Isak, obstinado. Então isso é chuva? Para as batatas aquela bátega d'água fora o mesmo que nada! Os dias iam passando, e o céu continuava azul. Isak pôs-se a lidar com seu trenó de lenha; trabalhou duramente, curvou-se ante a fatalidade e empunhou, humilde, a plaina, aparelhando patins e varais. *Herregud*! Os dias iam passando, a criança continuava crescendo. Inger batia manteiga e fazia queijos. Realmente, não enfrentavam ameaça séria. Gente do campo, habituada ao trabalho, sobrevive a um ano ruim. Finalmente, ao cabo de nove semanas de seca, começou a chover, desta vez de verdade, uma chuva abençoada que durou o dia inteiro e a noite, dezesseis horas seguidas. Parecia que o céu vinha abaixo. Se tivesse sido duas semanas antes, Isak teria dito: "Agora é tarde!" Assim, disse a Inger:
— Sabe, isso salva parte das batatas!
Ao que Inger respondeu, confiante: — Claro, salva todas elas!
As coisas agora estavam melhorando, chovia a cântaros todos os dias, o capim novo verdejava como por um golpe de magia. As batatinhas floresciam mais do que antes, e grandes bagas apareceram nas pontas, o que não estava certo; mas ninguém podia dizer o que haveria nas raízes, e Isak não se arriscara a olhar. Mas um dia Inger achou mais de vinte pequenas batatinhas dentro de uma só casca.
— E ainda têm cinco semanas para crescer! — disse ela. Inger, sempre pronta a consolar. De sua boca com lábio leporino sempre saíam palavras esperançosas! Sua voz era desagradável, como válvula partida da qual escapava o vapor. Mas o que ela dizia era um conforto na solidão do campo. Ela era de natureza alegre e viva.
— Gostaria que fizesses mais uma cama — disse ela um dia a Isak.
— Ah... — disse ele.
— Sim, a pressa não é tanta, mas assim mesmo... Começaram a colher as batatas e acabaram no dia de São Miguel, como era costume antigo. Foi um ano medíocre, um bom ano, apesar de tudo; mais uma vez ficou demonstrado que a batata tinha não faz muita questão de tempo, cresce de qualquer modo e resiste um bocado. Naturalmente o ano não fora bom nem medíocre, se fosse somar tudo direitinho; mas não fora um ano como os outros. Um lapão passou por ali e se admirou de ver batatas tão bonitas no sítio novo, pois "lá embaixo, na aldeia, disse ele, tudo estava muito pior".
Sobravam ainda umas poucas semanas para amanhar a terra até o começo das geadas. O gado andava solto, pastando à vontade; Isak gostava de trabalhar com os animais ao seu redor, ouvindo o tilintar dos cincerros, embora acontecesse perder tempo com eles, pois o touro era safado e ia fazer estrago nas medas de líquen, e as cabras andavam por toda a parte, por altos e baixos, até no telhado da casa.
Não faltavam amolações, grandes e pequenas.
Certo dia, Isak ouviu um grito. Viu Inger na soleira da porta com a criança nos braços, apontando para o touro e a pequena novilha Solvborn,

entregues a uma cena amorosa. Isak largou a enxada e correu para separar o casal. Mas já era tarde demais, consumara-se o desastre.

— Vejam que sujeitinha saliente! Começa cedo. É muito nova para isso, meio ano antes do tempo! Safadinha! Criança ainda... Isak levou a novilha ao curral, mas sem dúvida já era tarde.

— Bem — disse Inger — por um lado até é melhor assim. Senão as duas vacas iam ter cria ao mesmo tempo! Inger podia não ser lá muito lúcida, mas talvez soubesse bem o que estava fazendo ao soltar o boi e Solvborn juntos pela manhã.

O inverno chegou. Inger cardava e fiava, e Isak carregava lenha, enormes cargas de boa lenha seca, por bons caminhos. Pagou todas as dívidas. O cavalo, a carroça, o arado e a grade, tudo agora era seu. Levou os queijos de cabra que Inger fizera e trouxe fios de lã, tear, lançadeira e urdileira, além de farinha e provisões, pranchas, tábuas e pregos. Um dia trouxe um lampião.

— Estás brincando, na certa! — disse Inger, embora esperasse que um dia teriam lampião.

Na mesma noite o acenderam e sentiram-se no paraíso. O pequeno Eleseus pensava, sem dúvida, que fosse o sol.

— Vê como ele está admirado — disse Isak.

Daí por diante Inger podia fiar à luz do lampião.

Ele trouxe pano para camisas e sapatos novos para Inger.

Ela pedira também corantes para tingir fios de lã, e ele os trouxe. Um belo dia, ele voltou trazendo a maior das surpresas: um relógio! Inger ficou pasmada e por algum tempo não conseguiu proferir uma só palavra. Com mãos cautelosas Isak pendurou o relógio na parede, acertou-o ao acaso, deu-lhe corda e moveu-lhe os pêndulos, fazendo-o bater. A criança procurou com os olhos o lugar de onde vinha o som profundo, e depois olhou para a mãe.

— Tens do que te admirares! — disse Inger, e tomou a criança nos braços, ela mesma bastante emocionada.

Entre todas as coisas boas que se podia ter naquele lugar solitário nada se podia comparar a um relógio de parede, para bater as horas durante todo o negro inverno.

Assim que carregou a última lenha, Isak voltou à mata e retomou a derrubada, tornou a empilhar seus estéreos, a fazer ruas, toda uma cidade de lenha, para o inverno seguinte. Distanciava-se cada vez mais das casas, já havia uma larga extensão de terra pronta para ser lavrada. Tratou de não devastar mais, e passou, daí por diante, a derrubar apenas as árvores mais velhas, de copa seca.

Naturalmente acabara compreendendo por que Inger havia pedido mais uma cama; teria agora de apressar-se e não adiar mais o serviço. Ao voltar da mata, numa tarde escura, já tudo se passara. A família aumentara: menino outra vez! Inger estava deitada. Esta Inger! Ainda

pela manhã ela tentara fazê-lo ir à aldeia: "Devias fazer esse cavalo se mexer um pouco dissera. Ele fica mastigando o cabresto que dá o dia!"
— Não tenho tempo para essas bobagens — dissera ele secamente, ao sair. Compreendia agora que ela apenas quisera tê-lo fora de casa. Por que? Devia ser bom tê-lo perto...
— Como é que nunca podes avisar em tempo? — disse.
— Tens de fazer uma cama para ti e dormir no quarto pequeno — respondeu ela.
Mas cama só não chegava; era necessário também roupa de cama. Não possuíam dois cobertores de pele, nem obteriam outro antes do outono seguinte, quando pudessem matar uns carneiros, e ainda assim uma ou duas peles não dariam um cobertor. Isak dormiu mal durante algum tempo, passando frio à noite. Tentou enfiar-se no feno sob o abrigo de rocha, experimentou dormir perto das vacas. Parecia um homem sem lar e sem abrigo. Sua sorte era que já estava em maio, junho não tardaria, depois julho...

Afinal tinham feito prodígios naquele rincão selvagem. Casa para a gente, casa para os animais, campos lavrados, tudo em apenas três anos! Que estaria Isak construindo agora? Um novo abrigo, um puxado, um acréscimo à casa? Toda a casa reboava de suas marteladas, quando martelava pregos de oito polegadas. Inger saía de vez em quando e pedia que se moderasse por causa das crianças.

— Ah, os pequenos... Vai para dentro e fala com eles, canta-lhes alguma coisa, deixa Eleseus bater na tampa do balde! Não me vou demorar com esses pregos grandes, mas aqui nas vigas ainda preciso deles, pois vão firmar à casa toda a parte nova. Depois disso só virão tábuas e pregos de duas e meia polegadas, como numa casa de bonecas.

Como podia ele passar sem martelar? O barril de arenques, a farinha e demais mantimentos eram guardados no estábulo, para não ficarem ao relento; mas aquilo prejudicava o gosto do toucinho. Era urgente a construção de um puxado para servir de despensa. Os garotinhos certamente se acostumariam a umas poucas marteladas na parede! Eleseus parece que estava meio magrinho e mofino, mas o outro mamava como um querubim gordo, e, quando não chorava, dormia. Um amor de filhote! Isak não se opôs a que se desse ao menino o nome de Sivert, talvez fosse melhor assim, embora ele mesmo houvesse preferido Jacob. Havia casos em que Inger sabia melhor o que convinha; o nome Eleseus fora escolhido por ser o do padre da paróquia de onde ela tinha vindo, e era um nome fino; Sivert era o nome do tio de Inger, coletor do distrito rural homem solteiro e bem situado, sem herdeiros. Que poderia haver melhor para a criança do que ter o mesmo nome que ele?

Chegou a primavera e com ela os trabalhos próprios da estação. Tudo devia estar no chão antes de Pentecostes. Quando Inger tinha só Eleseus, absolutamente não lhe sobrava tempo para ajudar o marido, o primeiro e único filho absorvia-lhe todas as horas do dia; agora, que tinha dois filhos em casa, ela ajudava no preparo da terra e fazia vários trabalhos avulsos, plantava batatas, semeava cenouras e nabos. Mulher assim não se acha todos os dias. E ela não tinha ainda o tear? Aproveitava cada momento de folga para ir ao quarto pequeno e gastava algumas maçarocas, tecendo panos de meia-lã para roupa de baixo, de inverno. Tingiu seus fios e teceu panos azuis e vermelhos para si e as crianças; por último empregou diversas cores num tecido e fez um acolchoado para Isak. Só coisas úteis e necessárias, sólidas e duráveis.

A família de lavradores agora estava por cima. Prosperara bem e se a colheita do ano fosse boa, estariam em situação invejável. Que faltava ainda? Um paiol de feno, naturalmente, um celeiro com eira, que eram porém coisas do futuro, alvos que seriam atingidos como o tinham sido os outros. Era apenas questão de tempo...

A novilha Solvhorn teve o bezerro esperado, as cabras e as ovelhas tinham dado cria, havia gado miúdo por todos os cantos, cordeirinhos e cabritinhos pululavam em roda da casa. E a família? Eleseus já andava sozinho por onde queria e o pequeno Sivert fora batizado. E Inger? Segundo parecia, já esperava bebê de novo, fecunda como ela só. Que era para ela uma criança a mais? Nada, e ao mesmo tempo, tudo! Filhos como estes ninguém tinha! Orgulhosa, ela sabia que nem a todos o Senhor dá crianças grandes e bonitas. Inger parecia mais moça que nunca. Por causa de seu rosto desfigurado fora desprezada no seu tempo de mocinha. Os rapazes não a cobiçavam, e, embora ela soubesse dançar e trabalhasse bem, seus encantos haviam sempre sido rejeitados. Agora, porém, chegara a sua vez em pleno viço, sempre com criança. O próprio Isak, seu amo e senhor, homem sério e grave, progredira bem e estava satisfeito. Era-lhe um mistério como pudera viver antes da vinda de Inger, passando a batatas e leite de cabra, comendo coisas arriscadas, pratos sem nome. Hoje, não. Hoje tinha tudo quanto um homem em suas condições pudesse desejar.

Sobreveio outra seca, outro ano ruim para a plantação. Os-Anders, o lapão, passando com seu cachorro, contou que o povo nas aldeias já cortara o trigo como forragem para o gado.

— Chii... — disse Inger. Então não tinham mais esperança nenhuma?

— Não. Mas eles têm a pesca do arenque. Sivert, teu tio, vai fazer uma casa de campo.

— Ora, ele já antes sempre teve de seu.

— Isso é. E tu também, parece.

— Ah, graças a Deus, dá para se ir vivendo, não temos queixa. Que dizem de mim lá em casa?

Os-Anders meneou a cabeça e, para adular, disse que nem tinha jeito de contar tudo quanto diziam.

— Tu queres uma tigela de leite? Se queres, é só pedir...

— Ah! Mas não, não te dês ao trabalho! Mas se tens um pouquinho para meu cachorro...

Veio o leite para Os-Anders e comida para o cachorro. O lapão ouviu estranha música vinda do interior da casa e ergueu a cabeça, admirado.

— Que é isso?

— É nosso relógio que está batendo — disse Inger, em ponto de estourar de orgulho.

O lapão meneou de novo a cabeça.

— Tendes casa, cavalo e recursos. Será que há alguma coisa que vós ainda não tendes?

— Com a ajuda de Deus temos alguma coisinha, é verdade.

— Ah, sim. Oline manda lembranças.

— É? E como vai ela?

— Vai indo. Teu marido onde está?

— No campo, arando.

— Dizem que ele não comprou ainda.

O lapão atirou aquilo como observação casual.

— Não comprou? Quem é que diz isso?

— Sei lá! É o que dizem por aí.

— De quem deveria comprar? São terras devolutas.

— Sei...

— E este chão engoliu um bocado de seu suor!

— Dizem que é terra do governo.

Inger não entendia patavina de tudo aquilo.

— Pode ser que seja — disse ela. — Foi Oline que andou falando nessas coisas?

— Não me lembro quem foi — respondeu o lapão, e atirou os olhos vivos em todas as direções.

Inger admirou-se de que ele não mendigasse, como era costume de Os-Anders e de todos os lapões. Os-Anders remexeu no fornilho de seu cachimbo de greda e depois acendeu-o. Era doido por uma cachimbada! Fumou com avidez, chupando com tanta força que seu velho rosto enrugado parecia coberto de rugas.

— Nem preciso perguntar se essas crianças são filhos teus — disse ele. São a tua cara. Como tu, quando eras pequena.

Inger, embora feiosa e deformada, envaideceu-se toda. Até um lapão pode alegrar um coração de mãe.

— Se teu saco não estivesse já tão cheio, dar-te-ia alguma coisinha para levar — disse Inger.

— Não, não precisa!

Inger entrou com a criança nos braços. Eleseus ficou junto ao lapão, e os dois fizeram camaradagem. O homem mostrou ao menino uma coisa esquisita dentro do saco, uma coisa macia e peluda, deixando-o

apalpá-la. O cachorro ficou de guarda, latindo. Quando Inger saiu, com um pacote de comida, deu um grito e sentou-se na soleira da porta.
— Que trazes aí?
— Não é nada. É só uma lebre.
— Estou vendo que é uma lebre!
— O rapazinho a quis ver. Meu cachorro a destocou esta manhã e a matou para mim.
— Aqui está a comida! — disse Inger.

CAPÍTULO V

É velha experiência que ano ruim não vem sozinho, são pelo menos dois, um atrás do outro. Isak tornara-se paciente e aceitava, resignado, seu quinhão. O trigal secou, a produção de feno era medíocre, mas as batatinhas pareciam mais uma vez ir agüentar tudo. A situação era apertada, mas passar necessidade ainda não passavam. Podia ser pior. Isak tinha ainda uma carga de lenha e toros de madeira para levar à aldeia e, como a pesca do arenque tinha sido boa ao longo de toda a costa, o povo andava endinheirado e podia comprar madeira. Na verdade parecia até a Providência que fizera o trigo falhar, pois como poderia ele ter malhado o trigo, sem celeiro nem eira? Vá lá que seja a mão da Providência — mal não faz acreditar nisso.

Outra coisa, porém, surgiu para inquietá-lo.

Que novidade seria aquela que um certo lapão havia contado a Inger, no verão? Sobre a terra, que ele ainda não comprara? Deveria comprar? Por que? O campo ali estava, a floresta erguia-se ali, para quem quisesse. Ele trabalhara, lavrara o chão e construíra um lar em plena selva primitiva, tirando da terra o sustento para sua gente e seus animais; não devia nada a ninguém, trabalhara, trabalhava a vida inteira. Pensara várias vezes em ir falar ao *lensmand*[7] quando fosse à aldeia, mas sempre o adiara; o *lensmand* não era homem bom de se lidar com ele, e Isak era homem de poucas falas. Que devia dizer ao chegar lá? Como explicar o que queria?

Certo dia, no inverno, o próprio *lensmand* apareceu no lugar. Trazia outro homem em sua companhia e uma infinidade de papéis — numa bolsa. O *lensmand* Geissler em pessoa. Viu em sua frente a vasta clareira aberta, toda a encosta desmatada, tudo coberto pela camada de neve regular e limpa. Certamente pensou que era tudo terreno arado.

---

7. *Lensmand* — Chefe distrital rural, equivalente ao "maire" dos distritos rurais franceses. O cargo reúne em si as atribuições de subprefeito e sub-delegado e ainda de coletor e magistrado rural, não havendo entre nós cargo nem designação exatamente equivalente. — N. do T.

— É grande a tua lavoura! — exclamou. — Achas que podias ficar com tanta terra de graça?
Pronto! Chegara a hora temida. Aterrorizado, Isak nada respondeu.
— Devias ter-me procurado e comprado o terreno — disse a autoridade.
— Sei...
O *lensmand* falou em avaliações, divisas, taxas, impostos reais, e quando tudo lhe foi explicado um pouco melhor, Isak achou que aquilo não era tão absurdo e tinha algo de razoável, afinal de contas. O *lensmand* voltou-se para seu companheiro.
— Como é, seu perito avaliador? Que tamanho tem esse campo cultivado?
Mas não esperou resposta, registrou uma área qualquer. Questionou Isak acerca da produção, do feno, das batatas. E como haviam de se arranjar com as divisas? Não podiam percorrer linhas divisórias com neve pela cintura, e no verão ninguém poderia vir a um lugar desses. Que idéia fazia ele mesmo, Isak, da área de mata e pasto que queria possuir? Isak não fazia idéia nenhuma, até então considerara suas as terras que via ao seu redor. O *lensmand* explicou que o Estado marcava limites.
— Quanto maior a área de terra, tanto mais custará.
— Sei...
— E não penses que irás receber tudo o que podes engolir! Irás ficar exatamente com aquilo de que possas precisar, compreendes?
— Sei...
Inger serviu leite, o *lensmand* e seu companheiro beberam, e ela trouxe mais. Seria mesmo um homem rigoroso aquele? Afagou os cabelos de Eleseus e disse:
— Brincando com pedras, hem? Deixa ver! Que é isso? São tão pesadas, devem conter um metal qualquer.
— Lá mais para cima está cheio disso — observou Isak. O homem voltou a tratar de negócios.
— Para ti a parte que se estende ao sul e a oeste é a de mais valor? — perguntou a Isak. — Digamos meia légua para o sul, está bem?
— Meia légua! — exclamou seu companheiro, alarmado.
— Achas muito, já sei! Tu nem de duzentas varas darias conta, se fosse lavrar chão! — disse o chefe, bruscamente.
— E quanto vai custar isso? — perguntou Isak.
— Isso eu não sei. E ninguém sabe. Mas vou propor um preço bem baixo, pois é um lugar que fica tantas milhas mato adentro, não há posse sobre as terras, nem títulos antigos, nada.
— Mas meia légua de chão! — voltou a protestar o assistente, O *lensmand* registrou devidamente meia légua para o sul. — E morro acima? — perguntou.
— Até a água. Há grande água lá por cima — respondeu Isak. O *lensmand* anotou.

— E para o norte?
— Para esse lado, não sei, não. Por lá é tudo brejo. Não há mata que preste.
O *lensmand*, por sua idéia própria, registrou um quarto de légua.
— A leste?
— Também não sei dizer. Não vale grande coisa, é só morro, até a Suécia.
O *lensmand*, por sua idéia própria, registrou um quarto de légua. Cálculo rápido.
— Naturalmente dá uma propriedade bem grande — disse ele. Lá embaixo, na aldeia, ninguém a poderia ter comprado. Vou propor cem *dalers*[8] por tudo. Que achas? — acrescentou, voltando-se para o companheiro.
— Que acho! É dar de graça! — respondeu este.
— Cem *dalers*! — exclamou Inger. Então não deves ficar com tanta terra, Isak!
— É... Pode ser... — começou Isak.
O assistente não perdeu a oportunidade.
— Pois é o que estou dizendo! — atalhou. É muita coisa! Que vão fazer com tanta terra?
— Vão cultivá-la — sentenciou o *lensmand*.
Põe-se a escrever ininterruptamente. De vez em quando uma criança chorava. Ele decerto teria de fazer tudo de novo e não poderia voltar para casa antes de tarde da noite, talvez nem antes da manhã seguinte. Colocou os papéis na bolsa, como quem dá o assunto por liquidado.
— Vá atrelar o cavalo! — ordenou ao companheiro. Voltou-se para Isak e explicou:
— Por justa razão deveria ficar com o sítio de graça e ainda receber dinheiro por cima. Isso é que seria justiça, levando-se em conta o muito que tens trabalhado aqui. Vou dizer isso lá, quando fizer a proposta. Depois veremos quanto o Estado pedirá pela escritura.
Só Deus sabe o que Isak estava sentindo com tudo aquilo. Dir-se-ia que não lhe era desagradável ver que davam tão alto preço ao seu sítio e ao enorme trabalho que ali realizara. Não achava impossível que pudesse ir pagando cem *dalers* com o correr do tempo; preferiu, pois, não falar mais nisso, podia trabalhar como dantes, cavando a terra e transformando mato caduco em lenha. Isak não era dos que ficam esperando pelo que o acaso lhes pode trazer; trabalhava.
Inger agradeceu ao *lensmand* e pediu-lhe que intercedesse a favor deles junto ao Estado.

---

8. *Dalers* — Moeda norueguesa da época. — N. do T.

— Farei o possível mas não depende de mim. Eu só posso escrever minha opinião sobre o que vi aqui. Qual é a idade deste mais pequeno?
— Já deve ter meio ano.
— Menino ou menina?
— Menino.

O *lensmand* não era homem severo, era até superficial e pouco consciencioso. Não deu ouvidos ao seu assistente e oficial-de-justiça, Brede Olsen, perito em avaliações e coletor. Em assunto tão importante fazia tudo ao acaso. Afinal de contas aquele era um negócio de grande alcance, decisivo para Isak e sua mulher, para seus descendentes, talvez para várias gerações futuras, e o *lensmand* registrava tudo por mera conjectura, escrevia o que lhe vinha à cabeça. Mas era muito amável para com os colonos; tirou do bolso uma moeda brilhante e deu-a ao pequeno Sivert; depois acenou a cabeça e saiu, indo ao seu trenó.

De repente perguntou:
— Qual é o nome deste lugar?
— O nome?
— Sim, como se chama? Devemos dar um nome ao sítio.

Nisso não haviam pensado. Isak e Inger ficaram olhando um para o outro.
— Sellanraa? — propôs o *lensmand*. Devia tê-lo inventado ali mesmo, na hora, talvez aquilo nem fosse nome algum. Contudo, ele repetiu
— Sellanraa! — e partiu.

Com ele tudo era ao acaso, os limites, o preço, o nome...

Algumas semanas mais tarde, quando estava na aldeia, Isak ouviu dizer que havia complicações com o *lensmand* Geissler; murmurava-se acerca de um inquérito administrativo para averiguar o destino dado a certos dinheiros públicos, dos quais ele não sabia dar conta e, contava, havia sido feita denúncia ao *amtmand*[9]. Coisas assim acontecem, mas só a certas pessoas que vão passando pela vida aos trambolhões até baterem de encontro aos que por ela andam direitinho, como se deve.

Certo dia, Isak estivera na aldeia com uma de suas últimas cargas de lenha, quando, no caminho de volta, viu o *lensmand* Geissler, que saiu do mato, com uma mala de mão e pediu um lugarzinho no trenó.

Parou, deixou-o subir e continuaram o caminho, ambos em silêncio, por algum tempo. Uma vez o *lensmand* tomou de uma garrafa, da qual bebeu, oferecendo-a em seguida a Isak, que recusou.
— Temo que esta viagem me revire o estômago — disse o *lensmand*.

Começou a falar do negócio das terras de Isak.
— Expedi logo a papelada, recomendando-a muito. Sellanraa é um bonito nome. Para falar a verdade deviam deixar-te ficar com o sítio de

---

9. *Amtmand* — Cargo correspondente ao de prefeito. — N. do T.

graça. Mas se eu o propusesse, o Estado iria estranhar; aí é que estragariam tudo, pois eles então dariam seu próprio preço. Eu escrevi cinqüenta *dalers*.

— É? Não foi cem, não?

O *lensmand* franziu a testa e pôs-se a pensar maduramente. — Se não me engano foram cinqüenta.

— E aonde ides agora? — perguntou Isak.

— Vou a Vesterbotten ver a gente de minha mulher.

— Pois é duro passar nesta época do ano.

— Eu sei, mas darei um jeito. Tu não podes vir comigo, um pedaço do caminho?

— Posso. Não ireis só.

Chegaram ao sítio e o *lensmand* pernoitou no quarto pequeno.

Pela manhã tomou outro gole da garrafa e disse:

— Esta viagem vai-me escangalhar o estômago! Na certa!

Portava-se como da outra vez que ali estivera, era ainda o mesmo, benévolo e metido a importante, mas meio espalhafatoso, pouco se incomodando com a própria sorte, que talvez nem fosse tão triste, afinal de contas. Isak atreveu-se a dizer que toda a encosta não estava ainda cultivada, mas apenas uns pequenos quadros, e ouviu do *lensmand* a mais surpreendente resposta.

— Eu o compreendi muito bem quando aqui estive aquele dia, escrevendo. Mas Brede, meu companheiro, não entende de coisa alguma, é um bocó que anda ali... O Departamento tem uma espécie de tabela. Ora, o feno no paiol e os barris de batatas eram tão poucos e tão grande era a área de chão que eu registrei em minha avaliação, que, pela tabela do Departamento só podia ser terra ruim, miserável, isto é, terra barata. Eu estive do teu lado em todo esse negócio. É tapeação, mas é o que resolve. De trinta e duas mil pessoas do teu feitio é que precisamos aqui dentro!

Interrompeu-se, acenou a cabeça e voltou-se para Inger.

— Que idade tem o mais novo?

— Completa um ano daqui a três meses.

— Menino, não é?

— É.

— Pois é isso... — dirigiu-se, de novo, a Isak. — Convém assim mesmo tratares desse negócio das terras para teres isso em ordem o mais depressa possível. Já anda outro sujeito aí querendo comprar terras. Quer mais ou menos a meio caminho entre aqui e a aldeia, e é só ele fechar negócio, que isso por aqui aumenta de preço. Compra tu primeiro, e deixa o preço subir! Assim terás um dia alguma coisa em troca de tanta trabalheira, de tudo quanto meteste cá dentro. Afinal de contas és o desbravador deste deserto, és o primeiro.

Os dois mostraram-se gratos pelos conselhos e perguntaram se não era ele, *lensmand*, que devia tratar do negócio da terra: O homem respondeu que já fizera quanto estava ao seu alcance e que agora o resto dependia do Estado.

— Estou de viagem para Vesterbotten e não volto mais declarou sem rodeios.

Deu um *ort*[10] a Inger, o que era até demais.

— Não te esqueças de mandar alguma carne para minha gente lá na aldeia —disse ele —, vitela ou carneiro, o que tiver. Minha mulher pagará. Leva também uns queijos de cabra, de vez em quando, as crianças gostam.

Isak acompanhou-o através da montanha. Lá no alto o chão estava duro, bom de se andar. Isak recebeu nada menos de um *daler*.

Assim o *lensmand* Geissler foi-se embora e não voltou à aldeia. "Não se perde grande coisa", dizia o povo, que o tinha na conta de um sujeito de má-fé, um aventureiro com quem não se podia contar. Conhecia bem seu ofício, sim, e era homem instruído, que estudara muito, mas vivia acima de suas posses, esbanjava dinheiro que não era seu. Soubese que Geissler deixara seu cargo após incisiva reprimenda de seu superior, *amtmand Plynm*, que sua família (esposa e três filhos) nada sofrera e continuara morando por algum tempo na aldeia. Pouco depois, porém, a quantia desviada fora remetida da Suécia; a família não mais vivia em casa penhorada, detida pela ação judicial, continuava no mesmo lugar por sua livre escolha.

No entanto, para Isak e Inger, Geissler não tinha sido o sujeito ruim que diziam, pelo contrário. Sabe Deus como seria o novo *lensmand*! Talvez todo o negócio das terras tivesse de ser recomeçado!

O *amtmand* mandou um de seus escriturários à aldeia para ser o novo *lensmand*. Era um homem de seus quarenta anos, filho de um bailio, e chamava-se Heyerdahl. Pobre demais para tornar-se bacharel em Direito e magistrado, arcara durante quinze anos sobre a escrivaninha de uma repartição. Ainda a falta de recursos impedira-o de casar-se, ficara solteirão. O *amtmand Plym* já o herdara de seu predecessor lensmand no cargo e pagava-lhe o mesmo minguado salário de outros tempos; Heyerdahl recebia seu ordenado e escriturava; os anos fizeram dele um homem abatido e desanimado, humilde funcionário, cumpridor de seus deveres, muito direito, meticuloso e trabalhador até onde chegavam sua capacidade e o pouco que aprendera. Desde que subira de posto, tornando-se *lensmand*, adquirira um pouco mais de dignidade e orgulho.

Isak encheu-se de coragem e foi ter com ele.

— Os papéis do caso de Sellanraá? Ah, sim, aqui estão, acabaram de chegar do Departamento. Vêm com pedido de informação sobre um mundo de coisas. O negócio está todo embarulhado, o tal de Geissler deixou tudo em tremenda desordem disse o *lensmand*. O Real Departamento quer saber se na propriedade não há grandes baixadas com fram-

---

10. *Ort* — Moeda norueguesa da época. — N. do T.

boeseiras que possam dar colheita de frutos; quer saber ainda se há matas produtoras de madeira, se existem possivelmente minérios e metais preciosos nos montes adjacentes. Consta a existência de um grande ribeirão de montanha; há peixes no mesmo? É verdade que esse tal de Geissler deu algumas informações, mas sabe como é, não era homem em quem se pudesse confiar; aqui estou eu obrigado a fazer tudo de novo! Assim que eu puder vou a Sellanraa, examinar tudo e fazer a avaliação como deve ser feita. Quantas milhas são daqui até lá? O Real Departamento exige naturalmente que sejam traçados limites certos, quer divisas exatas, nada de fazer as coisas por alto!

— Vai ser muito difícil demarcar as terras antes do verão disse Isak.

— É difícil, mas tem de ser feito. Não podemos esperar até o verão para dar uma resposta ao Departamento. Irei até lá um dia desses. Na mesma viagem quero vender umas terras a outro homem, por conta do Estado.

— Será o homem que vai comprar terreno entre o meu sítio e a aldeia?

— Não sei ao certo, talvez seja. É um homem aqui da repartição, meu perito avaliador e oficial de justiça. Já quis comprar de Geissler, mas este recusou-lhe o pedido, dizendo que ele nem daria conta de cem varas de chão! O homem escreveu então à própria sede do município, e eu recebi instruções para tratar do assunto. *Geissler* aqui só fez embrulhadas!

O *lensmand* Heyerdahl veio ao sítio acompanhado por seu assistente-avaliador, Bredc. Vinham encharcados de atravessar os brejos, e molharam-se ainda mais ao demarcar terras de morro cobertas pela neve da primavera, em vias de se derreter. O *lensmand* era todo atividade no primeiro dia, mas já no segundo estava cansado de tudo aquilo, e ficou embaixo, gritando e agitando os braços, dando suas ordens e indicações de longe. Não se falou mais em pesquisar os "morros dos arredores", e as "baixadas cheias de framboesas" seriam meticulosamente examinadas no caminho de volta, conforme assegurou a autoridade.

O Departamento fizera extenso questionário; sem dúvida era do regulamento. A única pergunta, porém, que tinha algum senso era a referente à mata. Havia madeira grossa, sim, dentro da área de Isak, mas não tanto que desse para vender; era exatamente o necessário para o gasto. E mesmo se houvesse muitos toros, quem os transportaria de tão longe até onde pudessem ser vendidos? Só mesmo o gigante Isak, que no inverno levava alguns toros à aldeia, trazendo de volta pranchas e tábuas.

Revelou-se que Geissler, homem esquisito, fizera um relatório de que não se podia passar por cima. Lá estava o novo *lensmand*, tentando em vão desfazer o que ele havia feito e achar erros; acabou desistindo. Consultava mais freqüentemente seu auxiliar, e tomava em consideração o que este dizia, nisso não era como Geissler. O auxiliar é que certamente via as coisas de outro modo, agora que ele mesmo ia comprar sítio nas terras do Estado...

— E que me dizes do preço? — perguntou o *lensmand* ao assistente.

— Cinqüenta *dalers* chega muito... para o comprador! — respondeu o avaliador.

O *lensmand* formulou-o em linguagem bonita. Geissler havia escrito: "De agora em diante o homem também terá impostos a pagar todos os anos; ele não tem meios de pagar quantia superior a cinqüenta *dalers*, em prestações, durante dez anos. O Estado pode aceitar sua oferta ou tomar-lhe as terras e os frutos de seu trabalho".

Heyerdahl escreveu: "O morador vem mui respeitosamente requerer ao alto Departamento que se digne permitir-lhe ficar de posse das terras que não lhe pertencem, mas nas quais empregou considerável trabalho. Compromete-se a pagar o preço de 50 — cinqüenta — *Speciedalers*[11], a serem pagos em prazo a ser estipulado pelo Departamento".

— Acho que conseguirei garantir para ti a posse da terra — disse o *lensmand* Heyerdahl a Isak.

CAPÍTULO VI

O touro grande ia ser mandado embora. Crescera, tornara-se um animal enorme, e sua manutenção saía cara demais. Isak ia levá-lo à aldeia, onde o venderia, trazendo de volta um bom garrote de ano.

A idéia tinha sido de Inger. Inger sabia muito bem o que estava fazendo ao botar Isak a caminho, exatamente naquele dia.

— Se já deves ir, tem de ser hoje — disse ela. O touro está bem cevado, e agora, na primavera, reses gordas dão bom preço. Poderá ser mandado à cidade, onde pagam um dinheirão por carne!

— Está bem — disse Isak.

— O pior é se o boi te der trabalho pelo caminho!

Isak não respondeu.

— Mas, pensando bem, ele tem andado por aí, solto, uma semana inteira, está habituado com as coisas.

Isak continuou calado. Mas apanhou um facão, pendurou-o na cintura, e foi buscar o touro.

Era um colosso, nédio e pesado, de aspecto medonho, balançando as ancas ao andar. Suas pernas eram curtas, ao correr esmagava com o peito a vegetação baixa; parecia uma locomotiva. Seu pescoço era monstruoso, a ponto de parecer deformado; havia a força de um elefante naquele peito.

— Tomara que ele não enfeze contigo! — disse Inger.

— Se ele der para isso — respondeu Isak, após um momento de silêncio — terei de matá-lo em caminho e carregar a carne.

---

11. *Speciedalers* — Moeda norueguesa da época. — N. do T.

Inger sentou-se na soleira da porta. Sentia dores e tinha as faces afogueadas. Mantivera-se firme até Isak ir-se embora; viu-o, com o touro, desaparecer na mata. Agora ela podia lamentar-se sem perigo de ser ouvida. O pequeno Eleseus já sabia falar um pouco e perguntou:
— Mamãe dodói?
— Sim, filho, dodói!
Ele arremedou-a, pôs as mãos nas cadeiras, gemendo. O pequeno Sivert dormia.

Inger levou Eleseus para dentro, deu-lhe qualquer coisa para brincar no chão, e deitou-se. Chegara a hora. Esteve perfeitamente consciente o tempo todo, vigiou Eleseus e, olhando para o relógio na parede, procurou ver as horas. Não gritou, quase não se mexeu. Violenta luta travou-se em suas entranhas, até o momento que uma parte dela se desprendeu. Quase no mesmo instante ouviu um grito estranho na sua cama, uma bendita, tênue vozinha... Não teve mais sossego, ergueu-se para ver. Que teria ela visto? Seu rosto tornou-se lívido, perdeu a expressão, o brilho. Ouviu-se um gemido anormal impossível como que um lamento sufocado que lhe partisse das entranhas.

Caiu prostrada na cama. Passou-se um minuto sem que ela se acalmasse; o pequeno grito na cama tornou-se mais forte, ela tornou a erguer-se e viu... Deus do céu! O pior de tudo! Não havia esperança nem misericórdia —, e ainda por cima era uma menina!

Isak não podia ainda ter-se afastado mais de meia milha, nem fazia uma hora que tinha saído. Dentro de dez minutos a criança nascera e fora morta.

No terceiro dia Isak voltou, puxando um garrote de ano, mal alimentado, que quase não podia andar e o fizera demorar-se tanto.
— Então? Como foi? — perguntou Inger, ela mesma ainda abatida e miserável.

Tinha ido mais ou menos. O touro enfezara quando já pouco faltava para chegar à aldeia; tivera de amarrá-lo e ir buscar gente na aldeia para ajudar. Ao voltar não encontrara o touro, que conseguira escapulir; foi um trabalhão descobri-lo. Mas tudo dera certo no fim, e o negociante que comprava gado para corte pagara bom preço.
— E aqui está o novo touro — rematou ele sua narrativa. Chama as crianças para ver!

Sempre o mesmo interesse para cada novo animal! Inger mirou o boizinho, apalpou-o, perguntou quanto custara; fizera o pequenino Sivert sentar-se no dorso do animal.
— Sinto tanta falta do nosso boi velho — disse Inger — tão liso e bonito! Espero que o matem sem fazê-lo sofrer!

Os dias iam passando, repletos de trabalho. Os animais andavam soltos. No curral vazio havia caixotes e cochos cheios de batatas, postas para grelar. Naquele ano Isak semeou mais trigo do que nos outros, e esmerou-se na semeadura; fez canteiros para cenouras e nabos, e Inger deitou a semente. Tudo continuou como dantes.

Inger andou algum tempo com um saco de feno preso à barriga, para continuar gorda. Ia tirando o feno aos poucos, e quando esvaziou o saco, deitou-o fora. Finalmente Isak acabou por perceber qualquer coisa e perguntou, admirado:

— Como foi isso? Não houve nada desta vez?
— Não. Desta vez não houve nada.
— Não? Mas como? Por que?
— Isso acontece... Quando achas que estará pronto e cavado todo esse chão aí na nossa frente?
— Dize-me, sofreste alguma coisa? Tiveste as dores?
— Sim, sim...
— Mas tu? Tu mesma não adoeceste?
— Não... Escuta, Isak, tenho pensado tantas vezes que devíamos arranjar um porco.

Moroso, Isak não era homem que mudasse tão depressa de um assunto para outro.

— Um porco... — respondeu após algum tempo — também já pensei nisso, sempre que chega a primavera. Mas enquanto não tivermos mais batatas, e mais batata de refugo e sobra de cereais, não teremos com que alimentar porcos. Vamos ver este ano.

— É uma boa coisa, um porco.
— Isso é!

Os dias vão passando, vêm as chuvas, a lavoura e os prados verdejam, o ano promete ser bom. Grandes e pequenas ocorrências se sucedem, come-se, dorme-se e trabalha-se. Há os domingos, quando se lava o rosto e penteia os cabelos, Isak vestindo sua nova camisa vermelha, tecida e costurada por Inger. Eis que aquela vida rotineira e monótona é abalada por um acontecimento mais sério: uma ovelha com cria ficou presa numa fenda nos rochedos. As outras voltam à noitinha, Inger dá imediatamente por falta das duas, e Isak sai a procurá-las. Já que tinha de acontecer, foi uma sorte que aconteceu num domingo, de maneira a não lhe tirar tempo de serviço — foi o primeiro pensamento que ocorrera a Isak. Começa uma busca interminável, no pasto imenso; ele anda horas e horas, enquanto na casa reina tensão, a mãe aquietando os filhos, com breves palavras. — "Fiquem bem quietinhos, pois faltam duas ovelhas!" — sussurra a mãe para seus filhos.

A preocupação é de todos, de toda a pequena comunidade; até as vacas sentem que algo fora do comum está-se passando e manifestam-se à sua moda, pois Inger sai de vez em quando e chama em voz alta, em direção à floresta, embora já seja quase noite fechada. É um acontecimento no campo, uma desgraça geral. Inger põe as crianças na cama e sai também, tomando parte na busca. De tempos a tempos ela chama, mas não vem resposta; Isak deve andar longe.

Onde estariam as ovelhas? Que lhes teria acontecido? O urso andaria rondando por ali? Teria o lobo cruzado a montanha, vindo da Suécia e da Finlândia? Nada disso acontecera. Isak achou a ovelha presa numa fenda da rocha, com uma perna quebrada e o úbere dilacerado. Devia estar ali há muito tempo, pois apesar de gravemente ferida, já comera o capim em toda a volta, até deixar a terra limpa. Isak ergueu a ovelha, libertando-a. O primeiro impulso do animal foi procurar pasto. O borrego logo começou a mamar, o que foi verdadeiro alívio para o úbere ferido.

Isak catou pedras e entupiu a perigosa fenda. Fenda traiçoeira! Nunca mais havia de quebrar perna de carneiro! Isak tirou seus suspensórios de couro e com eles fez um suporte para o úbere. Em seguida pôs a ovelha no ombro e tomou o caminho de casa, com o borrego acompanhando-os de perto.

Tratou a fratura com taliscas e ataduras de pano alcatroado.

Dentro de alguns dias a ovelha começou a remexer com o pé, pois a fratura, soldando-se por crescimento, causava-lhe coceiras. E assim tudo ia indo bem outra vez — até o próximo acontecimento imprevisto.

A vida de todos os dias, pequenas ocorrências triviais que enchiam inteirinha a vida dos colonos. Afinal não são coisas fúteis; são as que o destino manda, dela dependem a felicidade, as posses e o bem-estar.

Isak aproveitou a folga entre as estações para aparelhar uns toros que guardara empilhados; certamente tinha lá os seus projetos. Desenterrou além disso muitas pedras aproveitáveis, amontoando-as no terreiro; assim que ajuntara pedras suficientes, levantou com elas uma parede. Se tudo ainda tivesse sido como dantes, havia um ano mais ou menos, Inger teria andado curiosa, ter-se-ia admirado, gostado de saber qual a idéia do marido; mas agora ela estava de preferência ocupada consigo mesma, e não fazia perguntas. Inger anda atarefada como dantes, dá conta da casa, das crianças e dos animais, e está até dando para cantar, o que antes não fazia. Isak sentia falta de suas perguntas; era sua curiosidade e seus elogios que faziam dele um homem satisfeito, um homem incomparável. Agora, ela passa e quando muito diz que ele está-se matando de tanto trabalhar. Ela assim mesmo deve ter sofrido alguma coisa aquela última vez! — imagina ele.

Oline veio fazer mais uma visita. Se tudo fosse como no ano passado, ela teria sido bem-vinda, mas agora tudo mudara. Logo à chegada Inger a recebeu de má vontade; fosse lá por que motivo fosse, Inger a tratou com hostilidade.

— Calculava chegar mais ou menos na hora certa outra vez — disse Oline, com uma delicada insinuação.

— Como assim?

— Ora, para o batizado do terceiro filho. Como vai isso?

— Não — disse Inger — se foi por isso que vieste, terias feito melhor poupando-te ao incômodo de vir até aqui.

— Ah, é?
Oline pôs-se a tecer louvores aos meninos, que estavam tão fortes e bonitos, a Isak, que lavrava tanto chão e, pelo jeito, ia construir de novo. Iam às mil maravilhas, ela nunca vira coisa igual em parte alguma.
— E podes-me dizer que irá construir desta vez? — Não sei. Deves perguntar a ele mesmo.
— Mas, não — disse Oline. Isso não é de minha conta. Eu só vim ver como as coisas vão indo por aqui, pois isso me causa prazer. Por Guldborn nem pergunto mais, nem quero saber mais nada dela: ela agora tem o que merece!

Passou-se algum tempo com boa conversa e Inger foi-se tornando mais amável. O relógio na parede bateu suas maravilhosas badaladas e Oline ficou com lágrimas nos olhos, pois nunca em toda sua vida humilde ouvira coisa assim, como órgão de igreja. Inger sentiu-se rica e generosa para com sua parenta pobre, disse:
— Vem para o outro quarto, ver meu tear.
Oline passou o dia ali. Falou com Isak, gabando tudo quanto ele fazia.
— Ouvi dizer que compraste terras, uma milha de cada lado. Não as podias ter recebido de graça? Será que alguém andava de olho nelas, andava te invejando?
Ouvindo os elogios dos quais já vinha sentindo falta, Isak tornou-se mais arrojado.
— Estou comprando do governo — disse ele.
— Ah, bem. Esperamos que o governo não te coma por uma perna! Que estás construindo?
— Nem sei ao certo. Nada de importância.
— Sempre labutando, sempre construindo! Tens portas pintadas, relógio na parede... Deve ser um salão que estás construindo!
— Deixa de bobagens! — respondeu Isak.
Mas no fundo estava gostando. Dirigiu-se a Inger:
— Não podes preparar um prato de mingau de nata para nossa visita?
— Não posso — disse Inger — pois já bati todo o leite que havia!
— Não são bobagens — apressou-se Oline a atalhar. Sou apenas uma tola, perguntando por perguntar. Mas se não é uma sala, vai ser uma casa sobressalente, um celeiro. Por que não? Com tanta lavoura e pastos, com tudo crescendo, transbordando de leite e de mel, como diz na Bíblia!
— E por lá, como é que vão as coisas? — quis saber Isak. O ano promete?
— Lá vai-se indo naquela vida de sempre. É só Deus Nosso Senhor não atear fogo em tudo também este ano, não queimar tudo de novo... Deus que me perdoe, que não me castigue! Está tudo na mão do Senhor Todo-Poderoso. Mas tão bem como aqui, naturalmente, as coisas não vão por lá. E em lugar nenhum, benza-o Deus...

Inger perguntou por seus outros parentes, sobretudo pelo tio Sivert, coletor do distrito e o grande homem da família, empreiteiro de pesca, que nem sabe mais onde botar seu dinheiro. Durante essa conversa, Isak foi posto de lado e sua nova construção esquecida. Como não lhe perguntassem mais nada, ele acabou por dizer:

— Bem, Oline, se queres absolutamente saber o que estou tentando fazer é um pequeno celeiro com eira.

— Pois foi exatamente isso que imaginei! — exclamou Oline. Quem quer ser gente de saber pensar, para a frente e para trás, tem de usar a cabeça! Pois aqui, pelo que vejo, é assim, tudo muito bem pensado! Celeiro, disseste?

Isak é uma criança grande. A adulação de Oline sobe-lhe à cabeça e ele se faz de tolo, procurando falar bonito.

— Falas na nova construção? Ela vai ter eira, sim. É esta minha intenção e minha idéia.

— Eira! — disse Oline, cheia de admiração, aprovando.

— Pois é. Para que ter trigo no campo se não pode ser malhado?

— É como estou dizendo. Nada fazes sem pensar, trazes sempre tudo bem calculado na cabeça.

De repente Inger estava outra vez de mau humor. O colóquio entre os dois parecia irritá-la.

— Mingau de nata! E onde queres que eu vá buscar a nata?

Oline apressou-se a apaziguar.

— Inger, minha cara! Que Deus te abençoe, minha filha! Por caridade, nem fales em mingau de nata, nem mais uma palavra! Ainda mais para a velha, que só anda metendo o nariz na casa dos outros!

Isak ficou ainda alguns instantes sentado e depois ergueu-se, dizendo:

— Aqui estou eu matando o tempo, com tanta pedra ainda por tirar, para a parede que estou fazendo!

— Ah! Uma parede como a tua leva um bocado de pedra!

— Ora se leva! — continuou Isak. Quanto mais a gente traz, mais gasta. Parece que nunca chega!

Quando Isak saiu, a conversa entre as duas mulheres tornou-se mais íntima. Tinham tanto a contar uma à outra, da aldeia, e as horas foram passando. À tarde, Oline saiu, para ver como a criação havia aumentado. Três vacas, um boi, dois bezerros e todo um bando de cabras e carneiros.

— Onde é que isso vai parar! — exclamou ela com os olhos voltados para e céu.

Ficou para passar a noite.

Na manhã seguinte, partiu. Também desta vez levava qualquer coisa embrulhada num pano. Como Isak estivesse trabalhando na extração de pedras, ela deu uma volta, para não passar por ele.

Duas horas mais tarde, voltou e perguntou, entrando pela — porta adentro:

— Onde está Isak?

Inger estava lavando louça. Imaginou que Oline devia ter passado por Isak e as crianças, na pedreira, e logo suspeitou de alguma coisa.

— Isak? Que queres com ele?

— Que quero? Nada. Só que não cheguei a me despedir dele.

Silêncio. Sem mais nem menos Oline deixou-se cair num banco, como se as pernas se recusassem a suportá-la por mais tempo. Suas maneiras,eram propositadas, até aquele quase desmaio visava a anunciar qualquer coisa fora do comum.

Inger não se pôde conter por mais tempo. Com fúria e terror estampados no rosto exclamou:

— Recebi a lembrança que me mandaste por Os-Anders. Bonita lembrança!

— Como assim?

— Uma lebre!

— E que é que tem isso?

A voz de Oline era de estranha meiguice.

— Atreves-te agora a negá-lo! — gritou Inger, com olhos chamejantes. Vou quebrar-te a cara com esta concha! Toma!

Avançou para ela e agrediu-a. Oline não cambaleou aos primeiros golpes, continuou firme e gritou:

— Cuidado, mulher! Eu sei o que sei a teu respeito! Sei o que fizeste!

Inger continuou a golpeá-la com a grande colher de pau, até derrubá-la, depois subjugou-a com o joelho.

— Queres me matar! — gemeu Oline.

Via sobre si a terrível mulher do lábio leporino, uma mulher grande e forte, armada com enorme concha de pau. Oline já estava cheia de escoriações e sangrava, mas continuava obstinada, não se entregava.

— Queres me matar! — repetiu.

— Quero te matar, sim! — vociferou Inger, batendo sem parar — Toma! Quero ver-te morta!

Tinha agora a certeza de que Oline conhecia-lhe o segredo, e nada mais lhe importava.

— Quero quebrar-te esse focinho!

— Focinho? — gemeu Oline. Focinho é o teu! Deus talhou uma cruz na tua cara!

A velha era dura mesmo, tão dura que Inger não a conseguiu dominar de todo e viu-se forçada a se deter, a parar com seus golpes furiosos, que já a estavam cansando. Mas continuou a ameaçar, a brandir a concha bem em frente aos olhos da outra, jurando que ainda lhe ia bater mais, muito mais.

—Tu vais ver! Vou apanhar uma faca e tu vais ver uma coisa!

Pôs-se de pé, procurando a faca. Mas com isso sua ira passou do auge, e ela limitou-se a insultar. Oline conseguiu erguer-se e arrastou-se até o banco. Tinha o rosto azul e amarelo, inchado e sangrento; passou as mãos nos cabelos, tirando-os da face, arrumando o lenço da cabeça e cuspindo. Tinha a boca intumescida.

— Animal! — vociferou.

— Tu andaste fuçando lá no mato! — gritou Inger. Foi onde demoraste tanto. Achaste a pequena sepultura. Devias é ter cavado outra na mesma ocasião, para ti!

— Tu é que vais ver agora! — respondeu Oline, sedenta de vingança. Não digo nada, mas isso de casa com sala e quarto e relógio com órgão dentro, vai-se acabar!

— Não sei por que! Não és capaz de mos tirar!

— Não? Pois vais ver do que Oline é capaz!

E assim continuaram. Oline não mais usou insultos grosseiros, nem falou em voz alta. Parecia até meiga e pacífica em sua fria crueldade, em sua cólera surda, concentrada.

— Estou procurando meu embrulho. Arrependo-me de o ter deixado na mata. Vou devolver-te a lã. Não a quero nem de graça!

— Pensas decerto que a furtei!

— Sabes melhor que eu o que fizeste!

E formou-se nova briga em torno da lã. Inger ofereceu-se para mostrar os carneiros dos quais cortara a lã. Ao que Oline respondeu calmamente, com voz melosa:

— Sim, mas quem sabe lá de onde tens a primeira ovelha? Inger citou o nome da gente e do lugar de onde tinham vindo suas primeiras ovelhas.

— E trata de ter mais cuidado com a língua! Cala a boca que é melhor! — acrescentou, ameaçadora.

— Ah! Ah! — Oline deu uma risada sarcástica.

Trazia sempre a resposta engatilhada e não entregou os pontos. — Minha boca, hem? Cuida da tua, que é melhor! — e apontou para a deformidade no lábio de Inger, chamando-a um espantalho para Deus e os homens.

Insolente, Inger retrucou, chamando Oline, que era gorda, de monte de enxúndia.

— Enxúndia de cachorro! É o que és! E ainda vou pagar-te à altura pela lebre que me mandaste!

— A lebre? Queria eu ser tão livre de pecado na vida como no caso da lebre! Assim fosse este meu único pecado! Como era a tal lebre?

— Ora, não sabes como é uma lebre?

— Sei. São como tu, direitinho. Têm a tua cara! Não precisas ver lebres!

— Fora daqui! Puxa! — gritou Inger. Foste tu que enviaste Os-Anders com a lebre. Mas vais ser castigada por isso, vais à cadeia!

— Cadeia? Falaste em cadeia?

— Tu me invejas tudo. Tu morres de inveja. É o que é continuou Inger. Passas as noites em claro só de inveja, desde que casei com Isak e arrumei a minha vida. Meu Deus do céu, que queres de mim? É minha culpa que teus filhos nunca foram adiante, que são uns malogrados? Não toleras ver que meus filhos são bem crescidos e fortes e têm nomes mais bonitos que os teus. É minha culpa que são de melhor sangue que os teus?

Se havia coisa no mundo que pudesse levar Oline à fúria era falar em seus filhos. Fora mãe muitas vezes e apenas lhe restavam os filhos tais como eram; fazia alarde a seu respeito, inventava méritos que não tinham e ocultava seus defeitos.

— Que te atreves a dizer? — respondeu ela. — Que não te afundes no chão de vergonha! Meus filhos! Eram anjos do céu comparados aos teus! Atreves-te a falar de meus filhos? Eram sete abençoadas criaturas de Deus, quando pequenos, e agora estão todos crescidos e fortes! Fala mais uma palavra de meus filhos, fala, que vais ver uma coisa!

— E Lise? Que houve mesmo com ela? Foi mandada à cadeia, não foi? — perguntou Inger.

— Mas sem culpa nenhuma. Era inocente como uma flor respondeu Oline. E ela agora está casada em Bergen e usa chapéu. Mas quem és tu para falar em culpa dos outros?

— E Nils? Que houve com Nils?

— Isso nem tem resposta. Mas tu tens um filho enterrado lá no mato. Que fizeste com ele? Tu o mataste!

— Fora daqui! Já! — gritou Inger, investindo contra Oline.

Esta, porém, nem se moveu, nem ao menos se pôs de pé. Sua obstinada ousadia paralisou Inger, que se deteve, murmurando:

— Agora vou apanhar a faca...

— Não te dês ao incômodo — disse Oline. — Eu já vou. Mas, expulsar tua própria gente para o olho da rua... Só mesmo um animal como tu!

— Mais uma vez: ponha-te daqui para fora!

Mas Oline não foi embora. As duas continuaram por algum tempo a se insultar mutuamente, e cada vez que o relógio batia as horas ou as meias-horas, Oline escarnecia, tornando Inger mais furiosa ainda. Finalmente, porém, as duas se acalmaram um pouco, e Oline aprontou-se para sair.

— Tenho muito que andar, e ainda por cima à noite — disse ela. Eu devia é ter trazido de casa alguma coisa para comer pelo caminho!

Inger não respondeu. Acalmou-se de novo e deitou água numa bacia para Oline.

— Toma. Se quiseres te lavar um pouco... — disse ela.

Oline reconheceu que devia arrumar-se antes de sair. Mas não sabendo onde estava suja de sangue, lavava-se nos lugares errados. Inger ficou mirando-a por algum tempo, depois apontou com o dedo.

— Olha! Ali! Passa a mão ali, acima do olho. Não, não esse, o outro! Não vês onde estou mostrando?

— E eu posso adivinhar para que olho estás apontando, ora! — respondeu Oline.
— E na boca também, ali... Parece que tens medo dágua, puxa!
Inger acabou por lavar ela mesma a mulher ferida, atirando-lhe depois uma toalha.
— Sim, o que eu ia dizendo... — começou Oline, já serena, enquanto se enxugava. Como é que Isak e as crianças vão passar por cima disso?
— Então ele o sabe? — perguntou Inger.
— Pois não havia de saber! Se ele veio e viu tudo!
— E que disse?
— Que havia de dizer! De tão espantado perdeu até a fala, como eu!
Silêncio.
— E tu tens a culpa de tudo! — queixou-se Inger, começando a chorar.
— Eu? Oxalá eu sempre estivesse tão livre de pecado!
— Vou perguntar a Os-Anders, podes ficar certa disso!
— Pois pergunta, ora!
Falaram no caso com toda calma, e Oline parecia menos vingativa. Diplomata de alta categoria, Oline é hábil em achar soluções para tudo; começou a externar uma espécie de compaixão, a lastimar Isak e as crianças para quem a revelação do que sucedera seria uma desgraça.
— Eu sei — disse Inger, chorando ainda mais. Pensei nisso o tempo todo, não me deixou sossego dia e noite...
Oline imaginou que, para atenuar a situação, ela os pudesse ajudar, talvez ficar na propriedade e zelar por tudo, enquanto Inger estivesse presa.
Inger parou de chorar de um momento para outro: parecia estar atenta, ponderando.
— Não pode ser. Tu não olharias pelas crianças.
— Eu, não olhar por crianças? Ora... Não o digas nem por brincadeira!
— Eu é que sei...
— Pois se há uma coisa no mundo da qual eu gosto, é de crianças!
— Das tuas, sim. Mas como tratarias as minhas? E quando penso que me mandaste aquela lebre só para me desgraçar... Criatura má!
— Eu? Falas de mim?
— Falo de ti, sim — respondeu Inger, chorando. Para mim tens sido canalha da pior espécie, e não posso confiar em ti. Só virias aqui para roubar-nos toda a lã. E um queijo atrás do outro iria para tua gente e não para a minha!
— Tu és um animal! — disse Oline.
Inger pôs-se a chorar e a enxugar os olhos enquanto falava.
Oline afirmou que não ia insistir, que não se ia insinuar à força. Para ela era a mesma coisa, pois tinha onde morar e comer, com seu filho Nils, onde sempre estivera. Só tivera pena de Isak e das pobres

crianças inocentes, agora que Inger ia para a cadeia, e se prontificara a vir e cuidar deles. Procurou dar aspecto mais tentador ao seu oferecimento, disse que as coisas não iriam tão mal assim.

— Pensa bem no caso — disse ela.

Inger fora vencida. Chorou, sacudiu a cabeça e olhou para o chão. Como sonâmbula foi à prateleira e arrumou provisões para sua hóspede.

— Não quero dar trabalho — disse Oline.

— Não quero que atravesses os montes sem o que comer disse Inger.

Quando Oline foi-se embora, Inger saiu furtivamente, olhou ao redor e pôs o ouvido à escuta. Nenhum ruído vinha da pedreira. Aproximou-se e ouviu as crianças que brincavam com pedrinhas. Isak estava sentado, com a alavanca entre os joelhos, apoiando-se nela como num cajado. Lá estava ele.

Inger caminhou até a orla da mata, onde se ocultou. Colocara uma pequena cruz num certo lugarzinho; a cruz estava caída por terra e a turfa fora removida, o chão revirado. Abaixou-se e tornou a ajuntar a terra com as mãos. E lá ficou sentada.

Viera para ver até que ponto a pequena sepultura fora devassada por Oline; ficou ali porque o gado ainda não se recolhera, para a noite. Sacudiu a cabeça, chorando, e ficou com os olhos postos no chão.

CAPÍTULO VII

Os dias iam passando.

Tempo abençoado para a terra, com sol e boas chuvas. A lavoura ia bem, e fartas colheitas entravam em casa. A fenação ia adiantada, estava quase no fim, montanhas de feno se acumulavam, já havia dificuldade em arranjar espaço para tanto. Armazenaram a preciosa forragem em abrigos sob rochas inclinadas, no estábulo, empilharam-na sob o assoalho elevado da sala, tiraram tudo o que havia na despensa e encheram-na também até o telhado. Inger trabalhava de manhã à noite, era a ajudante indispensável, o mais sólido apoio. Isak aproveitava cada chuva rápida, que o obrigava a deixar o campo de feno, para trabalhar no telhado do novo celeiro; queria em todo caso terminar a parede do lado sul, pois teria assim espaço abrigado para imensas quantidades de feno. O trabalho progredia que era uma beleza, haviam de dar conta de tudo.

Quanto à grande tristeza, a desgraça que pesava sobre eles... Esta sim, estava sempre presente; o que estava feito estava feito, restava esperar pelas conseqüências. O bem tantas vezes passa sem deixar vestígios, e o mal sempre traz seu rastilho funesto. Isak encarou o caso com sensatez desde o início.

— Como chegaste a fazer isto? — limitou-se ele a perguntar à mulher.

Inger não respondeu, e pouco depois ele insistiu.
— Tu a estrangulaste?
— Sim — disse Inger.
— Não devias ter feito isso.
— Não — concordou ela.
— Nem posso compreender como o pudeste fazer!
— A menina era exatamente como eu — respondeu Inger. — Como assim?
— Tinha a mesma boca.
Isak matutou naquilo por muito tempo.
— Ah, sei — disse por fim.
Foi tudo o que falaram sobre o caso. Os dias iam passando, serenos como antes. Havia, além disso, tanto feno por recolher e uma tão grande colheita de produtos da lavoura, que absorviam as atenções; o crime cometido foi-se aos poucos apagando de seus pensamentos. Mas estava ali apesar de tudo, pairava sobre eles e sobre o lugar o tempo todo. Não podiam ter esperanças que Oline guardasse silêncio, seriam esperanças por demais infundadas. E mesmo se ela silenciasse outros falariam; testemunhas mudas teriam voz, as paredes da casa, as árvores em torno da pequena sepultura na mata. Os-Anders faria alusões, a própria Inger se trairia, acordada ou dormindo. Estavam preparados para o pior.

Que poderia Isak fazer, senão aceitar as coisas com bom senso? Compreendeu por que Inger sempre quisera ficar só na hora do parto, esperar com medo terrível pela criança, ansiosa por ver se esta era bem conformada ou não, enfrentar sozinha o perigo. Já três vezes ela passara pela mesma aflição. Isak meneou a cabeça, cheio de compaixão pela triste sorte da mulher. Pobre Inger... Soube do aparecimento do lapão com a lebre e absolveu a mulher. Naquele momento um grande amor aproximou-os um do outro, um amor louco e selvagem, o perigo os uniu, procuraram o carinho recíproco, ela cheia de rude doçura e ele desejando-a, querendo-a com a paixão imperiosa de um bruto. Inger usava sapatões de couro, mas não tinha nada de lapão, não era uma criaturinha franzina e enrugada como as mulheres dos lapões, pelo contrário, era grande e bonita. Andava descalça, como sempre, no verão, com um bom pedaço das pernas aparecendo, e ele não podia tirar os olhos daquelas pernas nuas.

Durante todo o estio, ela andou por ali, cantando pedacinhos de salmos e ensinando orações a Eleseus; mas dentro dela foi nascendo um ódio pouco cristão contra todos os lapões, ódio que ela deixava transparecer bem claramente sempre que passava um deles por ali. Podiam ser mandados por alguém, e talvez trouxessem lebres em suas bolsas de pele; que fossem embora! Era o que ela dizia aos lapões que passavam.

— Uma lebre? Que lebre? — perguntavam.

— Então não ouviste o que Os-Anders fez?
— Não.
— Já dá no mesmo se eu o conto ou não: ele apareceu aqui com uma lebre quando eu esperava criança.
— Imagina! Já se viu uma coisa dessas? E te fez mal?
— Não é da tua conta! Trata de sair daqui! Aqui não encontras o que meter na boca, some-te!
— Não tens por acaso um pedaço de couro para me dar? Para eu remendar a botina?
— Não tenho couro, não! O que vou dar-te logo é um pedaço de pau, se não saíres já daqui!

Ora, lapões são humildes ao pedir, mas são vingativos e ameaçadores quando não se lhes dá o que pedem. Passou um casal de lapões com duas crianças; os pais logo as mandaram entrar na casa e mendigar, e elas voltaram dizendo que não havia ninguém lá dentro. A família ficou parada ali algum tempo, discutindo o caso em seu idioma lapão, e depois o homem entrou para ver. Não voltou mais. A mulher o seguiu e depois as crianças foram atrás dos dois; ficaram todos na sala conversando em sua língua. O homem enfiou a cabeça pela porta do quarto e espiou: também lá não havia ninguém. O relógio bateu, e toda a família ficou escutando deslumbrada.

Inger devia ter suspeitado que havia estranhos na casa, pois veio às pressas pela encosta abaixo; vendo que eram lapões e ainda por cima desconhecidos, não teve rodeios.

— Que quereis aqui? Não vistes que não há ninguém em casa?
— Vimos... — disse o homem.
— Fora daqui! — continuou Inger. Não vos quero cá dentro. A família foi saindo, devagar, contra a vontade.
— Nós paramos para escutar teu relógio bater — disse o homem — é uma batida tão bonita!
— Não tens aí um pão para nós? — perguntou a mulher.
— De onde vindes vós? — perguntou Inger.
— Da costa. Do lado de lá. Estivemos andando a noite inteira.
— E para onde ides?
— Pra lá do morro.

Inger entrou e arrumou alguma comida para eles; quando voltou, a mulher pediu um retalho de pano para fazer um capuz, e um punhado de lã, um pedaço de queijo, tudo coisas de que precisava. Inger estava com pressa de ir ter com Isak e as crianças no campo de feno.

— Tratai de sair daqui — disse ela.

A mulher tentou adular.

— Vimos tua criação pastando lá em cima. Havia tantos animais como estrelas no céu.

— Ah, essa criação é falada! — secundou o homem. Tu não tens aí um par de botinas velhas para mim?

Sem responder, Inger fechou a porta da casa e voltou para seu trabalho na encosta. O homem então gritou alguma coisa atrás, e que ela fingiu não ouvir!

— E lebres, tu não queres comprar? Ela não se deteve, mas ouvira-o muito bem. Não havia equívoco possível. Talvez o lapão estivesse perguntando de boa-fé, instigado por alguém, ou talvez perguntasse por mal. Fosse lá como fosse, Inger ouviu aquilo como um aviso. O destino a prevenia...

Os dias foram passando. Os dois eram fortes e sãos; que viesse o que estava para vir, eles dedicavam-se ao seu trabalho e esperavam. Viviam unidos como os animais na floresta; dormiam e comiam. O tempo avançou, chegaram até a provar as novas batatas, que eram grandes e enxutas.

E o golpe esperado? Por que não viria? Chegou o fim de agosto, setembro não tardava aí; iriam eles ser poupados durante todo o inverno? Viviam sempre vigilantes, cada noite se aconchegavam em seu esconderijo, felizes por ter passado mais um dia sem novidade. Assim o tempo foi passando, até outubro, quando um belo dia o lensmand apareceu, acompanhado por outro homem e trazendo na mão uma valise. A Lei entrava-lhes pela porta adentro.

O inquérito foi longo. Inger foi interrogada a sós. Ela nada negou. A sepultura na mata foi aberta e esvaziada, o cadáver foi enviado ao exame. O pequenino corpo fora enterrado com o vestido de batizado de Eleseus e a boina enfeitada de contas.

Isak pareceu encontrar a fala de novo.

— É uma desgraça para nós — disse ele. — Eu digo o mesmo que antes, nunca devias ter feito isso.

— Não — disse Inger.

— Como o fizeste?

Inger não respondeu.

— Quando eu penso que foste capaz de uma coisa dessas!

— Ela era exatamente como eu. Por isso virei-lhe a cara para o outro lado.

Isak sacudiu a cabeça.

— E ficou deitada, morta... — continuou Inger, começando a chorar.

Isak permaneceu calado durante algum tempo.

— É... Agora é tarde para chorar — disse ele.

— Ela tinha cabelos castanhos — soluçou Inger — na nuca... E ficou nisso:

De novo os dias foram passando, Inger não foi presa; a autoridade tratava-os com brandura. O *lensmand* Heyerdahl interrogou-a como teria interrogado qualquer pessoa, e disse apenas:

— É tão triste que possa acontecer uma coisa assim!

Quando Inger perguntou quem a tinha denunciado, o *lensmand* respondeu que não fora ninguém e que foram muitos, que notícias do caso lhe tinham vindo de diversos lados. Ela mesma não se traíra, em conversa com certos lapões?

Inger admitiu ter contado a alguns lapões acerca do tal Os-Anders que a visitara no verão trazendo uma lebre, assim fazendo com que a criança em suas entranhas nascesse com lábio leporino. A lebre não fora mandada por Oline? — O *lensmand* não sabia. Em todo caso ele nem ao menos queria reunir em seu protocolo uma tal ignorância e superstição.

— Mas minha mãe viu uma lebre quando eu estava para nascer... — insistiu Inger.

O celeiro ficou pronto. Era uma casa espaçosa, com palheiros dos dois lados e eira no meio. O galpão e os outros lugares foram desocupados, e todo o feno foi levado ao celeiro. O trigo foi cortado, seco em medas e recolhido. Inger arrancou cenouras e nabos. Toda a colheita estava guardada. Tudo teria sido tão bom, havia fartura no sítio. Isak preparava outra vez nova terra para plantar, cavava até a chegada do frio, fez bem grande o campo de trigo. Isak era lavrador de corpo e alma. Em novembro Inger disse:

— Ela estaria agora com meio ano e já nos conheceria a todos!

— Não há remédio para isso agora — disse Isak.

No inverno ele malhou trigo na nova eira, e Inger o ajudou durante horas inteiras, empunhando o mangual tão bem como ele, enquanto as crianças brincavam no palheiro. O trigo era graúdo e cheio. Por volta do ano novo o caminho estava bom para trenó, e Isak começou a carregar lenha para a aldeia; contava agora com freguesia fixa, sua lenha seca ao sol do verão alcançava bom preço. Certo dia ele e Inger chegaram a um acordo em tirar o bonito garrote de *Guldhorn* e levá-lo à Sra. Geissler, juntamente com um queijo de cabra. Ela ficou encantada e perguntou quanto custava tudo aquilo.

— Nada — disse Isak. O *lensmand* já pagou tudo.

— Benza-o Deus! Já pagou! — exclamou a Sra. Geissler, comovida.

Em troca ela enviou presentes, livros de figura e brinquedos, para Eleseus e Sivert. Quando Izak voltou para casa, Inger, ao ver tanta coisa bonita, virou o rosto para o lado e chorou.

— Que tens? — perguntou Isak.

— Não é nada — respondeu ela. — A menina teria agora um ano e já podia ter-se alegrado com tudo isso...

— Sim, mas sabes como ela teria sido se vivesse — consolou-a Isak. E pode ser também que não nos espere coisa tão ruim assim. Afinal consegui descobrir o paradeiro de Geissler.

Inger ergueu os olhos.

— E ele nos irá ajudar? — Não sei...

Isak levou o trigo ao moinho e voltou com farinha. Isso feito, recomeçou o trabalho na mata. cortando lenha para o ano seguinte. Sua vida era pular de um trabalho para outro, conforme a estação do ano; era mudar da terra para a mata e da mata para a terra. Isak vivia agora ali, sempre trabalhando, havia seis anos, e Inger, cinco, e tudo teria sido tão bom, se durasse. Mas não durou. Inger trabalhava no tear, cuidava dos animais e cantava assiduamente seus salmos. Mas que canto, meu Deus do céu! Parecia um sino sem badalo.

Assim que os caminhos se tornaram transitáveis, ela foi levada à aldeia, para o interrogatório. Isak teve de ficar em casa,e, estando só, veio-lhe a idéia de empreender uma jornada à Suécia e procurar Geissler; o bom *lensmand* talvez mostrasse mais uma vez sua amizade à gente de Sellanraa. Mas quando Inger voltou, ela mesma havia-se informado e sabia alguma coisa a respeito de sua sentença: rigorosamente o crime se enquadrava no primeiro parágrafo, e a pena prevista era a prisão perpétua. Mas havia atenuantes, e ela confessara tudo perante o tribunal. As duas testemunhas, da aldeia, tinham-na fitado, cheias de compaixão, e o juiz distrital a interrogara com brandura. Todavia, ela sucumbira perante os preclaros intelectos da lei. Os senhores juristas são muito espertos, sabem de cor os parágrafos, tendo-os sempre na ponta da língua. E também não lhes falta o bom-senso nem coração. Inger não tinha motivos para queixar-se da justiça; não mencionou a lebre, mas quando confessara, banhada em lágrimas, que não faria tão grande mal à criança deformada como deixá-la viver, o magistrado meneou lenta e gravemente a cabeça.

— Mas — disse ele — tu também tens lábio leporino e assim mesmo tiveste uma vida boa.

— Graças a Deus! — respondera, sem conseguir dizer uma palavra acerca dos sofrimentos de sua infância e mocidade.

Não obstante, o juiz parecera ter compreendido sua amargura, pois era aleijado de um pé e não podia dançar.

— A sentença? — dissera. Não, não sei dizer. Devia ser prisão perpétua, e nem sei se conseguiremos atenuar a pena, reduzi-la para quinze a doze anos, ou doze a nove. Há uma comissão aí, ocupada em reformar o código penal, em torná-lo mais humano, mas nunca que chega ao fim de seus estudos. Enfim, devemos esperar sempre o melhor.

Inger voltou num estado de calma resignada. Não tinham achado necessário detê-la. Passaram-se alguns meses. Uma tarde, quando voltava da pescaria, Isak viu que o *lensmand* e seu novo oficial-de-justiça haviam estado em Sellanraa. Bondosa e alegre, Inger elogiou o marido, embora ele não trouxesse muito peixe.

— Algum estranho esteve aqui? — perguntou ele.

— Estranho? Por que perguntas?

— Há sinais frescos aí fora. Marcas de botina.

— Pois não foram estranhos. Foi o *lensmand* com mais um homem.

— E que queriam eles?

— Esta é boa! Podes imaginar o que queriam!

— Vieram procurar-te?

— E que mais havia de ser? Era a sentença. E fica sabendo, Isak, Deus Nosso Senhor foi bondoso, não veio aquilo que eu tanto temia.

— Ah, não? — quis saber Isak, impaciente. — Então o tempo não será tão longo, hem?

— Não. Só alguns anos.

— Quantos?

— Tu os acharás muitos, já sei. Mas eu dou graças a Deus pela minha vida!

E Inger ficou firme, não disse quantos anos eram. Mais tarde, Isak perguntou quando a viriam buscar, mas ela não o sabia ou não o queria dizer. Tornara-se novamente pensativa e disse que não podia imaginar como iriam as coisas durante sua ausência; teriam provavelmente de mandar vir Oline. A Isak também não ocorria outra solução.

E já que falavam nisso: que seria feito de Oline? Não viera aquele ano, como era seu costume. Iria ela manter-se afastada para sempre, após ter-lhes transtornado toda a vida? Passou a temporada do grande trabalho, e quem não apareceu foi Oline. Iria talvez ser preciso buscá-la, pedir, suplicar que viesse? Certamente a velha vinha zanzando pelo caminho, com toda a sua enxúndia!

Finalmente ela veio. Que mulher! Fazia de conta que nada houvesse acontecido entre ela e o casal, estava até fazendo um par de meias riscadas para Eleseus.

— Eu só vim dar uma olhada, para ver como vão as coisas deste lado do morro — disse ela.

Mas verificaram que ela guardara no mato um saco com suas roupas e objetos de uso, que vinha, por conseguinte, para ficar.

À noite, Inger chamou o marido à parte e disse:

— Não ias tentar encontrar Geissler? É o tempo de folga agora, vai...

— Sim — respondeu Isak. Oline estando aqui, poderei ir amanhã cedo.

Inger sentiu-se grata.

— Deves levar todo o dinheiro que possuis — disse ela.

— Tu não podes guardar o dinheiro?

— Não.

Inger arrumou provisões para a jornada, e ainda era noite quando Isak se levantou e aprontou para partir. Inger acompanhou-o à soleira da porta. Não chorou nem se queixou.

— Agora podem vir me buscar qualquer dia desses — disse apenas.

— Sabes de alguma coisa?

— E como haveria de saber! Pode não ser hoje nem amanhã, mas em todo caso é logo. Bom seria encontrares Geissler, que talvez possa ajudar de um modo ou de outro.

Que poderia Geissler fazer por eles agora? Nada. Mas Isak foi.

Inger certamente sabia mais do que dava a perceber; talvez até tivesse mandado recado a Oline. Quando Isak voltou da Suécia, tinham vindo buscá-la. Só encontrou Oline com as duas crianças.

Eram novas sombrias que o esperavam, e Isak perguntou em voz alta:
— Ela já se foi?
— Sim — disse Oline.
— Que dia?
— Logo no dia seguinte, depois que saíste.

Isak compreendeu tudo. Inger quisera estar só, sabê-lo bem distante na hora decisiva e por isso o persuadira a partir e a levar todo o dinheiro. E ela mesma bem podia ter levado um pouco de dinheiro para a longa viagem!

As crianças foram logo arrebatadas pelo porquinho amarelo que ele trouxera para casa. Mas foi este todo o resultado de sua viagem; não encontrara mais Geissler, que já deixara a Suécia e, de volta à Noruega, estava em Trondhjem. Isak carregara o leitãozinho nos braços o tempo todo, alimentara-o com leite de uma garrafa, e na travessia da montanha dormira com ele no peito; sua intenção fora causar uma surpresa a Inger. Pelo menos Eleseus e Sivert tinham com que brincar e divertiam-se a valer, o que o distraiu um pouco, fazendo-o esquecer por instantes sua tristeza. Oline veio, trouxe lembranças do *lensmand* e a notícia de que o Estado finalmente se decidira pela venda das terras de Sellanraa; restava a Isak ir à repartição e pagar. Foi uma boa nova e arrancou-o à sua pior depressão. Embora estivesse cansado, Isak arrumou a matula no saco e pôs-se a caminho da aldeia na mesma hora. Talvez tivesse ainda uma leve esperança de alcançar Inger.

Foram vãs suas esperanças. Inger havia partido, para uma ausência de oito anos. Sentindo em torno de si como que o vácuo e as trevas, Isak mal ouviu o que o *lensmand* lhe dizia, que sentia muito, que era tão triste acontecer coisa assim, mas que esperava ser aquela boa lição para Inger, ela certamente se emendaria, tornar-se-ia melhor, e não mais mataria os próprios filhos.

O *lensmand* Heyerdahl casara-se dois dias antes; sua esposa não queria ser mãe; isso de criança não era com ela, que Deus a livrasse. E de fato não as teve.

Finalmente — disse o *lensmand* — podemos acertar o negócio de Sellanraa. O Real Departamento concorda em vender as terras, mais ou menos conforme minha proposta.

— Está bem — disse Isak.

— Tomou um bocado de tempo, mas tive a satisfação de ver que meus esforços não foram baldados. Tudo o que escrevi foi aprovado, quase ao pé da letra.

— Ao pé da letra — repetiu Isak, meneando a cabeça em sinal de assentimento.

— Aqui está a escritura. Tu a podes registrar no primeiro *ting*[12].

---

12. *Ting* — Audiência do Conselho distrital rural. — N. do T.

— Sei — disse Isak. E quanto devo pagar?
— Dez *dalers* por ano. Sim, aí o Departamento alterou um pouco. Paciência. Botou dez *dalers* por ano em vez de cinco. Não sei o que dirás a isso...
— Enquanto eu os puder pagar, que remédio! — disse Isak.
— E o prazo é de dez anos.
Isak ergueu os olhos, assustado.
— Que hei de fazer? O Departamento o quer assim. Afinal de contas não é muito, por uma tão grande propriedade, cultivada, com tantas benfeitorias.

Isak trazia consigo os dez *dalers* para aquele ano. Recebera dinheiro pela lenha e pelos queijos que Inger armazenara. Pagou a quantia estipulada e ainda lhe sobrou um pouco.

— Foi bom o Departamento não ter chegado a saber do caso de tua mulher! — disse o *lensmand* — pois teriam tratado de arranjar outro comprador.

— Então ela foi-se mesmo... — disse Isak. Foi-se para oito anos!

— Que se há de fazer? É a justiça. A justiça não pode parar. E ela ainda pegou uma sentença muito camarada. Mas uma coisa eu quero que tu faças: divisas entre as tuas terras e as do Estado.

Deves cortar picadas, em linha reta, obedecendo as marcas que eu coloquei no meu livro. A lenha que resultar das picadas é tua. Qualquer dia desses irei até lá ver o que fizeste.

Isak iniciou a caminhada de volta.

CAPÍTULO VIII

Os anos passam correndo para quem envelhece.

Isak não temia a velhice nem sentia ainda diminuírem-lhe as forças; para ele os anos continuavam longos. Lavrava suas terras e deixava crescer à vontade a barba cor de ferrugem.

Lá uma vez ou outra um lapão que passava por ali, ou um acidente qualquer com os animais vinha quebrar a monotonia daquelas encostas ermas; mas bem depressa tudo voltava ao ritmo de sempre. Certa vez, muitos homens vieram vindo pelo caminho e detiveram-se em Sellanraa, para descansar; comeram e tomaram leite. Interrogaram Isak e Oline sobre o caminho através dos morros. Estavam tocando uma linha telegráfica, disseram. Um dia apareceu Geissler, em carne e osso. Vinha despreocupado como sempre e trazia consigo dois homens equipados com utensílios de mineração, pá e picareta.

Ah, esse tal de Geissler! Nunca mudava, era o mesmo de sempre. Saudou ruidosamente a todos, falou com as crianças, entrou na casa e tornou a sair, correu os olhos pelas terras, abriu as portas do curral e do paiol de feno, meteu o nariz em tudo.

— Ótimo! — exclamou. Excelente! Isak, você ainda tem aquelas pedrinhas?

— Que pedrinhas?

— Aquelas pedras pesadas com que teu menino estava brincando quando por aqui passei da outra vez.

As pedras tinham ido parar na despensa, onde serviam de peso para ratoeiras. Foram trazidas e submetidas ao exame dos dois homens, que as bateram, pesaram na mão e comentaram entre si.

— É cobre — disseram.

— Podes vir conosco à montanha, mostrar-nos onde as encontraste? — perguntou Geissler.

Saíram todos e, embora não fosse longe até o lugar onde Isak achara as pedras, andaram pelos montes durante vários dias, procurando veios de minérios, fazendo descargas. Voltaram com dois sacos pesados, cheios de pedrinhas.

Isak conversou com Geissler sobre sua própria situação, sobre a compra das terras, que custaram cem *dalers* em vez de cinqüenta.

— Isso não tem a mínima importância — disse Geissler, leviano. — Tu talvez tenhas aqui milhares de *dalers* na tua parte das montanhas.

— Sei lá... — disse Isak.

— Mas deves registrar a escritura o mais depressa possível.

— Sei.

— Antes que o Estado comece com histórias. Tu me compreendes...

Isak compreendia-o muito bem.

— O pior é Inger — disse ele.

— Isso é... — concordou Geissler, e ficou pensativo por muito mais tempo do que era seu costume. Talvez se consiga revisão do caso e comutação da pena. Podíamos também tentar obter indulto, com o que decerto alcançaríamos a mesma coisa.

— Se achar a coisa possível...

— Mas ainda não podemos apelar. Só quando houver passado algum tempo. E, antes que me esqueça: estiveste lá em casa, com carne e queijo; quanto devo?

— Não deve nada. O *lensmand* já pagou de antemão por tudo.

— Eu? Paguei alguma coisa?

— Tem-nos ajudado tantas vezes.

— Nada disso — declarou Geissler — puxando algumas cédulas. Toma isso!

Geissler não era homem que aceitasse alguma coisa de graça, parecia andar outra vez bem de vida, pois trazia a carteira recheada. Só Deus sabia se, de fato, estava bem situado ou não.

— Mas ela escreve que vai indo muito bem — disse Isak, que só pensava no seu caso.

— Quem? Ah, sim, tua mulher.

— Pois é. E mais ainda, desde que a menina nasceu. Ela teve uma menina, bonita, bem feita.
— Ótimo!
— Sim. E desde então todos a ajudam e são tão bons para ela.
— Olha aqui — disse Geissler —, vou enviar essas pedrinhas a um perito em minas, para saber o que contêm. Se for grande o teor de cobre, tu farás bons negócios.
— Hum — fez Isak. — E quando achas que podemos tentar obter o indulto?
— Vamos deixar passar algum tempo. Eu tratarei dos papéis necessários. Mais tarde voltarei aqui. Tua mulher teve uma criança depois que saiu daqui?
— Sim.
— Então levaram-na já grávida? Isso é contra a lei, não podiam fazer isso.
— Ah, não?
Não! É uma razão a mais para pô-la em liberdade mais cedo.
— Bom seria! — disse Isak, reconhecido.

Isak nada sabia acerca da papelada que já circulara entre as diversas autoridades por causa da mulher grávida. Anteriormente tinham deixado de detê-la por dois motivos: na aldeia faltava-lhes casa de detenção e queriam mostrar-se brandos. As conseqüências foram imprevisíveis. Mais tarde, quando a tinham mandado buscar, ninguém a interrogara acerca de seu estado, e ela mesma nada dissera. Talvez se calara de propósito, para ser levada como estava e mais tarde poder ter a criança junto a si nos duros anos da prisão; portando-se bem, imaginara, deixá-la-iam vê-la de vez em quando. Ou talvez já estivesse tão desanimada e indiferente a tudo que, apesar de seu estado, deixara-se levar.

Isak trabalhava, labutava penosamente, abria valas e amanhava novos campos. Cortou as divisas entre suas terras e as do Estado, e a lenha da picada deu para um ano. Mas como não mais tinha sua Inger, não havia para quem fazer bonito, mourejava mais por força do hábito do que por prazer. Deixou passar duas sessões do conselho sem registrar sua escritura, tal era sua falta de vontade; finalmente no outono muniu-se da necessária dose de decisão para fazê-lo. Nada mais era como devia ser. Sempre fora paciente e ponderado, mas agora o era por resignação, por não haver outro remédio. Preparava couros porque era necessário, couros de cabra e de vitela, deixava-os de molho no rio depois na casca, curtia-os e punha-os em condição de couro para botinas. No inverno, separou logo na primeira eirada o trigo para semente, para a próxima primavera; assim não se pensava mais nisso; nada como ter sempre tudo feito com antecedência, como ele, homem metódico e ordeiro. Mas sua vida tornara-se monótona e triste. Herregud, ele era de novo o homem solitário, sem mulher.

Que prazer havia agora em ficar em casa aos domingos, em se lavar e vestir a camisa vermelha, limpa, se não havia mais quem o pudesse ver limpo e bem arrumado? Os dias que mais custavam a passar eram os domingos, que o forçavam à ociosidade e a pensamentos tristes, a percorrer as terras e ver tudo o que já deveria ter feito. Levava sempre os meninos consigo, carregando um deles no braço. Era uma distração ouvir sua conversa e responder às perguntas que faziam.

Ficou com a velha Oline porque não pôde arranjar outra pessoa. Oline nem era das piores, também ela cardava a lã, tecia, fazia meias e mitenes, e fabricava queijos; mas não tinha mãos jeitosas, nem fazia as coisas com carinho, pois nada daquilo em que ela punha as mãos lhe pertencia. Certa vez, ao tempo de Inger, Isak comprara na loja da aldeia uma bonita caixa de porcelana com uma cabeça de cachorro na tampa, uma espécie de caixa de tabaco, que tinha seu lugar na prateleira. Oline tirou a tampa e deixou-a cair no chão. Inger deixara numa caixa umas mudas de brinco-de-princesa, embaixo de um vidro. Oline ergueu o vidro e recolocou-o, apertando com força, de propósito; no dia seguinte todas as mudas estavam mortas. Não foi tão fácil para Isak suportar tudo isso; seu rosto talvez traísse o que lhe ia por dentro, e como ele não tivesse a meiguice de um cisne, devia ter feito uma cara bem feia. Mas Oline era caradura e veio com a fala macia de sempre:

— E eu tenho culpa?

— Não sei — replicou Isak. — Mas não tinha nada que mexer naquilo!

— Pois juro que não vou tocar nunca mais nas flores dela! — disse Oline.

Mas as mudas já estavam mortas...

E por que seria que os lapões agora vinham tantas vezes a Sellanraa, muito mais do que dantes? Que viria Os-Anders fazer ali? Não podia ele passar pelo caminho sem se deter, como dantes? Num só verão atravessou duas vezes a montanha, ele que não possuía renas para cuidar e vivia de esmolas, sempre pousando em casa de outros lapões. Era só ele apontar no sítio, e Oline punha de lado tudo quanto estava fazendo, para ficarem os dois falando do povo da aldeia; e, quando saía, levava sempre o saco cheio. Paciente, Isak via aquilo durante dois anos, sem dizer nada.

Foi quando Oline precisou outra vez de sapatos novos, e ele não se conteve mais. Era no outono, e Oline usava sapatos todos os dias, em vez de botinas de couro cru ou tamancos.

— O tempo tem andado bonito durante o dia — começou Isak.

— É mesmo — disse Oline.

— Não contaste dez queijos na prateleira esta manhã, Eleseus? — perguntou Isak.

— Sim — respondeu Eleseus.

— Pois agora só tem nove!

Eleseus contou de novo, esforçou a pequena cabeça e disse: — Mas há ainda o queijo que Os-Anders levou. Com esse são, dez.

Silêncio na sala. O pequeno Sivert teve de contar também e repetiu as palavras do irmão:

— Com esse são dez!

Voltou a reinar silêncio. Por fim, Oline teve de se explicar:

— Sim, eu lhe dei um queijo, bem pequeno. Não podia imaginar que isso fosse tão grande crime. Mas as crianças, mal acabam de nascer, já mostram de que barro são feitas. Se eu pudesse descobrir por quem estão puxando! Pelo pai é que não é!

Insinuação como esta Isak teve de refutar.

— As crianças são até muito boas. Eu gostaria é que me dissesses que benefício o bom Os-Anders já fez para mim e os meus.

— Que benefícios?

— Sim.

— Os-Anders?

— Sim! Em troca do que devo dar-lhe queijos?

Mas Oline tratara de ganhar tempo e preparou bem a resposta.

— Deus me livre, Isak! Então fui eu que comecei a falar em Os-Anders? Se fiz tanto como falar-lhe no nome, não quero sair viva de onde estou!

Brilhante vitória de Oline. Isak teve de dar-se por vencido, como tantas vezes antes.

Oline é que não cedeu terreno.

— Se tu queres que eu ande por aí, descalça quase no inverno, e que eu nunca possua o que Deus deu para a gente pôr nos pés, é só dizer! Já falei nos sapatos umas três, quatro semanas atrás, mas nunca vi sinal de sapatos, continuo na mesma...

— Que há com teus tamancos, que não os podes usar? perguntou Isak.

— Que há com meus tamancos? — disse Oline, apanhada de surpresa.

— Sim, é o que gostaria de saber.

— Com meus tamancos?

— Sim!

— O que esqueces de dizer é que aqui eu vivo cardando, fiando, cuidando dos animais e olhando pelas crianças. E por falar nisso, tua mulher, que está na cadeia, também não andava descalça na neve, me parece.

— Não, pois usava tamancos — disse Isak. — E quando ia à igreja ou visitar gente boa, usava botinas de couro.

— Ah, isso eu sei, era uma maravilha!

— Pois era, sim! E quando no verão usava botinas de couro, ela as calçava forradas com um pouco de capim, e nada mais. Mas tu... Tu usas meias nos sapatos durante o ano inteiro!

— Se é por isso — disse Oline — vou tratar de gastar meus tamancos. Eu não imaginei que havia tanta pressa em gastar, de propósito, tão bons tamancos...

Falava com voz doce e macia, os olhos semicerrados, boa e astuciosa.

— A nossa Inger — continuou — a Bytting[13], como a chamávamos, foi criada junto com meus filhos e aprendeu várias coisas úteis, no decorrer dos anos. Essa é a gratidão! Minha filha que mora em Bergen usa chapéu, e acho que só por isso Inger foi para o sul, a Trondhjem, comprar um chapéu! Eh! Eh!

Isak ergueu-se para sair. Mas Oline abrira o coração e não parava mais, despejava suas reservas de negrura, espalhava sombras; afirmava que nenhuma de suas filhas tinha a boca arreganhada como um animal de rapina, cuspindo fogo, mas que por isso não estavam mal de vida; que nem todos tinham mãos tão jeitosas para matar crianças...

— Olha como falas, cuidado! — gritou Isak — e acrescentou, para fazer-se entender melhor: — Velha do diabo!

Oline, porém, não tinha cuidado, continuou, zombeteira. Virou os olhos para o céu e insinuou que era um desaforo andar por aí com lábio leporino, como o faziam certas pessoas. Bom seria se moderassem um pouco!

Isak deu-se por satisfeito de, finalmente, escapulir da casa. Que remédio senão comprar os sapatos para Oline? Era o que lhe restava fazer. Homem da terra, da floresta, não tinha a mais leve semelhança com um deus, não era homem que pudesse cruzar os braços sobre o peito e dizer à sua criada: "Fora daqui!" Mulher indispensável, ela sentia-se segura, podia fazer e dizer o que quisesse.

Vieram noites frias, de lua cheia; os charcos endureceram até suportar um homem mal e mal, mas durante o dia o sol degelou-os, tornando-os de novo intransponíveis. Numa noite fresca, Isak desceu à aldeia para encomendar os sapatos de Oline. Levou consigo dois queijos para a Sra. Geissler.

A meio caminho entre o sítio e a aldeia estabelecera-se um novo colono. Devia ser homem de recursos, pois chamara carpinteiro da aldeia para construir a casa, e ajustara trabalhadores para arar um celamim da terra arenoso-barrenta da baixada, para plantar batatas; ele pouco ou nada fazia com as próprias mãos. O colono era Brede Olsen, assistente de *lensmand*, oficial-de-justiça e o homem que se procurava quando era caso de chamar o doutor ou quando a mulher do pastor ia matar um porco. Não chegara ainda aos trinta, mas tinha quatro filhos para cuidar, além da mulher, que era uma criança grande. Certamente os recursos de Brede não eram lá grande coisa; isso de ser pau para toda obra, e correr a região fazendo cobranças judiciais, de certo não dava muito lucro; o homem decidira-se a tentar a sorte na lavoura. Levantara um empréstimo no banco para construir a casa no campo. Chamou o sítio de Breidablik, nome magnífico, imaginado pela mulher do *lensmand* Heyerdahl.

13. *Bytting* — "Criança trocada". Chamam-se assim as crianças muito feias ou com um defeito físico qualquer, o que é uma alusão à lenda segundo a qual os duendes da floresta roubam as crianças humanas bonitas e deixam em seu lugar as próprias, feias. — N. do T.

Isak passou às pressas pela casa, não queria perder tempo em entrar. Apesar de muito cedo, a janela estava cheia de crianças. Isak apressou o passo, pois queria estar de volta na noite seguinte, pelo menos até onde estava agora. Quem vive no campo tem muitas preocupações, muitos problemas a solucionar do melhor modo possível. A ocasião nem era de grande aperto de serviço, mas ele estava ansioso por ver as crianças, deixadas em casa com Oline.

Enquanto andava vinha-lhe à mente sua primeira caminhada por aquela senda. O tempo passara, os dois últimos anos haviam sido longos; muitas coisas boas tinham acontecido em Sellanraa, e algumas coisas ruins — oh, Herregud! Havia, pois, nova lavoura no mato! Isak conhecia bem o lugar: era um dos sítios aprazíveis que ele próprio examinara durante sua peregrinação e deixara para trás. Ficava mais perto da aldeia, sem dúvida, mas a mata não era de tão boa qualidade como a sua. O solo era plano, mas pantanoso; a terra macia era fácil de arar, mas difícil de drenar. O bom Brede bem depressa iria verificar que estaria sem terras para plantar, se desprezasse o charco. E não iria ele construir um puxado no canto da casa de moradia, para guardar ferramentas e carros? Isak viu uma carroça no quintal ao relento, exposta ao tempo.

Fez sua encomenda ao sapateiro e, como a Sra. Geissler tivesse deixado a aldeia, vendeu seus queijos ao homem do armazém. À noitinha, retomou o caminho de casa. Com o aumento do frio o solo foi-se tornando cada vez mais firme e duro, bom de se andar, mas assim mesmo Isak ia caminhando a passos pesados. Só Deus sabia quando Geissler ia voltar, agora que sua mulher tinha ido embora; talvez nunca mais voltasse. Inger estava longe, e o tempo ia passando.

Nem no caminho de volta entrou em casa de Brede, tratou até de contornar Breidablik, manter-se longe do sítio. Não sentia ânimo de falar com quem quer que fosse, queria afastar-se de todos. O carro de Brede continuava no mesmo lugar: "Será que ficará ali jogado eternamente?" — pensou Isak. Enfim, cada um tem seu jeito. Ele mesmo agora é dono de carro e de um puxado para guardá-lo, mas nem por isso está bem: sua casa já foi um lar, hoje é apenas metade de um lar!

O dia já avançava quando chegou a um ponto de onde podia ver o próprio sítio na encosta, e isso o alegrou um pouco, embora viesse fatigado dos dias de marcha. As casas ali estavam, o fumo subia da chaminé; os dois meninos brincavam no terreiro e vieram ao seu encontro, assim que o viram. Entrando em casa, viu dois lapões na sala. Oline ergueu-se, surpresa.

— Que? Já de volta?

Ela estava fazendo café. no fogão. Café? Sim, café, o cúmulo!

Isak já o percebera antes, não era a primeira vez. Sempre que Os-Anders ou outro lapão aparecia por ali, Oline fazia café no pequeno caldeirão de Inger. Quando Isak andava no mato ou pelos campos, ela não perdia a ocasião, e ele apanhava-a, às vezes, em flagrante, mas calava-se. Sabia, porém, que cada vez suas reservas diminuíam de um queijo ou de um molho de lã. Ele é que era bom demais, devia agarrá-la e fazê-la em pedaços por tanta vileza. Em geral Isak esforçava-se por ser cada vez melhor, fosse qual fosse a razão, quer o fizesse em nome da paz doméstica, ou porque tivesse esperanças de que Deus lhe mandasse Inger de volta mais depressa. Era homem inclinado a matutar e a ter superstições; mesmo sua astúcia camponesa era ingênua. No outono verificou que, no telhado da cocheira, a turfa começava a cair sobre o cavalo; durante algum tempo mastigou a barba vermelha, depois sorriu, como alguém que entende uma brincadeira e escorou a cobertura com paus atravessados. Não se lhe escapou uma única palavra. E houve mais: o depósito onde ele guardava suas provisões fora construído sobre colunas de pedra. Através de fendas nas paredes, pássaros entravam no depósito e ficavam esvoaçando, sem achar saída. Oline queixava-se de que os cucos bicavam a comida, pousavam na carne defumada e faziam coisa muito pior ainda. Isak condoeu-se dos passarinhos. Embora estivesse assoberbado de trabalho, quebrou pedras e fechou as fendas nas paredes.

Sabe Deus qual era a sua idéia, talvez tivesse esperanças de ver Inger voltar em pouco tempo, portando-se tão bem.

CAPÍTULO IX

Os anos foram passando.

Tornaram a aparecer em Sellanraa um engenheiro, um encarregado de serviços e dois operários, que continuaram o levantamento para a linha telegráfica através dos montes. Pelo rumo que estavam tomando agora, a linha passaria pouco acima das casas e um caminho reto seria aberto na floresta, o que não fazia mal pois tornaria o lugar menos desolado. Era como que um contato com o mundo lá de fora, tornando tudo mais claro.

— Este lugar — disse o engenheiro, dirigindo-se a Isak ficará sendo exatamente o ponto central entre duas linhas, uma em cada vale. Pode ser que te ofereçam o cargo de inspetor de linhas.

— É?

— Ganharás vinte e cinco *dalers* por ano.

— Bem. Mas que devo fazer em troca? Qual será meu trabalho?

— Manter a linha em ordem, consertar os cabos quando estes se desgastarem e tirar o mato que for crescendo na picada. Terás uma pequena máquina na parede da tua casa, que avisará quando teus serviços forem necessários. Quando o aparelho der sinal deves largar tudo o que estiveres fazendo e por-te a caminho.

Isak refletiu maduramente.

— Eu podia muito bem encarregar-me do serviço no inverno — disse.
— Não, teria de ser para o ano inteiro, naturalmente, verão e inverno.
— Então nada feito — disse Isak. Na primavera, no verão e no outono tenho terras para lavrar, não me sobra tempo para outras coisas.
Admirado, o engenheiro olhou-o demoradamente e depois perguntou:
— E consegues ganhar mais, na lavoura?
— Se ganho mais?
— Sim, se ganhas mais trabalhando na lavoura do que inspecionando as linhas?
— Ah, isso não sei — respondeu Isak. Mas estou aqui para lavrar a terra. Tenho muita gente e ainda mais animais, e todos querem comer. A terra nos alimenta. Dela vivemos nós.
— Devo então oferecer o serviço a outro — disse o engenheiro.
Essa ameaça não impressionou Isak, parecia antes aliviá-lo, mas como ele não gostasse de contrariar o homem importante, pôs-se a explicar:
— Tenho um cavalo, cinco vacas, além do touro; tenho ainda vinte carneiros e dezesseis cabras. Esses animais que nos dão alimento, lã e couro, devem ser alimentados.
— Sim, é claro.
— Pois é. Só quero dizer ainda o seguinte: como irei eu arranjar forragem para eles, tendo de largar o serviço a cada instante para ir cuidar da linha telegráfica?
— Está bem, não falemos mais nisso — atalhou o engenheiro. O homem lá embaixo, Bred Olsen, se encarregará de boa vontade da inspeção.
Voltou-se para seus homens.
— Como é, rapaziada, vamos adiante?
Oline ouvira a conversa e percebera pelo tom de voz que Isak não estivera muito seguro: resolveu tirar partido da situação.
— Que disseste, Isak? Dezesseis cabras? Pois não são mais de quinze.
Isak mirou-a, mas Oline encarou-o bem no rosto, sem se perturbar.
— Não são dezesseis cabras? — perguntou ele.
— Não — disse ela, olhando, como a procurar apoio, para os estranhos.
— Que sei eu... — disse Isak baixinho. Apanhou uns fios de barba entre os dentes, começou a mastigá-los.
O engenheiro e sua gente foram-se embora.
Se a intenção de Isak tivesse sido mostrar o quanto estava mal satisfeito com Oline, ou até castigá-la, teve ótima oportunidade, uma oportunidade enviada pelos céus. Estavam a sós na sala, os meninos saíram atrás dos homens e não tinham voltado, Isak estava no meio da sala, e Oline junto ao fogão. Isak tossiu algumas vezes, dando a entender que ia falar. Mas permaneceu calado. O silêncio era sua grande força. Então não sabia quantas cabras possuía? Seria mais fácil não saber quantos dedos tinha nas mãos! Aquela mulher estava doida! Como podia faltar

um dos animais que ele conhecia pessoalmente, com que falava todos os dias, uma de suas cabras, que eram em número de dezesseis? Só se Oline tivesse dado sumiço em uma delas no dia anterior, quando ali estivera a mulher de Breidablik.

— Hum! — fez, desta vez com as palavras na ponta da língua.

Que teria feito Oline? Se não cometeu pura e simplesmente um assassinato, não devia estar longe disso. Ele podia falar com a máxima gravidade da décima sexta cabra. O que não podia era ficar ali, no meio da sala, para todo o sempre, sem dar um pio.

— Hum... — disse ele. — Então agora são só quinze cabras?

— Só — respondeu ela docemente. — Conte-as tu mesmo e verás. Eu, em todo caso, não chego além de quinze.

Naquele momento o poderia ter feito: estender as mãos e, com vigorosa sacudidela, mudar consideravelmente o aspecto daquela mulher. Estava ao seu alcance fazê-lo, sem dúvida. Não fez coisa alguma, mas era todo arrojo ao dirigir-se à porta.

— Não quero dizer mais nada, agora! — exclamou, ousado. Retirou-se, mas de modo a deixar bem claro que na próxima vez seria muito mais rigoroso.

— Eleseus! — chamou.

Por onde andaria Eleseus? Os dois meninos, por onde andariam? O pai tinha uma pergunta a fazer-lhes, eram agora rapazes crescidos e tinham os olhos bem abertos. Foi descobri-los embaixo do assoalho do celeiro, onde se haviam enfiado, estando invisíveis, traindo-se apenas por tímidos cochichos. Saíram do esconderijo como dois malfeitores apanhados em flagrante.

A causa de tudo aquilo era Eleseus ter achado um toco de lápis de cor, que o engenheiro deixara cair, e não mais ter alcançado os homens, que já iam longe, na mata, quando o quisera devolver. Ocorrera-lhe então que talvez pudesse guardar para si o lápis. Imagina, ter um lápis! Procurara o pequeno Sivert, para ter um cúmplice, para não estar só em tão grave empresa, e os dois haviam-se ocultado embaixo do celeiro, com sua presa. Um toco de lápis! Um acontecimento em sua vida, uma maravilha! Acharam lascas de pau que cobriram de sinais. O lápis era azul em uma ponta e vermelho na outra, e os meninos alternavam-se em seu uso. Quando ouviram o pai chamar em voz alta, com tanta insistência, Eleseus murmurou:

— Os homens voltaram para buscar o lápis!

Toda a alegria dos dois desvaneceu-se de um golpe, o coração batia-lhes desesperadamente. Os irmãos saíram do esconderijo, Eleseus estendendo para o pai a mão com o lápis, para mostrar que ali estava, que não o tinham partido, mas desejando nunca o ter achado.

Mas do engenheiro, nem sinal. Acalmaram-se; após tão horrível tensão, sentiram um grande alívio.

— Ontem esteve aqui uma mulher — disse o pai.
— Esteve.
— A mulher lá de baixo. Vistes quando ela foi-se embora?
— Vimos.
— Levava consigo uma cabra?
— Uma cabra? Não.
Quando ela foi-se embora outra vez, não levava uma cabra?
— Não. Que cabra?
Isak matutou muito naquilo. À noitinha, quando a criação voltou do campo, contou as cabras mais uma vez. Eram dezesseis. Tornou a contá-las, contou-as cinco vezes em seguida. Eram mesmo dezesseis. Nenhuma faltava.
Respirou, aliviado. Como explicar aquilo? A velha idiota certamente não soubera contar até dezesseis. Interrogou-a, aborrecido:
— Que bobagens são essas? São de fato dezesseis cabras.
— Ah! São dezesseis? — a mulher fez papel de inocente.
— Pois são.
— E então?
— Então se vê que és mestra em contar!
Ao que Oline respondeu, em voz baixa, ofendida:
— Graças a Deus estão todas aí, pois se não estivessem, Oline teria comido alguma, na certa! Estou satisfeita por causa dela, coitada!
Desorientou-o com esse golpe de estratégia, fazendo-o sossegar. Isak não quis mais contar cabeças de gado, estava farto daquilo. Assim, nem de longe, ocorreu-lhe contar também os carneiros...
Oline afinal de contas não era das piores, cuidava-lhe da casa e das crianças; era apenas uma tola, mas prejudicava mais a si mesma que a ele. Que ficasse por ali, nem valia a pena aborrecer-se com ela. Ele é que não era mais o Isak de outros tempos, sua vida era tediosa, sem alegrias.
Os anos foram passando. Sobre o telhado da casa o capim se alastrava, até o telhado do celeiro, vários anos mais novo, estava todo verde. Já havia muito tempo que os ratinhos da mata, nativos, viviam na despensa. Melharucos e outros pássaros miúdos viviam aos bandos no sítio. Pelas encostas havia faisões e até as gralhas já viviam ali. O que causou maior admiração, porém, foi o aparecimento, durante o verão, de gaivotas vindas da costa, num vôo de muitas milhas. Pousaram na terra, em pleno campo. A colônia tornara-se conhecida entre todos os animais da criação! Que terão pensado Eleseus e o pequenino Sivert, ao verem as gaivotas? Certamente logo pensaram em aves estranhas, vindas de muito, muito longe. O bando não era grande, eram seis ao todo, seis aves brancas, exatamente iguais, que andavam pelo campo, de um lado para outro, debicando o capim de vez em quando.
— Pai, por que vieram até aqui? — perguntaram os meninos.
— Porque esperam tormenta no mar — respondeu o pai. Aparição bela e misteriosa, essas gaivotas!
O pai transmitiu aos filhos muitos ensinamentos bons e úteis. Já estavam em idade de ir à escola, mas a escola ficava a muitas milhas de

distância, na aldeia, era inacessível, a próprio Isak ensinara às crianças o A B C, aos domingos; mas ensinar-lhes alguma coisa mais, algo de mais elevado, não era para ele, não era coisa que um inveterado cavador da terra pudesse resolver. O Catecismo e a Bíblia dormiam em paz na prateleira, entre queijos de cabra. Isak certamente era da opinião que a ignorância das coisas aprendidas em livros dá mais força ao homem; ao menos assim parecia, a julgar pelo modo de criar filhos, deixando-os crescer à solta. Eram-lhe uma alegria e uma bênção; recordava-se muitas vezes o tempo em que eram bem pequenos, e a mãe não permitia que ele os tomasse nos braços por estar com as mãos sujas de resina. Que bobagem! Resina é a coisa mais limpa deste mundo! Piche, leite de cabra e tutano, por exemplo, o são também, são coisas sãs, que não fazem mal a ninguém. Mas resina, resina do abeto! Nem se fala! É o que há de mais puro!

Assim viviam os meninos, num paraíso de sujeira e ignorância. Eram bonitos rapazes, sobretudo nas raras vezes que se lavavam. O pequeno Sivert, então, era forte e grande que só vendo, enquanto Eleseus era mais delicado de corpo e mais pensativo.

— Como é que as gaivotas sabem que vem mau tempo? perguntou.

— Adivinham o tempo — disse o pai. — Sentem a tempestade que vem, é como uma doença, e ficam inquietas. Mas até as moscas adivinham o tempo. Não se sabe como, se sofrem de reumatismo ou de tonteiras, o caso é que sentem o tempo. E nunca se deve enxotar as moscas batendo, pois isso só as torna piores. Lembrai-vos sempre disso, meninos! O moscardo é de outra espécie, morre por si mesmo. Aparece de repente, num dia de verão, e ali está; mas assim como veio, desaparece um dia, de repente.

— E para onde vai? Como pode sumir-se assim? — perguntou Eleseus.

— A gordura dentro dele endurece e ele cai morto!

E assim, cada dia que passava, trazia novos e sábios ensinamentos: ao pular de pedras altas, deve-se ficar com a língua bem dentro da boca, não a deixando vir entre os dentes; quando os meninos fossem mais velhos e quisessem ter cheiro agradável ao ir à igreja, deviam friccionar-se com um pouco de atanásia que crescia nos montes. Grande era o saber do pai. Ensinava aos meninos o que se deve conhecer a respeito de rochas e pedras de fogo; que as pedras brancas são mais duras do que as cinzentas. Mas quando se achavam pedras de fogo era preciso achar também iscas para bater fogo. Ensinou-os a respeito da lua: quando podiam enfiar a mão esquerda no seu lado vazio, era lua crescente, e quando o vazio ficava do lado da mão direita, era minguante; lembrem-se disso, rapazes! Acontecia, embora muito raramente, Isak ir longe demais e tornar-se misterioso: certo dia, declarou que era mais difícil um rico entrar no céu do que um camelo atravessar o fundo de uma agulha. De outra feita, falando da glória dos anjos, explicou que estes tinham estrelas nos saltos dos sapatos, em vez de pregos. Ensinamentos simples e ingênuos, próprios para a vida naquele rincão. O mestre-escola da aldeia teria sorrido a tudo aquilo, mas os meninos de Isak os aproveitavam bem em sua vida íntima. Iam sendo instruídos e preparados para o estrito mundo em que viviam. E que melhor benefício podiam receber? No outono, por ocasião do corte, os rapazes estavam muito curiosos, mas ao mesmo tempo apavorados e tristes por causa dos animais que deviam morrer. Isak tinha de agarrar o animal com uma das mãos e sangrá-lo com a outra, enquanto Oline aparava o sangue. O velho bode foi trazido ao terreiro; vinha barbado, com o ar grave de um sábio. Os meninos ficaram espiando do canto da casa.

— Que vento frio está fazendo aqui! — disse Eleseus, retirando-se e enxugando os olhos.

O pequeno Sivert não tentou disfarçar o pranto e gritou:

— Coitado do bode velho!

Quando o bode estava morto, Isak aproximou-se dos filhos e deu-lhes a seguinte lição:

— Nunca fiquem ao redor, dizendo "coitado", lamentando um animal que se vai matar. Isso só os torna mais rijos, os faz sofrer mais. Lembrai-vos disso!

Assim os anos iam passando. De novo a primavera se aproximava.

Inger escrevera novamente, dizendo que estava bem e que aprendia muita coisa no instituto correcional. A menina já estava grande e chamava-se Leopoldina, pelo dia em que nascera, 15 de novembro. Ela sabia uma porção de coisas e tinha talento para costurar e fazer crochê, trabalhava com muita arte, quer fosse em linho ou em lona.

O extraordinário na última carta era que a própria Inger a havia escrito. Isak não tinha tanta instrução, teve de pedir ao homem do armazém que a lesse para ele; mas assim que ouvira o conteúdo da carta, esta ficou-lhe na cabeça, sabia-a de cor quando voltou para casa.

Com grande solenidade sentou-se à cabeceira da mesa, abriu a carta e leu-a em voz alta para os meninos. De boa vontade deixou que Oline o visse lendo o manuscrito correntemente, mas não lhe dirigiu uma só palavra. Ao terminar declarou:

— Vede agora, Eleseus e Sivert: foi vossa mãe que escreveu esta carta. Ela aprendeu uma porção de coisas. Até vossa pequenina irmã sabe mais do que todos nós juntos. Lembrai-vos disso!

Os meninos ficaram calados, cheios de admiração.

— Ah, é uma grande coisa! — disse Oline.

Que quereria ela dizer? Estaria duvidando de que Inger contava a verdade? Ou desconfiava da leitura de Isak? Não era fácil descobrir o que Oline realmente pensava, quando, com rosto meigo, dizia coisas ambíguas. Isak determinou não tomar conhecimento da observação.

— E quando vossa mãe voltar, meninos, também aprendereis a escrever —disse.

Oline mudou de lugar algumas peças de roupa que estavam enxugando perto do fogão, depois mudou uma panela e tornou a mexer com a roupa, dando-se ares de estar toda atarefada. Pensava o tempo todo numa única coisa.

— Já que tudo aqui vai indo tão bem — disse ela finalmente — podias muito bem ter comprado um pacote de café para o gasto.

— Café? — espantou-se Isak.

Oline retrucou calmamente.

— Até agora tenho comprado um pouco com meu próprio dinheiro. Mas agora.

Para Isak café era um sonho, coisa dos contos de fada, era um arco-íris! Oline certamente falava bobagens, nem podia zangar-se com ela; aos poucos, porém, homem de pensamentos morosos, vieram-lhe à memória as transações da mulher com os lapões, e ele disse, ironicamente:

— Pois eu vou comprar café para ti, claro! Um pacote, disseste? Devias ter dito uma libra, logo de uma vez! Nunca mais te faltará!

— Não precisas debochar, Isak. Meu irmão Nils tem café em casa. Lá embaixo, em Breidablik, na casa de Brede, eles também têm café.

— É porque não têm leite. Não possuem gado leiteiro.

— Seja lá porque for, o caso é que têm. Mas tu, que sabes tanto, que lês manuscritos tão depressa como a barata corre, tu sabes sem dúvida que café não falta em casa de ninguém.

— Animal! — exclamou Isak.

Oline sentou-se no banco de pau e nada mais havia que a fizesse calar.

— E por falar em Inger — começou ela — se é que posso me atrever a citar um tão grande nome...

— Podes dizer o que quiseres. Tu para mim não contas.

— Quando voltar para casa ela terá aprendido de tudo. De certo terá pérolas e penas no chapéu, não é?

— Pode ser.

— Pois é. Um pouco ela pode agradecer a mim, se chegou a tanta coisa.

— A ti?

— Pois eu contribuí para que ela fosse mandada embora respondeu Oline humildemente.

A isso Isak nada soube dizer, não encontrou palavras, ficou perplexo. Teria ouvido bem? Oline tinha a cara inocente de quem nada tivesse dito. Numa batalha de boca, Isak sempre perdia.

Saiu de casa, cheio de negros pensamentos. Oline, a megera, alimentava-se de maldade e engordava! A culpa era dele, que não a liquidara logo no primeiro ano! — pensava, fazendo alarde perante si mesmo. Ele era homem para isso, ora se era! — dizia consigo. Mas seria mesmo? Sim! Tendo razão, não havia ninguém mais terrível do que ele.

Seguiu-se uma cena ridícula. Isak foi ao curral e pôs-se a contar as cabras. Ali estavam todas, com seus cabritinhos. Contou as vacas, o porco, quatorze galinhas, dois bezerros.

— Quase ia-me esquecendo dos carneiros! — disse, em voz alta, para si mesmo.

Contou-os, fingindo estar ansioso pelo resultado. Isak sabia muito bem que estava faltando uma ovelha, já o sabia havia muito tempo; por que fazer de conta que lhe era novidade? A verdade era que Oline já o desorientara uma vez, inventando que faltava uma cabra, embora todas ali estivessem; ele fizera então grande barulho em torno do caso, mas sem resultado prático. Meter-se em brigas e debates com Oline nunca dava resultado. No outono, na época de carnear, logo dera por falta de uma ovelha, mas na hora não tivera ânimo para chamá-la às falas, para exigir que lhe prestasse contas. Mais tarde o tivera menos ainda.

Hoje, porém, ele é mau. Isak é mau. Oline o pôs furioso. Torna a contar as ovelhas; toca uma por uma com o indicador, contando em voz alta. Oline que o ouvisse, se por acaso estivesse perto! Diz, em voz alta, as coisas mais feias de Oline: que ela usava um novo sistema de alimentar ovelhas, um sistema graças ao qual elas simplesmente desapareciam, como já desaparecera uma; que ela era uma ladra, nem mais nem menos, se o ouvisse, tanto melhor! Ela que estivesse lá fora e se inteirasse de tudo e que tremesse!

Saiu do curral, foi à cocheira, contou o cavalo e lá dispôs-se a entrar em casa, entrar e falar, dizer tudo o que pensava. Andou tão depressa que sua camisa formou um bojo nas costas. Mas Oline, espiando pela vidraça da janela, já devia ter percebido alguma coisa: ela veio saindo pela porta, devagar, cautelosa, com os baldes na mão, o caminho do estábulo.

— Que fizeste daquela ovelha de orelhas chatas? — perguntou ele.

— Da ovelha?

— Sim. Se ela estivesse aqui a essa hora já teria dois borregos. Que fizeste com eles? Ela sempre tinha dois filhotes em cada cria. Assim me tiraste três ovelhas de uma vez, compreendes?

Ante tão tremenda acusação, Oline ficou completamente aniquilada. Sacudiu a cabeça, e as pernas pareciam ceder embaixo dela, podia até cair e ferir-se. A cabeça trabalhava o tempo todo.

Sua presença de espírito sempre a ajudou, sempre lhe trouxe vantagem, não devia falhar em momento tão crítico.

— Eu furto cabras e furto ovelhas — disse em voz baixa. E que farei eu com elas? Gostaria de saber. Certamente as como inteirinhas...

— Sabes melhor do que eu o que fazes com elas.

— Então não tenho comida que chega e sobra, aqui em tua casa, que me vejo obrigada a roubar? Devo dizer que em todos os últimos anos não tive necessidade disso.

— Então que fizeste com a ovelha? Os-Anders a levou?

— Os-Anders! — Oline teve de pousar os baldes no chão e juntar as mãos. — Assim eu nunca tivesse tido maior pecado! Que ovelha com borregos é essa de que estás falando? Ou será aquela tal cabra que tem as orelhas chatas?

— Animal! — exclamou Isak, pronto a retirar-se.

— Meu Deus do céu, Isak! Aqui estás com a casa cheia de tudo quanto podes desejar e tantos animais na cocheira quantas são as estrelas no céu e ainda não chega! Ainda queres mais! Como posso saber qual a ovelha e quais os dois borregos que estás reclamando de mim agora? Devias é dar graças a Deus por sua misericórdia em tantos sentidos. Só resta o verão e um pedacinho do inverno, e as ovelhas vão todas ter cria e tu terás três vezes mais do que agora!

— Ah! Essa mulher! Com ela ninguém podia!

Isak saiu, resmungando como um urso.

"Idiota que fui, de não matá-la logo no primeiro dia! — pensou ele, insultando acerbamente a si mesmo. — Eu sou é um trouxa! Porcaria! Mas ainda não é tarde demais! Deixa-a ir ao estábulo! Não seria prudente fazer alguma coisa hoje, mas amanhã... Amanhã é a hora! Três ovelhas perdidas! Café, disse ela!"

CAPÍTULO X

O dia seguinte estava fadado a trazer um grande acontecimento: uma visita chegou à colônia: Geissler. O verão ainda não chegara aos charcos, mas Geissler, que não se detinha a olhar caminhos, veio a pé em custosas botas de cano alto, com largo debrum envernizado. Usava luvas amarelas e vinha todo elegante. Um homem da aldeia carregava sua bagagem.

Vinha para comprar um pedaço de terra de Isak, nos morros, uma mina de cobre. Que preço deveria pagar? Trazia, além disso, lembranças de Inger — boa mulher, estimada por todos. Ele vinha de Trondhjem e falara com ela.

— Trabalhaste um bocado aqui, Isak! — exclamou.

— Que hei de fazer? Então falou com Inger?

— Que é aquilo ali? Montaste um moinho? Móis teu próprio trigo? Ótimo. E lavraste muito chão desde que aqui estive a última vez.

— Ela vai bem?

— Vai. Tudo vai bem. Ah, queres dizer, tua mulher? Sim, tenho que te contar. Vamos ao outro quarto.

— O quarto não está arrumado — atalhou Oline, tomando a defensiva, por várias razões.

Entraram no quarto e fecharam a porta. Oline ficou na sala e nada conseguiu ouvir.

O *lensmand* Geissler sentou-se, deu vigorosas palmadas com a mão no joelho. Estava ali como senhor do destino de Isak.

— Espero que não tenhas vendido aquele morro com a jazida de cobre? — perguntou.

— Não.

— Está bem. Eu o comprarei. Sim, falei com Inger e com mais gente. Ela será posta em liberdade dentro em breve, vais ver. Seu caso foi submetido ao rei.

— Ao rei?

— Ao rei. Procurei tua esposa (isso para mim não é difícil, naturalmente) e tivemos uma longa conversa. "Como vais, Inger, estás passando bem, não estás?". "Não tenho motivo de queixa". "Tens saudades de casa?" "Claro que tenho". "Pois não tardarás a estar lá", disse eu. E posso te garantir, Isak, ela é uma grande mulher, não fez choradeira, nada disso, ela sorria, satisfeita. Aliás a sua boca foi operada, foi costurada. "Adeus", disse-lhe eu, "tu não ficarás aqui por muito tempo mais, dou-te minha palavra."

"Depois fui ao diretor, que naturalmente me atendeu. Não teria faltado mais nada senão ele recusar-se a me receber!" "O senhor tem uma mulher aí que devia estar longe, devia estar em casa, com os seus, Inger Sellanraa", disse eu. "Inger? Sim, boa pessoa, tomara pudéssemos ficar com ela vinte anos!", disse ele. "Isso é que não!", disse eu. "Ela aqui já esteve por mais tempo, do que devia". E ele: "Demais? Então estás a par do caso?" "Conheço a fundo o caso, pois fui *lensmand* no seu distrito", expliquei. Ao que ele logo mudou de jeito. "Faça o favor de sentar-se", foi logo dizendo, todo amabilidades, como se estivesse fazendo mais que a sua obrigação! E continuou: "Nós a tratamos o melhor possível aqui, a ela e a sua filhinha. Então ela é lá de seus lados? Nós a ajudamos, demos-lhe máquina de costura própria, e ela tornou-se contramestra da oficina; nós lhe ensinamos uma porção de coisas: tecer direito, tingir, corte e costura, trabalhos domésticos. Então o senhor acha que ela está aqui além do tempo legal?" Eu tinha a resposta engatilhada, mas preferi esperar e disse apenas que seu caso havia sido mal conduzido e tinha de ser reexaminado; agora, após a revisão do Código Penal ela talvez tivesse sido até absolvida logo de início. Contei-lhe que ela recebera a lebre quando esperava a criança. "Uma lebre?", perguntou o diretor. "Uma lebre", repeti. "E a criança nasceu com lábio leporino." O diretor sorriu e disse: "Compreendo. O senhor acha então que essa circunstância atenuante não foi tomada suficientemente em consideração?" "Não", disse eu, "ela nem ao menos foi mencionada". "Bem, ela certamente não foi tão importante, parece." "Para ela foi bem importante." "Então o senhor de fato acredita que uma lebre possa fazer milagres?", perguntou ele, ao que eu respondi: "Não quero debater com o senhor diretor sobre se uma lebre pode ou não fazer milagres. Trata-se é de saber que efeito, nas condições dadas, a vida de uma lebre pode ter tido sobre uma mulher de lábio leporino, sobre a vítima". Ele pensou algum tempo naquilo e disse, por fim: "Pode ser. Mas aqui, no instituto correcional o que nos cabe fazer é receber as pessoas condenadas; não nos compete revisar as sentenças. E, pela sentença, Inger não esteve aqui por tempo longo demais."

Entrei então com minha parte: "Foi um erro a reclusão de Inger Sellanraa." "Um erro?" "Em primeiro lugar, ela nunca deveria ter sido transportada no estado em que se achava." O diretor olhou-me bem. "Isso é", disse ele. "Mas não depende de nós aqui no instituto." "E em segundo lugar", disse eu, "não se compreende que ela tenha estado aqui dois meses, já em caráter definitivo, sem que seu estado se tornasse evidente às autoridades da prisão." Esta foi direitinho onde eu queria, pois o diretor custou muito a achar uma resposta. "O senhor tem plenos poderes para agir em favor da detenta?", perguntou finalmente. "Tenho, sim", disse eu. Ele então começou dizendo outra vez que estavam muito satisfeitos com Inger ali, e tornou a recitar o mundo de coisas que haviam ensinado a ela, tinham-lhe ensinado a ler também, disse ele. E a garotinha havia sido entregue a gente direita, para cuidar, e mais isso e mais aquilo. Expliquei então o transtorno causado na casa de Inger, dois filhos pequenos em casa, entregues aos cuidados de estranhos, de criada paga, e assim por diante. "Tenho uma petição do marido dela, na qual ele expõe tudo", disse eu, "que pode ser anexada tanto no caso do processo ser reexaminado como no de um apelo para obter indulto." "Pode me entregar essa petição?", disse o diretor. "Vou trazê-la amanhã na hora de visita", respondi.

Isak ficou escutando. Aquilo era emocionante, soava-lhe como uma história maravilhosa de um país estranho. Ficou arrebatado, com os olhos fitos em Geissler, escutando avidamente.

Geissler continuou:

— Voltei imediatamente ao hotel e escrevi a tal representação.

Fiz meu o teu caso e assinei "Isak Sellanraa". Mas não pensa que eu tenha dito uma só palavra contra a direção do presídio. Capaz, nem toquei nisso. No dia seguinte, fui lá com o documento. "Sente-se, por favor", foi logo dizendo o diretor. Leu minha exposição, deu de cabeça várias vezes, e por fim disse: "Ótimo. Mas não é coisa que justifique a revisão do caso." Espere acrescentarmos outro documento que também trago aqui", disse eu, e de novo assestava-lhe um golpe. O diretor apressou-se a dizer: "Refleti bem no assunto desde ontem e acho que existem sólidos motivos para apelarmos." "Com todo o apoio do senhor diretor?", perguntei. "Posso recomendar o pedido, recomendá-lo encarecidamente.' Curvei-me então e disse: "Nesse caso o indulto virá com absoluta certeza. Agradeço, em nome de uma pessoa desgraçada e de um lar desfeito". "Não creio que precisemos obter novos depoimentos do distrito onde ela mora", disse o diretor, "o senhor a conhece bem, não conhece?" Naturalmente compreendi muito bem que ele queria liquidar o assunto o mais discretamente possível, e respondi que declarações lá de fora só serviriam para atrasar o negócio.

— E aí tens a história toda, Isak.

Geissler puxou o relógio.

— E agora vamos ao nosso negócio. Tu podes ir, mais uma vez, comigo até a jazida de cobre?

Fazer Isak mudar de um assunto para outro era o mesmo que mover do lugar um tronco de árvore ou uma rocha; continuou meditando no que acabava de ouvir, e depois de ponderar algum tempo começou a fazer perguntas. Soube que o apelo fora enviado ao rei e que a decisão poderia ser tomada numa das primeiras reuniões do conselho.

— É um milagre — disse ele.

Subiram a montanha, Geissler, seu ajudante e Isak, e ali se demoraram algumas horas. Num instante Geissler localizou o curso do veio cuprífero num longo trecho do terreno e marcou os limites da área que queria comprar. Era um sujeito afobado, mas não era tolo. Seu julgamento precipitado era incrivelmente seguro.

De volta a casa, com mais uma bolsa cheia de amostras de pedra, tirou sua papelada, sentou-se e começou a escrever. Mas não se aprofundava completamente no trabalho, conversava enquanto escrevia.

— Pois é, Isak. Desta vez não será muito dinheiro que pagarei pela jazida, mas posso dar-te umas centenas de *dalers* — interrompeu-se e voltou a escrever. — Lembra-me que antes de eu ir quero ver de perto teu moinho — acrescentou. Viu algumas riscas azuis e vermelhas na madeira do tear e perguntou: "Quem desenhou aquilo?"

O artista fora Eleseus, que desenhara um cavalo e um bode; não tendo papel, o menino usava seu lápis de cor no tear e em outros objetos de madeira.

— Pois não está nada mau!

E Eleseus recebeu uma moeda.

Geissler continuou a escrever durante algum tempo.

— Não tardará mais a aparecer nova gente por aqui — disse de repente, erguendo os olhos do papel.

Ao que seu companheiro acrescentou:

— Já começou a vir gente nova.

— Já? Quem?

— Em primeiro lugar há a gente de Breidablik, como chamam o lugar, o tal Brede de Breidablik.

— Aquele lá! — fez Geissler, desdenhosamente.

— E mais alguns já compraram.

— Bom será se for gente que preste... — disse Geissler.

Notando os dois meninos na sala, puxou o pequeno Sivert para junto de si e deu-lhe uma moeda. Homem esquisito, Geissler. Parecia ter olhos doloridos, via-se-lhes uma orla vermelha nos cantos. Podia ser de insônia, mas às vezes também vem de beber muito. Mas não causava a impressão de um homem deprimido, desanimado; mesmo quando falava nos assuntos mais diversos, estava em dúvida com toda a atenção voltada para o documento à sua frente, pois de súbito apanhou a pena e escreveu mais um pouco.

Finalmente pareceu ter concluído. Voltou-se para Isak:

— Pois é como eu ia dizendo, não vais enriquecer de uma vez nesse negócio. Mas ganharás mais no futuro. Vamos arrumar os papéis de maneira que receberás mais. De qualquer modo posso dar-te duzentos *dalers* agora.

Isak bem pouco entendia de tudo aquilo mas duzentos *dalers* eram em todo caso outro milagre, uma boa quantia redonda. Ele a receberia no papel, naturalmente, não à vista, mas isso não tinha importância. Isak tinha outras coisas na cabeça.

— E o senhor acha que ela será perdoada? — perguntou.

— Tua mulher? Se na aldeia houvesse telégrafo eu teria perguntado em Trondhjem se ela já não está livre.

Isak já ouvira falar no telégrafo, coisa maravilhosa, um fio no alto dos postes, algo de sobrenatural. Chegou até a desconfiar das grandiosas palavras de Geissler e atalhou:

— E se o rei disser que não?

— Nesse caso — respondeu Geissler — enviarei minha exposição detalhada, pedindo revisão do processo. E então tua mulher será posta em liberdade, sobre isso não há dúvida.

Passou a ler o que tinha escrito. Era o contrato da compra da área montanhosa, por duzentos *dalers* à vista e mais tarde uma elevada percentagem da produção da jazida de cobre ou do preço da venda numa eventual alienação.

— Assina teu nome aqui! — ordenou Geissler.

Bem que Isak teria gostado de assinar imediatamente, mas não era escriturário de profissão; o máximo que chegara a fazer em toda a sua vida fora talhar letras em madeira. Mas Oline, a criatura asquerosa, estava espiando, não podia fazer feio. Tomou a pena, coisa que de tão leve nem dava jeito para se pegar. Virou a ponta para baixo e escreveu, efetivamente escreveu seu nome.

Geissler acrescentou mais alguma coisa, presumivelmente uma declaração, e seu companheiro assinou como testemunha.

— Pronto.

Mas Oline continuou imóvel, ou até se fez ainda mais rija.

Que não estaria para acontecer?

— Põe comida na mesa, Oline! — disse Isak, talvez mais cônscio de sua importância, desde que escrevera em papel. — É a comida simples que podemos oferecer a quem nos visita acrescentou, voltado para Geissler.

— Pois pelo cheiro é muito boa — disse Geissler, e acrescentou: — Toma, Isak, aqui está o dinheiro.

Puxou a carteira, grossa e recheada, tirou dela dois maços de notas, contou-as e deitou-as na mesa:

— Conta tu mesmo.

Silêncio.

— Isak! — exclamou Geissler.

— Sim, sim... — começou Isak e murmurou, comovido — tanto assim nem me cabe, depois de tudo o que já fez por mim...

— Devem ser dez notas de dez aqui e vinte de cinco aqui disse Geissler, brusco. — Espero que ainda recebas muito mais do que isso.

Só então Oline recobrou os sentidos. Realizara-se o milagre.

Ela pôs a comida na mesa.

Na manhã seguinte, Geissler foi ao rio e viu o grosseiro moinho. Era um moinho bem pequeno, de construção tosca, engenho grosseiro, para duendes subterrâneos, mas era sólido e preenchia plenamente sua finalidade. Isak conduziu seu hóspede um pouco mais rio acima e mostrou-lhe outra queda dágua, na qual estivera trabalhando, e que ia acionar uma pequena serra, se Deus lhe desse vida e saúde.

— Ruim aqui — disse ele — é só que ficamos tão longe da escola; terei de deixar os meninos lá na aldeia.

Mas Geissler, sempre pronto a achar lados bons em tudo, não via qualquer inconveniente.

— E agora estão chegando cada vez mais colonos para cá. Não tardará a ser sede de escola aqui.

— Pode ser, mas decerto não antes de meus meninos estarem crescidos.

— Então por que não deixá-los morar numa quinta lá na aldeia? Levas os rapazes e comida para eles, e os trazes para cá outra vez dentro de três ou seis semanas. Então para ti isso é difícil?

— É, pode ser que não seja — disse Isak.

Nada mais seria difícil se Inger voltasse para casa. Ele tinha casa e terras, fartura do bom e do melhor, uma boa quantia em dinheiro e sua saúde de ferro. Principalmente saúde nunca lhe faltara, era rijo e conservado, não invejava nenhum moço, sua força era a de um homem.

Quando Geissler partiu, Isak começou a fazer muitas conjecturas arrojadas. Geissler — Deus que o abençoasse! — tivera palavras animadoras, dissera ao partir que mandaria um recado tão logo pudesse telegrafar.

— "Podes passar no correio dentro de uns quinze dias" dissera.

Só isso já era uma coisa extraordinária. Isak meteu mãos à obra fazendo um banco para a carroça, um assento que pudesse ser tirado quando fosse carregar estrume e recolocado quando quisesse sair de carro. Terminado o assento, notou que ficara muito branco e muito novo; era preciso pintá-lo de cor mais escura. Mas era preciso fazer tanta coisa! Toda a casa pedia pintura nova; andava pensando durante anos num celeiro adequado para armazenar feno, assim como em terminar a montagem da serra, em cercar todo o seu terreno e em construir um barco no lago, lá no alto. Sim, vivia com muitos planos, muito havia a fazer. Por mais que se esforçasse, porém, o tempo não dava para tudo quanto ele trazia na cabeça. Sem que desse por isso, vinha o domingo e logo depois já era domingo outra vez!

Resolvera-se, porém, a pintar a casa, e a pintaria de qualquer maneira. O conjunto estava cinzento e triste. Pareciam casas em mangas de camisa. Mas ainda havia tempo antes do grande trabalho da terra, a primavera ainda não entrara direito, a criação miúda andava solta, mas ainda havia frio no chão.

Isak desceu à aldeia, levando algumas dúzias de ovos para vender e voltou trazendo tintas. Pintou o celeiro de vermelho e foi buscar mais tinta, ocre, para a casa de morada.

— É como estou dizendo, está tudo muito luxuoso! — resmungava Oline a cada momento.

Sem dúvida pressentia que se aproximava o fim do bom tempo em Sellanraa. Forte e rija, ela o podia suportar, mas não sem amargura. Isak, por sua vez, não mais tentava ajustar contas, embora ela nos últimos tempos andasse escamoteando e furtando uma porção de coisas. Ele até lhes deu um carneiro novo de presente. Afinal de contas ela trabalhara para ele durante muito tempo em troca de pouco ganho. Oline também não fora má para as crianças; não fora lá muito severa, nem exigira demais, mas tinha um jeito de lidar com crianças, dava-lhes ouvidos e deixava-lhes fazer quase tudo quanto queriam. Se os meninos apareciam quando ela estava fazendo queijo, dava-lhes pedaços para provar, se num domingo pediam para ficar sem lavar o rosto, fazia-lhes a vontade.

Quando a primeira mão de tinta secou, Isak retornou à aldeia e trouxe toda a tinta que podia carregar, o que não era pouco. Deu três mãos de tinta, pintando de branco os caixilhos das janelas e os cantos da casa. Quando voltava da aldeia e via sua casa na encosta, era como olhar para um palácio de país encantado. O deserto tornara-se irreconhecível e habitado, uma bênção pairava sobre os campos, a vida despertara de um longo sonho, ali havia gente, havia crianças brincando em roda da casa. A floresta estendia-se, até os montes azulados, vasta e amiga.

Quando Isak fez a última viagem de tinta, o homem do armazém deu-lhe um envelope azul com escudo, pelo qual teve de pagar cinco *skillings*[14]. Era um telegrama, retransmitido pelo correio, e vinha do *lensmand* Geissler. Abençoado fosse Geissler, homem extraordinário!

---

14. *Skillings* — Moeda norueguesa da época. — N. do T.

Telegrafava umas poucas palavras: "Inger livre, voltando já — Geissler".

Isak sentiu o armazém girar-lhe em torno, o balcão, as pessoas, tornaram-se vagos e distantes. Sentia mais do que ouvia as próprias palavras.

— Deus Nosso Senhor seja louvado!

— Se ela deixou Trondhjem em tempo — disse o vendeiro tu a terás aqui por volta do dia de amanhã.

— Deus queira! — disse Isak.

Esperou até o dia seguinte. O barco que trazia o correio, do ancoradouro dos navios, chegou em tempo, mas Inger não veio com ele.

— Então ela não chegará antes da semana que vem — disse o vendeiro.

Quase foi bom ter ganho tanto tempo, pois havia muito a fazer. Então ele iria esquecer-se de tudo e negligenciar a terra? Voltou para casa e começou a carregar o esterco para o campo, o que não tomou muito tempo. Enfiando a cavadeira no chão arado, acompanhava dia a dia o recuo do frio. O sol adquiriu plena força, a neve dissipou-se e o verdor apareceu por toda a parte. Também o gado grosso foi solto no campo. Isak passou um dia arando e outro semeando o trigo e plantando batatas. As crianças também já plantavam batatas, com as abençoadas e pequeninas mãos de anjo, o que fascinava o pai.

Depois Isak lavou a carrocinha no rio e colocou-lhe o banco.

Falou aos meninos sobre uma viagem que ia fazer à aldeia.

— E não irás a pé? — perguntaram.

— Hoje, não. Resolvi ir hoje com o carro.

— Mas então nós não podemos ir juntos?

— Não. Sereis bons meninos e ficareis em casa desta vez. Vossa mãe vem aí e vai ensinar-vos muita coisa.

Aprender era o que Eleseus mais queria. Por isso, perguntou: — Quando tu escreveste no papel, como foi? Que se sente?

— Quase não se sente nada — respondeu o pai. — Ter aquilo na mão ou ter a mão vazia é a mesma coisa.

— Mas não escorrega, como no gelo?

— Que escorrega?

— A pena com que escreves.

— Ah, sim. Mas deve-se aprender a dirigi-la, que vai bem. O pequeno Sivert era de outro feitio, não falou na pena. Queria andar de carro ou pelo menos sentar-se na boléia e fingir que ia tocando a toda a velocidade. mesmo sem o cavalo entre os varais. Foi graças a ele que o pai deixou os dois meninos o acompanharem um bom pedaço do caminho.

CAPÍTULO XI

Isak tocou o cavalo e seguiu pela estrada, só parando ao chegar a uma poça dágua no brejo, com o fundo bem preto e a superfície perfeitamente quieta. Isak sabia aproveitar uma tal poça na terra preta; nunca usara outro espelho em toda a sua vida. Ia limpo e bem arrumado, com uma camisa vermelha. Tirou do bolso uma tesoura e começou a aparar a barba. Sua vaidade iria ao ponto de eliminar uma barba vermelha, com cinco anos de crescimento, só para fazer-se bonito. Cortou uma porção, sempre olhando no espelho dágua. Poderia ter feito tudo isso em casa, naturalmente, mas quisera evitar fazê-lo na frente de Oline.

Já fora longe demais vestindo a camisa vermelha de maneira que ela o pudesse ver. Cortou bastante, deixando cair no espelho verdadeiros montes de barba. Como o cavalo, porém, começasse a dar mostras de impaciência, Isak deu por findo seu trabalho, fazendo de conta que terminara. E de fato sentiu-se até mais moço. Não sabia que diabo seria aquilo, mas sentia-se mais delgado e elegante. E assim tomou o caminho da aldeia.

No dia seguinte, chegou o barco postal. Isak subiu a uma rocha no quintal do vendeiro e ficou vigiando, mas ainda desta vez Inger parecia não ter vindo. Havia vários passageiros. Adultos e crianças, mas nada de Inger. Mantivera-se afastado, mas não havia mais motivo para ficar sentado na rocha. Caminhou então até o barco. Continuavam a chegar caixas e barris, gente e malas postais, mas Isak não via sua gente. Viu uma mulher com uma menina, junto à entrada da ponte de desembarque, mas era bonita demais para ser Inger, embora Inger nada tivesse de feia. Mas... era Inger.

— Hum — fez Isak, e caminhou para o seu lado.

Cumprimentaram-se, ela deu bom-dia, estendendo-lhe a mão. Estava um pouco resfriada, pálida, após o enjôo e a viagem. Isak ficou onde estava, hesitante, e disse finalmente:

— Tempo bonito, hoje!

— Eu te vi muito bem lá adiante — disse Inger. — Mas não quis avançar. Então estás aqui na aldeia hoje?

— Estou, sim.

— Em casa, todos bons?

— Estão, obrigado.

— Esta é Leopoldina. Ela suportou a viagem muito melhor do que eu. Este é teu pai, menina; dá a mão a teu pai, Leopoldina.

Isak não soube o que dizer, sentindo-se um estranho com elas.

— Se vires uma máquina de costura lá embaixo, no barco, é minha. E tenho ainda uma caixa.

Isak não se fez de rogado, foi mais do que depressa ao barco, onde os tripulantes lhe indicaram qual era a caixa; a máquina de costura, a própria Inger teve de ir procurar. Era uma bela caixa de formato desconhecido, com tampa redonda e uma alça para se poder carregá-la. Uma máquina de costura por aquelas bandas! Isak pôs nas costas a caixa e a máquina e voltou-se para sua família:

— Vou já levar isso lá adiante e volto para buscá-la.
— Buscar quem, homem? — perguntou Inger com um sorriso. Não achas que esta menina pode andar a pé? Tamanha moça!
Caminharam até onde Isak havia deixado o cavalo e a carrocinha.
— Que é isso? Cavalo novo? — admirou-se Inger. E carro com assento?
— Pois é. Mas o que eu ia dizendo, não queres comer alguma coisa? Eu trouxe comida.
— Espera até estarmos no campo — respondeu ela. E tu, Leopoldina, podes sentar sozinha no carro?
Mas o pai não o quis permitir, dizendo que ela podia cair sobre as rodas.
— Senta tu com ela, e guia tu mesma — disse.
Mãe e filha sentaram-se no carro e Isak saiu atrás a pé.
Enquanto andava, ele ia olhando para as duas, no carro.
Então Inger voltara, mas de vestido e aspecto estranho, mais bonita, sem o lábio leporino, do qual restava apenas uma risca vermelha no lábio superior. Não sibilava mais ao falar, o que era maravilhoso, tinha a fala clara. Um pano de lã, cinzento e vermelho, com franjas, que ela trazia na cabeça, ficava-lhe muito bem nos cabelos escuros. No carro ela voltou-se para trás e disse:
— Bom teria sido trazeres um cobertor. À noite, a criança pode sentir frio.
— Posso cobri-la com meu paletó — disse Isak — até chegarmos à mata, onde deixei um cobertor guardado.
— Ah, tens um cobertor no mato?
— Tenho. Não quis trazê-lo até cá embaixo, pois talvez não viesses hoje.
— Sei. E que disseste em casa? Os meninos vão indo bem?
— Vão bem, obrigado.
— A este tempo serão grandes, imagino.
— São, sim. Deixei-os plantando as batatas.
— Veja! — disse a mãe, sorrindo, orgulhosa. Então já sabem plantar batatas?
A pequena Leopoldina começou a pedir o que comer. Era uma bonita criaturinha, uma joaninha num carro! Ela falava cantando, na incrível língua de Trondhjem. Às vezes Inger tinha de traduzir, para o pai. A menina tinha a feição dos irmãos; todos três tinham os olhos castanhos e as faces ovais da mãe. As crianças, em geral tinham muito de sua mãe, o que era bem bom. Isak sentia-se um pouco acanhado ante sua filhinha; estranhava os pequeninos sapatos, as longas e finas meias de lã, o vestido curto. Ao encontrar-se com o pai, desconhecido, ela fizera uma cortesia e lhe dera a sua minúscula mãozinha.
Alcançaram a mata e pararam para descansar e comer. O cavalo recebeu sua ração. Leopoldina corria pelo tojal enquanto comia.
— Não mudaste muito — disse Inger, fitando o marido.

Isak olhou para o outro lado ao responder.
— É o que achas. Mas tu, sim, e estás bonita.
— Eu? Eu estou velha, isso sim — disse ela, pilheriando.
Era inútil disfarçar. Isak não mais se sentia firme e seguro, continuava retraído, tímido, parecia envergonhado. Quantos anos teria sua mulher agora? Não podia ter menos de trinta, mas também não podia ter muito mais, não era possível. E Isak, apesar de estar comendo, puxou um raminho de urze e pôs-se a mastigá-lo.
— Que? Estás comendo urze? — gritou Inger, rindo-se.
Isak jogou fora o ramo, encheu a boca de comida e afastou-se, foi até onde estava o cavalo e ergueu-o pelas patas dianteiras. Inger olhava, admirada, e viu o animal ficar de pé nas patas traseiras.
— Que estás fazendo? — perguntou.
— É o bicho que gosta de brincar — disse ele, e tornou a soltar as patas do cavalo.
Por que teria ele feito aquilo? Certamente agira sob um impulso repentino, irresistível. Talvez quisesse disfarçar seu acanhamento.
Ergueram-se e prosseguiram a viagem, os três andando a pé um pedaço do caminho. Chegaram a uma quinta nova.
— Que é aqui? — perguntou Inger.
— É o lugar de Brede, o sítio que ele comprou.
— Brede?
— Sim. Ele chama sua propriedade de Breidablik. Há muitos baixios, mas pouca mata.
— Eleseus me chega por aqui e o pequeno Sivert por aqui — disse Isak, medindo em si mesmo a estatura dos meninos.
Continuaram a comentar o caso, ao deixar o sítio para trás.
Isak notou que o carro de Brede ainda estava ao relento.
A criança começou a ficar com sono e Isak tomou-a cuidadosamente nos braços e carregou-a. Andaram e andaram. Dentro em pouco Leopoldina adormeceu profundamente e Inger disse:
— Vamos deitá-la no carro e cobri-la com o cobertor. Aí pode dormir quanto quiser.
— Ela vai ser sacudida um bocado — disse Isak, insistindo em carregá-la.
Atravessaram os brejos e tornaram a entrar na mata.
— Oôa! — gritou Inger, parando o cavalo. Tomou a criança dos braços de Isak, pedindo-lhe que mudasse a caixa e a máquina de costura e fizesse um lugarzinho para Leopoldina no fundo do carro.
— Ela já não vai ser tão sacolejada assim! Bobagem!
Isak arrumou a carga, agasalhou sua filhinha no cobertor e deitou-lhe o paletó embaixo da cabeça. E lá se foram, pela estrada a fora.
Marido e mulher vão indo, falando em várias coisas. Havia sol pela noite adentro, e o tempo estava quente.
— Onde Oline está dormindo? — quis saber Inger.

— No quarto pequeno.
— Bem. E os meninos?
— Dormem na própria cama, no quarto grande. Há duas camas no quarto, exatamente como quando foste embora.
— Vejo que és o mesmo de antes, sem tirar nem pôr — disse Inger — e que carregaste boas cargas por este mato, mas que nem por isso ficaste mais fraco.
— Que nada! O que eu ia dizendo: como passaste esses anos todos? Era coisa de se agüentar?

Comovido, Isak fez a pergunta.

Inger respondeu que sim, que não tivera motivo de queixa.

Seu colóquio tornou-se mais terno e Isak perguntou se ela não estava cansada de andar e não queria subir ao carro.

— Não, obrigada — disse ela. — Mas não sei o que há comigo. Depois que passou o enjôo do barco, sinto fome o tempo todo.

— Sentes vontade de comer alguma coisa?

— Sim, se isso não vai nos atrasar demais.

Ah, essa Inger! Ela mesma certamente nem estava com fome. Queria apenas que Isak comesse outra vez, pois ele estragara sua última merenda mastigando o ramo de urze.

E como a noite fosse quente e clara, e ainda tivessem um bocado de caminho por fazer, começaram a comer de novo.

Inger tirou um pacote de sua caixa e disse:

— Tenho aqui diversas coisas que trouxe para os meninos. Vamos até lá adiante, naquela moita ali ainda há sol.

Foram até as moitas, e ela mostrou-lhe o que trazia, suspensórios com fivelas, para os meninos, cartilhas e cadernos, um lápis e um canivete para cada um. Para si mesma trazia um belo livro.

— Olha, já tem meu nome dentro. É um livro de orações.

Era uma lembrança que o diretor lhe oferecera.

A cada objeto, Isak manifestava em voz baixa sua admiração.

Ela mostrou várias pequenas golas que eram para Leopoldina, e deu a Isak um grande lenço, brilhante como seda.

— Isso é para mim? — perguntou ele.

— É para ti, sim.

Ele tomou-o nas mãos e acariciou-o com cautela.

— Que tal o achas? É bonito?

— Muito! Com isso eu podia correr o mundo.

Mas seus dedos eram tão ásperos, que aquela seda macia neles se prendeu.

Inger nada mais tinha a mostrar. Para embrulhar tudo de novo ficou sentada de maneira que se lhe viam as pernas, as meias com orla vermelha.

— São meias de cidade, não são? — perguntou ele.

— O fio de lã foi comprado na cidade, mas eu mesma as fiz.

São bem compridas, vão acima dos joelhos. Olha...
Pouco depois ela ouviu a própria voz, num sussurro.
— Tu... Tu és o mesmo... És como antes.
Pouco mais tarde continuaram, desta vez Inger ia na boléia e segurava as rédeas.
— Eu trouxe também um pacote de café — disse ela. — Mas não o vais provar esta noite, pois ainda não está torrado.
— E nem eu quereria que o fizesses — respondeu ele.
Uma hora mais tarde o sol se escondeu e o tempo ficou mais fresco. Inger desceu do carro e pôs-se a andar. Juntos aconchegaram mais o cobertor em torno de Leopoldina, sorrindo ao ver como a menina dormia bem. Marido e mulher iam conversando pelo caminho. Era um prazer ouvir Inger falar. Ninguém poderia falar com voz mais clara.
— Nós não temos quatro vacas? — perguntou ela.
— Não, temos mais — disse ele, orgulhoso. — Temos oito. — Oito vacas!
— Contando o touro também.
— Vendeste alguma manteiga?
— Vendi, e ovos também.
— Que? Então temos galinhas?
— Ora! E um porco também!
Às vezes a admiração de Inger era tal que ela se esquecia de tudo e parava o carro.
— Oôa! — gritava ela.
Isak, orgulhoso, estava decidido a impressioná-la.
— Geissler — começou —, lembras-te de Geissler, não te lembras? Ele esteve aqui não faz muito tempo.
— Ah, sim?
— Ele comprou-me uma jazida de cobre, sabes?
— É? E que vem a ser uma jazida de cobre?
— É cobre que está no chão, no alto do morro, em toda a margem norte da água.
— Mas por isso nada recebeste, não é?
— Mas claro que recebi. Geissler não é homem que deixe de pagar alguma coisa que compra.
— E então? Quanto recebeste?
— Não me vais acreditar, já sei. Recebi duzentos *dalers*.
— Que? Recebeste duzentos *dalers?* — gritou Inger, tornando a parar o animal por um momento.
— Recebi, sim. E já há muito tempo paguei as terras todas.
— Tu és formidável!
Realmente, era um prazer fazer Inger admirar-se cada vez mais e torná-la uma mulher rica. Acrescentou, por isso, que não tinha mais dívidas com o negociante nem com ninguém. Não tinha só os duzentos *dalers* de Geissler como reserva, possuía ainda uns cento e sessenta *dalers* a mais. Não podiam agradecer, demais a Deus?

Voltaram a falar de Geissler, e Inger contou sobre o muito que ele fizera para libertá-la. Não fora coisa tão simples assim, tomara-lhe um tempo enorme e custara-lhe muitas visitas ao diretor. Geissler, ainda por cima, escrevera a certos conselheiros de Estado ou outras altas autoridades, mas fizera-o escondido do diretor e este, ao sabê-lo, ficara furioso, o que era de se esperar. Geissler, porém, não se deixara intimidar, exigira revisão do processo, novo interrogatório, novo julgamento e tudo o mais. E depois disso tudo, o rei teve de assinar.

O antigo *lensmand* Geissler sempre lhes fora um bom amigo, não sabiam por que, e sempre se furtara aos agradecimentos, o que eles não podiam entender. Inger falara com ele em Trondhjem e não o conseguira compreender.

— Ele não quer saber de ninguém na aldeia além de nós — explicou ela.

— Ele o disse?

— Sim. Está com raiva de toda a aldeia. Disse que ainda vai lhe mostrar o que é bom!

— Ah!

— Disse que mais cedo ou mais tarde ainda iriam arrepender se, e muito, do que lhe haviam feito.

Chegaram à orla da mata e avistaram sua propriedade. Eram mais casas do que antes, todas pintadas de novo. Inger mal reconheceu o lugar, e ficou estatelada.

— Não vais me dizer que aquilo é nosso sítio! É nossa casa, que estamos vendo! — exclamou ela.

A pequena Leopoldina acordou finalmente e ergueu-se, completamente descansada agora. Tiraram-na do carro, para que andasse um pouco.

— É lá que nós vamos? — perguntou ela.

— É. Não é um lugar bonito?

Viram pequenos vultos se mexendo perto das casas. Eleseus e Sivert vigiavam a estrada e, ao vê-los chegar, vieram correndo. Inger foi atacada por novo acesso de seu resfriado, tosse e defluxo que lhe saía até pelos olhos, feito água. "Ora, já se viu como a gente se constipa facilmente a bordo, como isso logo ataca os olhos, que ficam escorrendo!"

Mas, ao se aproximarem, os meninos pararam de repente de correr e ficaram olhando, embasbacados. Haviam-se esquecido do aspecto de sua mãe e nunca tinham visto a irmãzinha. Mas o pai! Não o reconheceram até ele se aproximar de uma vez. Ele cortara sua grande barba.

CAPÍTULO XII

Vai tudo bem agora.

Isak está semeando aveia, passando a grade e o arado de discos. A pequena Leopoldina vem ver e quer sentar-se no arado. Sentar-se num arado? Imaginem que idéia! Coitadinha, é muito pequena ainda, é boba e não pode saber essas coisas. Seus irmãos, sim, já compreendem tudo e sabem que não há onde sentar-se no arado do pai.

Mas é uma grande satisfação para o pai ver a pequenina vir ao campo, procurá-lo, toda confiante; fala com ela, mostrando-lhe como deve andar direitinho pelos arais, sem encher os sapatos de terra.

— Vejam como está bonita! Está com vestido azul hoje? Vem, deixa-me ver. É o azul sim. Com cinto e tudo. Lembras-te do grande navio em que vieste? Viste as máquinas? Mas agora vai para casa, os meninos vão arranjar-te alguma coisa para brincar.

Oline foi-se embora e Inger retomou seu antigo trabalho na casa e no estábulo. Em matéria de limpeza e arrumação ela talvez estivesse exagerando um pouco, para mostrar que ali ia haver daí por diante outra ordem de coisas. De fato começou-se a notar grande diferença; até as vidraças na velha cabana que servia de curral eram lavadas, e as baias varridas.

Mas aquilo foi só nos primeiros dias, na primeira semana; depois disso ela começou a relaxar um pouco. Efetivamente não havia necessidade de tanto luxo no curral e o tempo gasto para mantê-lo podia ser melhor empregado. Inger aprendera tanto na cidade e queria aproveitar os conhecimentos adquiridos. Voltou à roca e, ao tear, ela tornou-se ainda mais ligeira e hábil do que dantes, corria até demais, sobretudo quando Isak estava olhando. Ele nem conseguia compreender como alguém pudesse aprender a usar os dedos com tanta agilidade, e então aqueles dedos bonitos e longos, aquelas mãos grandes, não eram coisa comum. Mas quando melhor ia um trabalho, ela o largava e passava a outro. Tinha agora mais coisa do que antes para cuidar, tinha mais correria e talvez não fosse mais tão paciente como nos primeiros tempos, seu gênio tornara-se um tanto inquieto.

Havia ainda as flores que Inger trouxera, bulbos e estacas, pequenas vidas que também reclamavam cuidados. A janela de vidraça já era muito pequena e, o peitoril, muito estreito para tantos vasos de plantas; faltavam também potes, e Isak tinha de fazer pequenas caixinhas para begônias, brincos-de-princesa e rosas. E além disso uma janela só não era suficiente. Imagina, um quarto com uma só janela!

— O de que também preciso — disse Inger — é um ferro de passar roupa. Um ferro me faz muita falta quando costuro vestidos. Não se pode fazer costura perfeita sem um ferro de passar.

Isak prometeu encomendar um ferro no ferreiro da aldeia, o que houvesse de melhor. Isak estava pronto a fazer tudo, pedidos de Inger para ele eram ordens. Aquele mundo de coisas que Inger havia aprendido infundia-lhe um tremendo respeito. Também a fala de Inger mudara, era melhor, ela escolhia as palavras. Não gritava mais, como antes, "Vem comer!". Agora dizia: "O almoço está na mesa, quer vir, por favor?" Tudo agora mudara. Antes ele respondia, quando muito: "Já vou!" e continuava a trabalhar, demorando-se um bocado. Agora ele respondia: "Obrigado", e ia sem tardanças. O amor torna tolos os mais sábios; às vezes ele ainda repetia. "Obrigado, obrigado". Sim, tudo mudara, e muito. Não estariam exagerando, tornando-se finos demais? Quando Isak falava em esterco, empregando o termo grosseiro da primitiva linguagem dos camponeses, Inger corrigia-o, dizia adubo, "por causa das crianças, sabes como é".

Ela cuidava meticulosamente das crianças, educava-as, ensinava-lhes de tudo. Bem depressa a pequena Leopoldina tomou o gosto pelo crochê, e os meninos aprendiam a escrever e o mais que se aprende na escola; assim não estariam desprevenidos, atrasados, quando chegasse o dia de ir à escola na aldeia. Sobretudo Eleseus aprendeu muito; o pequeno Sivert, para falar com franqueza, não era lá grande coisa, era um pequeno malandro, um traquinas. Chegou até a parafusar um pouco na máquina de costura da mãe, e já andara tirando lascas da mesa e das cadeiras com o canivete que ganhara de presente. Vivia agora sob a ameaça de ficar sem o canivete, que lhe seria tirado, como castigo, se continuasse com travessuras.

Aliás, as crianças tinham todos os animais do quintal para brincar, e Eleseus tinha ainda o lápis de cor. Embora o usasse com muito cuidado e não o emprestasse ao irmão, mais do que o estritamente necessário, com o correr do tempo as paredes estavam cobertas de rabiscos e desenhos, e o lápis ia diminuindo perigosamente. Por último, Eleseus viu-se simplesmente obrigado a instituir severo racionamento, só permitindo a Sivert um desenho por domingo. Tal rigor naturalmente não correspondia aos desejos de Sivert mas Eleseus não era homem com quem se pudessem entabular negociações. Não era o mais forte, mas tinha braços mais compridos, e levaria vantagem em caso de discórdia.

Sivert era um sujeitinho esperto. De vez em quando encontrava um ninho de perdiz no mato; um dia contou, cheio de importância, que achara um buraco de rato, e outra vez que vira no rio uma truta do tamanho de um homem. Naturalmente tudo aquilo não passava de invenção. Ele não estava livre da tendência de transformar preto em branco, mas, a não ser isso, era um bom rapaz. Quando a gata teve filhotes, era ele quem lhe trazia leite, pois para Eleseus ela fungava demais. Sivert não se cansava de ficar olhando para a caixa pululante de vida, para o ninho onde se amontoavam patas de veludo.

Até as galinhas ele observava todos os dias, o galo com seu garbo e suas penas magníficas, as galinhas que viviam conversando à sua moda, debicando na areia, e de repente gritavam como doidas, quando punham um ovo.

Havia ainda o grande carneiro. Comparando com os primeiros tempos, o pequeno Sivert havia lido um bocado, mas assim mesmo não lhe ocorreu dizer que o carneiro tinha um belo nariz romano. Certamente que não! Mas Sivert podia fazer mais do que isso. Conhecia o carneiro desde pequeno, entendia-o; o carneiro era-lhe um parente, uma criatura irmã. Certa vez, algo de extraordinário abalou-lhe os sentidos; nunca mais se esqueceria daquele momento. O carneiro pastava calmamente no campo, quando, de repente, ergueu a cabeça e parou de comer, detendo se a fitar ao longe. Instintivamente Sivert olhou na mesma direção. Nada havia ali que pudesse despertar a atenção. Mas o próprio Sivert sentiu no íntimo algo de estranho: "É como se ele, ali parado, estivesse contemplando o jardim do Paraíso" — pensou o menino.

Havia as vacas (cada menino possuía um casal), as grandes criaturas mansas e amigas que a qualquer hora se deixavam pegar e afagar pelas crianças; o porco, branco e zeloso consigo mesmo, quando bem tratado, sempre atento a todos os ruídos, sujeito cômico, voraz e cocegento, assanhado como menina mal-educada. Havia ainda o bode velho, pois em Sellanraa sempre havia um bode velho, assim que morria um, outro tomava-lhe o lugar. Não há outro bicho no mundo com cara de bode. Só mesmo o bode! O velho tinha todo um magote de cabras para olhar, mas acontecia dar-lhe fastio, aborrecer-se de toda a companhia e deitar-se, meditativo e barbado, como um pai Abraão, para depois erguer-se subitamente e sair ao encalço das cabras, deixado atrás de si um rastilho aéreo de cheiro acre.

No sítio, a vida continua em seu ritmo de todos os dias. Quando um dos raros viajantes que atravessam a montanha se detém e pergunta: "Como vão as coisas por aqui?", Isak e Inger respondem: "Vão indo bem, obrigado!"

Isak labuta de manhã à noite, sem parar, consulta o almanaque em tudo quanto empreende, observa rigorosamente as mudanças da Lua, regula seu trabalho pelas mudanças do tempo e não pára nunca. Seu caminho através do campo já está tão batido e arrumado que ele pode ir à aldeia com cavalo e carroça. Na maioria das vezes, porém, ele mesmo carrega os fardos de queijos, couros, casca, manteiga e ovos, artigos que vende, trazendo em troca outras mercadorias. No verão não sai muitas vezes com o carro, já porque o caminho a partir de Breidablik está em péssimo estado. Já pediu a Brede Olsen que o ajude na conservação da estrada, da parte que lhe cabe, mas Brede só promete, nunca cumpre a palavra, e Isak já desistiu de andar pedindo; prefere carregar fardos às costas, o que desespera Inger.

— Não entendo do que és feito, que agüentas isso tudo — diz ela.

Mas Isak agüentava aquilo tudo e de tudo dava conta. Usava um par de botas fantasticamente grossas e pesadas, guarnecidas de ferro nas solas. Até as alças ele as fixava com pregos de cobre; parecia incrível que um homem pudesse andar com botas assim.

Numa de suas viagens à aldeia encontrou diversas turmas de homens trabalhando na baixada, construindo suportes de pedra e erguendo postes telegráficos. Era, em parte, homens da aldeia, mas entre eles estava Brede Olsen, o homem que ali viera estabelecer-se para trabalhar na lavoura.

— Sei lá como é que ele tem tempo de sobra! — pensou Isak.

O chefe da turma perguntou a Isak se ele queria vender postes. Isak respondeu que não. "Nem por bom preço?" "Não". Com o tempo, Isak tornara-se um bocado finório e sabia dizer não, quando era necessário. Se vendesse alguns postes teria apenas um pouco mais de dinheiro, alguns *dalers* a mais, mas não teria mata em suas terras. Que vantagem havia nisso? Nenhuma. O próprio engenheiro do serviço veio e repetiu a proposta, mas Isak ficou firme na sua recusa.

— Temos postes suficientes — disse o engenheiro — mas é que seria mais vantajoso para nós tirá-los nas tuas matas, pois pouparíamos o longo transporte.

— Os paus e toros que tenho nem chegam para mim. Vou montar uma pequena serra para desdobro; preciso de mais paióis, de mais casas, e, por conseguinte, de madeira.

Brede Olsen meteu-se na conversa.

— Se fosses como eu, venderia os postes.

Isak era o pai da paciência, mas assim mesmo já o olhou feio, ao retrucar.

— Isso posso imaginar.

— E então? — perguntou Brede.

— É que eu não sou como tu — respondeu Isak.

Os operários sorriram maliciosamente.

A repulsa de Isak pelo vizinho não era de todo infundada.

Naquele mesmo dia vira três ovelhas no pasto de Breidablik e reconhecera uma delas: era a de orelhas chatas, a que Oline dera sumiço. O vizinho que ficasse com a ovelha, pensava Isak, ao continuar seu caminho, Brede e sua mulher que a comessem, que fizessem bom proveito!

Preocupava-o a montagem da serra, que seria agora sua próxima realização. No último inverno trouxera a grande folha de serra circular e as necessárias peças que o negociante da aldeia mandara vir de Trondhjem. As peças estavam agora no puxado, bem untadas com óleo de linhaça para não enferrujarem. Também já tinha prontas, no lugar, algumas vigas para a armação. Podia começar a obra quando quisesse. No entanto a ia adiando. Ele mesmo não o compreendia: estaria começando a esgotar-se, a fraquejar? Outros não se teriam admirado disso, mas a ele mesmo parecia incrível. Estaria ficando tonto, caducando? Nunca antes recuara diante de qualquer trabalho. Devia, pois, ter mudado, não era mais o mesmo, fora-se o arrojo do tempo em que construíra o moinho sobre uma queda dágua igual à destinada a mover a serra. Podia ir buscar auxílio na aldeia, mas preferia mais uma vez tentar sozinho. Ia começar qualquer dia, e Inger teria de dar uma mão quando fosse preciso.

Falou com Inger sobre o caso.

— Escuta. Achas que terás um tempinho, um dia desses, para darme uma mão, na montagem da serra?

Inger pensou um bocado.

— Se for preciso, e se for coisa em que eu possa ajudar... Mas então vais mesmo montar a serra?

— É o que tenciono fazer, sim. Já calculei tudo direitinho.

— Vai ser mais difícil do que o moinho?

— Ah! Muito mais! Dez vezes mais. Sabes, tudo deve ser absolutamente certo, na medida, deve encaixar sem uma falha, e a folha de serra deve ficar bem no centro.

— Tomara que o faças bem feito! — disse irrefletidamente Inger.

— É o que vamos ver! — disse ele.

— Não podias arranjar alguém, com prática, para te ajudar?

— Não.

— Pois sozinho não darás conta — insistiu ela.

Isak passou as mãos pelos cabelos. Parecia um urso erguendo as patas.

— Pois é essa minha dúvida. É disso que tenho medo, de não dar conta. Por isso te pedi que me desses uma mão, a ti, que entendes disso...

O urso sem dúvida acertara no alvo, mas não foi grande o triunfo. Inger deitou a cabeça para trás, virou o rosto para o lado e não queria ter nada a ver com a serra.

— Está bem — disse Isak.

— Queres, por acaso, que eu entre no rio, me encharque e saia de lá mofina? Para ficar de molho depois? Quem é que irá costurar na máquina, cuidar dos animais e tratar da casa?

— Não, não. Tens razão — disse Isak.

Ele só precisava de ajuda para colocar os quatro esteios, um em cada canto, e para os dois suportes, no meio das paredes laterais, compridas. Só isso. Teria Inger mudado tanto no tempo em que vivera na cidade?

Sim, Inger de fato mudara muito, não vivia mais constantemente preocupada com o bem-estar de todos eles, pensava mais em si mesma. Passara a usar outra vez as cordas, a roca e o tear, mas preferia a máquina de costura, e quando o ferreiro entregou o ferro de engomar, ela estava pronta a entrar em cena como perfeita costureira profissional. Começou por costurar alguns vestidos para Leopoldina. Isak achou-os bonitos e gabou-os, talvez um pouco demais, pois Inger deu-lhe a entender que isso não era nada, que era capaz de fazer muito mais ainda.

— Mas são muito curtos — disse Isak.

— Agora é assim que se usa na cidade — disse Inger disso tu nada entendes.

Isak percebeu que tinha ido longe demais e para atenuar pôs em perspectiva uma fazenda para a própria Inger.

— Para um manto? — perguntou Inger.

— Sim, ou para o que quiseres.

Inger estava de acordo em receber um corte para um manto e descreveu o tecido que queria.

Pronto o manto, ela tinha de mostrá-lo e por isso acompanhou os meninos à aldeia, onde iam ser matriculados na escola. A viagem não foi inteiramente vã, deixou lembranças.

Primeiro passaram por Breidablik, onde a mulher e as crianças saíram para ver os viajantes. Lá iam Inger e os dois meninos, de carro, como grandes senhores, os garotos a caminho da escola e Inger vestindo um manto. A mulher de Breidablik sentiu a inveja roê-la por dentro. Não pelo manto, pois graças a Deus podia passar sem essas coisas, não ligava a bobagens, mas porque também ela tinha filhos, Barbro, menina já grande, Helge, a seguinte, e Katerine, todas em idade escolar. As duas mais velhas já freqüentavam a escola, na aldeia, mas quando a família se mudara para Breidablik, para aquele lugar desolado, no brejo, as crianças tinham voltado a ser pagãs.

— Levas comida para os meninos? — perguntou a mulher.

— Se levo comida? Não estás vendo esta caixa? É minha mala de viagem, que trouxe comigo, está cheia de comida.

— E que levas dentro dela?

— Que? Levo toucinho e carne para fritar e cozinhar, e pão, manteiga e queijo para merendas.

— Ah! Lá em cima há muita fartura! — disse a outra.

A mulher e suas pobres filhas, de faces pálidas, abriram os olhos e apuraram o ouvido ante tanta comida boa.

— E onde os meninos vão morar? — perguntou ela.

— Na casa do ferreiro — disse Inger.

— Muito bem — disse a mulher. As minhas também vão voltar à escola. Vão morar na casa do *lensmand*.

— Ah! — fez Inger.

— Ou então na casa do doutor, ou na do pastor. Sabes como é, Brede dá-se muito bem com toda a gente graúda de lá.

Inger arrumou o manto e fez com que umas franjas de seda preta aparecessem com vantagem.

— Onde arranjaste esse manto? — perguntou a mulher. Tu o trouxeste contigo, não foi?

— Eu mesma o fiz.

— Pois é como estou dizendo. Tens de tudo lá em cima!

Inger prosseguiu viagem, satisfeita e orgulhosa e, entrando toda emproada na aldeia, talvez se excedesse um pouco; em todo caso a esposa do *lensmand* Heyerdahl escandalizou-se ao vê-la ostentar o manto. "A mulher de Sellanraa" — disse ela — "estava esquecendo seu lugar, esquecendo de onde vinha após seis anos de ausência". Mas Inger teve pelo menos algumas oportunidades de exibir seu manto; nem a mulher do negociante, nem a do ferreiro ou a do mestre-escola tinham o que objetar contra um manto igual a esse para si mesmas, só não tinham pressa, queriam esperar e ver o que o tempo lhes traria.

Inger não tardou a receber visitas. Vieram algumas mulheres do outro lado dos montes, curiosas. Oline, certamente contra a vontade, devia ter falado nela. As que vinham traziam muitas novidades da aldeia natal de Inger e em compensação eram bem tratadas. Inger recebia-as com uma xícara de café e deixava-as ver a máquina de costura. Moças vinham, sempre duas de cada vez, da costa e da aldeia, pedir conselhos a Inger: era outono, haviam economizado dinheiro para um vestido novo e pediam que ela lhes indicasse a última moda e cortasse a fazenda. Essas visitas eram o encanto de Inger, que se mostrava prazenteira e bondosa, gostava de ajudar, era hábil na sua arte, sabia cortar sem moldes. Às vezes ela fazia na máquina as costuras compridas, de graça, e devolvia às moças o tecido com um dito chistoso.

— Toma! Podes agora pregar os botões, tu mesma!

Mais tarde, no outono, Inger recebeu recado da aldeia; pediam-lhe que fosse costurar para a gente graúda do lugar. Inger mandou dizer que não podia ir, que tinha família e criação, toda a lida caseira e não tinha criada.

Não tinha que? Criada!

Foi o que ela disse ao marido.

— Se eu tivesse alguém para me ajudar, podia costurar mais. Isak não a compreendeu.

— Alguém para ajudar? Por que?

— Para ajudar no serviço da casa. Uma criada.

O rosto de Isak, sob a espessa barba vermelha, contraiu-se todo num sorriso zombeteiro. Tomou aquilo por uma boa piada.

— Mas claro! O de que mais precisamos é de uma criada! — exclamou.

— Donas de casa nas cidades sempre têm criadas — explicou Inger.

— Ah, é? — fez ele.

Isak talvez não estivesse na melhor das disposições naquele dia, talvez não estivesse exatamente satisfeito e amável, pois começara a montar a serra e o serviço não progredia; não podia segurar o esteio com uma das mãos, o nível com a outra e ao mesmo tempo prender as extremidades das travessas. O trabalho só começou a ir melhor quando os meninos voltaram da escola. Os abençoados rapazes eram de grande utilidade, sobretudo Sivert era jeitoso para bater pregos, ao passo que Eleseus sabia melhor manejar o prumo. Ao cabo de uma semana, Isak e os meninos, de fato, haviam conseguido erguer os esteios e fixá-los com sarrafos transversais, grossos como vigotas.

Dava tudo certinho — tudo dava certo. Só que Isak começava a sentir-se cansado à noitinha, fosse lá por que motivo fosse. Seu único serviço não era construir serraria, tudo o mais também precisava ser feito. O feno estava ensilado, mas o trigo continuava de pé e aproximava-se a hora do corte e empilhamento; as batatas também teriam de ser arrancadas dentro em breve. Excelente ajuda eram-lhe os meninos. Não lhes agradecia, pois tal não era costume entre gente como a sua, mas estava muito satisfeito com eles. De vez em quando sentavam-se por um momento em pleno trabalho, e punham-se a conversar; pouco faltava para que o pai pudesse debater seriamente com os rapazes, pedir-lhes a opinião sobre o que convinha fazer ou deixar de fazer. Eram grandes momentos para os rapazes, que aprendiam a refletir bem, antes de falar, para não caírem em erro.

— Seria mau não termos a serra embaixo de telhado antes das chuvas do outono — disse o pai.

Tomara Inger fosse como tinha sido em outros tempos. Mas infelizmente ela não tinha mais a saúde e a disposição de antes, o que afinal não era de se admirar, após a longa reclusão. Mas, além disso, também seus sentimentos haviam mudado, ela era agora menos contemplativa e mais leviana.

Falando certa vez na criança que matara, disse:

— Eu fui uma idiota ao fazer aquilo. Poderíamos ter mandado costurar a sua boca, e eu nem teria tido necessidade de a estrangular!

Nunca mais foi ver a pequena sepultura na floresta, onde havia tempo, alisara a terra com as mãos e colocara uma cruz.

Mas Inger não era nenhum monstro, continuava a dedicar-se com muito carinho aos outros filhos, mantinha-os limpos, costurava para eles e podia passar quase toda a noite em claro, remendando suas roupas. Era seu grande sonho que havia de progredir no mundo.

O trigo estava empilhado em medas e as batatas arrancadas. Chegou o inverno. A serra é que não foi coberta no outono, mas para isso não havia mais remédio. Paciência, afinal de contas não era caso de vida e morte. No verão seguinte haveria tempo de solucionar o problema.

CAPÍTULO XIII

No inverno havia os habituais serviços rotineiros: carregamento de lenha, conserto de ferramentas, arreios e utensílios, enquanto Inger cuidava da casa e costurava. Os meninos estavam novamente na aldeia para o longo ano letivo. Durante vários invernos sucessivos haviam partilhado entre si um único par de esquis. Em casa um único par era suficiente, um menino esperava a sua vez enquanto o outro andava ou ficava de pé atrás do outro. Arranjavam-se muito bem, não conheciam a cobiça e eram inocentes. Mas lá embaixo, na aldeia, a coisa era outra; a escola estava cheia de esquis, até as crianças de Breidablik tinham um par cada uma. Isak teve de fazer um par novo para Eleseus e Sivert ficou com o velho para si.

Isak fez mais do que isso, vestiu bem os meninos e deu-lhes botinas resistentes. Isso feito, foi à loja e encomendou um anel.

— Um anel? — admirou-se o lojista.

— Um anel! Sou tão orgulhoso que quero dar um anel à minha mulher.

— Tu o queres de prata, de ouro, ou apenas de latão folheado a ouro?

— Pode ser um anel de prata.

O negociante meditou por algum tempo.

— Escuta aqui, Isak — disse finalmente — se quiseres fazer a coisa como ela deve ser feita, e dar à tua mulher um anel com que ela poderá se apresentar, dá-lhe um anel de ouro.

— Que! — exclamou Isak em voz alta.

Mas sem dúvida, bem no íntimo, ele mesmo já cogitara de um anel de ouro.

Debateram o assunto e chegaram a um acordo quanto à medida do anel. Isak ficou pensativo, meneou a cabeça e achou o negócio um tanto pesado. Mas o negociante recusou-se a pedir outra coisa senão um anel de ouro. Isak voltou para casa, no fundo satisfeito com sua decisão, mas ao mesmo tempo apavorado ante a extravagância e as despesas a que a paixão pode levar um homem.

Houve boas nevadas, e pelo ano novo, quando os caminhos estavam bem transitáveis, turmas da aldeia começaram a carregar postes através da baixada, deitando-os a intervalos regulares. Iam com muitos cavalos e passaram por Breidablik e por Sellanraa e encontraram-se com outras turmas, vindas do lado de lá da montanha, com postes. A linha estava completa.

Assim ia passando a vida, dia a dia, sem grandes ocorrências. Que poderia acontecer, afinal de contas? Na primavera começou o trabalho de fincar os postes. Brede Olsen lá estava outra vez, embora devesse logicamente estar assoberbado de serviço, com os trabalhos da terra, próprios da estação.

— Sei lá de onde este homem toma tempo — pensou Isak de novo.

Ele mesmo, nessa época do ano, mal tinha tempo para comer e dormir, mal e mal dava conta dos serviços indispensáveis na lavoura, pois suas terras eram bem extensas.

Assim mesmo, entre um serviço da terra e outro, conseguiu cobrir sua serraria e pôde começar a instalar as partes mecânicas. Não era lá nenhuma maravilha de madeiramento o que edificara, mas era uma estrutura resistente e de enorme utilidade. A serra funcionava, a serra cortava. Isak andara de olhos bem abertos na serraria da aldeia e observara tudo direitinho. Sua pequena serraria ficou muito bonita e lhe causava enorme satisfação. Gravou a data acima da porta e pôs sua marca.

No verão aconteceu, assim mesmo, algo fora do comum em Sellanraa.

Os trabalhadores do telégrafo avançaram tanto que a turma da dianteira chegou ao sítio uma tarde e pediu pousada. Foi-lhes dado o celeiro para pernoite. Os dias foram passando, as outras turmas vieram vindo e todos encontravam alojamento em Sellanraa. O trabalho progrediu, passando além do sítio, mas os homens ainda voltavam para pousar no celeiro. Um sábado, à noitinha, veio o engenheiro-chefe, para pagar os homens.

Assim que viu o engenheiro, Eleseus sentiu o coração bater e saiu furtivamente de casa para não ser interrogado a respeito do lápis de cor. Certamente vinham encrencas aí, e Sivert não aparecia, para dar-lhe algum apoio! Pálido como uma alma penada, Eleseus deslizou em torno dos cantos da casa, até achar a mãe, a quem pediu que lhe enviasse Sivert. Não havia mais outro remédio.

Sivert não se impressionou tanto com o caso. Pudera, ele não era o principal culpado. Os dois irmãos afastaram-se um pouco de casa e Eleseus propôs:

— E se dissesses que foste tu?
— Eu? — perguntou Sivert.
— Sim! És menor do que eu, a ti ele não fará nada.

Sivert pensou no caso, viu que o irmão estava em apuros, e envaideceu-o ver que Eleseus precisava de seu auxílio.

— Pode ser que eu possa te ajudar, vou ver — disse ele, bancando homem adulto.

— Tu deves fazê-lo! É só quereres! — exclamou Eleseus, e resolveu a situação pela forma mais simples, dando ao irmão o toco de lápis que ainda restava. — Toma, é teu. Podes ficar com ele.

Já se dispunham a entrar juntos quando Eleseus se lembrou de que tinha alguma coisa a fazer na serraria, ou melhor, no moinho; tinham de olhar por alguma coisa que tomaria tempo, não ia acabar tão logo. Sivert entrou em casa sozinho.

O engenheiro ali estava, fazendo pagamento, com notas e prata, e, quando terminou, Inger serviu leite, pôs na mesa uma jarra e um copo, e ele agradeceu. Falou com Leopoldina e, vendo os desenhos nas paredes, perguntou logo quem era o artista da casa.

— És tu? — perguntou, voltando-se para Sivert. Talvez para agradar à mãe e mostrar-se grato pela hospitalidade, o engenheiro elogiou os desenhos. Inger explicou que eram arte dos dois meninos. Não tinham tido papel antes que ela voltasse para casa e pusesse tudo em ordem, assim tinham rabiscado as paredes. Ela não tivera ânimo de lavá-las, de apagar aquilo.

— Deixa, não apaga — disse o engenheiro. — Falta papel? — acrescentou, tirando um maço de grandes folhas. — Toma, desenha aí até eu voltar. E lápis, como é? Ainda tens?

Sivert simplesmente aproximou-se com o toco de lápis e mostrou que estava pequeno. Ganhou um lápis de cor novo, ainda nem apontado.

— Toma! Podes desenhar à vontade! o cavalo vermelho e o bode azul. Nunca não é?

O engenheiro partiu.

Naquela mesma tarde um homem veio da aldeia com um saco, entregou algumas garrafas aos trabalhadores e foi-se embora outra vez. Depois disso não havia mais tanto sossego em Sellanraa como dantes. Os homens tocavam sanfona, falavam em voz alta, cantavam e até dançavam ao compasso da música. Um dos homens quis que Inger dançasse com ele e Inger — quem o teria imaginado? — deu uma risadinha e, de fato, dançou algumas voltas. Depois disso também outros a queriam e ela acabou dançando um bocado.

Quem poderia entender Inger? Talvez aquela fosse a primeira dança feliz em sua vida; via-se disputada, perseguida ardorosamente por trinta homens, era a única, não havia outra para escolher, nem quem lhe quebrasse a asa. Como aqueles turbulentos homens do telégrafo a erguiam do assoalho! Por que não dançar? Eleseus e Sivert dormiam que nem pedras no quarto pequeno, sem deixar-se estorvar pela ruidosa brincadeira lá fora, e a pequena Leopoldina estava acordada, espiando, admirada, os saltos e pulos da mãe.

Enquanto isso Isak andava o tempo todo no campo, para onde fora após a janta. Ao voltar, para deitar-se, foi-lhe oferecida bebida de uma garrafa. Bebeu um pouco e ficou olhando para a dança, com Leopoldina ao colo.

— Girando um bocado, hem? — disse bondosamente a Inger. — Estás tirando o pé do lodo hoje!

Algum tempo depois a música parou de tocar e a dança terminou. Os operários aprontaram-se para descer à aldeia e ali passar o resto da noite e todo o dia seguinte e só voltar na manhã de segunda-feira. O silêncio voltou a reinar em Sellanraa. Ali só ficaram uns trabalhadores já idosos, que se recolheram ao celeiro, para dormir.

Isak olhou em torno, à procura de Inger, para que ela viesse e deitasse Leopoldina; não a vendo, ele mesmo levou a criança para dentro e deitou-a na cama, feito o que, recolheu-se para dormir.

A noite já ia avançada quando ele acordou. Inger não estava ali. Teria ela ido ao curral? — pensou. Levantou-se e foi ao curral.

— Inger? — chamou de mansinho.

Ninguém respondeu.

As vacas viraram a cabeça e olharam-no, admiradas. Tudo ao redor estava quieto. Instintivamente, cedendo a um antigo hábito, contou as cabeças de gado, também o gado miúdo. Havia uma ovelha que tinha o péssimo costume de passar a noite fora. E de fato, ela faltava, como sempre.

— Inger! — tornou a chamar.

De novo não houve resposta. Até a aldeia ela não terá ido, com os homens... — pensou.

A noite de verão era clara e amena. Isak ficou por algum tempo sentado na soleira da porta, depois saiu andando pela mata, à procura da ovelha fujona. Aí achou Inger. Inger, só, ali, àquela hora! Mas ela não estava só, ali havia mais alguém. Estavam sentados nas urzes, conversando, ela girando o boné do homem no dedo indicador.

Isak caminhou devagar em direção aos dois. Inger voltou o rosto e viu-o chegar; baixou a cabeça, largou o boné e ali ficou, aniquilada, um molambo, sem vontade própria.

— Escuta — começou Isak — sabias que a ovelha fujona anda fora outra vez? Mas não, certamente não o sabes!

O jovem trabalhador apanhou seu boné e começou a esgueirar-se de lá.

— Acho que vou indo... — disse ele. — Vou ver se alcanço meus companheiros. Boa noite para todos — acrescentou, retirando-se de uma vez.

Ninguém respondeu.

— Então estás aqui! — disse Isak. — Vais ficar?

Foi andando em direção à casa. Apoiando-se nos joelhos, Inger pôs-se de pé e seguiu-o. Assim foram caminhando, o homem na frente, a mulher atrás, até chegarem em casa.

Inger ganhara tempo e achou uma saída.

— Pois eu andava justamente atrás daquela ovelha — disse ela. — Dei por falta dela. Foi quando apareceu aquele homem e me ajudou a procurar. Estávamos sentados um instantinho quando vieste. Aonde vais agora?

— Eu? Eu devia é ir atrás do animal.

— Não, deves ir deitar-te. Se for preciso procurar mais, eu mesma irei. Deita-te, que bem o precisas. E se é por isso, a ovelha pode dormir fora, não seria a primeira vez.

— Para ser devorada pelos bichos do mato! — exclamou Isak, e saiu.

Inger correu atrás dele.

— Não! Não vale a pena! — gritou ela, saindo-lhe ao encalço. — Necessitas de repouso. Eu mesma irei.

Isak deixou-se persuadir, não quis porém permitir que Inger saísse em busca da ovelha. Ambos entraram em casa.

Inger foi imediatamente olhar pelas crianças. Entrou no quarto pequeno para ver os meninos, portava-se em geral como se tivesse saído para algo perfeitamente normal e estivesse voltando para casa. Podia ser até que ela estivesse tentando agradar Isak, que esperasse dele um carinho, naquela noite mais do que nunca, pois ela explicara tudo direitinho. Mas não, nada disso houve. Isak não era tão fácil de dissuadir e teria preferido vê-la abatida, ou que ela perdesse a cabeça, desesperada, fora de si. Ter-lhe-ia sido bem mais agradável. O que valia o curto momento de prostração lá na mata: o instante de tristeza e vergonha ao ser apanhada em flagrante? Nada. Tudo passara imediatamente.

No dia seguinte, domingo, ele nem de longe estava afável e sereno. Saiu pelo sítio, foi olhar a serra, o moinho, os campos, só, ou em companhia das crianças. Uma vez Inger tentou acompanhá-lo, mas ele afastou-se dizendo:

— Vou mais rio acima, tenho o que ver por lá...

Alguma coisa roía-o por dentro, mas ele o suportava em silêncio, não fazia nenhum alarde. Havia algo de grandioso nele; era como Israel, a quem sempre se prometera e sempre se lograra, mas firme e inabalável em sua fé.

Já na segunda-feira a situação era menos tensa e, à medida que os dias iam passando, a impressão da infeliz noite de sábado foi-se apagando. O tempo cura muita coisa, quase não há ferida que resista à ação do tempo, de boa comida e bom sono. A posição de Isak não era das piores, ele nem estava certo de ter sido vítima de uma infidelidade, e além disso tinha muito mais em que pensar, pois a ceifa estava às portas. Havia ainda outra circunstância: a linha telegráfica não tardaria a estar concluída, e a paz voltaria ao sítio. Uma verdadeira estrada real. larga e clara, cortava a floresta e nela a fila de postes com fios estendidos perdia-se de vista montanha acima.

No sábado seguinte, dia do último pagamento em Sellanraa, Isak dispôs as coisas de modo a estar longe de casa. Desceu à aldeia com queijo e manteiga e só voltou domingo à noite. Os homens já tinham todos, ou quase todos, se retirado do celeiro; o último homem, ou quase o último, saiu tropeçando, do quintal, com seu saco às costas. Isak percebeu que a situação ainda não estava bem segura, pois havia uma saca no celeiro; não sabia nem queria saber onde estava o dono dela, mas nela havia um boné, indício suspeitoso.

Isak atirou a saca e depois o boné ao quintal e fechou a porta do celeiro. Depois entrou no estábulo e ficou olhando pela vidraça. A saca e o boné que ficassem ali jogados — pensou — é tudo a mesma coisa, fossem lá de quem fossem o dono daquilo era um sujeito relaxado, nem valia a pena se aborrecer por tão pouco. Mas quando viesse buscar sua saca, Isak lá estaria para sacudi-lo um bocado e mostrar-lhe o caminho do quintal para fora, de um modo tal que ele não mais se esqueceria.

Assim pensando, ele deixou a janela do estábulo e voltou ao curral de onde ficou vigiando, sem encontrar sossego. A saca estava atada com cordéis; o pobre diabo nem ao menos um cadeado possuía. Os cordéis soltaram-se, teria Isak agarrado aquilo com muita brutalidade? Por uma razão ou por outra ele não estava certo de ter agido corretamente. Vira na aldeia a nova grade que encomendara, novinha em folha, máquina maravilhosa, um ídolo para ser adorado e que acabava de chegar. Devia vir acompanhada de bênçãos. O poder superior que guia os passos do homem talvez o estivesse julgando naquele momento, para ver se ele merecia bênçãos ou não. Isak sempre se preocupava com o poder superior; já vira Deus com seus próprios olhos, numa noite de outono, na floresta; fora uma visão um tanto esquisita.

Isak saiu, foi ao quintal e curvou-se sobre a saca. Ponderava ainda sobre o que devia fazer. Empurrou o chapéu para trás e coçou a cabeça, o que lhe deu o ar desafiador e guapo de um espanhol. Deve ter raciocinado mais ou menos assim: "Cá estou eu, nem de longe sou um homem direito ou excelente; sou um cachorro que anda aí!" Amarrou firmemente a saca, apanhou o boné e carregou tudo de volta ao celeiro. Era melhor assim.

Saiu do celeiro e foi ao moinho, distanciou-se do quintal, de tudo, e Inger não estava na janela da sala. Ela que ficasse onde quisesse; sem dúvida estava na cama, onde mais deveria estar? Nos bons tempos passados, nos primeiros anos, simples e ingênuos, Inger não tinha sossego quando ele andava fora, na aldeia, esperava-o inquieta e ansiosa. Isso agora mudara. Tudo mudara.

Por exemplo, o dia tão almejado de lhe presentear o anel. Foi um malogro completo. Isak fora excessivamente modesto e não fez o mínimo alarde, não falou em anel de ouro.

— Não é grande coisa. Mas pode pô-lo no dedo e experimentá-lo — dissera.

— É de ouro? — ela quisera saber.

— Sim, mas não é grande...

Ao que ela deveria ter respondido: — Mas sim, é sim!

Em vez disso, porém, ela limitara-se a dizer: É não, não é muito grande.

— Não vale mais do que um fiapo de capim — dissera ele por fim, desanimado.

Na realidade, porém, Inger sentia-se grata pelo anel. Usava-o na mão direita, onde ele brilhava quando ela, costurando, movia ligeiramente os dedos. De vez em quando deixava as moças da aldeia experimentá-lo e ficar com ele no dedo por algum tempo, durante as visitas que lhe faziam para informar-se sobre uma ou outra coisa.

Será que Isak não compreendia o quanto ela se orgulhava do anel?

Mas ficar ali sentado, junto ao moinho, escutando o fragor da cascata durante toda à noite, era esbanjamento de precioso tempo. Ele nada fizera de mal e não tinha motivos de andar-se ocultando. Deixou o moinho, passou pelos campos e foi para casa.

Aí Isak deteve-se, confuso, mas ao mesmo tempo contente. Brede Olsen estava ali, o vizinho, ninguém mais; Inger estava de pé ao seu lado, os dois conversavam e tomavam café.

— Aí vem Isak — disse Inger, num tom de sincera satisfação, erguendo-se e enchendo-lhe uma xícara de café.

107

— Boa noite — disse Brede, também satisfeito.

Isak percebeu muito bem que Brede festejara as despedidas com a turma do telégrafo, pois parecia cansado. Como apesar disso estivesse amável e bem-humorado, não havia mal nenhum nisso. Começou a contar vantagem: efetivamente não tivera tempo de sobra para encarregar-se do trabalho do telégrafo, pois a lavoura tomava-lhe o dia inteiro; mas não pudera dizer que não ao engenheiro que insistira tanto para obter sua valiosa colaboração.

Dessa maneira ele viera a aceitar também o cargo de inspetor de linhas. Não por causa do ordenado, não! Naturalmente podia ganhar muito mais do que isso lá na aldeia, mas não tivera jeito de recusar. Tinham instalado uma pequena máquina, bonita e polida, na parede de sua casa, era um aparelho curioso, quase um telégrafo.

Com a melhor boa vontade, Isak não podia guardar rancor a esse homem leviano e fanfarrão; sentiu-se por demais aliviado ao achar em casa seu vizinho e não um estranho. Isak tinha o equilíbrio, os poucos sentimentos, a estabilidade e a inércia do camponês; palestrou com Brede e sorriu ante a leviandade deste.

— Mais uma xícara de café para Brede? — disse ele.

E Inger encheu a xícara.

Inger falou no engenheiro. Era homem tão bom, vira os desenhos e escritas dos meninos e propusera levar Eleseus consigo.

— Levar Eleseus? — admirou-se Isak.

— Sim, levá-lo à cidade. Para escrever, trabalhar em seu escritório. Tudo por ter gostado tanto dos desenhos e letras do menino.

— Ah... — disse Isak.

— Então? Que achas? Ele o queria mandar confirmar também. Eu acho que seria uma grande coisa.

— É o que acho também — atalhou Brede. — E tanto assim eu conheço o engenheiro. Quando ele diz que faz alguma coisa, a faz mesmo. Não é homem que fale à toa.

— Pois nós não temos nenhum Eleseus de sobra aqui no sítio que possamos dar — disse Isak.

Um silêncio desagradável seguiu-se a essas palavras. Isak não era homem com quem se pudesse lidar num tal assunto.

— Mas se o próprio rapaz quer ir! — disse Inger finalmente. — E ele tem jeito e quer ser gente na vida!

Novo silêncio.

Mas Brede riu-se e disse:

— O engenheiro certamente teria querido ficar com um dos meus. Tenho que chega e sobra. Mas a mais velha é Barbro, uma menina.

— E uma boa menina! — disse Inger, por cortesia.

— Não quero dizer que não — concordou Brede. — Barbro é trabalhadeira e jeitosa. Ela vai agora para casa do *lensmand*.

— Ah? Vai para a casa do lensmand?

— Não achas que eu tinha de prometê-lo? A esposa do *lensmand* vivia atrás de mim, fazia questão fechada que minha filha fosse.
A madrugada vinha perto, e Brede ergueu-se para ir.
— Deixei uma saca e um boné no celeiro — disse ele. — Espero que os homens não tenham carregado tudo — acrescentou, pilheriando.

CAPÍTULO XIV

E o tempo foi passando.
Inger acabou ganhando a questão. Eleseus foi mandado à cidade. Ficou lá um ano inteiro, depois foi confirmado e passou a trabalhar num emprego fixo no escritório do engenheiro, aperfeiçoando-se cada vez mais na escrita. Eram de ver as cartas que ele mandava para casa, às vezes com tinta vermelha e preta, verdadeiras pinturas. E a linguagem, as palavras que ele empregava! Lá uma vez ou outra pedia dinheiro, uma ajuda, para suas despesas. Precisava de relógio com corrente, para não perder a hora de manhã e chegar tarde ao escritório; de cachimbo e tabaco como tinham os outros jovens funcionários na cidade; de dinheiro para o que ele chamava despesas correntes e dinheiro para o que chamava cursos noturnos, onde aprendia desenho e ginástica e outras matérias indispensáveis à sua classe e posição. Tudo somado, não era nada barato manter Eleseus na cidade.

— Dinheiro para despesas correntes? — admirava-se Isak. Que dinheiro será esse?
— Deve ser para não ficar inteiramente desprevenido — disse Inger.
— E não é muito. Só um *daler* uma vez ou outra.
— Um *daler* uma vez e um *daler* outra vez. Somados são muitos *dalers!* — respondeu Isak, aborrecido.

Mas o estava por sentir falta de Eleseus e o querer em casa.
— No fim são muitos *dalers*... Isso não pode continuar. Deves escrever, dizendo-lhe que não vou mandar mais.
— Ah, é? Está bem! — retrucou Inger, ofendida.
— Olha o Sivert. Que dinheiro recebe ele para despesas correntes?
Ao que Inger respondeu:
— Nunca estiveste numa cidade e não sabes julgar essas coisas. Sivert não precisa desse dinheiro. Mas, por falar em dinheiro, Sivert não vai ficar em situação tão má quando seu tio xará morrer.
— Isso é que não podes saber.
— Sim, sei, sim.

Até certo ponto ela tinha razão. O tio Sivert afirmara, certa vez, que o pequeno Sivert seria seu herdeiro. O tio Sivert ouvira falar nos grandes feitos de Eleseus na cidade e a história não lhe agradara nada; dera de cabeça, mordera os lábios e murmurava que um sobrinho com seu nome — com o nome de Sivert — jamais passaria privações! Mas qual seriam na realidade as posses do tio Sivert? Teria ele, além de sua quinta desleixada e sua pescaria, o monte de dinheiro e os recursos que em geral se acreditava? Ninguém o sabia. E além disso tio Sivert era homem obstinado; exigia que o pequeno Sivert fosse viver com ele, do que fazia uma questão de honra; queria ficar com o pequeno Sivert, assim como o engenheiro ficara com Eleseus.

Mas como podia o pequeno Sivert sair de casa? Era impossível. Era a única ajuda que restava ao pai. E o rapaz não tinha grande vontade de ficar com o famoso tio, o tão falado coletor do distrito. Já o experimentara uma vez e voltara para casa novamente. Foi confirmado, cresceu em altura, tomou corpo, fina penugem apareceu-lhe nas faces, e suas mãos eram grandes, boas para todo o trabalho. Não havia homem feito que o superasse.

Isak mal teria conseguido construir o novo celeiro sem a ajuda de Sivert. Mas agora o celeiro ali estava, com ponte movediça, respiradouros e tudo o mais, e em tamanho não ficava atrás do celeiro da paróquia. Naturalmente era apenas uma armação de barrotes revestida de tábuas, mas de construção muito sólida, com braçadeiras de ferro e cantoneiras nos ângulos e coberta de tábuas de uma polegada, da própria serraria. Sivert pregara mais de um prego e suspendera as pesadas vigas para o madeiramento, até ficar em ponto de cair prostrado. Sivert dava-se bem com o pai, trabalhava constantemente ao seu lado; era feito do mesmo barro. E ainda não era luxento demais para subir as encostas, catar atanásia e friccionar-se para ter cheiro agradável na igreja. Leopoldina é que precisava de muito mais coisas, o que afinal era de se esperar, sendo ela moça e filha única. Naquele verão ela recusara-se a comer seu mingau, na janta, sem melado. Não comia e estava acabado. E ela não era grande coisa para trabalhar.

Inger ainda não desistira da idéia de arranjar criada. Voltava a falar nisso cada primavera, e cada vez Isak era inflexível. Quanto mais ela podia ter feito se tivesse o tempo necessário! Quanto podia ter cortado, costurado, tecido panos finos e bordado chinelos! Ultimamente Isak não estava mais tão firme como dantes na sua recusa, embora ainda resmungasse. A primeira vez ele fizera todo um discurso não por uma questão de direito e razão, nem por orgulho, mas por fraqueza, por desespero ante a idéia. Agora, porém, ele parecia estar cedendo terreno, como que envergonhado.

— Se eu tiver de ter criada, é agora — disse Inger. — Mais tarde Leopoldina cresce e poderá fazer serviços de casa. A ajuda serviria agora.

— Ajuda? — perguntou Isak. — Para que precisas de ajuda?

— Para que? E tu? Não tens ajudante? Não tens Sivert?

Que podia Isak responder a um tal absurdo? Limitou-se a dizer:

— Está bem. Quando tiveres uma criada aqui podes, em duas horas, arar o chão, ceifar e colher. Sivert e eu podemos ir embora daqui.

— Seja lá como for — disse Inger. — Eu agora podia ter Barbro como criada. Ela escreveu aos pais sobre isso.
— Que Barbro? A Barbro de Brede?
— Sim. Ela está em Bergen agora.
— Pois eu não quero essa Barbro de Brede aqui em casa. Arranja quem quiseres, menos essa.

Já era alguma coisa; ele não se recusava, pois, a receber outra qualquer. Barbro de Breidablik não merecia a confiança de Isak; era inconstante e superficial como o pai, talvez também como a mãe, era leviana e sem perseverança. Não ficara muito tempo em casa do *lensmand,* apenas um ano. Após sua confirmação foi para a casa do lojista, onde também parou um ano. Ali ela tornou-se religiosa e, quando o Exército de Salvação passou pela aldeia, ingressou em suas fileiras, recebeu faixa vermelha na manga e um violão. Assim uniformizada, fora no ano anterior a Bergen, no iate do lojista. Acabara de enviar uma fotografia para sua gente em Breidablik, Isak a vira: uma moça de aspecto estranho, com o cabelo encrespado e uma longa corrente de relógio pendendo-lhe sobre o peito. Os pais orgulhavam-se da pequena Barbro e mostravam a fotografia a todos que passavam por ali; era extraordinário como a menina se tornara moça de cidade, como progredira. Ela não trazia mais faixa vermelha no braço nem guitarra na mão.

— Eu levei a fotografia comigo e mostrei-a à esposa do *lensmand* — disse Brede. — Ela nem a reconheceu.
— Ela vai ficar em Bergen? — perguntou Isak, desconfiado.
— Ela fica em Bergen enquanto puder ganhar seu pão, a não ser que prefira ir a Cristiânia. De que adianta ela ficar aqui em casa? Agora já arranjou um novo emprego como governanta em casa de dois altos funcionários solteiros, que lhe pagam um bom ordenado.
— Quanto pagam? — perguntou Isak.
— Ela não o diz em sua carta. Mas comparado com o que se paga aqui na aldeia deve ser um ordenado formidável. Basta dizer que ela ganha presentes de Natal e ainda outros presentes sem que descontem um vintém do seu ordenado.
— Ah! — fez Isak.
— Não gostarias de tê-la em casa como empregada? — perguntou Brede.
— Eu? — disse Isak, sem conter sua admiração.
— Mas não, naturalmente que não. Também só perguntei por perguntar, bobagem minha. Barbro fica onde está. Sim, o que eu queria dizer, não viste nada de anormal nos fios lá por cima? No telégrafo, quero dizer.
— No telégrafo? Não.
— Não, não é? De fato não há mais encrencas nas linhas desde que eu estou tomando conta. Meu próprio aparelho, na parede, me avisa em caso de enguiço. Devo dar uma volta lá por cima um dia desses, correr

a linha para ver como vão as coisas por lá. Tenho tanto que fazer e cuidar, isso não é serviço para um homem só. Eu é que sei como é que dou conta de tudo! Mas enquanto eu for inspetor, tiver esse cargo público, o dever está acima de tudo.

— E não pensas em desistir do serviço? — perguntou Isak.

— Não sei, não. Andam atrás de mim, querem a todo custo que eu mude outra vez para a aldeia. Ainda não me decidi por uma coisa nem por outra.

— Quem anda atrás de ti?

— Todos. Todos eles. O *lensmand* quer que eu volte ao meu antigo cargo de oficial de justiça; o doutor sente muito a minha falta, quer que eu guie para ele, e a mulher do pastor mais de uma vez tem dito que precisa de mim, que era uma pena eu estar tão longe. Como foi o negócio daquele pedaço de terreno de morro que vendeste? De fato te pagaram tanto como diziam?

— Pagaram, sim. Não era mentira deles.

— Para que Geissler quererá aquilo? Coisa esquisita. O terreno ali está, passa um ano atrás do outro e ele nada faz ali.

Também Isak já pensara muito naquele mistério. Falara até ao *lensmand* sobre o caso, procurara saber o endereço de Geissler, para lhe escrever.

— Eu nada sei a respeito — disse ele.

Brede não tentou disfarçar seu interesse no negócio das terras do morro.

— Dizem que há mais dessas terras lá por cima, no *almenning,* — disse ele. — Não só as tuas. Pode haver muita coisa de valor nelas. Nós é que somos umas bestas, não entendemos nada disso. Resolvi ir lá uma vez, examinar aquilo.

— Se não entendes nada de minas e pedras, que vais examinar?

— Entendo pouco, mas tenho perguntado a outras pessoas. De qualquer maneira terei de achar alguma coisa, não posso continuar a viver e sustentar os meus só com este sítio. Não é possível. Contigo foi diferente. Tu recebeste toda a mata e bons campos. Aqui só há charcos, só baixios.

— Pois terras baixas é que são boas — disse Isak. — Eu também tenho brejos.

— Mas aqui é impossível drenar o chão — insistiu Brede.

Na realidade não era impossível drenar o chão. Naquele dia, ao vir descendo pelo caminho, Isak encontrou novos sítios, dois já bem embaixo, perto da aldeia, e um bem no alto, entre Breidablik e Sellanraa. A região, que nos primeiros tempos, quando Isak ali chegara, fora deserta, começava a ser habitada e cultivada. Os três novos colonizadores eram gente de fora e pareciam ser inteligentes e sensatos. Não começaram pedindo dinheiro emprestado para construir casa de moradia; vieram, abriram as valas para drenagem e foram-se embora, dir-se-ia que tinham morrido. Era esse o verdadeiro modo de se trabalhar, abrir valas, arar e semear. Aksel Stroem era agora o vizinho mais próximo de Isak; era um rapaz trabalhador, solteiro, natural de Helgeland. Pedira emprestada a nova grade de Isak para gradear suas terras pantanosas e no segundo ano construíra casa para si mesmo e uma cabana para uns animais. Deu ao sítio o nome de *Maaneland*[15] por ser o luar ali muito bonito. Não tinha mulher em casa e naquele lugar afastado era-lhe difícil arranjar quem o ajudasse no verão; tinha de fazer tudo sozinho, mas trazia tudo muito direito e limpo. Ou deveria ele ter feito como Brede Olsen; devia ter começado por construir casa e vir ao campo com família, com um bando de crianças, sem ter ainda lavoura nem criação, nem o que comer? Claro que não! Brede Olsen é que não entendia patavina de drenar pântanos e lavrar terras novas.

Brede vivia a malbaratar valioso tempo com idéias malucas. Era tudo o que ele sabia. Um dia passou por Sellanraa, indo montanha acima com o fim de procurar metais preciosos! Na noite do mesmo dia voltou dizendo que nada achara de concreto, apenas certos indícios, mas que voltaria dentro em breve e pesquisaria também os morros em direção à Suécia.

E de fato Brede tornou a apontar por ali. Parecia estar tomando gosto por aquilo. Disse, no entanto, que vinha inspecionar a linha telegráfica. Enquanto isso, em casa, a mulher e os filhos cuidavam-lhe da terra ou deixavam tudo entregue a si mesmo. Isak já andava farto daquelas visitas e saiu de casa quando ele veio, deixando Inger e Brede em animada conversa. Que teriam os dois a falar? Brede ia muitas vezes à aldeia e sempre sabia novidades a respeito da gente graúda de lá; Inger, por sua vez, sempre ainda conseguia extrair assunto novo da sua famosa viagem a Trondhjem e de sua estada ali. Tornara-se tagarela nos anos em que andara fora, dava a vida por uma boa conversa, fosse lá com quem fosse. Ela não era mais a mesma Inger de antes, simples e ingênua.

Continuavam a vir moças e mulheres a Sellanraa, para cortar um vestido ou fazer uma bainha comprida à máquina, num instante, e Inger as recebia muito bem. Também Oline apareceu de novo. Não se continha, vinha tanto na primavera como no outono, como sempre toda melosa, de fala doce e macia, sabida e matreira.

— Eu só vim ver como vão as coisas por aqui — dizia cada vez. — Sinto tanta saudade dos meninos, fiquei gostando tanto deles, são uns anjos de Deus. Sim, sim, eu sei, hoje são grandes, são moços, crescidos, mas é uma coisa tão esquisita, eu nunca me esqueço de quando eram pequeninos e estavam aos meus cuidados. E olhem essa gente: construindo, construindo sempre, fazendo toda uma cidade! Vais pôr um sino na cumeeira do celeiro, para tocar, como no presbitério?

---

15. *Maaneland* — Lit. "Terra da Lua". — N. do T.

Uma vez Oline veio acompanhada por outra mulher. Juntas, as duas e Inger, passaram um dia alegre. Quanto mais gente Inger tinha ao redor de si, tanto melhor ela cortava e costurava, fazendo grande ostentação, brandindo a tesoura e o ferro de engomar. Aquilo lembrava-lhe o tempo do instituto correcional onde sempre eram tantas nas salas de trabalho. Inger não fazia segredo quanto ao lugar de onde ela tinha suas noções e sua arte, de seu tempo em Trondhjem. Para ela era como se não estivera cumprindo pena, mas fazendo um aprendizado numa escola profissional aprendendo a costurar, a fiar, a tingir e a escrever; tudo aquilo ela aprendera em Trondhjem. Falava do instituto com ternura, como de um lar; havia ali tanta gente, encarregados de serviço, inspetores, guardas e vigias. Ao voltar para casa achara tudo monótono e vazio e muito lhe custara retrair-se, deixar a vida social a que se acostumara. Fazia fita, dizia-se resfriada, por não estar mais habituada ao ar frio, e um ano inteiro após seu regresso não tinha saúde suficiente para ficar fora de casa, apanhando vento e umidade. Era para o serviço fora de casa que ela realmente precisava de uma criada.

— Ora, benza-te Deus, minha filha! — disse Oline. — Por que não devias ter criada, tu que tens recursos, instrução e uma casa grande e bonita!

Era muito agradável tanta solidariedade e compreensão e Inger não a contradizia. Ela costurava a ponto de a casa tremer e brilhar o anel em seu dedo.

— Estás vendo? — disse Oline à outra mulher. — Não é verdade o que eu disse, que Inger usa anel de ouro no dedo?

— Gostarias de vê-lo? — disse Inger, tirando o anel do dedo.

Oline fingiu ainda duvidar, agarrou o anel pô-se a examiná-lo como um macaco examina a noz que vai partir, e olhou a marca.

— É como estou dizendo. Inger tem muitas riquezas e muitos recursos!

A outra mulher tomou o anel com profunda veneração e sorriu humildemente.

— Podes ficar com ele no dedo um pouquinho — disse Inger.

— Coloca-o, ele já não vai quebrar!

Inger era amável e bondosa. Falou-lhes da catedral de Trondhjem, começando assim:

— Vós não vistes ainda a catedral de Trondhjem, pois não? Mas não, nunca lá estivestes!

Aquilo era a sua própria catedral, ela a defendia, louvava, citava a altura e a largura, uma maravilha! 'Sete padres podiam pregar ali ao mesmo tempo, sem ouvirem um ao outro. Mas então também nunca vistes o poço de Santo Olavo? Fica bem no meio da catedral, de um lado, e é um poço sem fundo. Quando fomos lá levamos pedrinhas e as derrubamos no poço mas elas nunca alcançaram o fundo.

— Nunca alcançaram o fundo! — sussurraram as duas mulheres, sacudindo a cabeça.

— E há ainda milhares de outras coisas na catedral — exclamou Inger, transportada. — Há o relicário de prata. É o escrínio do próprio Santo Olavo. Mas a igreja de mármore, que era uma pequena igreja todinha de puro mármore, os dinamarqueses tiraram de nós durante o conflito...

As mulheres tinham de ir para casa. Oline chamou Inger à parte, levou-a à despensa, onde ela sabia que estavam armazenados todos os queijos, e fechou a porta.

— Que queres? — perguntou Inger.

— Os-Anders não se atreve mais a vir aqui. Eu lhe contei tudo — cochichou Oline.

— Ah! — fez Inger.

— Ele que venha para ver uma coisa! Depois do que te fez! Foi o que eu lhe disse.

— Bem, bem... — disse Inger. — O caso é que ele esteve aqui várias vezes desde então. E pode vir mesmo, não tenho medo dele!

— Não — disse Oline. — Mas eu sei o que sei e se quiseres darei parte dele.

— Não, não! — exclamou Inger. — Nem fales uma coisa dessas, nem vale a pena.

Na verdade Inger não achava nada mau ter Oline de seu lado. A aliança custou-lhe um pequeno queijo de cabra, mas Oline se desfez em agradecimentos.

— É como estou dizendo e como sempre disse: Inger quando dá, não regateia, sovina, dá com as duas mãos! Eu sei que não temes Os-Anders, mas assim mesmo o proibi de vir aqui. Era o menos que eu podia fazer por ti.

— Que mal faria ele se viesse? — perguntou Inger. — Ele não me pode fazer mais mal nenhum.

Oline apurou o ouvido.

— Ah, não? Aprendeste um remédio?

— Eu não terei mais filhos.

Assim ambas tinham em mãos trunfos de igual valor. Oline sabia muito bem que Os-Anders, o lapão, morrera dois dias antes.

* * *

Por que Inger não deveria ter mais filhos? Ela não estava mal com o marido, não viviam como cão e gato, longe disso. Cada um tinha suas particularidades, raramente brigavam, e nunca por muito tempo, logo voltando às boas. Algumas vezes Inger tornava-se subitamente como nos bons tempos, fazia grandes serviços no curral ou na plantação, era como se caísse em si, tendo novos acessos de boa disposição e vigor. Em tais ocasiões Isak fitava sua mulher com gratidão, e se ele fosse dos que logo exteriorizam o que lhes vai pela alma diria: "Que será isso? Ou será que ela está brincando?", enfim, teria manifestado seu reconhecimento. Mas ele permanecia calado por tempo longo demais, e seus elogios, quando vinham, chegavam tarde. Assim Inger não sentia prazer no trabalho, perdia a vontade.

Ela poderia ter tido filhos ainda acima dos cinqüenta, e talvez nem tivesse ainda quarenta anos. Aprendera de tudo no instituto, teria aprendido também a dar um jeito em si mesma? Ela voltara tão escolada e instruída após o convívio com outras criminosas e talvez tivesse ouvido coisas dos homens, guardas e médicos da casa de correção. Certa vez ela contou a Isak o que um jovem médico dissera acerca do crime insignificante que ela praticara: "Por que haveria punição para o ato de matar crianças, mesmo crianças sãs e bem feitas? Elas não são mais do que molambos de carne".

Isak perguntou:

— Era um monstro esse homem?

— Aquele, um monstro! — exclamou Inger.

E contou como esse médico tinha sido bom para ela; fora quem fizera outro doutor operar-lhe a boca, transformando-a num ser humano. Agora só se via uma cicatriz.

Sim, só lhe ficara uma cicatriz. Ela era agora uma bela mulher: grande sem ser corpulenta ou gorda, morena, com bonitos cabelos; durante o verão andava descalça, com a saia arregaçada e canelas que se podiam mostrar. Isak via-as. Quem não as veria?

Não altercavam, isso não. Isak não tinha jeito para discussões, e a mulher tornara-se mais hábil em suas réplicas. Uma boa briga, um bate-boca em regra tomava tempo, custava muito a irromper, com aquele homem pesado e moroso; ele via-se todo envolvido pelas palavras da mulher e não chegava a dizer grandes coisas, também por gostar dela, por continuar ardentemente apaixonado. Não era porém muito comum ele responder, pois Inger não o atacava, ele era marido excelente em muitos sentidos, e ela o deixava à vontade.

Ela não tinha motivos de queixa. Isak não era homem para ser desprezado; ela poderia ter arranjado outro, pior. Esgotado, ele?

Ele mostrava às vezes indícios de fadiga, mas não graves. Como ela, estava por assim dizer cheio de velha saúde e forças intatas, no outono de sua vida conjugal ele usufruíra sua parte de ternura pelo menos tão ardentemente quanto ela.

Mas teria ele algo de magnífico e grandioso? Não. Nisso ela o superava. De vez em quando devia ocorrer a Inger já ter visto coisa mais elevada; homens bem trajados, sem bengala, e senhores com lenços e de colarinho engomado, cavalheiros da cidade. Tratava, pois, Isak como o que ele era, por assim dizer de acordo com o que ele merecia. Ele não passava de um camponês, capaz de desbravar mato e lavrar um pedaço de terra nova. Se ela tivesse tido sempre a boca perfeita, nunca o teria aceito por marido, isso nunca. Teria arranjado melhor partido. O lar que lhe coubera, toda a existência vazia que Isak lhe dera eram no fundo bem pobres, e ela poderia em todo caso ter-se casado com alguém de sua aldeia natal e ter tido sociedade e um círculo de relações, em vez de viver ali como um duende na floresta. Ali ela não mais se sentia à vontade desde que adquirira mais ampla visão da vida.

Era estranho como podia mudar o modo de se encarar a vida. Inger não conseguia mais alegrar-se ante um bezerro bem bonito nem batia as mãos de contentamento quando Isak vinha do ribeirão com o cesto cheio de peixes. Tudo por ter vivido durante seis anos num ambiente mais amplo. Ultimamente ela nem punha mais doçura celestial na voz, ao chamá-lo para as refeições. "Tu não vens comer, não?" dizia ela. Que maneiras! A princípio ele se admirava um pouco da mudança, dos modos insolentes e indelicados, e respondia: "Eu não podia saber que a comida estava pronta!". Como ela dissesse então que o poderia ter sabido pela posição do sol ele nada mais objetava e dava o assunto por liquidado.

Uma vez, porém, achou onde pegá-la e não perdeu tempo: foi quando ela tentou furtar-lhe dinheiro. Não que Isak fosse mesquinho, tratando-se de dinheiro, mas no caso era uma quantia inteiramente sua. Dessa vez o caso poderia ter sido desastroso para ela. E Inger não o fizera por maldade; ela queria o dinheiro para Eleseus, para o filho abençoado que, da cidade, pedia seu daler. Poderia ele viver entre toda aquela gente fina com os bolsos vazios? Então ela não tinha um coração de mãe? Começara pedindo o dinheiro e, como ele não o desse, acabara por tomá-lo. Não sabia se Isak teria suspeitado dela ou se o descobrira por acaso. Fosse lá como fosse, ele o soubera e no mesmo momento Inger sentira-se agarrada pelos dois braços, sentiu-se erguida do chão e atirada ao chão outra vez. Era algo de estranho e terrível. Isak ainda não tinha as mãos fracas e cansadas. Inger soltou um gemido, sua cabeça caiu-lhe para trás, ela tremeu e devolveu o dinheiro.

Também aí Isak não expressou o que sentia, embora desta vez Inger não lhe opusesse obstáculos e o tivesse deixado falar. O que ele tinha a dizer foi expelido num só fôlego.

— Sem-vergonha! Tu não és digna de estar aqui dentro de casa!

Ele estava irreconhecível. Devia estar dando expansão à raiva recalcada por longo tempo.

Um dia miserável, uma longa noite e mais um dia. Isak saiu e ficou fora de casa, embora houvesse feno seco para recolher; Sivert estava com o pai. Inger tinha a companhia da pequena Leopoldina e dos animais, mas sentia-se solitária assim mesmo, chorava a maior parte do tempo. Só uma vez antes sentira tão grande comoção e essa única vez vinha-lhe à memória: fora quando, deitada na cama, estrangulara uma criança recém-nascida.

Por onde andariam Isak e o filho? Não tinham estado ociosos. Roubando um dia e uma noite do trabalho da fenação, haviam construído um bote no lago. Era uma embarcação tosca e grosseira, sem a mínima elegância, mas forte e resistente como tudo o que eles faziam. Agora tinham barco e podiam ir pescar de rede.

Voltaram para casa e o feno estava bem seco. Tinham logrado o céu, nele confiando, e nada haviam perdido, saíram até com vantagem. Sivert apontou numa certa direção.

— Olha! A mãe esteve fazendo feno! — exclamou.

O pai olhou pelo campo.

— É mesmo — confirmou.

Ele notara logo que faltava parte do feno. Inger devia estar em casa cuidando do almoço. Boa ação da parte dela, recolher o feno, após o que houvera no dia anterior. E era feno grande e pesado, difícil de se lidar com ele, ela devia ter trabalhado duramente, tendo tido ainda todas as vacas e cabras para ordenhar. — Vai para casa, comer alguma coisa — disse ele a Sivert.

— Tu não vens também?

— Não.

Quando Sivert já estava algum tempo dentro de casa, Inger saiu e, humilde, da soleira da porta, disse:

— Não pensas em ti também? Não vens comer?

Isak resmungou qualquer coisa em resposta.

Mas ver Inger humilde era algo de tão estranho nos últimos tempos que Isak começou a fraquejar em sua obstinação.

— Se puderes colocar alguns dentes que faltam no meu rastelo continuarei com a fenação — disse ela.

Modesta, vinha pedir alguma coisa ao dono da casa, ao chefe supremo, e sentia-se grata por não receber uma recusa, desdenhosa.

— Já trabalhaste bastante no feno — disse ele.

— Não, ainda não.

— Mas agora não tenho tempo para consertar teu rastelo. Estás vendo que vem chuva aí.

E Isak saiu para o trabalho.

Certamente quisera poupá-la, pois os poucos minutos que perderia a consertar o rastelo teriam sido compensados mais de seis vezes com ter Inger no campo. Ela não tardou, porém, a vir com seu rastelo, tal como estava, e atirou-se com vontade à fenação. Sivert veio com cavalo e carroça e todos trabalharam com afinco. O suor corria, e o feno foi todo para o paiol. Foi um bom arranco, e Isak pôs-se de novo a pensar no poder superior que guia todos os nossos passos, do furto de um *daler* ao armazenamento de uma colheita de feno. E agora tinham um barco. Após levar metade do tempo a ponderar e especular o caso, lá estava o barco no lago.

— Ah! *Herregud!* — suspirou Isak.

CAPÍTULO XV

Foi uma estranha noite aquela, foi uma encruzilhada, um ponto de partida para nova vida. Inger, que por tanto tempo se desviara do verdadeiro caminho, fora posta no seu lugar com um único ato de violência. Nenhum deles falou no ocorrido: Isak sentiu-se envergonhado de si mesmo, por causa daquele miserável *daler*, uma ninharia, e que ele de qualquer maneira teria gasto, pois não o recusaria a Eleseus. E além disso, o dinheiro não era tanto de Inger como dele? Não tardou a oportunidade de Isak mostrar-se humilde.

Vieram tempos vários, bons e maus: Inger devia ter mudado de idéia outra vez, modificou suas atitudes, renunciou às finezas adquiridas e voltou a ser a mulher grave e ponderada de antes, a pioneira em terra nova.

Que mágico poder tem o pulso de um homem! Mas estava certo assim, tratava-se de uma mulher forte e trabalhadeira, desnorteada por longa permanência numa atmosfera artificial e que se chocara contra um homem firme demais em sua posição, que nem por um momento deixara seu lugar natural na terra, que nada podia abalar nem deslocar.

Vieram tempos vários. No ano seguinte, a seca veio de novo e foi matando lentamente a vegetação e quebrando o ânimo dos homens. O trigo ia sendo queimado, e as batatas — as maravilhosas batatas — não feneciam, mas floresciam, floresciam sem parar. Os prados começaram a tingir-se de cor parda e as batatas floresciam. Uma força superior guiava todas as coisas. Mas os prados estavam-se tornando cinzentos...

Um belo dia Geissler arribou por ali, o antigo *lensmand* Geissler. Finalmente vinha outra vez. Era tão bom ver que ele não morrera e aparecia de novo. Que quereria ele?

Desta vez Geissler não vinha disposto a grandes empreendimentos, a negociar com minas, nem podia ostentar documentos importantes. Pelo contrário, vinha pobremente vestido, com cabelos e barba grisalhos e olhos vermelhos. Não tinha mais quem lhe carregasse as coisas, e trazia seus papéis no bolso, não possuía valise.

— Bom dia — disse Geissler.

— Bom dia — responderam Isak e Inger. Imagina quem vem aí! Geissler meneou a cabeça.

— Muito obrigado por tudo quanto me fez em Trondhjem disse Inger. Ao que Isak também fez um sinal afirmativo com a cabeça dizendo:

— Sim, obrigado por tudo. Ambos agradecemos muito.

Mas era velho hábito de Geissler não se deixar dominar por sentimentalismos, pelo coração.

— Estou atravessando os montes a caminho da Suécia disse ele.

Apesar de estar deprimida com a seca, a gente de Sellanraa alegrou-se com a visita de Geissler. Ofereceram-lhe o melhor que tinham e era-lhes um sincero prazer recebê-lo cordialmente, a ele que tanto bem lhes fizera.

O próprio Geissler não estava abatido, começou logo a falar, expansivo, a olhar os campos e fazer sinais de aprovação. Sua postura continuava ereta e seu aspecto era o de alguém que tivesse centenas de *dalers* no bolso. Trazia consigo uma atmosfera de otimismo e vitalidade, não fazia ostentação, mas sua conversa era animada.

— É um lugar magnífico Sellanraa — disse ele. — E atrás de ti vem cada vez mais gente ao campo. Contei cinco novos sítios. Ou são mais?

— São sete ao todo. Há dois que se podem ver da estrada.

— Sete propriedades. São, digamos, cinqüenta pessoas. Isso aqui vai ser uma região muito habitada. Não há ainda escola no lugar?

— Há, sim.

— Pois já ouvi dizer. Ouvi que há uma sala de aulas na quinta de Brede, por ser a que fica situada mais no centro. Imagina, Brede como lavrador! — e Geissler riu-se desdenhosamente. — Já ouvi falar de ti, Isak, que és o melhor por aqui. Isso muito me alegra. Também tens serraria, não é?

— Tenho a que aí está, que eu mesmo arrumei. Para o gasto da casa serve. Mas já serrei toros para esse povo aí de baixo também.

— Pois é o que se quer!

— Eu gostaria é de saber o que acha de minha serraria. Se o *lensmand* quiser dar uma olhadela por lá...

Geissler, com ares de perito, fez sinal que sim, que iria ver não só a serraria, mas tudo o mais.

— Tinhas dois meninos, que é feito do outro? — perguntou de repente. — Na cidade? Num escritório? Mas esse que aí está parece um rapagão guapo. Qual é mesmo teu nome, rapaz?

— Sivert.

— E o outro?

— Eleseus.

— E está no escritório de um engenheiro? Que aprende ali? Aquilo não é ramo que preste. Ele poderia ter vindo trabalhar comigo.

— Podia mesmo — disse Isak, para ser cortês.

Teve pena de Geissler. O bom homem não parecia em situação de poder manter empregados, parecia mal poder sustentar a si mesmo. Seu paletó tinha as mangas em fiapos, acima dos punhos.

— Talvez o senhor queria meias secas! — ofereceu Inger, trazendo um par novo, das suas. Eram de seus melhores dias, finas e com rebordos.

— Não, obrigado — disse Geissler, apesar de, certamente, estar com os pés encharcados. — Pois é. Teria sido bem melhor se ele tivesse vindo trabalhar comigo — continuou, falando de Eleseus. — Eu precisaria muito dele.

Tirou uma pequena caixinha de tabaco, de prata, e ficou brincando com ela. Talvez fosse o único objeto de valor que lhe restava de outros tempos. Mas Geissler não tinha sossego. Meteu no bolso a caixinha de prata e mudou de assunto.

— Que é isso? O prado está de fato cinzento? Pensei a princípio que fosse sombra. A terra está queimando toda. Por que será? Escuta, Sivert. Vem comigo!

Assim dizendo ergueu-se subitamente da mesa. Na porta voltou-se ainda uma vez, agradeceu a Inger pela comida e desapareceu. Sivert acompanhou-o.

Foram até o rio. Geissler ia o tempo todo olhando atentamente ao redor.

— É aqui! — exclamou a certa altura, parando.

E começou a explicar:

— É um absurdo deixar a terra ressecar desse jeito quando se tem um rio aí, de bom tamanho, do qual se pode tirar água.

Até amanhã esses campos estarão verdes!

Sivert concordou, admirado.

— Começa a cavar um caminho enviesado, daqui, deste ponto. A terra aqui é plana. Teremos de fazer uma espécie de canal ali. Com serraria em casa não vai ser difícil arranjar umas tábuas compridas, não? Bem! Vai correndo buscar enxada e escavadeira e começa aqui. Eu voltarei dentro em breve e marcarei o rumo certo, com piquetes.

Voltou correndo para a casa, com as botinas completamente encharcadas. Pôs Isak a trabalhar fazendo canaletas de tábuas em grande quantidade, para serem empregadas onde não convinha cavar o campo para fazer valas. Isak tentou objetar que a água talvez não chegasse tão longe, que o solo ressecado haveria de absorvê-la antes de ela alcançar os campos queimados. Geissler, porém, explicou que decerto demoraria um pouco, a terra teria de embeber-se primeiro, mas que aos poucos a água iria adiante.

— Os campos e prados estarão verdes, amanhã, a estas horas! — — Vamos a ver! — disse Isak — e pôs-se a martelar com afinco, fazendo longas valetas de tábuas.

Geissler foi ter com Sivert.

— Isso! Podes continuar assim! Eu não disse que eras um companheirão? A linha deve acompanhar essas estacas. Se encontrar pedras grandes ou elevações do terreno, desvia para o lado, contorna-as, mas sempre mantendo o nível. Tu me compreendes: mantém a mesma altura.

E voltou para junto de Isak.

— Acabaste uma, mas vamos precisar de seis, talvez. Vamos, Isak, vamos, que até amanhã tudo deve estar verde. Tua lavoura está salva!

Geissler sentou-se no chão, bateu com as duas mãos nos joelhos, radiante, falando pelos cotovelos, pensando aos coriscos.

— Tens aí pez? Tens estopa? Ótimo! Sempre tens tudo! No começo, as valas vão vazar. Mas mais tarde, a madeira incha e elas ficarão que nem vidro. Tu tens pez e estopa, dizes? Da construção do barco? Onde está teu barco? Lá em cima, no lago? Quero ver teu barco depois.

Geissler sempre vivia prometendo um mundo de coisas, leviano e inconstante, e ainda mais afobado do que dantes. Trabalhava quando lhe davam acessos, e por arremetidas. Mas aí trabalhava num ritmo furioso. Não lhe faltava certa superioridade. Naturalmente exagerava, era impossível que arais e pastos estivessem verdes no dia seguinte, como ele dissera; todavia, Geissler era um sujeito resoluto. E de fato foi devido a este homem extraordinário que as colheitas em Sellanraa foram salvas.

— Quantas valetas tens aí? São poucas! Quanto mais canais de madeira tiveres, tanto melhor a água correrá. Se fizeres dez valetas de dez varas ou doze, já é o mesmo trabalho. Tens aí pranchas de doze varas? Pois usa-as. Na colheita vais ver que vale a pena!

Geissler não tinha sossego, deitou a correr de novo, para junto de Sivert.

— Ótimo, Sivert. estás fazendo um servidão! Teu pai está lá, feito doido, fabricando bueiros a três por dois. Vamos ter mais do que eu esperava. Vai lá agora, buscá-los; já vamos começar.

Toda a tarde passou-se naquela correria. Foi o trabalho mais maluco em que Sivert tomara parte em toda a sua vida. Aquilo era-lhe um ritmo absolutamente estranho. Mal permitiam-se o tempo necessário para comer. E a água correu. Em um ou outro lugar tinham de aprofundar a vala, uma valeta tinha de ser erguida ou abaixada, mas a água corria. Pela noite adentro, os três homens ficaram lidando com a canalização, retificando e acertando sua obra. Mas quando a água começou a infiltrar-se no solo, nos pontos mais secos, houve júbilo em Sellanraa.

— Esqueci-me de trazer o relógio — disse Geissler. — Que horas serão agora? Amanhã, a estas horas, o campo estará verde.

À noite, Sivert levantou-se para ver se a rede de irrigação estava funcionando direito. Lá chegando, encontrou o pai, que viera com o mesmo propósito. Aquilo foi emocionante, foi um grande acontecimento no sítio.

Mas, no dia seguinte, Geissler ficou muito tempo de cama, fraco, esgotado, agora que o surto de energia desvanecera. Não quis mais saber de ir ver o barco no lago e só foi mesmo ver a serraria por uma questão de prestígio. Nem ao menos pelas obras de irrigação tinha o mesmo vivo interesse de antes. Ao ver que nem os arais nem os pastos tinham-se tornado verdes durante a noite, perdeu o ânimo. Não pensou mais na água, que corria, corria sem parar, espalhando-se cada vez mais pelo solo. Para não esmorecer de todo disse:

— Pode ser que não vejas qualquer mudança antes de amanhã. Mas não perde as esperanças!

No decorrer do dia, Brede Olsen veio caminhando até lá; trazia algumas amostras de pedra que queria mostrar a Geissler.

— Pelo que posso julgar, são extraordinárias! — disse. Geissler nem as queria ver.
— É assim que cuidas de lavoura? — perguntou desdenhosamente.
— Andas por aí à procura de riquezas!

Brede, evidentemente, não se incomodava mais com as reprimendas de seu antigo chefe, e retrucou à altura, sem o mínimo respeito:
— Tens alguma coisa com isso?
— Vives é a matar o tempo com besteiras — disse Geissler.
— E tu — respondeu Brede. — Que outra coisa tens feito? Tens uma jazida lá em cima, que não presta para nada, que está ali jogada! Ah, ah, ah! És bem o sujeito que tem o que falar dos outros!
— Fora daqui! — bradou Geissler, rematando a conversa. E, de fato, Brede pôs seu pequeno saco ao ombro e foi saindo.

Sem um adeus, voltou para sua toca, no brejo.

Geissler pôs-se a folhear uns papéis, pensando maduramente. Dir-se-ia que também ele houvesse sentido sangue nos dentes e quisesse ver a quantas andava o negócio da jazida de cobre, do contrato, das análises. Estas haviam revelado tratar-se de minério de cobre quase puro; ele devia fazer alguma coisa e não deixar tudo ao deus-dará.

— Eu vim até aqui foi justamente para por tudo em ordem disse ele a Isak. — Ando com a idéia de começar dentro em breve a trabalhar aqui com muita gente, de fazer mineração em grande escala. Que achas, hem?

Isak teve pena do homem e não o contradisse.

— Também a ti isso deve interessar. Não poderemos evitar que venha muita gente para cá, naturalmente, que haja muito barulho, explosões; não sei se vais gostar muito disso. Por outro lado haverá mais vida e movimento aqui no distrito. Negociando com alguma coisa, poderás pedir os preços que quiseres.

— Está bem — disse Isak.

— Para nem dizer que terás percentagem elevada na produção da mina. Ganharás um bocado de dinheiro, Isak.

— Já me pagaste demais... — disse Isak.

Na manhã seguinte, Geissler deixou o sítio e abalou em direção leste, rumo à Suécia. Recusou com um curto agradecimento a oferta de Isak, de acompanhá-lo um pedaço do caminho. Era doloroso vê-lo partir daquele jeito, pobre e solitário. Inger lhe deu um bom farnel com torradas, feitas especialmente para ele, mas isso nem de longe era suficiente; ela havia querido dar-lhe, ainda uma vasilha com nata e muitos ovos, o que ele recusara, deixando Inger desapontada.

Geissler, sem dúvida, sentia ter de partir de Sellanraa sem pagar, como era seu costume; fez de conta que já pagara, fingiu ter deixado uma cédula de alto valor, e disse para a pequena Leopoldina:

— E agora vou dar-te alguma coisa também, vem cá! — assim dizendo, deu-lhe sua caixinha de tabaco, a caixinha de prata. Podes lavá-la e usá-la para guardar alfinetes. Não é coisa muito indicada, se eu tivesse chegado até em casa, terias ganho coisa melhor, lá em casa tenho tanta coisa...

Mas da visita de Geissler ficou o sistema de canalização, funcionando dia e noite, semanas e semanas, tornando verdes os campos, fazendo as batatas perder a florada anormal e o trigo tomar impulso.

Os colonos lá de baixo vieram subindo, um por um, para ver o milagre. Veio também Aksel Stroem, o vizinho de Maane land, o solteiro, que não tinha mulher para ajudá-lo, fazendo tudo sozinho. Naquele dia ele estava de bom humor e contou que lhe haviam prometido uma moça para ajudá-lo no verão. Ao menos dessa preocupação estava livre. Não disse quem era a moça, e Isak não perguntou, mas era Barbro, filha de Brede, que lhe haviam prometido. Custaria apenas um telegrama a Bergen. Aksel gastou o dinheiro para o telegrama, embora fosse homem seguro. podia-se quase dizer, avaro em questões de dinheiro.

O que atraíra Aksel fora o serviço de irrigação; examinou-a de uma ponta a outra, muito interessado. Em suas terras não havia grande rio, mas havia um regato de bom tamanho; ele não dispunha de tábuas para fazer canaletas, mas cavaria valas na terra em toda a extensão, e daria certo. Em suas terras mais baixas a situação ainda não era das piores, mas se a seca continuasse, também ele teria de irrigá-las. Tendo visto o que queria, despediu-se. Convidaram-no para entrar, mas ele não tinha tempo, ia começar a cavar valas naquela mesma tarde, e lá se foi.

Este, sim, era bem diverso de Brede.

Brede agora tinha uma novidade a espalhar pela baixada: a rede de água e o milagre em Sellanraa.

— Por aí se vê que não é bom trabalharmos demais nossas terras — andava ele dizendo. — Aí temos o Isak lá de cima: cavou tanto aquele chão, que agora se vê obrigado a irrigar!

Isak tinha muita paciência, mas desejou muitas vezes ver-se livre daquele sujeito, não ter mais o falador em torno de Sellanraa, com sua conversa fiada. Brede costumava dizer que vinha por causa do telégrafo, que enquanto ele fosse empregado público era sua obrigação manter a linha em perfeita ordem. Mas o telégrafo já tivera de repreendê-lo várias vezes por causa de sua negligência, e voltara a oferecer o cargo a Isak. O que absorvia Brede não era o telégrafo, mas os minérios, a jazida; aquilo tornara-se uma doença nele, era sua idéia fixa.

Freqüentemente aparecia em Sellanraa afirmando ter encontrado o tesouro.

— Não quero dizer mais nada, mas que desta vez achei qualquer coisa fora do comum, achei!

Desperdiçara tempo e energias para nada. Quando voltava para casa, fatigado, atirava ao chão um saquinho de amostras de pedras, bufava e tomava fôlego após a labuta do dia, certo de que não havia no mundo quem trabalhasse mais arduamente pelo pão de cada dia. Plantava um punhado de batatas no charco ácido e cortava as touceiras de capim que nasciam por si mesmas em roda da casa — era esta toda a lavoura de Brede. Tomara o caminho errado e só podia dar com os burros nágua. Já seu telhado de turfa caía aos pedaços, e os degraus da cozinha desfaziam-se, gastos pelas goteiras; uma pedra de afiar estava jogada a um canto e o carro continuava abandonado, ao relento.

Até certo ponto Brede era feliz, pois absolutamente não se incomodava com tais bagatelas. As crianças, brincando, rodavam a pedra de afiar, e ele, bom e indulgente, chegava até a ajudá-las a rolar a pedra. Despreocupado, leviano, não tomava nada a sério, nem conhecia tristezas, não tinha energia nem senso de responsabilidade, mas, de um modo ou de outro, conseguia ir vivendo e manter vivos os seus. Mas naturalmente tudo tinha limites e o negociante já dissera muitas vezes que não podia sustentar Brede e sua família indefinidamente; por último, dissera-o já com raiva, e o próprio Brede admitiu que o negociante tinha razão e prometeu que daria um jeito. Ia vender seu terreno, decerto com bom lucro, e pagaria tudo quanto devia ao armazém.

Brede ia vender de qualquer maneira, ainda que fosse com prejuízo. Que faria ele com terras? Sentia saudades da aldeia, da vida leviana e descuidada, dos mexericos e do bate-papo na lojinha. Aquilo, sim, era a vida com que sonhava; isso do sossego do campo, de trabalhar e esquecer o mundo lá de fora podia ser muito bom, mas não era com ele. Poderia esquecer as festas com árvores de natal, os festejos do dezessete de maio[16], ou os bazares na sede do município? Gostava de uma boa conversa, de contar e ouvir novidades; com quem haveria de conversar naquele brejo? Durante algum tempo Inger de Sellanraa parecia inclinada a conversa, mas ultimamente ela mudara, falava muito pouco. E além disso ela cumprira pena e ele era funcionário público, homem de projeção, aquela amizade nem ficaria bem.

Ele mesmo se exilara ao deixar a aldeia. Via, com inveja, que o *lensmand* tinha arranjado outro oficial-de-justiça e o doutor outro homem para guiar. Fugira estupidamente dos que dele precisavam e agora, que não mais estava à disposição, arranjavam-se sem ele. Mas que oficial-de-justiça e que ajudante para o doutor! Outro como ele não arranjavam! Por justiça, ele, Brede, devia ser trazido de volta à aldeia a cavalo, em triunfo.

Por que teria mostrado interesse na ida de Barbro a Sellanraa? Mas fizera-o após deliberações com sua mulher. Se tudo desse certo, podia significar um belo futuro para a moça, talvez para toda a família de Brede. Isso de tomar conta da casa de dois funcionários em Bergen podia ser muito bom, mas só Deus sabia no que poderia dar aquilo. Barbro

---

16. Festa nacional norueguesa, dia da Constituição. — N. do T.

era uma moça bonita e cuidava bem de si mesma, de ter bom aspecto. Talvez tivesse melhor oportunidade ali mesmo. Havia dois rapazes em Sellanraa.

Quando Brede viu falhar esse plano, ideou outro. Afinal de contas contrair parentesco com Inger, com a mulher que estivera na casa de detenção, não era algo de tão desejável. Havia outros rapazes por ali, os de Sellanraa não eram os únicos, havia Aksel Stroem, por exemplo. Era um moço que possuía um sítio e uma cabana, que poupava e ajuntava, já tendo aos poucos arranjado animais e recursos, mas sem esposa, nem mulher para ajudá-lo.

— Não é por ser minha filha, mas posso garantir-te que se tomares Barbro a teu serviço terás toda a ajuda de que precisas — afirmara Brede a Aksel. — Olha, aqui tens um retrato dela.

Algumas semanas mais tarde Barbro chegou. Aksel já começara a fenação, tinha de ceifar à noite e fenar de dia, tudo sozinho. Aí Barbro chegou, verdadeira dádiva do céu. Barbro revelou-se trabalhadeira, lavava a louça e a roupa, cozinhava, ordenhava e ainda ajudava no campo e até a recolher o feno. Ela não decepcionava, e Aksel reconhecido, deliberou pagar-lhe um bom ordenado.

Ela não era elegante só na fotografia. Era ereta e delgada, falava com voz meio rouca, revelava madureza — e experiência em muitas coisas, não era uma menina de primeira comunhão. Ele admirou-se de a ver tão fina e pálida de rosto.

— Eu te reconheceria pela expressão — disse ele — mas não estás como na fotografia.

— É por causa da viagem — explicou ela — e também do ar viciado da cidade.

De fato ela não tardou a adquirir melhor aspecto, a estar um pouco mais gorda.

— Podes crer — disse ela — que uma viagem como essa e a vida na cidade acabam com a gente.

Aludiu também às tentações que havia em Bergen. Era preciso ter mão em si para não cair! Durante uma conversa, ela pediu-lhe que assinasse um jornal uma folha de Bergen, para que ela pudesse acompanhar as novidades e o que se passava no mundo. Habituara-se a ler, a freqüentar teatros e a ouvir música, e ali era tudo tão tedioso e vazio.

Aksel Stroem tivera tanta sorte com sua ajudante para os trabalhos de verão, por isso não titubeou em assinar o jornal para ela, tolerando também as visitas um tanto freqüentes da família Brede, que a cada momento aparecia-lhe em casa, onde ficava para comer e beber. Aksel queria mostrar que sabia apreciar os méritos de sua criada. Nada havia de mais agradável do que as tardes de domingo, quando Barbro feria as cordas da guitarra e cantava alguma coisa, com sua voz rouca. Aksel não só se comovia com as belas canções estranhas para ele, mas também se maravilhava com o fato de que realmente havia alguém cantando em seu sítio.

É verdade que no decorrer do verão ele veio a conhecer outros aspectos do caráter de Barbro, mas de um modo geral estava satisfeito. Tinha ela seus caprichos e era um pouco ligeira e insolente demais em suas respostas. Num sábado à tarde, em que Aksel teve de ir ao armazém na aldeia, Barbro foi-se embora, abandonando a casa e os animais. A causa havia sido uma controvérsia entre eles. E para onde fora ela? Para casa, simplesmente, para Breidablik. Quando Aksel voltou à cabana, àquela noite, Barbro não estava; ele cuidou dos animais, procurou alguma coisa para comer e deitou-se. Pela manhã, Barbro voltou.

— Eu só quis ir ver como é estar outra vez numa casa com assoalho — disse ela, zombeteira.

Aksel não soube o que responder, pois sua cabana tinha chão de terra socada. Limitou-se a dizer que também ele poderia ter tábuas e que teria casa assoalhada quando chegasse o tempo. Barbro pareceu arrependida, ela não era tão má assim. Apesar de ser domingo ela saiu, foi à mata, onde ajuntou ramos frescos de zimbro para enfeitar o chão de terra socada.

Vendo-a portar-se tão bem, Aksel não teve outro jeito senão ir buscar o bonito lenço de cabeça que comprara para ela na tarde anterior e que tencionara guardar para outra ocasião, quando pudesse obter dela alguma coisa mais em troca. Ela gostou muito do lenço, experimentou-o imediatamente e perguntou-lhe se lhe ficava bem. Ele achou que sim e que ficaria melhor ainda com seu barrete de pele. Barbro riu-se, querendo retribuir com algo bem terno, disse:

— Pois eu preferia ir à igreja e ao altar com este lenço do que com chapéu. Em Bergen todas nós usávamos chapéu, a não ser naturalmente criadas comuns, vindas do campo.

Estavam amigos outra vez.

Quando Aksel apareceu com o jornal que ele apanhara no correio, Barbro pôs-se a ler sobre o que ia pelo mundo: houvera um assalto a uma joalheria, em Bergen, uma briga entre dois boêmios e fora encontrado, a boiar próximo ao cais, o cadáver de uma criança recém-nascida, costurado dentro de uma camisa velha, cortada à altura das mangas.

— Quem terá atirado essa criança ao mar? — disse Barbro. E, por hábito antigo, passou a ler também as cotações do mercado.

Assim. ia passando o verão.

CAPÍTULO XVI

Grandes mudanças em Sellanraa.

Quem tivesse conhecido o lugar no começo, não o reconheceria mais, com suas novas casas, serraria e moinho. A região deserta era terra habitada, não ficaria naquilo, agora que tomara impulso. Mas o que mais mudara era Inger, que de novo era trabalhadeira e dedicada.

A crise do ano passado não fora suficiente para mudar de uma vez seus modos levianos. No começo havia recaídas, ela se pilhava falando no instituto e na catedral de Trondhjem. Eram coisas insignificantes e inocentes; ela tirou o anel do dedo, e encompridou suas saias ousadamente curtas. Tornara-se meditativa, havia mais quietude no sítio, as visitas foram diminuindo, as moças e mulheres da aldeia agora vinham mais raramente, pois Inger não mais fazia questão de vê-las. Ninguém pode viver no campo ermo, longe de tudo, e ter tempo de sobra para bobagens. A felicidade não consiste apenas no prazer do momento.

No campo, cada estação do ano tem suas maravilhas; constantes e invariáveis, porém, são as vozes graves e imensas do céu e da terra, o isolamento, a escuridão amedrontadora da floresta densa e a sombra protetora das árvores amigas. Ali tudo é melancólico e doce, ali nenhum sonho é irrealizável. Ao norte de Sellanraa, havia um pequeno tanque, uma poça de água, do tamanho de um aquário, em que viviam uns minúsculos peixes anões, que nunca ficavam maiores, que ali viviam e morriam e não tinham a mínima utilidade no mundo. Certo dia, à noitinha, Inger estava à escuta, querendo ouvir os cincerros das vacas; o silêncio ao seu redor era profundo, quando ela ouviu um canto, vindo da poça de água. O canto era tão tênue, tão sutil e distante que quase não era perceptível e real; era um cicio perdido no espaço. Era o canto dos minúsculos peixinhos.

Em Sellanraa gostavam de ver, cada outono e cada primavera, os gansos selvagens passando aos bandos, adejando sobre campos e florestas; ouviam o grasnar vindo das alturas, a conversa tumultuosa e afobada no espaço. Era como se o mundo parasse por um instante, até o bando passar e desaparecer ao longe. Os homens não sentiam dentro de si uma espécie de fraqueza passageira? Recomeçavam seus afazeres, mas não sem tomar fôlego primeiro. Alguma coisa lhes falara das alturas, uma voz misteriosa de um outro mundo.

Viviam cercados por coisas encantadoras, no inverno havia as estrelas e muitas vezes a aurora boreal, um firmamento feito de asas, um incêndio que ardia na casa de Deus. Lá uma vez ou outra — não era ocorrência comum nem freqüente, era mesmo só uma vez ou outra — ouviam roncar o trovão. Ouviam-no sobretudo no outono. O céu escuro e ameaçador pairava sobre homens e animais; o gado que andava pastando perto de casa aglomerava-se em grupos e ficava na expectativa, atento. Por que ficaria assim, de cabeça baixa, escutando? Esperaria pelo fim? E o homem, quando, em plena floresta, escutava, encolhido, o rugir do trovão? Que esperaria?

A primavera... Era o atropelo, a azáfama, o júbilo. O outono, sim, despertava o pavor às trevas, sugeria orações vesperais, fazia ter visões e ouvir agouros. Se os homens saíam num dia de outono com um propósito qualquer — o homem à cata de um pedaço de madeira para seu trabalho, a mulher em busca de animais desgarrados, perdidos ao longe, na faina de procurar cogumelos para comer — voltavam com a mente a transbordar de mistérios. Teriam pisado, descuidados, numa formiga, comprimindo-lhe a parte traseira, prendendo-a ao atalho, de maneira que a parte dianteira não podia mais livrar-se? Ou teriam passado muito rente a um ninho de perdiz, tendo de enfrentar o furioso bater de asas e o sibilar da ave-mãe? Nem os grandes cogumelos de boi são destituídos de importância; o homem não sai com olhos brancos e vazios se os fitar. O grande cogumelo não floresce, não muda de lugar, mas há qualquer coisa horripilante no seu aspecto, é um monstro que está ali, assemelha-se a um pulmão vivo e nu, sem corpo.

Inger acabou tornando-se um tanto abatida, o deserto a oprimia, ela refugiou-se na religião. Como poderia evitá-lo? Ninguém que mora no ermo consegue evitá-lo; no campo não há só a labuta terrena e as coisas profanas; há a piedade e o pavor à morte e todo um acervo de superstições. Inger certamente imaginava ter mais motivos do que outros para temer o juízo divino, que certamente não a pouparia. Ela sabia que Deus perambulava por ali à noitinha, vendo seus campos e desertos, e que ele tinha olhos formidáveis e certamente a acharia. Não havia muita coisa em sua vida quotidiana que ela pudesse emendar: podia guardar o anel de ouro bem no fundo do baú e podia escrever a Eleseus dizendo-lhe que se emendasse também; além disso, nada mais havia a fazer senão dar boa conta de seu trabalho e não poupar a si mesma. Havia ainda uma coisa a fazer: vestir-se com modéstia e pôr apenas uma fita azul no pescoço aos domingos. Essa pobreza simulada e desnecessária constituía a expressão de certa espécie de filosofia, de humilhação voluntária, de estoicismo. A fita azul não era nova, fora tirada de uma boina que não servia mais para a pequena Leopoldina e estava desbotada em muitos lugares e, para falar francamente, estava suja. Inger passou a usá-la como humilde adorno em dias santos. Estava exagerando, sem dúvida, imitava a miséria das choupanas, fingia indigência; mas o seu mérito teria, de fato, sido maior se ela fosse obrigada a tão mesquinhos enfeites. Deixai-a em paz, ela tem direito à paz!

Ela excedia-se, trabalhava mais do que devia. Havia dois homens em casa, mas Inger aproveitava a ocasião quando ambos estavam fora e punha-se a serrar madeira. De que servia tanta tortura e mortificação? Era demais! Criatura tão insignificante, tão pequena e de forças e aptidões tão vulgares, sua morte ou sua vida não seriam notadas na terra, quando muito o seriam ali no campo. Ali ela era quase grande, era em todo caso a maior, e imaginava poder valer todas as penitências que impunha a si mesma. O marido disse-lhe um dia:

— Sivert e eu já estivemos falando sobre isso. Não vamos mais consentir que tu serres madeira e te acabes de trabalho.

— Eu o faço por causa de minha consciência — respondeu ela. Consciência! Isak meditou muito nisso. Homem já avançado em anos, era moroso em seus pensamentos, mas possante quando chegava a alguma resolução. A consciência devia ser algo poderoso se tinha o dom de transformar Inger desse jeito. E, fosse lá como fosse, a conversão de Inger também influíra nele, ela o contagiou, ele tornou-se meditativo e brando. O inverno foi tristonho e interminável. Ele procurava a solidão, procurava ocultar-se. No intuito de poupar as próprias matas, Isak comprara um pedaço de mata do Estado, com bons toros, para os lados da Suécia. Não quis ajuda para a derrubada, quis estar só. Deixou Sivert em casa com a missão de evitar que a mãe trabalhasse demais.

Nos curtos dias de inverno, Isak ia à mata no escuro e voltava no escuro. Nem sempre havia lua e estrelas e à noitinha suas próprias pegadas da manhã haviam desaparecido, cobertas de neve, sendo-lhe muito difícil achar o caminho. Numa noite aconteceu-lhe uma coisa estranha.

Já percorrera a maior parte do caminho e à claridade do luar viu Sellanraa que jazia pacificamente na encosta, parecendo um punhado de casas de brinquedo, meio subterrâneo, pois estavam imersas em alta camada de neve. Ele ia ter de novo muita madeira, Inger e os filhos iam-se admirar quando ouvissem no que ela ia ser empregada, ao saberem em que construção magnífica ele andava pensando. Sentou-se na neve para descansar um pouco e não chegar em casa sem fôlego.

Ao seu redor tudo estava quieto. Que Deus abençoasse aquele silêncio, aquela meditação boa e edificante. Isak desbrava novas terras; ao longe vê a área por onde avançará seu incansável trabalho; na imaginação ergue grandes pedras, ele tem decididamente queda para abrir valas e deslocar calhaus; chega a um trecho pantanoso em suas terras que — ele agora o sabe — está cheio de minério; ali há sempre uma membrana metálica sobre as poças de água. Ele agora vai drenar o pântano; divide o pedaço de campo em quadrados, a olho; já tem planos definidos para essas quadras, já especula com elas: torná-las-á bem verdes e férteis. Um campo lavrado é um grande bem, simboliza para ele a ordem e o direito e dá-lhe a idéia do gozo e da posse.

Subitamente, pôs-se de pé e custou um pouco a voltar a si. Que teria acontecido? Nada, ele apenas sentara um pouco para descansar. Agora alguma coisa, em pé, bem na sua frente, um ser vivo, um espírito, um véu de seda cinzenta, não sabia — mas não, já mais nada havia. Sentiu-se meio esquisito, deu uns passos curtos e vacilantes para a frente e foi de encontro a um olhar, um grande olhar, a dois olhos. No mesmo instante os álamos ao redor começaram a sibilar. Ora, todos sabem que os álamos têm um modo sinistro, desagradável, de uivar; em todo caso, Isak nunca ouvira um sibilar tão feio e medonho como esse e sentiu calafrios. Estendeu a mão para a frente e talvez tenha sido o movimento mais desajeitado que suas mãos jamais fizeram.

Mas que era aquilo na sua frente? Seria assombração ou realidade? Isak poderia ter jurado a qualquer momento que existia um poder superior, uma vez o vira, mas o que estava vendo agora não tinha semelhança com Deus. Seria o Espírito Santo? Se fosse, por que estaria ali parado, no campo vazio, dois olhos, um olhar e nada mais? Teria vindo buscá-lo para levar-lhe a alma? Bem, isso teria de acontecer mais dia menos dia. Então, ele iria ao céu e estaria entre os bem-aventurados.

Isak estava ansioso, à espera do que iria acontecer em seguida. Os calafrios continuaram, a figura irradiava frio e geada; devia ser o Diabo. Aí, Isak sentiu-se em terreno mais conhecido, com que estava mais familiarizado; não era de fato impossível que fosse o Diabo. Que quereria ele ali? Por que teria aparecido justamente para ele, Isak? Apanhara-o ali sentado, lavrando a terra na imaginação; nisso nada poderia haver de mal, não poderia ter ofendido o Espírito Mau! Isak não se lembrava de outro pecado que pudesse ter cometido, voltava de seu trabalho na floresta, um trabalhador cansado e faminto, a caminho de casa, na melhor das intenções.

Tornou a dar um passo à frente, mas não foi um passo muito largo e além disso deu imediatamente outro para trás. Como a visão não quisesse mesmo arredar, Isak franziu o cenho, começando a suspeitar dela. Que fosse o Diabo, ora! Não era o ente mais poderoso! Lutero, por exemplo, quase o matara uma vez, e muita gente já o havia posto em fuga com o sinal da cruz e o nome de Jesus. Não que Isak pretendesse desafiar o perigo e rir-se dele, mas desistiu em todo caso de morrer e ir para a bem-aventurança eterna, como fora sua primeira intenção. Deu dois passos para a frente, rumo à visão, fez o sinal da cruz e gritou:

— Em nome de Jesus!

Ouvindo seu próprio grito, voltou a si e tornou a ver Sellanraa além, na encosta. Os álamos não sibilavam mais, os dois olhos tinham desaparecido do espaço.

Não perdeu tempo em ir para casa nem desafiou o perigo. Mas ao ver-se na soleira de sua porta, pigarreou com força, aliviado, e entrou em casa, altivo, como um homem.

Inger espantou-se ao vê-lo, perguntou por que estava tão pálido. Ele não negou que tinha visto o Diabo.

— Onde? — perguntou ela.

— Ali adiante. Bem em direção à nossa casa.

Inger não demonstrou ciúmes. Não o elogiou por isso, mas nada havia em sua expressão que lembrasse uma palavra áspera ou um pontapé. Nos últimos tempos, por uma razão ou por outra, Inger tornara-se um pouco mais gentil e amiga. Limitou-se a perguntar:

— Mas foi o Diabo em pessoa?

Isak fez sinal que sim. Tanto quanto pudera ver fora ele em pessoa.

— E como te livraste dele?

— Avancei para ele em nome de Jesus.

Inger sacudiu a cabeça, abatida, e algum tempo passou antes que ela pudesse pôr o jantar na mesa.

— Em todo caso, não quero mais que andes sozinho pela mata — disse ela.

Preocupava-se com ele, o que lhe foi um benefício. Fingiu-se corajoso, decidido; absolutamente não queria que o acompanhassem à mata. Mas fazia-o para sossegar Inger e não para assustá-la mais do que o necessário com tão sinistra aventura. Ele era o homem, o chefe, a proteção de todos.

Inger percebeu tudo e disse:

— Eu sei, tu não queres me assustar. Mas deves levar Sivert contigo.

Isak apenas fungou.

— Podes adoecer, sentir-te fraco lá na mata. Creio que não tens andado bom ultimamente.

Isak fungou outra vez.

— Doente, eu? Estou cansado, isso sim, mas não doente.

Inger que não o ridicularizasse, ele continuava como sempre, de boa saúde, comia, dormia e trabalhava; sua saúde de ferro parecia inabalável. Certa vez, uma árvore que estava derrubando caiu-lhe em cima, quebrando-lhe uma orelha; não se aborreceu por tão pouco, ergueu a orelha, manteve-a no lugar, segurando-a dia e noite com o gorro, e ela tornou a soldar-se, a crescer. Para os desarranjos internos tomava alcaçuz fervido em leite, o que o fazia suar. Comprava-o no armazém, era o remédio aprovado, o *teriak* [17] dos antigos. Quando se feria nas mãos tratava o ferimento com urina, salgando-o, e via-o cicatrizar em poucos dias. Nunca o médico fora chamado a Sellanraa.

Não, Isak não estava doente. Isso de encontrar-se com o Diabo podia acontecer a quem tivesse a mais perfeita saúde. A perigosa aventura não lhe causara nenhum dano, pelo contrário, parecia tê-lo revigorado. Depois dela, à medida que o inverno ia avançando e a primavera ia-se aproximando, o homem e chefe começou a sentir-se quase um herói. Entendia dessas coisas, era só confiar nele e tudo iria bem, pois quando fosse preciso ele sabia até conjurar o Espírito Mau!

Os dias foram-se tornando mais longos e mais claros. Passou a Semana Santa, a madeira estava toda recolhida, havia muita luz, os homens respiravam, aliviados, após terem suportado mais um longo e penoso inverno.

Inger foi a primeira a reanimar-se; ela andava de bom humor já algum tempo, e tinha seu motivo. A razão era muito simples, ela esperava criança de novo. Sua vida ia-se endireitando, amenizando, sem no-

---

17. *Teriak* — Alcaçuz — N. do T.

vos atritos. Mas aquela era a maior de todas as graças, era a misericórdia divina, para ela que tanto pecara. A sorte a acompanhava, a felicidade a perseguia! Chegou um dia em que até Isak teve sua atenção despertada e perguntou-lhe:

— Parece-me que aí vem qualquer coisa, não vem, não?

— Graças a Deus! Vem, sim!

Ambos se admiraram. Naturalmente Inger ainda não era velha demais, para Isak não havia coisa no mundo para a qual ela fosse velha demais, mas assim mesmo, criança de novo... A pequena Leopoldina ia várias vezes por ano à escola, em Breidablik, de maneira que não tinham crianças em casa. Além disso, Leopoldina não era mais criança.

Alguns dias mais tarde, Isak, resoluto, deliberou gastar todo um fim de semana, de sábado à noite até segunda-feira de manhã, numa ida à aldeia. Não quis dizer ao que ia, mas voltou acompanhado por uma moça. Chamava-se Jensine e vinha para fazer serviços domésticos.

— Estás brincando — disse Inger. — Não preciso dela.

Isak respondeu que sim, que ela agora ia precisar de uma empregada.

Em todo caso, aquele foi um gesto tão belo e generoso que Inger ficou grata e comovida. A moça era filha do ferreiro, e de início ia ficar com eles durante o verão. Depois veriam.

— Além disso, mandei um telegrama a Eleseus — informou Isak.

A mãe estremeceu. Um telegrama? Isak estaria decidido a dominá-la completamente com sua bondade? Ultimamente, sua grande tristeza era que Eleseus estava longe, na cidade perversa e depravada. Ela lhe escrevera acerca de Deus e lhe fizera ver ainda que seu pai estava começando a extenuar-se, que o sítio aumentava cada vez mais e o pequeno Sivert não dava mais conta do trabalho sozinho, além disso herdaria um dia a fortuna do tio Sivert — tudo isso ela escrevera, enviando uma vez por todas o dinheiro para a viagem. Eleseus, porém, já se tornara homem de cidade e não tinha o mínimo anseio de voltar à vida de camponês; respondeu com evasivas, perguntando o que mais ou menos se queria que ele fizesse em casa. Devia trabalhar na lavoura e perder tudo o que aprendera, toda a sua instrução?

— Para falar a verdade — escrevia ele — devo dizer que não tenho a mínima vontade para isso. E se puderes mandar-me algum pano para roupa de baixo, eu não teria de adquiri-lo e fazer dívida — acrescentava ainda em sua carta.

E a mãe enviava o pano, era até de estranhar a freqüência com que enviava novas peças de pano para roupa de baixo. Mas quando se converteu e tornou-se religiosa, o véu caiu-lhe dos olhos e ela compreendeu que Eleseus vendia o pano e gastava o dinheiro.

O pai percebeu-o também. Ele nunca falou nisso por saber que Eleseus era o predileto da mãe e o quanto ela chorava e se preocupava pelo filho. Mas uma peça atrás da outra de bom tecido ia desaparecendo pelo mesmo caminho, e ele sabia que ninguém neste mundo podia gastar tanta roupa de baixo. Bem pensando, ele agora devia agir como homem e dono da casa e botar um termo naquilo. Custava muito fazer o homem do armazém telegrafar, mas um telegrama em parte causaria profunda impressão no filho e em parte também para Isak era algo fora do comum, era um acontecimento para contar a Inger. No caminho ele carregava nas costas o baú da criada, mas ia tão orgulhoso e cheio de importância como no dia em que voltara com o anel de ouro.

Começou um tempo magnífico. Inger excedia-se em coisas boas e úteis e podia dizer ao marido como em tempos passados: "Estás fazendo tanta coisa!", ou ainda: "Assim te matas de tanto trabalhar!", ou então: "Agora deves entrar e almoçar, sim?" "Fiz torradas para ti". Querendo causar-lhe prazer, perguntava: "Gostaria de saber o que imaginas fazer com essa madeira. Que pensas construir?" Ao que ele respondia, fazendo-se de rogado: "Não sei ao certo ainda".

Tudo corria exatamente como nos bons tempos passados. Depois do nascimento da criança, uma menina grande, bonita e bem conformada, Isak seria uma criatura de pedra e um cachorro se não agradecesse a Deus. Que ia construir? Seriam mais novidades para Oline andar espalhando: uma nova construção em Sellanraa, um acréscimo, uma nova casa. Eram muitos agora em Sellanraa, tinham criada, esperavam Eleseus de volta e tinham ganho uma garotinha nova em folha; a sala velha seria agora apenas um quarto, nada mais.

Naturalmente um dia ele tinha de contar a Inger o que ia construir. Ela ardia em curiosidade por sabê-lo, embora talvez estivesse a par do segredo, por meio de Sivert, pois os dois estavam muitas vezes juntos cochichando. Contudo, ela mostrou-se surpresa, deixou cair os braços e exclamou:

— É sério? Não estás brincando?

E Isak, internamente transbordando de júbilo, respondeu:

— Ora, tu vives a dar tantas crianças novas para a casa, que o jeito é mesmo aumentá-la, creio.

Os dois homens andavam todos os dias no campo, extraindo pedras para as novas paredes. Nesse trabalho eram mais ou menos iguais um ao outro: um, moço, de corpo cheio e firme, lesto, sempre vendo o que queria, achando a pedra exata que ia servir; o outro, idoso e rijo, com longos braços e um peso possante para calcar a alavanca. Após levarem a bom termo algum feito difícil, detinham-se bufando, tomando fôlego, às vezes numa conversa entrecortada, reservada, esquisita.

— O tal Brede quer vender — dizia o pai.

— Quer, sim — concordava o filho.

— Quanto quererá ele por aquilo?

— Que sabemos nós?!

— Não ouviste dizer por aí?

— Não. Isto é, ouvi falar em duzentos.

O pai, após um momento de reflexão:

— Que achas, esta pedra será boa para a soleira?

— Depende de conseguirmos tirar-lhe a casca.

Sivert pôs-se de pé num momento, dando o martelo cortador ao pai e tomando ele mesmo a marreta. Tornou-se afogueado e vermelho, empinou o corpo e deixou cair a marreta com ímpeto; ergueu-se de novo e deixou-a cair, vinte marretadas iguais, vinte tremendos impactos. Não poupava a ferramenta nem as próprias forças, fazia trabalho bruto, a camisa saía-lhe das calças, subia na cintura, deixando o ventre descoberto; erguia-se nas pontas dos pés para dar maior impulso ao golpe. Vinte marretadas.

— Vamos ver agora! — gritou o pai.

O filho parou e perguntou:

— Já a descascamos?

Ambos deitaram-se no chão e examinaram a pedra, o monstro, o bicho do diabo. Não, ainda não largara a casca.

— Acho que vou experimentar só com a marreta — disse o pai, pondo-se de pé. Trabalho mais duro ainda, de pura força, a marreta aquecia-se, o aço chegou a lascar.

— A marreta vai sair do cabo — disse ele, parando. — Não posso.

Mas naturalmente era só maneira de dizer; ele não acreditava seriamente que não pudesse mais.

O pai, o gigante, simples, paciente e bondoso, deixou o filho dar as últimas marteladas e fender a pedra. Lá estava ela, partida ao meio, em duas partes.

— Tens jeito para isso... — disse o pai. — Bem, bem. Breidablik poderá tornar-se uma boa propriedade.

— Também acho — disse o filho.

— É só drenar a terra e dar uma boa aração.

— E a casa teria de ser reformada.

— Claro. A casa, sim, daria um bocado de trabalho. E por falar, sabes se tua mãe quer ir à igreja no domingo que vem?

— Ela falou nisso, sim.

— Bem. E agora vamos andar de olho, a ver se achamos uma boa laje para a porta da nova sala. Viste alguma por aí?

— Não — disse Sivert.

Continuaram a trabalhar.

Alguns dias depois, ambos acharam que já havia pedra suficiente para as paredes. Era sexta-feira, à noitinha; sentaram-se, — tomando um fôlego e conversando.

— Que achas? — começou o pai. — Devíamos pensar no caso de Breidablik?

— Como, pensar? — perguntou o filho. — Para que?

— Não sei. A escola está lá e fica a meio caminho daqui para a aldeia.
— E então?
— Não sei que iríamos fazer com o lugar. Assim como está nem vale a pena possuí-lo.
— É nisso que tens pensado? — quis saber o filho.
— Não — respondeu o pai. — A não ser que Eleseus quisesse ficar com o sítio para nele trabalhar.
— Eleseus?
— Bem, eu não sei...

Houve longa reflexão dos dois lados. O pai começou a ajuntar as ferramentas dispondo-se a ir para casa.

— A não ser que ele queira — disse finalmente Sivert. — Tu podes falar-lhe no caso.

O pai pôs termo à conversa, observando:

— E acabamos não encontrando até hoje uma bonita soleira para a porta.

O dia seguinte era sábado e tinham de sair cedo para atravessar os montes com a criança. Jensine, a criada, ia com eles; era a madrinha, o padrinho teriam de encontrar entre a gente de Inger, no outro lado da serra.

Inger estava linda no vestido de chita, que ela mesma fizera, e que lhe ia muito bem, com gola e punhos brancos. A criança estava toda de branco, com aplicação de fita de seda azul na barra do vestido; era um amor de criança, já sorria e tagarelava e ficava quieta, escutando quando o relógio da sala batia as horas.

O pai escolhera o nome, como era de direito. Fizera questão de escolher. Que confiassem nele! Vacilara entre Jacobina e Rebeca, ambos nomes relacionados de algum modo com "Isak". Por último, fora ter com Inger, perguntando timidamente:

— Que achas de Rebeca?
— Bom. Bonito nome.

Ouvindo isso, Isak tornou-se repentinamente o senhor absoluto de sua casa, e disse com voz imperiosa:

— Pois ela há de chamar-se Rebeca! Eu o quero assim!

Naturalmente ele queria ir à igreja, para carregar a criança, e por uma questão de ordem. Não faltaria a Rebeca uma boa comitiva. Ele aparou a barba e vestiu a camisa vermelha, como, nos anos de sua mocidade; possuía um bonito fato de inverno, que lhe ficava muito bem, e vestiu-o, embora estivessem no auge do calor. No entanto, Isak não era homem que considerasse o luxo e a elegância um dever e, assim, calçou para a romaria um par de botinas lendárias.

Sivert e Leopoldina ficaram em casa para cuidar dos animais. Atravessaram o lago, no barco, o que era uma grande facilidade, antes tinham de contorná-lo. Em plena travessia, quando Inger ia dar de mamar à criança, Isak viu alguma coisa brilhar, num fio que ela trazia ao pescoço. Que seria aquilo? Na igreja, ele notou que ela estava com o anel de ouro no dedo. Ah, Inger! Assim mesmo não resistira.

CAPÍTULO XVII

Eleseus voltou para casa.

Estivera fora vários anos, superava o pai em estatura, e suas, mãos eram longas e brancas, e trazia ligeiro bigode escuro no lábio superior. Não era afetado, mas parecia empenhado em ostentar uma atitude natural e amável; a mãe estava surpresa e radiante.

Deram-lhe o quarto pequeno, onde ficou com Sivert; os dois irmãos davam-se bem e viviam constantemente pregando peças um ao outro, divertindo-se a valer. Eleseus, naturalmente, teve de tomar parte no serviço de armar o madeiramento da casa, mas, desacostumado como estava a trabalho físico, não tardou a estar exausto. Pior foi quando Sivert teve de sair e deixar tudo entregue aos outros dois. Para o pai, Eleseus tornou-se mais um estorvo do que uma ajuda.

Para onde teria ido Sivert? Oline cruzara um dia as montanhas trazendo notícia de tio Sivert, que estava à morte. Sivert sobrinho devia ir imediatamente. Boa massada! A ocasião não poderia ter sido pior para Sivert ausentar-se, mas não havia remédio.

Oline declarou:

— Não tenho tempo de sobra para andar transmitindo recados! Mas o caso é que estimo demais as crianças daqui, todas elas, e o Sivert sobrinho, e quero ajudá-lo a obter sua herança.

— Mas o tio Sivert está muito mal?

— Mal? Benza-te Deus, minha filha, está decaindo dia a dia! — Está de cama?

— Se está de cama! Não devias brincar com a morte perante o tribunal de Deus! Tio Sivert nunca mais pulará nem correrá neste mundo! Claro que está de cama!

Desta resposta deviam concluir que o tio Sivert não tinha mais muito tempo de vida, e Inger insistiu em que Sivert sobrinho partisse imediatamente.

Mas o velhaco do tio Sivert, incorrigível maganão, absolutamente não estava à morte, nem ao menos estava sempre de cama. Ao chegar, Sivert sobrinho encontrou a mais tremenda desordem e miséria na pequena quinta. Nem os trabalhos da primavera haviam sido feitos, nem ao menos fora removido ainda todo o estrume do inverno; mas de morte iminente não havia sinal, ninguém parecia querer morrer tão logo por ali. Tio Sivert era agora um ancião acima dos setenta, decrépito, andava arrastando-se pela casa, caduco e meio vestido, e muitas vezes ficava de cama, precisando de alguém que o auxiliasse em muita coisa. Era, por exemplo, indispensável que alguém olhasse as redes de arenque que se estragavam nos jiraus. Com tudo isso, porém, o tio não estava nas últimas. Nada disso. Ainda comia muito bem peixe de escabeche e fumava seu cachimbo curto.

Quando Sivert ali estivera por meia hora e vira o que havia por lá, dispôs-se a voltar para casa outra vez.

— Voltar para casa? — espantou-se o velho.
— Estamos construindo, e papai não tem quem o ajude direito.
— Então Eleseus não voltou para casa? — perguntou o tio. — Voltou, mas não está habituado a esse trabalho.
— Então por que vieste até cá?
Sivert explicou com que mensagem Oline lhe aparecera em casa.
— Eu, à morte! — bradou o velho. — Ela me achou com cara de quem está morrendo? Velha idiota!
— Ah, ah, ah! — fez Sivert.
O velho encarou-o, ofendido.
— Tu mofas de um moribundo! Tu, que tens o meu nome!
Sivert era jovem demais para entristecer-se. Jamais se importara com o tio e agora queria voltar para casa.
— Ah? Então também tu imaginaste que eu já estava vai não vai para a cova! Por isso vieste correndo, não foi?
— Foi Oline quem mo disse — defendeu-se Sivert sobrinho. Após algum tempo de silêncio, o tio fez uma proposta.
— Olha aqui. Se quiseres cuidar de minha rede lá no barracão, eu te mostrarei uma coisa.
— Bem — disse Sivert. — Que é?
— Não te incomodes com o que seja! — respondeu o velho, ríspido, enfiando-se na cama de novo.
As negociações iam ser demoradas, sem dúvida. Sivert torcia-se desesperado. Finalmente saiu a dar uma olhada pelos arredores da casa, onde reinava o desleixo e a negligência. Era um caso perdido começar a trabalhar ali. Quando tornou a entrar, o tio se levantara da cama e estava sentado ao lado do forno.
— Está vendo aquilo? — perguntou, apontando para um pequeno cofre de carvalho, no chão, entre seus pés. Era seu cofre de dinheiro. Na realidade era uma caixa com divisões, das que as autoridades e outra gente graúda costumavam levar consigo em viagem, nos dias de outrora; agora não mais continha garrafas. O velho coletor do distrito nela guardava suas contas e seu dinheiro. Circulavam lendas em torno daquela caixa, da qual se dizia que guardava as mais fabulosas riquezas, o povo da aldeia costumava suspirar: "Tomara eu tivesse só o dinheiro que está guardado no cofre do velho Sivert!"
O tio Sivert tirou um papel e disse com ar solene:
— Tu sabes ler manuscritos, não sabes? Lê então este documento!
Sivert sobrinho não era absolutamente um exímio decifrador de documentos, mas leu assim mesmo que fora nomeado herdeiro de tudo o que seu tio ia deixar ao morrer.
— Podes agora fazer o que quiseres — disse o velho, e tornou a guardar o papel no cofre.
Sivert não se comoveu muito com aquilo. No fundo, o documento não dizia mais do que ele já sabia antes; desde criança não ouvira senão

que uma vez ia herdar a fortuna do tio Sivert. Outra coisa teria sido chegar e ver preciosidades no interior do cofre.

— Deve haver objetos de valor aí nesse cofre, não? — disse ele.

— Há mais do que pensas! — disse o velho, brusco.

Desapontado e aborrecido com o sobrinho, fechou a caixa com cadeado e voltou para a cama. De lá foi enviando diversas informações.

— Durante trinta anos a aldeia toda confia à minha guarda, seus dinheiros e valores e delega-me poderes superiores; não tenho, pois, necessidade de suplicar ajuda a ninguém! De quem Oline ouviu a novidade de que eu estava à morte? Se eu quisesse, podia mandar três homens, cada um num carro, chamar o doutor! Não abuses de mim, hem! Tu, Sivert, nem ao menos podias esperar até eu estar bem morto, não? Só quero dizer que agora leste o documento que está guardado no meu cofre. Mais eu não direi. Mas se me deixares, se fores embora, podes levar recado a Eleseus, para que venha cá. Ele não se chama como eu, não tem meu nome terreno. Deixa-o vir!

A despeito do tom ameaçador, Sivert refletiu um momento naquelas palavras e disse:

— Está bem! Vou levar o recado a Eleseus!

Oline ainda estava em Sellanraa, quando Sivert voltou. Ela tivera tempo de dar um giro pela região, fora até à casa de Aksel Stroem e Barbro, de onde voltou transbordando de mexericos e segredos.

— Aquela Barbro está tomando corpo — sussurrou ela mas aquilo decerto não quer dizer nada! Mas nem um pio do que eu falei aqui, hem! Que é isso, Sivert, já estás de volta? Então decerto nem há mais o que perguntar, creio. Teu tio Sivert lá se foi, não é? Enfim, já era um homem velho, um ancião com um pé na cova. Que? Não morreu? Muito tem a agradecer a Deus! Que estás dizendo? Que eu falo bobagens? Queria eu. nunca ter tido maior pecado! E podia eu saber que teu tio ali estava simulando, mentindo perante Deus? Eu só disse que ele está decaindo; foram minhas palavras, e estas posso sustentar um dia ante o trono do Senhor. Que dizes, Sivert? Ora, não o achaste deitado na cama, com as mãos postas sobre o peito, dizendo que só esperava pelo fim?

Era inútil argumentar com Oline, ela subjugava seus adversários à custa de conversa e os arrasava. Ao ouvir que o tio Sivert mandara buscar Eleseus para junto de si, ela apoderou-se também desta circunstância, aproveitando-a em vantagem própria.

— Por aí podes ver se eu estava falando bobagens! O velho Sivert manda chamar seus parentes, anseia por ver mais uma vez a gente de seu sangue; é porque está no final! Não deves recusar-te a ir, Eleseus. Deve ir logo de uma vez, para encontrar vivo o teu tio. Eu também vou para lá, temos o mesmo caminho.

Oline não deixou Sellanraa antes de chamar Inger à parte, e contar, cochichando, mais a respeito de Barbro.

— Não conta a ninguém uma só palavra do que eu disse! Mas que já dá para se ver, dá! Ela, de criada, vai ser dona de casa, vai ser a mulher lá na colônia, me parece. Há gente destinada a ser grande, apesar de começar pequena como um grão de areia da praia. Quem teria imaginado isso de Barbro! Aksel é um rapaz trabalhador, próspero, vai indo para a frente. Tantos recursos e sítios tão bonitos e grandes como há por aqui nós não temos lá no nosso lado da montanha, tu o sabes, pois nasceste na nossa aldeia. Barbro tinha um punhado de lã num baú, lã de inverno apenas; eu nada pedi, e ela não me ofereceu. Entre nós era só "bom-dia" e "adeus", embora eu a conhecesse desde criança, do tempo em que eu estava aqui em Sellanraa e tu, Inger, estavas fora, na aprendizagem...

— Rebeca está chorando — atalhou Inger, interrompendo-a, e oferecendo-lhe um novelo de lã.

E lá veio um grande discurso de agradecimento de Oline.

Não era exatamente como ela tinha dito a Barbro? Que não havia outra igual para dar aos outros o que tinha? Inger daria seu último pecúlio até ficar sem nada, não sabia ser mesquinha! Vai, minha filha, vai ver o lindo anjinho. Nunca houve no mundo criança tão parecida com sua mãe como Rebeca, não. Inger se lembrava do que dissera um dia, que não ia ter mais crianças? Agora ela estava vendo! O melhor era sempre dar ouvidos aos mais velhos, que tinham tido muitas crianças, pois os caminhos de Deus são insondáveis...

Afinal acabou de falar e saiu atrás de Eleseus, subindo através da mata, encolhida, grisalha e abjeta, sempre metendo o nariz em tudo, à cata de novidades, insistente e incansável. Ia ter com o velho Sivert para dizer-lhe que fora ela, Oline, que havia conseguido persuadir Eleseus a vir.

Eleseus, porém, não se fizera de rogado, nem fora necessário empregar grande poder persuasivo para fazê-lo pôr-se a caminho. No fundo tornara-se melhor do que prometera no começo, um rapaz direito à sua moda, bondoso e afável desde criança, só lhe faltando grande força física. Não fora sem motivo que ele relutara em vir para casa, só a contragosto deixando a cidade; sabia muito bem que a mãe cumprira pena por infanticídio e, se na cidade nada ouvia a esse respeito, no campo certamente todos se lembrariam do caso. Não tivera ele, durante vários anos, o convívio de companheiros dos quais aprendera tino social, maior sensibilidade e modos mais delicados? O garfo não era tão necessário como a faca? Não se habituara a escrever o dia inteiro *kroner* e *oere*, como gente de cidade, enquanto lá no campo ainda se usava o antigo *daler*[18]? Assim, empreendia de muito boa vontade a jornada através da

---

18. Pouco antes ocorrera na Noruega a reforma monetária que eliminou a antiga moeda, *daler*. — N. do T.

serra, para outro distrito. Em casa via-se constantemente forçado a reprimir a própria superioridade. Esforçava-se por adaptar-se aos outros e, de fato, o conseguia, mas tinha de estar sempre alerta, sempre de sobreaviso. Ao voltar a Sellanraa, havia poucas semanas, trouxera consigo seu sobretudo leve, cinzento, de primavera, embora estivessem em pleno verão e, ao pendurá-lo num prego, na sala, poderia muito bem tê-lo feito de maneira a deixar visível a placa de prata com suas iniciais, mas evitou-o. Tinha o mesmo critério quanto à bengala. Na verdade sua bengala não passava de um cabo de guarda-chuva ao qual tirara a armação; mas ele não a usara como fazia na cidade, onde a brandia com elegância; carregava-a oculta, bem junto à perna.

Não era nada de se admirar que Eleseus partisse para além dos montes. Não prestava para trabalhar em madeira, o que ele sabia era escrever letras, coisa que nem todos sabiam, mas que em sua casa não era apreciado, pois ali não havia quem pudesse avaliar devidamente tão fina erudição, a não ser, talvez, a mãe. Pôs-se a caminho através da mata, alegre e satisfeito, na dianteira de Oline; ia esperá-la mais no alto, e corria ligeiro como um garrote. Eleseus esgueirara-se de casa, temendo ser visto, pois levava consigo, para a viagem, tanto o sobretudo de primavera como a bengala. Lá do outro lado podia haver oportunidade de ver gente e de ser visto, talvez fosse até a igreja. Por isso, ele, de boa vontade, penava ao sol quente, sob o peso de um sobretudo perfeitamente supérfluo.

Na construção não fazia falta, pelo contrário, o pai ficou com Sivert, rapaz de tantos préstimos, e que trabalhava sem descanso de manhã à noite. O erguimento da armação não lhes tomou muito tempo, pois, sendo um acréscimo, eram só três paredes. Não apararam a madeira bruta a machado e enxó, desdobraram as toras na serra, tendo assim as sobras, as pranchas externas, para servir de cobertura. Um belo dia lá estava a sala, prontinha, assoalhada, as janelas colocadas. Para mais não lhes sobrou tempo entre os trabalhos do campo, tiveram de deixar o revestimento e a pintura para mais tarde.

Cruzando a serra com grande acompanhamento, vindo dos lados da Suécia, Geissler apareceu um dia por ali. Os homens vinham a cavalo, bonitos animais, com selas de couro amarelo. Deviam ser viajantes ricos, eram tão gordos e pesados que os cavalos cediam ao seu peso. Entre esses grandes senhores, Geissler vinha a pé. Eram ao todo quatro cavaleiros, além de Geissler e dois empregados, cada um conduzindo um cavalo cargueiro.

Apearam em frente à casa, e Geissler disse:

— Aqui temos Isak, margrave[19] do lugar. Bom dia, Isak!

---

19. *Margrave* — Antigo titulo de governadores das províncias de fronteira na Noruega, é, no caso. empregado apenas por pilhéria, mais ou menos como aqui se diria "coronel", ou coisa semelhante. — N. do T.

Como vês, eu voltei, tal como havia prometido.
Geissler era o mesmo de sempre. Embora viesse a pé, não parecia sentir-se inferior aos outros. Seu paletó surrado pendia-lhe, longo e miserável, nas costas encolhidas, mas ele ostentava uma expressão altiva e superior.

— Viemos para cá — começou ele —, estes senhores e eu, para andarmos por aí, pelos morros. Eles estão muito gordos e podem muito bem perder um pouco de enxúndia, pois a têm de sobra.

Os homens eram, aliás, amáveis e bondosos; sorriram às palavras de Geissler e pediram a Isak que os desculpassem por invadir-lhe as terras. Traziam provisões, de maneira que não iam dar um desfalque na casa, mas muito agradeceriam por um telhado acima da cabeça por uma noite. Talvez pudessem alojar-se na construção nova que ali estava.

Descansaram um pouco, e Geissler entrou para falar com Inger e as crianças, e depois os homens estranhos subiram através da mata e estiveram fora até a noite. De vez em quando, pela tarde, a gente de Sellanraa ouvia uns estampidos e os homens desceram com sacos de novas amostras de minério.

— Cobre — diziam, indicando o minério com meneios afirmativos.

Houve longo e douto debate e consultas a um mapa que tinham esboçado. Em seu meio havia um engenheiro e um perito em mineração; a um chamavam governador e a outro administrador; falavam de caminhos aéreos e transporte funicular. De vez em quando Geissler metia-se na conversa, sempre como quem retifica ou orienta, e pareciam acatar muito suas palavras.

— Quem é o proprietário das terras ao sul do lago? — perguntou o chefe a Isak.

— O Estado — respondeu Geissler prontamente.

Estava vigilante e matreiro e tinha na mão o documento que Isak uma vez assinara com seu sinal.

— Eu já não disse que é o Estado? Então por que tornas a perguntar? Não me acreditas, queres averiguar se falo a verdade? Por favor, podes indagar por aí!

Mais tarde, à noite, Geissler chamou Isak à parte e perguntou: — Olha aqui, vamos vender aquela jazida de cobre?

Ao que Isak respondeu:

— Mas o *lensmand* já a comprou de mim uma vez e me pagou.

— Está certo, eu comprei a jazida, mas tu ficaste com direito a uma percentagem nos lucros apurados na venda ou na produção. Queres ceder a tua parte, tua percentagem?

Isak não o compreendeu e Geissler teve de explicar.

Isak não podia tocar a mina. Como lavrador, seu trabalho era o da terra; ele próprio, Geissler, também não podia. Não por falta de dinheiro, de capital que tinha tanto quanto quisesse. O que lhe faltava era tempo; suas atividades eram muitas, estava sempre de viagem, tinha de olhar suas propriedades ao sul e ao norte. Geissler resolvera vender a jazida a esses senhores suecos, todos parentes de sua esposa, gente abastada, e além disso entendida, capaz de tocar a mina.

— Tu me compreendes agora?
— Eu quero o que o *lensmand* quer — disse Isak.

Coisa estranha — aquela confiança ilimitada parecia confortar Geissler, miserável e esfarrapado.

— Bem... Não sei se isso é o melhor que possas fazer disse ele, hesitante.

Mas de repente adquiriu segurança e continuou:

— Se tu me deres carta branca farei em todo caso melhor negócio para ti do que tu mesmo poderias fazer.

— Hum... — começou Isak. — O senhor sempre foi muito bom para todos nós aqui...

Ao que Geissler franziu a testa, interrompendo-o.

— Está bem, está bem!

Na manhã seguinte, os senhores puseram-se a escrever coisas muito importantes: primeiro, um contrato de compra no valor de quarenta mil coroas pela mina; "em seguida, um documento no qual Geissler alienava toda a quantia em favor de sua esposa e seus filhos. Isak e Sivert foram chamados para assinar os papéis como testemunhas. Isso feito, os senhores queriam comprar a parte de Isak por uma ninharia, por quinhentas coroas. Geissler, porém, pôs um paradeiro naquilo.

— Vamos deixar de brincadeiras! — disse ele.

O próprio Isak bem pouco entendia de tudo aquilo; já vendera uma vez e recebera dinheiro, e além disso falavam em coroas, coisa que não valia nada, não era dinheiro de verdade, como *dalers*. Sivert, porém, entendia um pouco mais. Despertava-lhe a atenção o tom das negociações; aquilo devia ser um negócio de família que tinham vindo liquidar em sua casa. Um dos senhores dizia:

— Meu caro Geissler, não devias ter olhos tão vermelhos!

Ao que Geissler respondia, astucioso, mas com evasivas:

— Não. De fato não devia. Mas neste mundo as coisas não são distribuídas de acordo com o merecimento de cada um.

Quereriam os irmãos e parentes da esposa de Geissler afastá-lo, livrar-se de um golpe de suas visitas, do parentesco incômodo, comprando-lhe a propriedade? A jazida certamente tinha valor, ninguém o contestava; mas ficava muito fora de mão. Afirmavam estarem-na comprando apenas para revender a alguém que tivesse muito mais recursos, para poder explorá-la. Nada havia de contraditório nisso. Admitiram também, abertamente, não saber quanto iriam conseguir pela jazida, tal como estava. No caso de a jazida vir a ser explorada, quarenta mil coroas talvez fosse um preço irrisório; se, porém, ela fosse deixada como estava, seria dinheiro posto fora. Em todo caso, queriam negócio limpo e por isso ofereciam a Isak quinhentas coroas por sua parte.

— Isak me deu plenos poderes — disse Geissler — e não vendo a sua parte por menos de dez por cento do valor da compra.

— Quatro mil coroas! — exclamaram os outros.

— Quatro mil coroas — disse Geissler. — Isak foi dono da jazida e deve receber quatro mil coroas. Eu, que não a possuía, recebo quarenta mil. Os senhores tenham a bondade, reflitam no caso e decidam!

— Sim... Mas quatro mil coroas!

Geissler ergueu-se e declarou:

— Ou nada feito! Não fechamos negócio!

Pensaram no caso, comentaram, em palavras sussurradas, saíram para o quintal, procuraram ganhar tempo.

— Aprontem os animais! — ordenaram aos empregados.

Um dos homens procurou Inger e pagou regiamente pelo café, alguns ovos e o alojamento. Aparentemente despreocupado, Geissler perambulava por ali, vigilante.

— Como funcionou aquele serviço de irrigação no ano passado? — perguntou o Sivert.

— Salvou toda a colheita.

— Cortaram aquela elevação ali, desde que aqui estive a última vez, não?

— Sim.

— Precisam é de mais um cavalo na fazenda.

Nada escapava a Geissler. O homem via tudo.

— Então? Vem cá, vamos liquidar esse negócio! — gritou um dos homens.

Entraram todos na casa nova. As quatro mil coroas de Isak foram contadas. Geissler recebeu um papel, que enfiou no bolso de um modo descuidado, como se não tivesse o mínimo valor.

— Guarda bem isso! — recomendaram-lhe. — Tua esposa receberá a caderneta de banco.

Geissler franziu a testa e disse simplesmente:

— Está bem!

Mas entre eles e Geissler o negócio ainda não estava liquidado. Não que ele abrisse a boca para exigir alguma coisa, mas perceberam muito bem, pelas suas atitudes, que ele não estava satisfeito; ou talvez houvesse imposto como condição o recebimento de uma pequena quantia à vista. O administrador deu-lhe um maço de cédulas e Geissler limitou-se a dar de cabeça e repetir:

— Está bem!

— E agora creio que podemos tomar alguma coisa em companhia de Geissler — disse o administrador.

Beberam e deram o caso por encerrado. Despediram-se de Geissler.

Naquele momento Brede Olsen veio vindo. Que quereria ele? Sem dúvida ouvira as detonações do dia anterior e percebera que alguma coisa estava-se passando no morro. Vinha agora, desejoso de também vender jazidas. Passou direito por Geissler e dirigiu-se aos estranhos. Disse-lhes que descobrira umas pedras extraordinárias, algumas sanguíneas e outras prateadas; conhecia cada canto na montanha ao redor e podia ir diretamente a qualquer ponto; conhecia longos veios de metal pesado. Que metal seria?

— Tens amostras? — perguntou o perito em mineração.
— Tenho. Mas não podiam ir até o alto e ver?

Explicou que não era longe. Quanto a amostras, tinha muitos sacos e caixotes cheios. Não as trouxera consigo, tinha-as em casa, podia dar um pulo até lá e apanhá-las. Mas tomaria menos tempo ir até as jazidas e recolher novas amostras. Se quisessem esperar um pouco, iria já.

Ao que os homens sacudiram a cabeça e foram-se embora.

Magoado, Brede viu-os partir, como se tivesse sofrido uma grande injustiça. Se é que tivera um vislumbre de esperança, esta bem depressa se apagara de novo. Não tinha sorte, em nada era bem sucedido. O que lhe valia era encarar a vida com certa leviandade. Ficou olhando para os cavaleiros que se afastavam e disse por fim:

— Boa viagem para todos!

Voltou, porém, a tratar Geissler, seu antigo chefe, com respeito e humildade, não mais o tratando como igual, cumprimentando-o e chamando-o por "senhor" e não mais por "tu". Sob um ou outro pretexto, Geissler tirou a carteira do bolso deixando ver que ela estava repleta de cédulas.

— O senhor não pode me ajudar, *lensmand?*
— Vai para casa, cavar valas no teu brejo! — disse Geissler, sem ajudá-lo em nada.
— Eu bem poderia ter trazido toda uma carga de amostras. Mas não teria sido melhor que eles vissem as próprias jazidas, já que estavam aqui?

Geissler não lhe deu atenção e voltou-se para Isak.

— Não viste onde meti aquele documento? Coisa muito importante, vale várias mil coroas... Ah! Aqui está ele. Foi-se enfiar no meio de um maço de notas.

— Que espécie de gente era essa que aqui veio? — perguntou Brede. — Estavam a passeio? Passaram aqui por acaso?

Geissler evidentemente estivera sob o efeito de grande tensão e só aos poucos ia-se acalmando. Mas restava-lhe ainda vitalidade e disposição suficientes para fazer mais alguma coisa: em companhia de Sivert subiu ao morro, levando uma grande folha de papel e desenhou um mapa de terreno ao sul do lago. Com que finalidade fazia aquilo, ninguém sabia. Quando, algumas horas mais tarde, voltou ao sítio, Brede ainda lá estava, mas Geissler não respondeu a nenhuma de suas perguntas; exausto, deu a conversa por encerrada com um aceno de mão.

Dormiu como uma pedra, um sono só, até a manhã seguinte.
Levantou-se com o sol e estava completamente restaurado.
— Sellanraa! — exclamou.
Ficou de pé, lá fora, olhando ao redor de si.
— Todo aquele dinheiro que recebi... — começou Isak. Devo ficar com tudo...?
— Que pergunta! — respondeu Geissler. — Não compreendes que devia ter sido mais ainda? Verdadeiramente devias ter recebido essa quantia de mim, segundo nosso contrato, mas viste que não deu certo. Quanto recebeste? Apenas mil *dalers,* segundo a contagem antiga. Estive pensando que necessitas de mais um cavalo no sítio.
— É verdade.
— Pois bem, eu sei de um. O sujeito que agora é oficial de justiça do *lensmand* Heyerdahl está abandonando seu sítio, deixando tudo cair em ruínas. Prefere andar por aí penhorando o pessoal. Já vendeu boa parte de sua criação e agora quer vender o cavalo.
— Falarei com ele sobre isso — disse Isak.
Geissler fez um largo gesto com a mão e disse:
— Tudo isso é teu! Tens casa, criação e terras lavradas. Ninguém pode matar-te de fome.
— Não — concordou Isak. — Temos de tudo quanto Deus pôs na terra.
Geissler continuou zanzando por ali e, subitamente, entrou e foi ter com Inger.
— É possível me arranjares outra vez um pequeno farnel hoje? — perguntou. — Só algumas torradas, sem manteiga e queijo; elas já por si são boas. Não, não! Faze como estou dizendo, nem quero levar mais.
Tornou a sair. Devia estar com a cabeça cheia. Foi à nova sala e começou a escrever. Planejara tudo com antecedência, de maneira que não demorou muito a registrar o que queria. Era um requerimento ao Estado, explicou a Isak, ao Departamento do Interior. Tinha de cuidar de muita coisa!
Recebeu o pacote de comida. Despediu-se, e aí de um momento para outro pareceu lembrar-se de alguma coisa.
— É verdade! Acho que me esqueci, a última vez, quando fui embora. Tirei até uma nota da carteira, mas enfiei-a no bolso do colete, por distração. Mais tarde a encontrei. Ando sempre com tanta coisa na cabeça... — assim dizendo pôs alguma coisa na mão de Inger e foi-se embora.
Geissler foi-se embora, pelo jeito ainda guapo e bem disposto. Absolutamente não estava deprimido nem desapareceu por muito tempo; tornou a voltar a Sellanraa e só veio a morrer muitos anos depois. Cada vez que partia, a gente de Sellanraa sentia a sua falta como a de um amigo. Isak pensara consultá-lo acerca de Breidablik e pedir seus conselhos — mas não chegou a fazê-lo. Talvez Geissler o tivesse dissuadi-

do, tivesse desaconselhado a comprar o sítio, a adquirir terras de lavoura para dar a um funcionário de escritório, como Eleseus.

CAPÍTULO XVIII

O tio Sivert piorou, apesar de tudo. Quando Eleseus estivera com ele três semanas, o velho morreu. Eleseus cuidou dos funerais, no que foi incansável. Arranjou flores, uns poucos brincos-de-princesa, das casas ao redor, tomou emprestado uma bandeira para içar a meio mastro e comprou pano preto no armazém para cortinas fúnebres. Isak e Inger foram avisados e compareceram às exéquias. Eleseus atuava como anfitrião, presidia à recepção aos hóspedes, e quando o corpo saiu de casa, acompanhado de cantos fúnebres, Eleseus pronunciou umas palavras bonitas sobre o ataúde, o que levou sua mãe a puxar o lenço, de tão orgulhosa e comovida. Tudo se passou com muito brilho.

No caminho de volta, em companhia do pai, Eleseus tratou de levar sua capa de primavera de maneira que todos a vissem, mas escondeu a bengala numa das mangas da capa. Tudo foi bem até a hora de atravessar o lago, quando o pai, inadvertidamente, sentou-se na capa. Houve um estalo.

— Que foi isso? — perguntou Isak.

— Não foi nada — respondeu Eleseus.

Mas não jogou fora a bengala partida. Assim que chegaram em casa, pôs-se a procurar um pedaço de tubo ou coisa parecida, para concertá-la.

— Não podemos encaná-la? — propôs Sivert, o incorrigível brincalhão. — Olha aqui, vamos colocar uma boa lasca de madeira de cada lado e amarramos — tudo muito bem, com fio alcatroado.

— Eu já te amarro com fio alcatroado! — replicou Eleseus.

— Ah, ah! Talvez prefiras amarrar com uma liga vermelha?

Por sua vez Eleseus deu boas risadas. Foi procurar a mãe, pediu-lhe um dedal velho do qual cortou o fundo com a lima, fazendo assim um aro perfeito para a bengala. Afinal de contas, Eleseus nem era tão desajeitado assim, com suas longas mãos brancas!

Os irmãos troçavam um com o outro.

— Será que vai ser meu o que o tio Sivert deixou? — perguntou Eleseus.

— Teu? Quanto é que ele deixou? — inquiriu Sivert.

— Ah, ah! Queres primeiro saber — quanto é, hem? Sovina! — Pois podes ficar com tudo! — exclamou Sivert.

— É entre cinco e dez mil...

— *Dalers?* — gritou Sivert, sem poder conter seu espanto.

Eleseus nunca fazia contas em *dalers*. Mas não fica bem diminuir, e por isso fez sinal afirmativo. Deixou Sivert com aquela informação até o dia seguinte, quando voltou a falar no assunto.

— Estás arrependido de ter-me dado tudo ontem, hem? — começou.
— Seu maluco! — respondeu Sivert.
Mas cinco mil *dalers* eram cinco mil *dalers,* e não uma ninharia. Se o irmão não fosse um sujeito à-toa e um mão-fechada, devia devolver-lhe a metade.
— Uma coisa te digo — explicou Eleseus finalmente. — Não me parece que vou engordar muito à custa dessa herança.
Sivert encarou-o, admirado.
— Ah! Não?
— Não. Não vai ser lá grande coisa, podes crer.
Eleseus aprendera a calcular muito bem. O cofre do tio, a famosa caixa de garrafas, fora aberta na sua frente; ele tivera de examinar todos os papéis e todas as contas e fazer um inventário completo. Tio Sivert não pusera seu sobrinho a trabalhar no campo ou consertando redes no barracão; metera-o numa tremenda confusão de algarismos, contas e partidas de escrituração. Se um contribuinte, havia dez anos pagara seu imposto em espécie, com uma cabra ou um carregamento de bacalhau seco, nem a cabra nem o peixe figuravam nas contas. Sivert-Velho rebuscava na memória e dizia: "Este pagou!"
— Muito bem, então vamos riscar essa partida — dizia Eleseus.
Eleseus era o homem indicado para aquele trabalho, era amável e animava o enfermo, assegurando-lhe que a situação era boa. Os dois tinham-se dado bem, chegando até a motejar um com o outro, às vezes. Em uma ou outra coisa Eleseus podia ser meio doido, mas seu tio o era também. Os dois haviam simplesmente redigido os mais altissonantes documentos, não só a favor de Sivert-Sobrinho. mas também da aldeia toda, da comunidade, à qual o velho servira durante trinta anos. Foram dias magníficos aqueles.
— Eu não podia ter arranjado pessoa melhor do que tu, Eleseus! — afirmava o tio Sivert.
Mandava comprar carne de carneiro em pleno verão. Peixe fresco era trazido diretamente do mar. Eleseus tinha ordem de pagar com dinheiro do cofre. Viviam muito bem. Conseguiram a companhia de Oline, a pessoa feita de encomenda para tomar parte naquele festim e também a mais indicada para espalhar aos quatro ventos a história dos derradeiros dias do tio Sivert, dando-lhe fama imorredoura. A satisfação era mútua.
— Devemos pensar também em Oline — disse o tio Sivert — e deixar-lhe alguma coisinha; é viúva e não está em boa situação. Sempre ainda sobrará o bastante para Sivert-Sobrinho, de qualquer maneira.
Eleseus resolveu o caso com algumas penadas de sua mão habituada a escrever. Acrescentou uma cláusula a mais ao testamento, e pronto: Oline entrou para o rol dos herdeiros.
— Cuidarei de ti — disse Sivert-Velho. — Se eu não arribar mais desta vez, não andar mais, vivo, por aí, não quero que passes privações.

Oline exclamou que nem sabia o que dizer, mas na realidade parecia sabê-lo muito bem, pois não parou mais de falar; comovida, chorou e agradeceu e ninguém poderia ter encontrado tantas ligações entre uma dádiva terrena e a grande retribuição dos céus. Não, ela certamente não perdera a fala.

O próprio Eleseus, que talvez, de início, houvesse encarado com profundo respeito a fortuna do tio, teve de mudar de idéia e falar. Tentou uma tímida objeção.

— A caixa não está bem em ordem... — começou.

— Isso fica para quem vier depois de mim! — atalhou o velho. — Então deves ter dinheiro por aí, nos bancos? — inquiriu Eleseus, pois assim o povo dizia.

— Que sei eu... — disse o velho. — Em todo caso deixa isso de bancos pra lá! Eu tenho a pescaria, a herdade, as casas e a criação. Tenho vacas brancas e vacas vermelhas! E tu me vens com bobagens, homem de Deus!

Eleseus não sabia quanto poderia valer a empresa de pesca, mas a criação ele vira com os próprios olhos. Era uma vaca, branca e vermelha. O tio Sivert talvez estivesse desnorteado, delirando. Também não conseguira deslindar todas as intrincadas contas do velho, verdadeira confusão de algarismos; a desordem tornara-se desastrosa sobretudo a partir do ano em que a moeda fora mudada de *daler* para coroa; o coletor distrital freqüentemente contara coroas por *dalers*. Não era, pois, de se admirar que se considerasse rico! Mas, uma vez tudo mais ou menos posto em ordem, Eleseus temeu que não ia sobrar muito dinheiro. Talvez nada sobrasse, ou nem desse para as despesas.

Sivert-Sobrinho podia sem medo prometer-lhe tudo quanto o tio ia deixar!

Os irmãos levaram a coisa na brincadeira; Sivert não se aborrecia por tão pouco; talvez o houvesse apoquentado mais um pouco se, de fato, tivesse posto fora cinco mil *dalers*. Sabia muito bem que fora batizado com o nome do tio por mera especulação. Não fizera por onde merecer alguma coisa do velho. Insistia agora com Eleseus para que este ficasse com a herança.

— Vai ser tua, claro — disse. — Vem, vamos acertar isso por escrito, no papel. Quero te ver rico. Não rejeites a sorte que te procura!

Juntos, divertiam-se um bocado. Com efeito Sivert era quem mais contribuía para que Eleseus suportasse a estada em casa dos pais; sem ele tudo teria sido bem mais triste.

A verdade é que Eleseus andava de novo imprestável. As três semanas de vadiagem no outro lado dos montes não lhe tinham sido grande benefício. Lá, fora à igreja, todo endomingado, encontrara-se com moças. Em casa, em Sellanraa, nada disso havia. Jensine, a nova criada, não contava, era uma criatura do trabalho e nada mais; aquilo podia servir para Sivert, não para ele.

— Ando com vontade de saber que tal é aquela menina, Barbro, de Breidablik, depois de moça... — disse ele, um dia.

Eleseus saía-se com cada uma!

— Pois é só ir até a casa de Aksel Stroem e ver! — disse Sivert.

Eleseus foi, num domingo. Guapo e corajoso, já tendo andado pelo mundo e sentido sangue nos dentes, Eleseus trouxe vida à cabana de Aksel. E Barbro absolutamente não era de se desprezar, era, em todo caso, a única no campo. Tocava guitarra e conversava com desembaraço; além disso não cheirava a atanásia, mas a loções verdadeiras. Por sua vez, Eleseus deu a entender que estava de férias e que do escritório não tardariam a chamá-lo de volta. No entanto, dizia, era bem agradável estar em casa, percorrer velhos lugares; naturalmente tinha seu próprio quarto para morar. Mas não era como estar na cidade!

— Ah! Claro que não! — concordou Barbro. — O campo não é a cidade!

Na presença dessas duas pessoas da cidade, Aksel sentia-se insignificante, não conseguiu impor-se. Aborreceu-se e saiu, a olhar por suas terras, e os dois ficaram à vontade. Eleseus foi extraordinário, contou que estivera na aldeia vizinha, para enterrar o tio, não esquecendo de mencionar o discurso que fizera sobre o ataúde.

Ao despedir-se, pediu que Barbro o acompanhasse por um trecho do caminho, o que ela recusou.

— Então na tua cidade é costume damas acompanharem cavalheiros? — perguntou ela.

Eleseus corou, percebendo que a ofendera.

Contudo, tornou a ir a Maaneland no domingo seguinte, desta vez brandindo a bengala. Conversaram como na ocasião anterior, e de novo Aksel fez papel insignificante.

— Teu pai tem uma bela propriedade — disse ele. — E tem construído um bocado...

— Pois ele tem motivos para construir — disse Eleseus, ardendo por alardear sua abastança. — Nós é que somos uns pobres diabos!

— Como assim?

— Ah, não soubeste, não? Ainda agora lá estiveram uns milionários suecos e lhe compraram uma mina de cobre.

— Que estás dizendo! Deve ter feito um dinheirão, não é?

— Ora, se fez! Não quero contar vantagem, mas foram muitas mil coroas... Sim, como ia dizendo: falas em construir? Vejo que também tens toros de madeira aí. Vais fazer casa? Quando?

— Nunca! — aparteou Barbro.

Mas isso era, naturalmente, exagero e impertinência. Aksel já quebrara as pedras, no outono passado e as recolhera no inverno; entre uma estação e outra, cavara os alicerces e o porão; só faltava erguer o madeiramento. Tinha esperança de acabar um cômodo ainda naquele outono e pensara em pedir ajuda a Sivert por alguns dias. Que achava Eleseus disso?

Eleseus achava que sim, que devia pedir.
— Mas podes contar comigo para ajudar — disse sorrindo. — Vós? — disse Aksel, tratando-o de um momento para outro com respeito. — Vós tendes talento, mas é para outras coisas.
Nada melhor do que se ver apreciado em pleno campo. — De fato, temo que minhas mãos não sirvam para muita coisa — concordou Eleseus, tratando de parecer muito elegante.
— Deixe-me ver — disse Barbro, tomando-lhe a mão.
Mais uma vez, Aksel ficou fora da conversa e saiu, deixando os dois a sós. Ambos da mesma idade, tinham ido à escola juntos, brincado e corrido juntos, e se beijado; agora, com infinita superioridade, rememoravam os tempos antigos. Barbro não estava livre de querer mostrar-se sob um aspecto vantajosa. Naturalmente Eleseus não era como os moços de escritório de Bergen, de óculos e relógio de ouro; mas ali, no campo, ele era incontestavelmente um cavalheiro elegante. Ela mostrou-lhe a fotografia tirada em Bergen. Naquele tempo era assim. Hoje...
— Que te falta hoje? — perguntou ele.
— Ora! Então não achas que mudei para pior?
— Para pior? Quero dizer-te, de uma vez por todas, que agora estás mais bonita do que nunca, mais louçã. Mudada para pior? Esta é boa!
— Mas olha o vestido com que estou aí na fotografia. Decotado na frente e nas costas. Não é bonito? Eu acabava de ganhar uma corrente de prata, olha, podes vê-la aí no retrato. Uma corrente cara, presente de um dos funcionários com quem eu trabalhava. Eu a perdi. Isso é... "Perdi" é maneira de dizer. Precisei de dinheiro quando voltei para casa...
— Posso ficar com o retrato? — perguntou Eleseus.
— Ficar? E que me dás em troca?
Eleseus sabia muito bem o que teria preferido responder, mas não se atreveu.
— Vou tirar meu retrato quando voltar à cidade e te darei um — disse.
Barbro guardou a fotografia, dizendo:
— Não. É a única que me resta.
Uma sombra passou pelo jovem coração de Eleseus e ele estendeu a mão para o retrato.
— Então me dá qualquer coisa em troca, agora mesmo! — pediu ela, rindo.
Aí ele ergueu-se, segurou-a e beijou-a com ardor.
Depois disso, sentiram-se mais à vontade. Eleseus, mais desembaraçado, tornou-se alegre e loquaz. Trocaram galanteios, gracejaram e riram. Eram, como ele dizia, bons amigos.
— Quando me tomaste a mão, senti a carícia deliciosa de plumas de cisne — disse ele.
— Logo voltarás à cidade e nunca mais virás aqui — disse Barbro.
— Então fazes tão mau juízo de mim?
— Não tens alguém por lá, que te prende?

— Não. Digo-o cá entre nós: não tenho noiva.
— Mas não tens, hem... Eu é que sei.
— Não tenho, não. É a verdade o que estou dizendo. Continuaram por muito tempo namoricando, Eleseus redondamente apaixonado.
— Vou escrever-te — disse ele. — Posso?
— Podes.
— Bem. Pois eu não o faria sem teu consentimento, sabes? E, de repente, mordido pelos ciúmes, acrescentou.
— Ouvi dizer que estás noiva de Aksel. É verdade?
— Eu? De Aksel? — disse ela, tão desdenhosamente que o consolou. — Ele pode esperar, e muito!

Mas logo arrependeu-se e acrescentou:
— Aksel é até muito bom para mim. Assina um jornal para eu ler, me dá presentes. Isso eu reconheço...
— Claro! — concordou Eleseus — ele é um ótimo sujeito, à sua moda. Mas não é só isso que conta.

No entanto, a lembrança de Aksel pareceu inquietar Barbro, que se ergueu e disse a Eleseus:
— Deves ir agora. Tenho o que fazer, no estábulo.

No domingo seguinte, Eleseus desceu bem mais tarde do que de costume, levando, ele mesmo, a carta. E que carta! Custara-lhe uma semana inteira de arrebatamento e quebra-cabeça, até tê-la pronta e como a queria. Mas aí estava: "Para a Senhorita Barbro Olsen". "Duas ou três vezes já tive a indizível ventura de vê-la..."

Chegando tão tarde, já à noitinha, devia por força encontrar Barbro livre do trabalho no estábulo; talvez ela já tivesse até se deitado. Isso não faria mal, pelo contrário, viria até a calhar.

Mas Barbro ainda estava acordada, sentada na cabana. Parecia ter mudado de uma hora para a outra, não querer mais saber de namoro nem ser mais carinhosa. Eleseus teve a impressão de que Aksel devia tê-la admoestado e prevenido.
— Aqui está a carta que te prometi!
— Obrigada — disse ela.

Abriu a carta e leu-a, sem satisfação aparente.
— Gostaria de saber escrever tão bem como tu...

Eleseus estava desapontado. Que mal lhe teria feito? Que haveria com ela? E onde estaria Aksel? Fora-se. Talvez andasse farto daquelas visitas domingueiras, absurdas, e preferisse ficar fora de casa. Mas podia ser também que tivesse negócios a cuidar na aldeia, para onde fora no dia anterior. Fosse como fosse, lá não estava.
— Por que ficas aí, metida nessa casinhola abafada, numa noite bonita como esta? — perguntou Eleseus. — Vem, vamos dar uma volta.
— Espero por Aksel — respondeu ela.
— Aksel? Não podes mesmo viver sem ele?

— Posso. Mas ele tem de comer quando voltar, não achas?
O tempo foi passando, escoando-se, sem que se entendessem.
Barbro continuou de mau humor. Eleseus tentou falar de novo sobre sua ida à aldeia vizinha, não esquecendo de mencionar o discurso que fizera.
— Não era muito o que eu tinha a dizer, mas assim mesmo provoquei lágrimas entre os presentes.
— Ah, é?
— Depois, num domingo, fui à igreja.
— Que foste fazer lá?
— Que fui fazer? Nada. Dar uma olhadela por lá, nada mais.
Não entendo disso, mas acho que o padre não era lá grande coisa para pregar. Faltou eloqüência ao sermão.
O tempo ia passando.
— Que achas que Aksel vai dizer se te encontrar aqui outra vez esta noite? — indagou Barbro, de repente.
Uma bofetada que ela desse não o teria deixado mais embasbacado. Então ela se esquecera de tudo quanto houvera na última vez? Não fora combinado que ele viria esta noite? Eleseus sentiu-se profundamente magoado e aflito, e murmurou:
— Posso ir-me embora outra vez.
Tal perspectiva não parecia alarmá-la.
— Que te fiz eu? — perguntou ele depois, com lábios trêmulos.
— Que fizeste? A mim, nada.
— Então que tens hoje?
— Que tenho? Nada. Mas eu não me admiraria se Aksel se enfezasse.
— Eu já vou — disse Eleseus. Todavia, como dantes, ela não se espantou com isso, permaneceu indiferente. Pouco lhe importava que ele estivesse ali ou não, e lutasse com os próprios sentimentos. Criatura estúpida!
A ira começou a dominá-lo. No início, expressou-se com delicadeza, dizendo que ela de fato não representava com vantagem o sexo feminino. Isso, no entanto, de nada lhe valeu; ele teria feito melhor em calar-se e suportar tudo com paciência, pois ela ficou mais insuportável ainda. Ele, porém, agravou ainda a situação dizendo:
— Se eu tivesse sabido antes como tu és, não teria vindo aqui esta noite.
— E então? — retrucou ela. — Terias perdido tão boa ocasião de arejar essa tua bengala a que estás tão agarrado.
Ah! Barbro já estivera em Bergen, podia caçoar, já vira verdadeiras bengalas. Perguntou, maliciosa, porque ele andava brandindo um velho cabo de guarda-chuva remendado. Ele aturou, calado, a zombaria.
— Com certeza vais querer de volta teu retrato, não vais? perguntou.
Se isso não causasse efeito, certamente nada mais o faria pois o pior que se pode imaginar, entre a gente do campo, é receber de volta um presente.

— Sei lá... — respondeu ela, evasivamente.

— Pois — declarou ele, ousado — vou devolvê-lo na primeira ocasião. Dá-me agora de volta minha carta!

Ergueu-se para sair. Ela de fato lhe deu a carta, mas com lágrimas nos olhos, e logo mudou de jeito. A criadinha estava melindrada, o amigo a deixava, era o último adeus!

— Não precisas ir embora — disse ela. — Aksel que pense o que quiser, pouco me importa!

Eleseus, porém, quis aproveitar o domínio da situação e por sua vez agradeceu e disse adeus.

— Quando uma dama se porta dessa maneira — disse — eu me ausento.

Saiu calmamente da cabana e tomou o caminho de casa, assobiando e brandindo a bengala, fanfarrão. Vê lá que um homem ia ligar para bobagens! Barbro não tardou a vir atrás dele. Chamou-o algumas vezes e ele condescendeu em deter-se, mas como um leão ferido. Ela sentou-se entre as urzes, parecia arrependida; pôs-se a mexer nervosamente com um raminho de urze. Pouco a pouco, ele foi cedendo e pediu um beijo, o último, para despedida. Ela, porém, recusou.

— Seja boazinha, como da última vez — pediu ele, e começou a rodeá-la por todos os lados, com jeitinho, à procura de uma oportunidade favorável. Mas ela teimou em não lhe dar oportunidade. Pôs-se de pé e ficou imóvel. Aí ele sacudiu a cabeça e foi-se embora.

Quando não dava mais para vê-lo, Aksel apareceu de repente, saindo detrás dos arbustos. Barbro teve um sobressalto.

— Que é isso? De onde vens? De cima?

— Não. Venho de baixo. E vos vi subindo.

— Ah! Tu nos viste? Pois viste grande coisa! — gritou ela, num repentino acesso de fúria, mas menos maliciosa. — Que andas fuçando por aí? É da tua conta por onde e com quem eu ando?

Também Aksel não estava de muito bom humor.

— Então ele esteve aqui outra vez hoje, hem?

— Esteve! E então? Que queres com ele?

— Que quero com ele? Ora, esta é muito boa! Que queres tu com ele, pergunto eu. Devias ter mais vergonha, isso sim!

— Vergonha? Se queres a todo custo brigar, podemos! — retrucou ela. — Não costumo passar o dia todo como uma estátua dentro deste cochicholo, sabes? Do que devo eu ter vergonha, podes me dizer? É só arranjares outra empregada, que eu me ponho a caminho! O melhor é calares a boca, se não é pedir demais. Agora vou para casa, pôr tua comida e fazer o café, e depois farei o que eu quero!

Quando chegaram em sua casa, a discussão atingiu o auge. Nem sempre Aksel e Barbro estavam de acordo. Fazia, agora, alguns anos que ela cuidava da casa, e não tinham faltado desavenças, que quase sempre começavam quando Barbro falava em ir-se embora. Ele insistia para que ela ficasse ali sempre e participasse com ele a cabana e a vida.

Aksel sabia o quanto seria duro ficar novamente sem alguém para ajudá-lo. Ela, de fato, prometera várias vezes que sim, que ficaria. Nos momentos carinhosos nem lhe ocorria outra coisa. Mas assim que surgia um pé de briga, ela imediatamente ameaçava sumir. Se não de outra coisa, ela falava em ir à cidade, tratar dos dentes, que se estavam estragando. Viajar, viajar... Aksel devia tentar detê-la.

Mas como? Barbro escarnecia de suas tentativas de mantê-la presa ao lugar.

— Então, mais uma vez, queres ir embora? — perguntou ele.

— E se eu fosse?

— Podes ir embora?

— E por que não, ora! Eu sei, pensas que tenho medo, que o inverno me preocupa. Pois fiques sabendo que posso encontrar emprego em Bergen, quando quiser...

— De qualquer maneira — respondeu Aksel bem seguro de si — as coisas mudaram. Não é mais como dantes. Não estás esperando criança?

— Criança? Eu? De que criança estás falando?

Aksel encarou-a, espantado. Barbro estava doida...

A verdade é que ele mesmo talvez tivesse sido impaciente demais. Percebera que tinha em mãos um meio de a prender ali, e se excedera, confiara demais no próprio poder. Certo do próprio triunfo tornara-se imprudente, passara a contrariá-la e a exasperá-la. Teria, por exemplo, sido mais inteligente de sua parte não a mandar ajudá-lo na plantação da batata, na última primavera, trabalho do qual devia ter dado conta sozinho. Haveria tempo de sobra para ele mostrar quem mandava ali, mais tarde, quando estivessem casados. Até então ele devia usar a cabeça, devia ter o bom-senso de ceder nas desavenças.

Mas, que era uma vergonha esse namorico com Eleseus, era. O empregadinho de escritório aparecia por ali, todo empertigado, com sua bengalinha e sua fala fina. E ela! Onde já se viu, moça noiva e no seu estado, portar-se daquele jeito! Um escândalo!

Até então Aksel não tivera rivais no campo. Tinha, agora, de enfrentar uma situação nova, diferente.

— Olha, aí estão os novos jornais que chegaram para ti disse ele. — E isto é uma coisinha que eu trouxe. Toma, vê se gostas.

Barbro permaneceu fria. Embora estivessem ambos sentados à mesa, tomando, café quase fervente, ela respondeu com voz de gelo:

— Vai ver é o anel de ouro que me prometeste há mais de um ano...

Com isso, porém, ela se excedera, pois de fato era o anel, mas não de ouro e nem ele jamais o prometera, aquilo ela estava inventando na hora. O anel era de prata, com mãos folheadas a ouro; prata legítima, trazia a marca do quilate. Mas havia a infeliz viagem a Bergen! Barbro já vira verdadeiros anéis de noivado, não era nenhuma tola que se deixasse engabelar.

— Podes ficar com teu anel!

— Por que? Não serve? Tem algum defeito?

— Defeito? Não que eu saiba — respondeu ela. Ergueu-se e começou a tirar a mesa.

— Vais ter de ficar com ele assim mesmo — disse Aksel. Talvez chegue o dia em que eu possa comprar outro.

Barbro nada respondeu.

Sujeita ordinária! Então era assim que se agradecia por um anel de prata, novo? Certamente aquele empregado de escritório, metido a elegante, lhe tinha virado a cabeça. Aksel não se conteve e disse:

— Podes-me dizer que vem fazer aqui o tal de Eleseus? Que quer ele contigo?

— Comigo? Ele?

— Sim. Ou será que o rapaz não percebe a quantas anda? Não vê em que estado te encontras?

Barbro voltou-se bruscamente para ele.

— Ah! Imaginas que me prendeste a ti, para sempre, não é? Pois está muito enganado! Vais ver!

— Quero ver só... — disse Aksel.

— Vais ver se vou-me embora daqui ou não!

Aksel limitou-se a sorrir, mas muito de leve, para não a melindrar. Depois falou-lhe como quem quer acalmar uma criança manhosa:

— Seja uma boa menina, Barbro. Sabes, tu e eu... Naturalmente, já alta noite, o fim foi Barbro tornar-se dócil, chegando até a adormecer com o anel de prata no dedo.

Sem dúvida tudo daria certo no fim.

Daria certo para os dois, na cabana. Pior era para Eleseus, que não conseguia passar por cima da ofensa sofrida. Nada sabia de histeria e acreditava que fora ludibriado por pura maldade. Barbro de Breidablik era atrevida e ainda por cima estivera em Bergen...

Devolveu o retrato. Ele mesmo levou-o, uma noite, e enfiou-o no paiol de feno, onde ela dormia. Não o fez de modo rude ou descortês. Mexeu com a porta durante longo tempo para acordá-la; ouviu-a erguer-se, apoiar-se nos cotovelos e perguntar: "Que há? Não encontras o caminho hoje?" A pergunta familiar feriu-o como uma agulhada; no entanto não se assustou. Atirou a fotografia por baixo da porta e foi-se embora. A caminho de casa, mais corria do que andava, emocionado, agitado, com o coração batendo. Chegou perto de uns arbustos, parou e olhou para trás.

Não, ela não vinha. E ele, no íntimo, nutrira certa esperança, de que ela pelo menos tivesse demonstrado tanto sentimento. Não devia ter corrido, se ela não lhe viesse nos calcanhares, de saia e camisa, aniquilada e desesperada consigo mesma e pela pergunta familiar que não lhe fora dirigida.

Voltou para casa sem bengala, sem assobiar, perdera o garbo e galhardia. Uma punhalada no peito não é pouca coisa.

Seria o fim do episódio?

Num domingo desceu até lá só para espiar. Com incrível e doentia paciência ficou à espreita, num esconderijo entre os arbustos, vigiando a cabana. Quando finalmente veio de lá um sinal de vida e movimento, foi para acabar com ele de uma vez. Aksel e Barbro saíram juntos e dirigiram-se ao estábulo. Eram todo amores um para o outro, deviam estar numa abençoada fase de paz e carinhos. Andavam de braço dado e ele ia ajudá-la na lida com os animais. Já se vira semelhante coisa?

Eleseus observou o casal amoroso com a expressão de quem perdeu tudo, de um homem arruinado. Lá vai ela, de braço dado com Aksel — talvez estivesse ele pensando. — Não sei como ela é capaz disso, ela que já me enlaçou em seus braços! Depois viu-os desaparecer no interior do estábulo.

Que fossem para onde quisessem! Devia ele ficar ali, escondido entre os arbustos e rebaixar-se a tal ponto? Devia cair tão baixo, esquecer a si mesmo, a própria dignidade? Imagina, ficar ali, de bruços, espiando! Quem era aquela moça? E ele era quem era, devia respeitar a si mesmo.

De um salto pôs-se de pé. Escovou com as mãos os raminhos e a poeira das calças e perfilou-se. Do modo mais estranho, vieram à tona sua ira e seu orgulho. Tresloucado, começou a cantar uma canção frívola. Havia uma expressão profunda em seu rosto, quando se esforçava por cantar com voz bem alta as partes mais ordinárias.

CAPÍTULO XIX

Isak voltou da aldeia com um cavalo.

Chegara a tanto, sim, comprara o cavalo do escrivão. O animal de fato estava à venda, como Geissler contara, mas custava duzentas e quarenta coroas, o que correspondia a sessenta *dalers*. Andavam pedindo um preço absurdo pelos cavalos, um despropósito... Quando Isak era menino, podia-se comprar o melhor cavalo por cinqüenta *dalers*.

Mas por que ele mesmo não criava cavalos? Já pensara nisso e imaginara adquirir um potro de ano. Mas, ponderou, teria então de esperar uns dois anos. Isso era para quem pudesse roubar tempo à lavoura, ou o tivesse de sobra, para quem conviesse deixar chão baldio até ter animal com que carrocear as colheitas. Como dizia o escrivão do distrito: "Não quero saber de ficar dando de comer a um cavalo. O feno que tenho as mulheres de casa podem muito bem recolher quando eu estiver fora, a serviço".

O novo cavalo era projeto antigo de Isak, vivera durante anos matutando naquilo; a idéia não partira de Geissler. Por isso preparara tudo na medida do possível: cabresto novo, novos arreios para o verão; petrechos para a carroça já os tinha, e aprontaria mais até o outono. O mais importante, a forragem, naturalmente não fora esquecido. Por que então achara ele tão vital lavrar o último pedaço do prado já no ano anterior? Quisera, sem reduzir o número de vacas, ter forragem suficiente para o novo cavalo. O campo estava semeado com forragem verde; era para as vacas que estavam mojando.

Sim, ele pensara em tudo. De novo Inger tinha do que se admirar, podia outra vez bater as mãos, exatamente como nos dias passados.

Isak trouxe novidades da aldeia: Breidablik estava à venda, havia um anúncio no quadro de avisos, na igreja. O negócio era de porteiras fechadas, incluía a pouca lavoura, o feno e as batatas, até a criação, o pouco gado miúdo.

— Então de fato ele quer vender sua morada, tudo, quer ficar sem um cantinho de seu! — exclamou Inger. — E para onde irá mudar-se?

— Para a aldeia.

Era verdade, Brede ia à aldeia. Mas primeiro andara tentando meter-se na casa de Aksel Stroem, para ficar onde Barbro já estava. Não o conseguira, porém, e por nada neste mundo queria perturbar as relações entre sua filha e Aksel de modo que teve mão em si para não se exaltar. Mas aquilo lhe fora um rude golpe e um enorme transtorno. Aksel ia construir a casa nova até o outono; quando ele e Barbro se mudassem para lá, não poderiam Brede e a família ficar com a cabana? Não. Brede não sabia pensar como colono. Não lhe ocorria que Aksel tinha de sair da cabana por precisar dela para a criação, que aumentava? Que ia transformar sua antiga moradia em estábulo? Mesmo quando tudo foi explicado, não lhe entrou na cabeça. Os homens deviam vir antes dos animais, argumentou. Mas não é assim que o verdadeiro colono raciocina; para ele, os animais vêm primeiro, o homem se arranja e sempre conseguirá encontrar abrigo no inverno. Houve debate, no qual Barbro se meteu:

— Ah? Então para ti teus bichos valem mais do que nós? Bom que eu saiba!

Aksel efetivamente provocava contra si a inimizade de toda uma família, só por não ter espaço onde alojá-la. Mas ficou firme e não cedeu. Não era palerma nem bonachão, pelo contrário, tornara-se cada vez mais mão-fechada, sabia muito bem que, se admitisse em sua casa todo aquele bando de gente, teria para sempre muitas bocas a mais para alimentar. Brede pediu à filha que se calasse e deu a entender que ele mesmo preferia mudar-se de novo para a aldeia, que não tolerava a vida no mato, único motivo pelo qual vendia sua propriedade.

Na realidade, porém, não era Brede quem vendia, eram o banco e o negociante que executavam Breidablik; todavia, para salvar as aparências, realizavam a venda em nome de Brede, que assim se julgava livre de passar vergonha. O próprio Brede nem estava muito abatido, quando Isak o encontrou; consolava-o a idéia de ser ainda inspetor da linha telegráfica, cargo que lhe garantia um ordenado seguro. Com o tempo e com trabalho certamente recuperaria sua antiga posição na aldeia, como pau-para-toda-obra e ajudante do *lensmand*. Naturalmente estava comovido, como lhe cumpria estar, nem era para menos; bole com a gente deixar um lugar em que se viveu, labutou e penou tantos anos, até querê-la bem. Mas o bom Brede nunca se deixava deprimir seriamente. Era essa sua melhor qualidade, o seu encanto pessoal. Tivera a súbita idéia de querer ser lavrador; a experiência não fora feliz. Mas em outras questões agira do mesmo modo, aérea e levianamente, e fora mais bem sucedido. Quem poderia saber se suas amostras de minério não se revelariam um dia um portento? Havia ainda Barbro que ele conseguira colocar em Maaneland, e que nunca mais deixaria Aksel Stroem; podia afirmá-lo sem receio, qualquer um o podia ver muito bem.

Não, nada havia a temer enquanto ele tivesse saúde e pudesse trabalhar para si e para os seus, dizia Brede Olsen. E as crianças estavam chegando à idade em que podiam sair e cuidar de si mesmas, afirmava ele. Helge já trabalhava na empresa de pesca de arenque, e Katerine ia ficar em casa do doutor. Só lhes restavam em casa duas crianças pequenas. Sim, uma terceira vinha aí, mas não havia de ser nada...

Isak veio com mais uma novidade da aldeia: a esposa do *lensmand* tivera um bebê. E Inger, de repente interessada no caso:

— Menina ou menino?

— Não me disseram — respondeu Isak.

Então finalmente a esposa do *lensmand* tinha uma criança, ela que na associação feminina sempre falara contra o aumento de natalidade, contra o exagerado número de crianças em casa de pobre. "As mulheres que tratassem de obter direito de voto e influência em seus próprios destinos!" — clamara ela. E agora?

Fora apanhada em falta... "Aí a temos" — dissera a mulher do pastor. — "Ela bem que usou sua influência, mas não escapou ao próprio destino!" O dito espirituoso circulou pela aldeia e quase todos entenderam-lhe o sentido. Inger certamente o entendeu, só Isak não entendia coisa alguma.

Isak só entendia de trabalho, de sua labuta. Tornara-se homem abastado, dono de grande herdade, mas empregava mal o muito dinheiro que lhe viera parar às mãos: guardava-o. O campo o libertava. Se ele tivesse vivido lá embaixo, na aldeia, talvez o grande mundo houvesse exercido efeito também sobre ele; havia tanta festa, tanto luxo, ele teria comprado coisas supérfluas e usado camisa vermelha, de dias santos, em pleno dia de semana. Ali, no campo, não corria o risco de cometer extravagâncias. Vivia ao ar livre, lavava-se aos domingos de manhã e tomava banho quando ia ao lago na montanha. Aqueles vários mil *dalers*... Aquilo era dádiva do céu, para ser posta de lado, intata. Para que mais devia servir? Isak mais do que cobria as despesas correntes com a produção do gado e da lavoura.

Eleseus, naturalmente, sabia melhor: aconselhara o pai a pôr o dinheiro num banco. Talvez fosse de fato o mais acertado, mas Isak o foi adiando de um dia para outro, talvez nunca o fizesse. Não que Isak desprezasse os conselhos do filho; Eleseus não era nada bobo, como demonstrou mais tarde. Chegou o tempo da fenação e ele tentou ceifar, no que não chegou a ser mestre. Teve de manter-se perto de Sivert, que lhe afiava a foice a cada instante. Mas Eleseus tinha braços compridos e podia apanhar o feno com muito jeito. Ele, Sivert, Leopoldina e Jensine, a criada, estavam todos azafamados, no campo, com o primeiro feno do ano. Eleseus não se poupava, mas rastelava até ter as mãos cheias de bolhas de água e ter de envolvê-las em trapos. Andara sem apetite durante algumas semanas, mas não trabalhara menos por isso. Algo devia ter sucedido ao rapaz; podia-se crer que o abalara uma grande contrariedade, um caso de amor infeliz ou coisa análoga, uma tristeza ou decepção que lhe fora um grande benefício. Fumara o último resto do tabaco que trouxera consigo da cidade, o que, em outras circunstâncias, seria o bastante para fazer um funcionário bater portas e falar em tom incisivo por qualquer coisa. Eleseus, porém, apenas tornava-se mais ponderado por isso, assumia atitudes mais firmes, tornava-se mais homem. Nem Sivert, o brincalhão, conseguia pô-lo fora de série. Os dois estavam deitados nas pedras do rio, para beber água, e Sivert imprudentemente ofereceu-se para ajuntar musgo bem fino, secá-lo e dele fazer tabaco, "a não ser que prefiras fumá-lo em bruto".

— Eu já te dou tabaco! — gritou Eleseus e, estendendo o braço, mergulhou Sivert até os ombros dentro da água. O rapaz saiu com os cabelos escorrendo água. Era bom para aprender!

— "Parece-me que Eleseus está-se tornando um homem às direitas" — dizia Isak de si para si ao ver o filho trabalhar. Será que Eleseus pretende ficar em casa para sempre? — acrescentou, dirigindo-se a Inger.

E ela, cautelosa:

— Não sei dizer. Não, certamente que não fica...

— Ah! Já falaste com ele sobre isso?

— Não... Isto é, tenho conversado, às vezes. Mas eu o imagino.

— Que faria ele se tivesse um pedacinho de chão próprio, só dele?

— Como assim?

— Será que saberia aproveitá-lo? Que tiraria alguma coisa?

—Não!

— Já lhe falaste sobre isso?

— Se lhe falei? Então não vês como ele anda desvairado? Não entendo Eleseus!

— Não o culpes de nada — disse Isak, imparcial. — Eu só sei dizer que ele está trabalhando direito lá embaixo.

— Sim, sim... — respondeu Inger, submissa.

— Não posso entender que tens contra o rapaz — gritou Isak, enfezado. — Ele faz seu serviço, cada dia melhor. Que mais queres?

Inger murmurou:

— Ele não é mais como dantes. Devias falar com ele sobre o negócio dos coletes.

— Sobre coletes? Que queres dizer com isso?

— Ele anda contando que na cidade andava de colete branco no verão.

Isak pensou no caso e acabou na mesma.

— E ele não pode ter um colete branco? Por que? — perguntou.

Isak ficou desnorteado. Tudo aquilo certamente não passava de conversa besta, coisa de mulher. Achava que o rapaz tinha razão no caso do colete branco, além disso não compreendia o porquê daquele alarde todo. Tratou de passar com habilidade por cima do delicado assunto, dizendo:

— E se lhe déssemos a terrinha de Brede para trabalhar? Que achas?

— A quem?

— A ele. A Eleseus.

— Breidablik? Não; é melhor não te meteres nisso!

Na verdade, ela já comentara o projeto com Eleseus. Soubera do caso por intermédio de Sivert, que não pudera calar a boca.

E por que devia Sivert guardar segredo em torno do plano, que seu pai certamente traíra de propósito, para vê-lo debatido? Não era a primeira vez que usava Sivert como intermediário. Mas Eleseus? Que respondera? Dissera o mesmo que antes, nas cartas da cidade. Que não, não queria deitar fora toda a sua instrução e voltar a ser um joão-ninguém. Fora essa a sua resposta. A mãe saíra-se com bons e sólidos argumentos, mas Eleseus enfrentara a todos com firme recusa, alegando ter outros planos na vida. Corações jovens têm profundezas insondáveis; depois do que lhe acontecera, Eleseus talvez achasse impossível ser vizinho de Barbro. Ninguém o podia saber. Explicara à mãe, com superioridade: na cidade podia obter emprego melhor do que tinha no momento, podia conseguir o cargo de escriturário do *amtmand* ou do juiz cantonal; tratava-se de ir para a frente, de progredir na vida. Dentro de alguns anos ele talvez pudesse ser *lensmand* ou guardafarol, ou ingressar na alfândega. Eram tantas as possibilidades para quem tinha instrução...

Fosse lá como fosse, sua mãe acabou convertida, arrebatada pelo entusiasmo do filho; pouco segura de si mesma, foi persuadida, ela, sempre tão facilmente atraída pelos encantos do mundo.

No inverno passado ainda lera o excelente livro de orações que recebera de presente ao deixar o instituto, em Trondhjem. Mas esta agora! Eleseus tornar-se *lensmand?* Claro! E por que não? Que mais é o *lensmand* Heyerdahl. argumentava Eleseus, senão um antigo escriturário na prefeitura?

Grandes perspectivas. A mãe estava resolvida a dissuadir Eleseus de mudar de vida, interromper a carreira iniciada na cidade e perder-se na lavoura. Que ia um homem desses fazer ali no campo?

Mas por que então Eleseus labutava agora com tanto afã nas terras do pai? Sabe Deus, talvez tivesse um motivo especial. Certamente ainda havia nele remanescentes de orgulho rústico; não queria ficar atrás dos outros, e além disso não lhe faria mal algum estar de bem com o pai no dia em que fosse embora de casa de uma vez. A verdade é que ele fizera diversas pequenas dívidas na cidade e bom seria poder saldá-las, o que lhe garantiria novo crédito. E não se tratava de umas cem coroas, mas de coisa mais graúda.

Longe de ser tolo, Eleseus era até finório, à sua moda. Vira o pai voltar para casa e sabia que naquele momento ele estaria sentado à janela da sala, olhando para fora. Lançando-se por alguns instantes ao trabalho, com especial afinco, só poderia beneficiar a si mesmo e não faria mal a ninguém.

Alguma coisa mudara em Eleseus, fosse lá o que fosse, fora abalado e transformado, em silêncio. Ele não era mau, mas estava um tanto diferente. Ter-lhe-ia faltado nos últimos anos a mão orientadora? Que poderia a mãe fazer por ele agora? Nada mais do que dar-lhe seu apoio. Podia deixar-se deslumbrar pelas grandes possibilidades que o futuro reservava ao seu filho e ficar entre ele e o pai, para aparar golpes — era o que ela podia fazer.

Isak, porém, acabou por se aborrecer com uma atitude de recusa. O projeto de Breidablik não lhe parecera dos piores. Naquele mesmo dia, ao voltar da aldeia para casa, parara instintivamente o cavalo e, a toda pressa, correra os olhos de entendido pela propriedade maltratada, que em mãos diligentes e ativas podia tornar-se ótimo sítio.

— Por que não devo meter-me nisso? — perguntou a Inger. — Tenho tanta estima por Eleseus que quero ajudá-lo.

— Se o estimas, nunca mais fales em Breidablik! — respondeu ela.

— Por que?

— Porque ele tem idéias muito mais elevadas do que nós.

O próprio Isak também não estava bem seguro de si, de maneira que não pôde tornar-se autoritário; mas aborreceu-se por ter deixado transparecer seu plano e usado palavras tão imprudentemente claras. Mas não estava disposto a desistir de seu intento.

— Pois ele fará o que eu quero! — declarou Isak de repente.

E ergueu a voz, ameaçador, para ser bem ouvido por Inger. Podes me olhar espantada, é minha última palavra. Ali há a escola, fica a meio caminho, e tudo o mais. Que maiores planos pode ele ter? Com um filho assim posso muito bem morrer de fome: achas que será melhor? O que não sei é como meu próprio sangue pode voltar-se contra... Contra meu próprio sangue.

Isak calou-se. Compreendeu que quanto mais falasse pior seria. Dispunha-se a trocar de roupa, pois viera da aldeia em trajes domingueiros, mas mudou de idéia, por uma razão ou por outra, ia ficar como estava.

— Será bom falares a Eleseus avisando-lhe o que resolvi disse.

Ao que Inger respondeu:

— É melhor tu mesmo lhe falares. A mim ele não obedece.

Isak é o chefe ali, sim senhor! Ora se é! Eleseus que se atrevesse a rezingar, para ver uma coisa! Mas, quer fosse por temer uma derrota, quer fosse por outro motivo, Isak recuou, dizendo:

— Sim, eu podia fazê-lo, eu mesmo podia falar-lhe. Mas tenho de lidar com tanta coisa, e tenho mais em que pensar.

— E então? — perguntou Inger, admirada.

Isak foi-se embora. Não foi muito longe, só até um campo mais retirado, mas em todo caso tratou de afastar-se. Cheio de mistério, preferiu ocultar-se. Seu segredo era este: trouxera ainda uma terceira novidade da aldeia, novidade maior que as outras, que guardara na orla da mata. Lá estava ela, imensa, embrulhada em tiras de aniagem e papel. Descobriu-a. Uma grande máquina. Vermelha e azul, maravilhosa, com muitos dentes e muitas facas, com junções, braços, polias e roscas. Uma segadeira. Naturalmente Isak não teria ido à aldeia precisamente naquele dia para buscar o novo cavalo se não fora a segadeira.

Com uma expressão de grande sagacidade, pôs-se a rememorar do começo ao fim, as instruções que o negociante lera para ele; fixou molas de aço, apertou parafusos, lubrificou cada roda e cada fenda e correu os olhos mais uma vez por tudo. Isak nunca vivera um momento tão emocionante. Tomar uma pena e escrever o próprio nome num documento, pode ser grande risco e dificuldade, sem dúvida. Igualmente o fora a nova grade, com muitos bicos retorcidos e partes a serem ajustadas. E a grande serra circular? Ela devia descansar nos mancais, com exatidão absoluta, sem oscilar para leste nem para oeste, pois o mínimo desvio da reta podia fazê-la saltar. Mas a segadeira! Deus nos acuda! Era um verdadeiro ninho de molas de aço e ganchos e aparelhos e centenas de parafusos. Comparada com isso, a máquina de costura de Inger não passava de um brinquedo de criança.

Isak atrelou a si mesmo nos varais e experimentou a máquina. Era o grande momento. Por isso quisera manter-se oculto e ser seu próprio cavalo.

Imagina se a máquina não estivesse bem montada e não funcionasse direito e se despedaçasse com estrondo! Nada disso aconteceu, porém; a máquina cortava capim. Pudera! Isak passara horas inteiras ali, aprofundado em acurado estudo. O sol já se escondera. Mais uma vez tomou os varais e experimentou. A máquina cortava capim. Não teria faltado mais nada senão ela não cortar!

Quando, logo após o dia quente, o orvalho começou a cair, e os rapazes, cada um com sua foice, dispunham-se a sair e ceifar, Isak aproximou-se e disse:

— Pendurai as foices por hoje. Ponde os arreios no cavalo novo e vinde com ele ao canto da mata.

Assim dizendo, sem entrar e jantar, como os outros, Isak fez meia-volta e foi-se pelo mesmo caminho por onde viera.

— Quer que levemos a carroça? — perguntou Sivert atrás dele.

— Não — respondeu o pai, continuando a andar.

Estava a tal ponto transbordando de mistério e tão guapo, que ia até meio cambaio, atirando as pernas a cada passo, pisando com ênfase. Caso estivesse marchando para a morte e a destruição, era um homem arrojado, pois ia sem armas na mão, sem nada com que pudesse defender-se.

Os rapazes vieram com o cavalo, viram a máquina e ficaram estatelados. Era a primeira segadeira na região, também na aldeia. Vermelha e azul constituía um espetáculo magnífico. O pai, chefe supremo, falou, num tom indiferente, como se fosse a coisa mais corriqueira deste mundo.

— Atrelem o animal a essa máquina! Os rapazes atrelaram. Tocaram o animal. O pai o tocou. Brr! fez a máquina, derrubando capim. Os rapazes atrás, de mãos vazias, sem trabalhar, sorridentes. O pai parou e olhou para trás. Hum... O corte podia ser melhor. Apertou os parafusos, tentou trazer as facas mais perto do solo, e experimentou de novo. Não, ainda não estava bom, o corte deixava a desejar, continuava irregular. O quadro com as facas pulava um pouco, saía de lugar. Pai e filhos trocaram idéias. Eleseus achou o folheto com as instruções e o leu.

— Diz aqui que o operador deve sentar-se no assento para a máquina correr com mais firmeza — explicou.

— Sei — replicou o pai. — Eu sei disso, já estudei isso tudo.

Subiu ao assento, tocou de novo e foi bem, firme. De repente a máquina parou de cortar. Todas as facas pararam.

— *Ptro!* Que há?

O pai desceu do assento e não mais transbordava de orgulho.

Curvou-se sobre a máquina, no rosto uma expressão de ânsia e pesar. Pai e filhos fitaram a máquina. Alguma coisa estava errada. Eleseus tinha na mão o folheto de instruções.

— Aqui está uma cavilha — disse Sivert, apanhando-a no capim.

— Ainda bem que a achaste — disse o pai, como se só lhe tivesse faltado aquilo para pôr tudo em ordem. — Era exatamente essa cavilha que eu andava procurando!

Mas não puderam encontrar o orifício correspondente. Diabo! Onde podia estar o bandido do buraco para a cavilha!

— Ali está ele! — exclamou Eleseus, apontando com o dedo.

E foi então que Eleseus devia ter começado a sentir-se um sujeito importante; sua capacidade para decifrar um folheto de instruções era indispensável. Ficou um tempo interminável apontando para o orifício e explicou:

— A julgar pela ilustração, essa cavilha deve entrar ali!

— Claro! Onde mais havia de ser? — secundou-o o pai. Foi ali, exatamente, que eu a coloquei antes!

E, para recuperar o prestígio perdido, deu ordens a Sivert que procurasse mais cavilhas no capim.

— Deve haver mais uma — acrescentou, deitando importância, como se tivesse tudo na cabeça. — Não encontras mais?

Então devem estar nos seus buracos!

E o pai quis tocar de novo.

— Espera aí! Está errado! — bradou Eleseus.

O safado tinha na mão o desenho, a lei! Não havia como contorná-lo, como passar por cima dele.

— Aquela mola ali deve ficar do lado de fora!

— Ah! Sim?

— Pois agora ela está embaixo, onde a colocaste. É mola de aço e deve ser fixada do lado de fora, senão a cavilha salta fora outra vez e pára as facas. É o que diz aqui na ilustração!

— Deixei os óculos em casa e não posso ver bem o desenho — disse o pai, um pouco intimidado. — Parafusa a mola, tu que tens boa vista. Mas olha lá, hem! Faze bem feito, como deve ser... Se não fosse tão longe, ia até a casa apanhar os óculos.

Tudo em ordem. Isak sentou-se de novo. Eleseus gritou atrás dele.

— Deves tocar um pouco mais depressa, que as facas cortam melhor! É o que diz aqui!

Isak tocou e tudo foi bem. A máquina roncava — Brrrrrr. Brrr... Foi deixando para trás uma larga faixa de capim cortado, em perfeita linha reta, pronto para ser recolhido. Finalmente o viram da casa e todas as mulheres vieram vindo, Inger carregando nos braços a pequenina Rebeca, embora esta já tivesse aprendido a andar, havia tempo. Lá vinham elas, quatro mulheres entre grandes e pequenas, apressadas, com os olhos fitos na maravilha, acorrendo em bando para ver. Isak agora é possante e altivo em sua posição destacada, com roupas domingueiras, o que possui de melhor, de paletó e chapéu, embora sue em bicas. Descreveu quatro grandes curvas, passando por um bom eito de chão. Fez meia volta, tocou, cortou capim, passou pelas mulheres, que pareciam ter caído das nuvens e não compreender mais nada.

— Brrr! — roncou a máquina.

Isak parou e desceu. Sem dúvida ansiava por ouvir o que a gente da terra tinha a dizer. Ouvia exclamações abafadas. Certamente não o queriam importunar em seu posto elevado e apenas dirigiam perguntas apavoradas umas às outras, perguntas que ele ouvia muito bem. Quis então ser chefe bom e paternal para todos e disse para encorajá-las:

— Estou cortando esse eito e vós o podeis espalhar amanhã!

— Não vais ter tempo de entrar e comer, não é? — aventurou Inger, aniquilada.

— Não! Tenho mais o que fazer — respondeu ele.

Tornou a lubrificar a máquina. dando a entender que aquilo exige muita atenção. Tocou de novo, cortando mais capim. Finalmente as mulheres voltaram para casa.

Isak, o felizardo! Feliz gente de Sellanraa!

Os vizinhos de baixo não tardarão a subir. Aksel Stroem é homem interessado, talvez venha amanhã. Mas Brede de Breidablik é capaz de vir já, nessa mesma noite. Isak não pode ter nada contra mostrar-lhes a segadeira e explicar como a maneja, como funciona. Demonstrará que ceifa tão regular e perfeita nunca pôde ser conseguida por foices e pela mão do homem. Mas, naturalmente, o que custa uma máquina dessas, de primeira, vermelha e azul! nem é bom falar.

Isak, o felizardo!

Quando, porém, ele parou a máquina pela terceira vez, para lubrificá-la. os óculos caíram-lhe do bolso. E o pior foi que os dois rapazes viram tudo. Haveria nisso um poder superior, lembrando que se deve ser menos soberbo? Pusera os óculos muitas vezes naquele dia, ao voltar da aldeia, para estudar as instruções, mas nada compreendera. Eleseus tivera de entrar em ação com suas noções. A sabedoria dos livros devia ser uma grande coisa... Querendo humilhar-se a si mesmo, Isak determinou não mais fazer de Eleseus um lavrador. Nunca mais falaria naquilo. Não que os rapazes fizessem grande alarde em torno do caso dos óculos, pelo contrário. Sivert, o brincalhão, não se conteve, puxou Eleseus pela manga e disse:

— Vamos para casa. Podemos jogar nossas foices no fogo. Papai fará toda a ceifa para nós.

Mas aquilo não passava de brincadeira.

SEGUNDA PARTE

CAPÍTULO I

Sellanraa não é mais um lugar desolado, ali moram sete pessoas, entre grandes e pequenos. Durante o curto espaço de tempo que durou a fenação, estranhos apareceram por lá, gente que vinha ver a segadeira. Brede, naturalmente, como primeiro, mas também Aksel Stroem e vizinhos de mais baixo, até da aldeia. Do outro lado da serra quem veio foi Oline. Esta, sim, era figura imprescindível.

Também dessa vez ela não veio sem novidades da sua aldeia; nunca vinha de boca vazia, sem falatórios. Contou que se concluíra o inventário de Sivert-Velho e que nada fora encontrado, não havia fortuna, o velho não deixara nada, nada mesmo!

Oline cerrou os lábios e olhou de um a um os presentes. Não houve um suspiro na sala? O telhado não vinha abaixo? Eleseus foi o primeiro a sorrir.

— Como é o negócio? — perguntou, abafando a voz — tu não tens o nome do tio Sivert?

Ao que Sivert-Pequeno respondeu, também em voz abafada: — Pois é. Mas eu te doei tudo o que ele ia me deixar.

— E quanto viria a ser isso?

— Entre cinco e dez mil.

— *Dalers?* — gritou Eleseus de repente, arremedando o irmão.

Oline achou que a hora não era para brincadeiras; ela mesma fora lograda, ela, que junto ao caixão do velho Sivert empregara todas as suas forças e conseguira derramar lágrimas de verdade. Eleseus sabia melhor do que ninguém o que ele tinha escrito: tanto e tanto para Oline, um peculiozinho para servir de arrimo em sua velhice. Onde estava o tal arrimo? Fora feito em pedaços...

Oline, pobre coitada, podia muito bem ter herdado alguma coisinha. Teria sido pelo menos um único raio de luz em toda a sua vida. Oline não fora mal-acostumada, nem pervertida por excesso de bens terrenos. Era finória, sim, habituada a viver à custa de expedientes e pequenas imposturas, a cavar a vida dia a dia. Sua única força estava na língua, na maledicência, na capacidade de espalhar novidades. Nada, porém, a poderia ter tornado pior do que era antes, menos que tudo uma herança. Labutara a vida inteira, tivera crianças e lhes ensinara suas poucas habilidades, para elas mendigara e talvez chegasse até a furtar, mas sempre as mantivera alimentadas e vestidas, como cumpre à mãe de modestas posses. Seu talento não ficava atrás do de outros políticos; atuava com eficiência e sempre em benefício dos seus; sabia a conversa adequada para cada momento e sempre se arranjava: ora voltava para casa com um queijo, ora com um punhado de lã, ganhos graças a hábil palavreado. Também podia viver e morrer à custa de réplicas prontas, banais e insinceras, como bom político. Pode ser que por um furtivo instante sua figura passasse pela memória embotada do velho Sivert, como jovem bonita, de faces coradas... Mas ei-la agora velha e decrépita, retrato vivo da decadência, do trabalho destruidor dos anos, de alguém que já devia ter morrido. Em que canto Oline seria enterrada? Ela não tem mausoléu de família. Ser sepultada na terra de um cemitério qualquer, entre estranhos, entre ossadas desconhecidas — eis o fim de Oline. Como nasceu vai morrer. Mas também ela já foi moça, um dia... Uma herança para ela, agora, já no fim da caminhada? Um único lampejo dourado de esperança, e as mãos de uma mulher escrava ter-se-iam unido por um instante num gesto de gratidão. A justiça a teria alcançado, com tardia recompensa, por ter ela esmolado para os filhos, talvez até roubado para eles, sempre os alimentando e vestindo. Um único instante — e de novo a escuridão reinaria dentro dela como antes. Os olhos fitariam de esguelha, os dedos sopesariam. Quanto? indagaria ela. Só isso? — acrescentaria. E de novo estaria com razão. Fora mãe muitas vezes. Ela vivera a vida. Isso merecia recompensa, e grande.

Mas tudo falhou. Após a revisão de Eleseus, as contas do velho Sivert pareciam um pouco mais coordenadas; mas a herdade, a vaca e a pescaria, com redes e tudo, mal davam para cobrir o saldo devedor. E se as coisas ainda estavam tão bem e não iam muito pior, era em parte mérito de Oline; tão certa estava que ia sobrar alguma coisa para ela, e tão decidida a zelar por seus direitos, que trazia à tona contas antigas, esquecidas, das quais só ela, velha linguaruda, sabia, ou lançamentos que seriam ignorados de propósito durante a revisão, para não prejudicar respeitáveis concidadãos. Ah, essa Oline era o diabo! Não falava mal do velho Sivert, nada tinha contra ele, que certamente fizera seu testamento na melhor das intenções e ter-lhe-ia deixado uma soma redonda; os dois homens da jurisdição distrital, que tratavam do caso, é que a tinham logrado. Mas um dia tudo chegaria aos ouvidos do Todo-Poderoso! — rematou Oline, ameaçadora.

Por estranho que fosse ela nada via de ridículo no fato de ter sido mencionada no testamento; era, apesar de tudo, uma honra: ninguém de toda a gente como ela fora citado ali!

Em Sellanraa receberam com paciência aquela desgraça, que não os apanhara inteiramente desprevenidos. É verdade que Inger não o podia compreender.

— O tio Sivert, que sempre foi tão rico! — dizia ela.

— Ele pode ter sido o homem mais direito e abastado perante Deus Nosso Senhor — disse Oline. — Mas foi roubado!

Isak dispunha-se a sair para o campo, e Oline disse:

— Pena que tens de ir embora, Isak. Assim não chego a ver a segadeira. Pois recebeste uma segadeira, não foi mesmo?

— Recebi.

— É no que se fala por aí. Dizem também que corta mais depressa do que cem ceifeiros. Que mais não arranjas, Isak, com teus recursos e teu dinheiro! O nosso pastor tem novo arado, com dois varais. Mas o que é o pastor, comparado contigo! Isso eu diria até para ele mesmo, na cara, se fosse preciso.

— Cá o Sivert vai cortar com a máquina para veres. Ele agora trabalha muito melhor do que eu — disse Isak. E saiu.

Ia haver leilão em Breidablik, ao meio-dia, e estava na hora, mal e mal dava para ele chegar em tempo. Não que Isak ainda pensasse em comprar o sítio, mas era o primeiro leilão ali e não ficaria bem manter-se afastado.

Passou por Maaneland, quis cumprimentar e prosseguir, mas Barbro dirigiu-lhe a palavra, perguntou se ele ia lá para baixo.

— Vou — disse Isak, querendo continuar. O que ia ser vendido era a casa em que aquela moça fora criança, era o seu lar. Por isso ele respondeu tão bruscamente.

— Vais ao leilão? — quis saber ela.

— Ao leilão? Não, vou só um pouco aí para baixo. Onde está Aksel?

— Aksel? Não sei. Foi ao leilão. Acho que também ele foi ver se não faz alguma pechincha por lá.

Como Barbro estava gorda! E como andava mordaz e impertinente, safa!

O leilão já começara. Isak ouviu o pregão do *lensmand* e viu um magote de povo. Aproximando-se, viu que parte da gente era de fora, que não conhecia a todos. Brede andava de um lado para outro na sua roupa de dias santos, todo animado e falador.

— *Goddag*[20] Isak! Então quiseste me dar a honra de comparecer ao meu leilão? Fico muito obrigado. Fomos vizinhos e bons amigos durante muitos anos e nunca houve a mínima diferença entre nós — Brede ficou todo comovido. — É uma sensação tão estranha deixar o lugar onde vivi e trabalhei e do qual acabei gostando. Mas que se há de fazer? São coisas da vida...

— Daqui por diante as coisas podem melhorar para ti — consolou Isak.

— Isso é... — respondeu Brede com vivacidade, logo se agarrando à idéia sugerida. — É o que também eu creio. Nunca me arrependerei,

---

20. *Goddag* — Bom dia. — N. do T.

rapaz... Não fiz fortuna aqui no campo, não o posso dizer. Mas daqui por diante pode melhorar. A criançada — também já está taluda, não demora bate a plumagem e deixa o ninho... Sim, sim, a mulher já anda com mais um, que não demora aí... Mas assim mesmo — e de repente, sem rodeios, Brede saiu-se com uma novidade — deixei o telégrafo, sabes?

— Que? — espantou-se Isak.

— Deixei o telégrafo.

— Deixaste o telégrafo?!

— A partir do dia primeiro do novo ano, sim. De que me servia aquilo? Imagina, estar eu a serviço e sair com o *lensmand* ou o doutor e ter de cuidar antes de tudo do telégrafo? Não, comigo não há disso! Aquilo é para quem tem tempo de sobra. Correr fio telegráfico, para cima e para baixo, subindo morro e descendo morro, em troca de pouco ou nenhum ordenado... Não serve! Não para Brede Olsen! E além disso, não estou muito bem com a gente de cima, com a direção.

O *lensmand* repetia sem cessar as ofertas pelo sítio; já andava beirando umas poucas centenas de coroas a quantia em que o lugar era avaliado, oferecendo-se apenas cinco a dez coroas mais de cada vez.

— Parece-me que é Aksel quem está oferecendo! — exclamou Brede, de repente correndo para ele, curioso. — Que? Queres a minha herdade? Não tens terreno que chega?

— Estou oferecendo em nome de outro — respondeu Aksel, evasivamente.

— Bem, bem... Não tenho nada a dizer contra isso, não...

O *lensmand* ergueu o martelo; ouviu-se nova oferta, logo cem coroas de uma vez; ninguém a superou, o *lensmand* repetiu a quantia diversas vezes, esperou um pouco com o martelo no ar, depois bateu.

De quem teria sido a oferta?

De Aksel Stroem. Em nome de outro.

O *lensmand* anotou no livro de protocolo: Aksel Stroem, intermediário.

— Para quem estás comprando? — perguntou Brede. — Não que seja da minha conta, mas...

Nisso, porém, alguns senhores uniram as cabeças em torno da mesa do *lensmand,* onde havia um representante do banco e o negociante se fazia representar por seu empregado; houve qualquer coisa de anormal a soma apurada não satisfez todos os credores. Brede foi chamado, e, descuidado e irresponsável fez um sinal de assentimento, concordava com eles, mas quem poderia ter esperado que não se apurasse mais pela herdade? E de repente anunciou em voz alta:

— Já que hoje temos leilão, e como causei ao *lensmand* o incômodo de vir até aqui, vou vender o que possuo aqui: o carro, a criação, um forcado, uma pedra de amolar. São coisas de que não preciso mais. Vou passar tudo nos cobres!

Ofertas fracas. A mulher de Brede, como ele, desleixada e leviana, apesar do ventre enorme, começou, no meio tempo, a vender café numa mesa. Ela achava divertido ser negociante e sorria. Quando o próprio Brede se aproximou e pediu café, ela, troçando, exigiu que ele pagasse, como todos os outros. E de fato Brede tirou sua bolsa magra e encolhida e pagou.

— Estão vendo que mulher? — disse ao grupo que o rodeava. — Não perde tempo!

O carro não valia grande coisa, estivera por demais tempo ao relento. Aksel acrescentou, por fim, cinco coroas às ofertas e ficou também com o carro. Depois disso não comprou mais nada, mas todos se admiraram ao ver homem tão prudente comprar tudo aquilo.

Havia ainda os animais. Tinham sido deixados no curral para ficar à mão. Para que Brede queria animais, sem campo para eles? Não possuía vacas. Começara sua vida rural com duas cabras e já tinha quatro. Tinha ainda seis ovelhas. Cavalo não havia.

Isak comprou uma certa ovelha de orelhas chatas. Quando as crianças de Brede a trouxeram do curral ele começou logo a fazer ofertas, o que despertou a atenção de todos. Isak, de Sellanraa, era homem rico, respeitado, e não precisava de mais ovelhas do que já possuía. A mulher de Brede parou um instante com sua venda de café e disse:

— Podes comprar essa ovelha, Isak; é velha, mas tem duas a três crias por ano.

— Sei disso — afirmou Isak, fitando a mulher. — Conheço a ovelha.

No caminho de volta, foi com Aksel Stroem, levando sua ovelha por uma corda. Por um motivo ou por outro, Aksel estava taciturno; falava pouco e alguma coisa o preocupava. Ele não tem causas visíveis que o possam abater, pensou Isak; suas lavouras estão bonitas, recolheu a maior parte de sua forragem e já começou a levantar o madeiramento da casa de moradia. Com Aksel as coisas vão como devem ir, um pouco devagar, mas pelo caminho certo. Já arranjou cavalo.

— Então, compraste o sítio de Brede? — começou Isak. Vais cuidá-lo?

— Não. Não é para mim. Comprei-o para outro.

— Ah!

— Que achas? Paguei demais?

— Não acho. Há bons baixios ali. É só lavrá-los.

— Comprei para um meu irmão, de Helgeland.

— Ah, sim?

— Estou meio inclinado a trocar com ele.

— Trocar? Querias?

— Talvez Barbro prefira estar lá embaixo.

— Só se fosse por isso — disse Isak.

Caminharam um bom pedaço em silêncio. Depois Aksel falou: — Andam atrás de mim para que eu tome o serviço do telégrafo.

— O telégrafo? Hum... Já ouvi que Brede deixou o serviço.

— Isso agora... — respondeu Aksel, sorrindo. — Não foi bem assim. Brede não deixou o serviço. O serviço é que o deixou. Foi demitido.
— É... — disse Isak, tentando justificar Brede. — Esse trabalho do telégrafo toma um bocado de tempo, tempo valioso, que se perde...
— Foi avisado que será dispensado no começo do ano, a menos que endireite, que seu serviço melhore.
— Hum...
— Não achas que devo tomar o cargo?
Isak pensou um bocado de tempo e respondeu:
— Isso depende. Há o ordenado...
— Para mim, querem pagar mais.
— Quanto?
— O dobro.
— O dobro. Então acho que deves pensar bem no caso.
— Mas aumentaram um pouco a linha. Não, de fato não sei bem o que devo fazer. Aqui há menos mata para vender do que havia no teu lugar, e eu preciso comprar mais ferramentas e utensílios, as que eu tenho não dão. Estou sempre precisando de dinheiro em caixa e não tenho ainda tanto gado que pudesse vender alguma coisa. Acho que devo experimentar o telégrafo, digamos por um ano...

Não ocorreu a nenhum deles que Brede pudesse passar a trabalhar melhor e manter-se no cargo.

Quando chegaram a Maaneland, Oline já ali estava; parara no lugar, em seu caminho para baixo. Criatura engraçada, Oline, arrasta-se pela região, gorda e roliça como uma lagarta, com mais de setenta anos nas costas, mas ainda cavando a vida. Estava na cabana, tomando café, mas assim que percebeu a chegada dos homens tudo o mais perdeu a importância. Saiu e disse:

— Bom dia, Aksel. Bons olhos te vejam, de volta do leilão! Certamente não te aborreces se venho a tua casa, dar uma olhada em Barbro? Vejo que vão indo muito bem para diante, construindo casa nova e ficando cada vez mais abastados! E tu, Isak? Compraste um carneiro?

— Comprei — disse Isak. — Conheces esta ovelha?

— Se a conheço? Não.

— Ela tem orelhas chatas, vês?

— Como, orelhas chatas? E que é que tem isto? Mas, como ia dizendo, quem terá comprado a quinta de Brede? Ainda agorinha eu estava dizendo a Barbro: quem será teu novo vizinho, aí embaixo? Foi o que eu disse. Barbro, a pobrezinha, está aí chorando o tempo todo, e não é para menos. Mas o Todo-Poderoso lhe deu um novo lar aqui em Maaneland! Orelhas chatas... Já vi muitas ovelhas na minha vida com orelhas chatas. E de fato, Isak, aquela tua máquina é coisa que nem vendo se acredita, eu a vi com estes velhos olhos e quase não acredito. E quanto custa nem quero perguntar, nem sei contar tanto assim. Se a viste, Aksel, podes imaginar o que quero dizer. Era como se fosse Elias no seu carro de fogo, Deus que me perdoe, que não me castigue...

Quando todo o feno estava recolhido, Eleseus começou a preparar-se para o regresso à cidade. Escrevera ao engenheiro dizendo que voltaria, mas recebera a estranha resposta que os tempos eram maus e exigiam restrições, reduções nos gastos, o emprego tinha de ser suprimido, o engenheiro fazia, ele mesmo, todo o serviço de escrita.

Era o diabo! Mas, bem pensando, para que um engenheiro distrital precisava de funcionários? Quando tirara o rapazinho Eleseus de casa, fizera-o provavelmente mais para mostrar-se como homem magnânimo na região, e na realidade os serviços de escritório prestados por Eleseus não tinham sido grande compensação por tê-lo vestido e alimentado até além da primeira comunhão. Agora, porém, o rapaz crescera, era um moço, o que mudara tudo.

— "No entanto — escrevia o engenheiro — se voltares farei tudo para colocar-te em outro escritório, embora isso não seja assim tão fácil; há gente moça demais por aqui, à procura de serviço de escritório. Cordiais saudações!"

Claro que Eleseus queria voltar à cidade. Podia alguém duvidar disso? Então devia perder-se? Queria progredir, ser alguma coisa na vida. E resolveu nada dizer aos seus acerca da situação mudada. De nada adiantaria, e além disso sentia-se meio frouxo. Silenciou, pois, a respeito daquilo que o engenheiro lhe escrevera.

De novo a vida em Sellanraa exercia sua influência sobre ele, aquela vida inglória, tediosa, mas tranquila e lânguida, que fazia a gente sonhar. Não tinha graça se aprumar, não havia para quem fazer-se bonito, nem de espelho ele precisava. Os anos passados na cidade tinham-no abalado, tornado mais fino que os outros e também mais fraco, no fundo começou a sentir-se um estranho ali e em qualquer lugar. Estava começando a gostar de novo do cheiro da atanásia. Vá lá, isso ainda passava. Mas não tinha cabimento um filho de camponês ficar escutando como a mãe e as moças da casa ordenhavam as cabras e as vacas à noitinha, e pensar: estão tirando leite, ouçamos bem, é quase algo de maravilhoso, uma espécie de canção em pequenos jatos, diferente da música das bandas da cidade, das cantigas do Exército da Salvação e do silvo das sereias dos vapores. Eram jatos de música caindo num balde.

A gente de Sellanraa não tinha o hábito de externar os próprios sentimentos, e Eleseus temia o momento da despedida. Estava bem provido de tudo e levava ainda uma peça de tecido para roupa branca. O pai encarregara a um intermediário de lhe entregar algum dinheiro quando saísse da porta. Dinheiro? Isak realmente tinha dinheiro para dar? Mas não havia outro jeito, e Inger dera a entender que sem dúvida seria a última vez. Eleseus ia galgar posição mais elevada e progredir à custa de seus próprios esforços.

— Hum... — fez Isak. Na casa reinava silêncio e uma atmosfera de grande solenidade. Cada um comeu um ovo cozido como última refeição e Sivert já estava fora, pronto para descer com o irmão e ajudá-lo a carregar suas coisas. Eleseus podia começar.

Começou com Leopoldina. Ela disse adeus, e o fez muito bem, sem histórias. O mesmo fez Jensine, a criada, que estava cardando lã e respondeu ao seu adeus; mas as duas moças o fitavam com insistência, só porque ele talvez tivesse uma orla vermelha nos olhos. Apertou a mão de sua mãe que, é claro, chorou abertamente, embora soubesse o quanto o filho detestava choradeiras. Que lhe importava que o filho gostasse ou não, ela chorava.

— Adeus, meu filho, passa bem —, soluçou ela.

Quem mais sentiu foi o pai. E não era para menos, ele tinha todos os motivos, cansado da lida de muitos anos e fiel ao passado. Carregara nos braços aquelas crianças, contara-lhes das gaivotas e de outras aves e animais, falara-lhes nas maravilhas da terra, tudo isso ainda agora, fazia uns poucos anos... O pai estava de pé junto à vidraça. De repente, porém, virou-se, agarrou a mão do filho e disse, aborrecido, de um folego:

— Adeus, filho, adeus! Olha, o cavalo novo soltou-se, vejo-o daqui!

Precipitou-se pela porta afora e saiu correndo. Mas ele mesmo pouco antes soltara sorrateiramente o cavalo novo. Sivert, o brincalhão, percebera-o muito bem quando, lá de fora, observara o pai, sorrindo. E além disso o cavalo andava apenas pastando no restolho, não prejudicava nada.

Assim terminaram para Eleseus as despedidas.

Mas a mãe saiu atrás dele, na soleira da porta, soluçou de novo, disse que Deus o abençoasse e lhe entregou alguma coisa.

— Toma. Não lhe deves agradecer, ele não quer. E não te esqueças de escrever sempre.

Duzentas coroas.

Eleseus olhou para o campo. O pai, todo afobado, lutava para fincar um palanque no chão. Parecia não consegui-lo, apesar de ser no terreno macio do prado.

Os irmãos tomaram pela estrada. Passaram por Maaneland.

Barbro estava à porta e convidou-os a entrar.

— Vais embora outra vez, Eleseus? Então tens de entrar e tomar uma xícara de café. Pelo menos isso!

Entraram na cabana. Eleseus não sofria mais de paixão, não queria mais saltar pela janela nem tomar veneno. Deitou sobre os joelhos sua leve capa de primavera, tendo o cuidado de fazê-lo de modo a aparecer bem a plaquinha de prata; depois passou o lenço pelos cabelos e disse com elegância:

— Temos hoje tempo maravilhoso!

Barbro também não estava embaraçada. Brincava com seus anéis, um de prata, numa mão, e um de ouro na outra. Efetivamente recebera também o anel de ouro. Vestia um avental que ia do pescoço aos pés. Assim, nem se notava sua gravidez, não é ela que está gorda, é outra qualquer. Fez o café, os hóspedes o tomaram, e ela costurou um pouco, primeiro numa toalha branca e depois fez um pouco de crochê, uma gola; enfim, ocupou-se com vários trabalhos próprios de uma moça. A visita não a perturbava, o que foi bom, o tom da conversa continuou natural e espontâneo, e Eleseus pôde manter-se na tona, outra vez, jovem e guapo.

— Que fizeste de Aksel? — perguntou Sivert.

— Anda por aí, pelo sítio — respondeu ela, aprumando-se.

Isso quer dizer que nunca mais voltarás para o campo — acrescentou, dirigindo-se a Eleseus.

— É muito pouco provável — respondeu ele.

— Isso aqui não é lugar para quem está acostumado à cidade. Bem gostaria eu de poder ir contigo.

— Não falas sério...

— Mas não, hem? Já provei o gostinho da vida de cidade, e sei o que é morar em aldeia; vivi em cidade maior do que aquela em que estiveste, e agora definho aqui. Não devia estranhar?

— Mas claro! Nem eu quis duvidar. Imagina, tu, que estiveste em Bergen! — apressou-se a dizer Eleseus.

Como andava ela impaciente!

— O que sei é que se não tivesse o jornal para ler, caía fora daqui, direitinho! — disse ela.

— E que seria de Aksel? E de tudo o mais? Era o que eu queria dizer ainda agora.

— O que Aksel faria? Que tenho com isso? E tu? Tens alguém esperando por ti na cidade?

Eleseus não pôde deixar de afetar. Piscou um olho e estalou a língua, insinuando que sim, que ela adivinhara, havia de fato alguém esperando por ele na cidade. Mas poderia ter aproveitado bem melhor aquela oportunidade, se Sivert não estivesse ao seu lado! Assim, limitou-se a responder:

— Não fales bobagens!

— Bobagens? Ora! — retrucou ela, melindrada.

Estava mesmo insuportável!

— Mas que esperas de campônios daqui, de Maaneland? Não somos tão extraordinários como tu, não.

No íntimo, Eleseus a mandava ao diabo, ela se tornava feia de rosto e seu estado dava na vista, finalmente até o rapaz, com seus olhos infantis, percebera a quantas andava.

— Não queres tocar um pouco na guitarra? — pediu ele.

— Não — respondeu Barbro, brusca. Voltou-se para Sivert.

— Sim, antes que me esqueça: não podes vir ajudar Aksel a armar o madeiramento da casa nova? É coisa de poucos dias. Bom seria se pudesses começar amanhã, quando voltares da aldeia.

Sivert pensou no caso.

— Poder ajudar, posso. Mas não tenho aqui minhas roupas de serviço.

— Irei à tua casa hoje, à noitinha, e trarei tua roupa. Assim a terás aqui quando voltares.

— Bem — disse Sivert. — Só assim.

Barbro pôs-se a falar com ardor perfeitamente supérfluo:

— Deves vir! Seria uma grande coisa. O verão está passando e a casa devia estar de pé e coberta antes das chuvas do outono. Já muitas vezes Aksel esteve para te chamar, mas nunca deu certo. Deves fazer-nos esse grande favor!

— Ajudarei no que puder — disse Sivert. Estava combinado.

Chegou a vez de Eleseus se ofender. Podia ser muito louvável que Barbro zelasse por tudo, tratasse de arranjar ajuda para a construção, cuidasse de ter pronta a casa. Estava certo que ela o fizesse. Mas assim também era um pouco demais! Já era descaramento! Afinal de contas ela não era a dona de casa ali, nem senhora do lugar. Não fazia nenhuma eternidade que ele mesmo beijara aquela criatura. Será que ela não tinha um pingo de vergonha?

— E eu — disse subitamente Eleseus, de propósito — logo voltarei aqui. Quero ser padrinho em tua casa.

Ela lançou-lhe um olhar furioso e respondeu, ofendida:

— Padrinho? E ainda dizes que os outros falam besteiras! Mandarei chamar-te se estiver em dificuldade para achar padrinhos, ouviste?

O que restava a Eleseus senão rir-se, envergonhado, e desejar ver-se fora dali!

— Obrigado pelo café — disse Sivert.

— Sim, obrigado pelo café —, repetiu Eleseus, mas não se ergueu nem se curvou. Fosse tudo para o diabo, e ela também, bruaca venenosa.

— Deixa-me ver — disse Barbro. — Os funcionários, em cuja casa estive na cidade, também tinham placas de prata em suas capas, mas muito maiores do que essa aí. Mas então virás e pousarás aqui esta noite — acrescentou, voltando-se para Sivert. Irei buscar tuas roupas.

Assim se despediram.

Os irmãos retomaram o caminho. Eleseus então a mandava ao diabo e tinha além disso duas boas cédulas no bolso. Conversando, os irmãos tinham o cuidado de evitar assuntos tristes, como a maneira estranha pelo qual o pai se despedira, ou o pranto da mãe. Deram uma grande volta para não passar por Breidablik, onde seriam detidos de novo, e fizeram piadas em torno do logro. Quando, porém, já dava para avistar a aldeia, e Sivert devia voltar para casa, ambos amoleceram um pouco.

— Não sei, não, mas acho que vai ser um pouco triste sem ti, em casa.

Aí Eleseus começou a assobiar, a examinar os sapatos, a tirar um estrepe da mão e a mexer nos bolsos, à procura de alguns papéis, como dizia. Já se vira semelhante coisa, tinham sumido! Mas assim mesmo as coisas teriam ido mal, ele teria fraquejado, se Sivert não salvasse a situação. Bateu-lhe no ombro, gritou "Bóia!" e deitou a correr. Foi boa solução. Já de certa distância, trocaram palavras de despedida, e cada um tomou seu rumo.

Seria destino ou acaso? Eleseus voltou, a despeito de tudo, à cidade, a um emprego que não existia mais; todavia na mesma ocasião Aksel Stroem conseguiu um homem para trabalhar com ele. Começaram a armar o esqueleto da casa no dia 21 de agosto, e dez dias mais tarde ela estava coberta. Não era lá uma casa muito grande nem muito alta, mas em todo caso era uma casa de madeira e não uma cabana de turfa e significava que os animais teriam ótimo abrigo para o inverno, no que até então tinha sido a morada dos homens.

CAPÍTULO II

No dia 3 de setembro Barbro desapareceu. Não devia andar muito longe, mas não estava em casa.

Aksel fazia o melhor que podia o serviço de carpinteiro, esforçando-se para colocar uma vidraça e uma porta na nova casa, o que lhe tomava o tempo todo; mas como passasse do meio-dia e ele ainda não fora chamado para almoçar, entrou na cabana. Não havia ninguém. Arranjou ele mesmo alguma coisa para comer e, enquanto comia, olhou em torno; todas as roupas de Barbro estavam penduradas por ali; ela devia, pois, ter saído para algum lugar lá por perto. Voltou ao serviço na nova casa e trabalhou por mais algum tempo. Tornou a olhar para o interior da cabana: nada, ninguém viera ainda. Ela devia ter ficado deitada em algum lugar. Saiu a procurá-la.

— Barbro! — chamou.

Nada. Olhou por todos os cantos, foi até alguns arbustos na orla dos campos lavrados, procurou por muito tempo, uma hora no mínimo, sempre chamando. Nada. Finalmente achou-a, bem longe dali; estava deitada no chão, oculta nas moitas, a seus pés passava o córrego; ela estava descalça e de cabeça descoberta, encharcada até as costas.

— Estás aí? — disse ele. — Por que não respondeste?

— Eu não podia — respondeu ela, quase sem fala, de tão rouca.

— Que? Estiveste dentro d'água?

— Estive. Escorreguei.

— Estás te sentindo mal?

— Sim... Mas agora já passou.

— Já passou?

— Já. Ajude-me a ir para casa.
— Onde está a...?
— Onde está?
— Não era... uma criança?
— Não. Estava morta.
— Estava morta?
— Estava.
Moroso, sem energia, Aksel continuou ali, indeciso.
— Mas onde está ela? — insistiu.
— Não precisas saber. Ajuda-me a ir para casa. Nasceu morta. Posso andar se me apoiares um pouquinho embaixo do braço.
Aksel carregou-a para casa e sentou-a numa cadeira. A água escorria-lhe pelo corpo.
— Estava morta? — tornou a perguntar.
— Já te disse que sim!
— Onde a deixaste?
— Queres cheirá-la, talvez? Arranjaste o que comer enquanto estive fora?
— E que fazias, lá perto do córrego?
— Que eu fazia? Procurava ramos de zimbro.
— Zimbro?
— Para os baldes.
— Não há zimbro por lá.
— Trata de ir trabalhar — disse ela, esquivando-se, impaciente. — Que fazia eu perto do córrego? Ora essa! Catava ramos para uma vassoura. Quero saber se comeste alguma coisa.
— Se comi? Sentes-te muito mal?
— Não, não...
— Acho que devo ir buscar o doutor.
— Experimenta só! — retrucou ela, pondo-se de pé e começando a apanhar roupa enxuta, para trocar. — Como se não tivesses mais onde botar fora o dinheiro!

Aksel voltou ao trabalho, mas não conseguiu produzir muita coisa; fez barulho com plaina e martelo, para que ela o ouvisse. Não obstante acabou por assentar o caixilho da janela, fechando as fendas com musgo.

Entrementes, Barbro não se incomodou muito com a comida, ficou andando por ali, atarefada. À noitinha, foi ao estábulo, tirou leite; só andava com um pouco mais de cuidado ao passar pelas soleiras das portas. Dormiu no paiol de feno como de costume, e as duas vezes que Aksel foi olhar, viu que ela dormia profundamente.

Na manhã seguinte portava-se como sempre, apenas de tão rouca estava quase muda e trazia uma meia comprida enrolada no pescoço. Não podiam conversar. Os dias foram passando e o episódio foi-se tornando velho, outras coisas surgiram e tomaram o primeiro plano. O mais indicado teria sido deixar a casa nova vazia ainda por algum tempo, para a madeira unir-se bem nas juntas e ela tornar-se hermética, sem correntes de ar; mas não havia tempo para isso, deviam torná-la habitável desde logo para arrumarem o novo estábulo na casa velha. Quando tudo estava feito e a mudança concluída, tiraram as batatas e depois disso ceifaram o trigo. A vida ia passando no seu ritmo habitual.

Mas de muitos indícios, grandes e pequenos. Aksel percebeu que as coisas tinham mudado. Barbro não possuía mais apego à casa do que qualquer outra criada teria sentido, nem se sentia ligada ao lugar por qualquer laço íntimo; seu domínio sobre ela caíra por terra com a morte da criança. E ele que sempre baseara tudo num único pensamento: espera-se até vir a criança! Mas a criança viera e se fora. Por último Barbro até tirou os anéis dos dedos e não mais os usava.

— Que quer dizer isso? — perguntou ele.

— Que quer dizer? — retrucava ela, atirando a cabeça por trás.

Mas não podia significar outra coisa senão perfídia e traição por parte dela.

Aksel achou o pequenino cadáver junto ao córrego. Não teve de procurar muito, sabia exatamente onde devia estar o corpo, mas deixara tudo ficar como estava. O acaso quis, porém, que ele não esquecesse o ocorrido. Aves começaram a pairar sobre o esconderijo, dando gritos estridentes, corvos, e mais tarde um casal de águias, em vertiginosa altura. Dir-se-ia que estavam gritando a novidade aos quatro ventos. Aí também Aksel foi despertado de sua apatia e esperou uma oportunidade para esgueirar-se até o lugar. Encontrou o corpo sob um monte de musgo e ramos e algumas pedras chatas, embrulhado num pano, num grande trapo. Com uma sensação, mescla de curiosidade e horror, desfez um pouco o pano. Viu os olhinhos fechados, cabelos escuros, era menino, com as pernas cruzadas. Mais não pôde ver. O pano estivera molhado mas começara a secar. Parecia uma trouxa de roupa meio torcida, após a lavagem.

Não podia deixar aquilo ficar ali, à luz do dia. Bem no íntimo certamente temia por si mesmo e pela herdade. Foi correndo para casa, apanhou uma cavadeira e cavou sepultura mais funda; mas era muito próxima ao córrego, a água começou a infiltrar-se e teve de mudar a cova mais para cima. Com isso desvaneceu-se o medo de que Barbro viesse e o encontrasse ali. Tornou-se francamente rude e obstinado. Ela que viesse e ele a obrigaria a embrulhar o cadáver direito, em ordem, quer a criança tivesse nascido morta, quer não. Via claramente o que perdera com a morte daquela criança; corria o risco de ficar outra vez sem alguém que trabalhasse para ele, e isso agora, com a criação três vezes mais numerosa do que dantes. Ela podia vir, não seria nada demais. Barbro, porém, não veio, e Aksel teve de embrulhar ele mesmo o cadáver o melhor que podia e mudá-lo para a nova sepultura. Por cima de tudo tornou a deitar a camada de terra superior com o capim. Ficou bem disfarçada, não havia o mínimo vestígio além de uma pequena elevação verde entre os arbustos.

Ao chegar em casa encontrou Barbro do lado de fora.

— Onde estiveste? — perguntou ela.

Sua amargura devia ter-se dissipado, pois ele respondeu simplesmente:

— Em nenhum lugar. Eu é que pergunto: por onde tens andado?

Talvez a expressão no rosto dele a prevenisse. Entrou em casa sem dar mais um pio.

Ele seguiu-a.

— Como é? — indagou sem rodeios — por que não usas mais teus anéis?

Barbro talvez achasse conveniente ceder um pouco. Respondeu rindo:

— Estás tão carrancudo que me fazes rir! Mas se queres que eu gaste os anéis no trabalho de todos os dias, é o de menos, posso fazê-lo.

— Assim dizendo foi buscar os anéis e colocou-os.

Vendo que ele assumiu expressão tola, de satisfação, tornou-se atrevida e perguntou:

— Tens alguma coisa mais contra mim?

— Nada tenho contra ti — respondeu ele. — Só quero que sejas como dantes, como eras no princípio, quando chegaste. É só o que tenho a te dizer.

— Não é tão fácil estar-se de acordo, sempre.

Aksel continuou:

— Quando comprei o sítio de teu pai, foi com a idéia de mudarmos para lá se preferisses. Que achas?

Ah! Ele se declarava vencido, perdera a partida! Temia perder sua criada, ficar sem ajuda e ter dificuldade com os animais e o serviço da casa. Ela percebeu-o muito bem.

— Já o disseste antes — respondeu ela, em tom de recusa.

— Já. Mas não obtive resposta.

— Resposta? — disse ela. — Não tolero ouvir falar mais nisso! Aksel achara que fora bem condescendente: deixara a família Brede continuar morando em Breidablik, e embora tivesse comprado a pequena produção juntamente com as terras, só levara para casa uns poucos carregamentos de feno, deixando as batatas para a família. Era irrazoável Barbro voltar-se contra ele agora. Mas ela não refletiu, e perguntou indignada:

— Então querias que mudássemos para Breidablik, para deixarmos minha família desabrigada?

Teria ele ouvido bem? Ficou por um momento boquiaberto, depois limpou a garganta, como quem se prepara para uma resposta de grande alcance. Mas ficou tudo por isso mesmo e ele limitou-se a perguntar:

— Então eles não vão para a aldeia?

— Sei lá! — respondeu ela. — Ou será que alugaste casa para eles na aldeia?

Aksel não quis questionar com ela por mais tempo, mas não pôde calar-se, teve de dizer-lhe que muito se admirava do que ouvia.

— Estás ficando cada vez mais obstinada e insuportável disse. — Mas com certeza falas por falar, sem nenhuma idéia do que dizes. — Sei o que estou falando. Sei que é assim — retrucou ela.

— E por que minha gente não podia vir para cá, podes-me dizer? Eu teria tido minha mãe para me ajudar um pouco. Mas não achas que tenho tanto trabalho que precise de ajuda...

Nisso naturalmente havia algo de verdadeiro, mas também muito de irrazoável. A família Brede teria tido que morar na cabana e Aksel se veria na mesma dificuldade com os animais. Onde quereria ela chegar? Será que ela não tinha mesmo nem um pouquinho de senso, de juízo?

— Uma coisa te digo — atalhou ele — a isso eu preferia dar-te uma criada para te ajudar.

— Agora, que vem o inverno e há menos a fazer? Não. Poderias ter-me dado criada quando eu precisava dela.

Também nisso tinha ela razão até certo ponto. Quando andava grávida e doente a criada teria vindo a propósito. Barbro nunca deixara o trabalho atrasar, fora, no fundo, tão diligente e ativa como sempre, fazia o que devia ser feito e nunca falara em criada. Mas bem teria precisado de uma.

— Não entendo mais nada — disse ele, desencorajado. Silêncio. Barbro perguntou:

— Ouvi dizer que vais encarregar-te do serviço de papai, no telégrafo. É verdade isso?

— Como assim? Quem o disse?

— É o que dizem por aí.

— Bem — disse Aksel. — Não é fora de cogitação. Talvez o tome.

— Ah!

— Por que perguntas?

— Por que quero saber! Tiraste a casa, o lar de meu pai e agora estás-lhe tirando o pão da boca!

Silêncio.

Mas a paciência de Aksel chegou ao fim.

— Só quero te dizer — gritou ele — que não vales tudo quanto faço por ti e pelos teus!

— Não, não é?

— Não! — exclamou ele, batendo com o punho na mesa e pondo-se de pé.

— Não penses que assim me assustas! — gritou ela, com voz aguda e queixosa, chegando-se mais para a parede.

— Assustar! — bradou ele, indignado, e fungou desdenhosamente. — Vamos deixar de brincadeiras. Chega! Quero saber o que houve com a criança! Afogaste-a?

— Se a afoguei?
— Sim. Ela esteve dentro d'água.
— Ah! Então a viste, não é? Andaste... — ela ia dizer "fuçando", mas não se atreveu, ele talvez não estivesse para brincadeiras — andaste por lá e a achaste?
— Eu vi que ela esteve dentro d'água.
— Sim — disse ela — não admira que a tenhas visto, pois esteve mesmo. Nasceu dentro d'água. Escorreguei para dentro do regato e não consegui mais sair.
— Mas escorregaste, hem?
— Pois foi. E naquele momento a criança nasceu.
— Imagina! — exclamou ele — mas tiveste o cuidado de levar daqui um pedaço de pano. Fizeste-o contando com a possibilidade de escorregar, não foi?
— Um pano?
— Um grande trapo branco, uma de minhas camisas, que cortaste de través.
— Foi o trapo que levei para nele trazer o zimbro.
— O zimbro?
— O zimbro, sim. Não te contei que saíra à procura de zimbro?
— Contaste. Disseste até que eram ramos para vassoura. — Não importa o que era. Dá no mesmo...

Mas até após tão violento choque voltou a reinar harmonia entre eles. Harmonia propriamente não se podia chamar aquilo, mas era uma situação tolerável. Barbro, farejando perigo, tornara-se prudente e mais dócil. Mas nessas condições a vida em Maaneland naturalmente acabaria por tornar-se ainda mais forçada e insuportável, sem confiança mútua, sem alegria, um sempre em guarda contra o outro. Aquilo não podia durar muito, mas Aksel devia dar-se por satisfeito enquanto durasse de todo. Arranjara aquela moça, precisava dela e a possuíra, a ela ligara a sua vida; não era fácil mudar a si mesmo e a vida. Barbro sabia de tudo, desde o lugar da louça, das panelas e vasilhas, até o dia das vacas e cabras terem cria; sabia se a forragem de inverno ia ser parca ou abundante, qual o leite destinado ao fabrico de queijos e qual à alimentação. Uma estranha não traria ordem em tudo aquilo e além disso seria difícil, talvez impossível arranjar outra.

Todavia ocorrera muitas vezes a idéia de substituir Barbro por outra criada. Ela às vezes era como uma feiticeira, chegava quase a ter medo dela. Mesmo no tempo em que tivera o azar de ter sorte com ela, recuava às vezes ante sua estranha ferocidade e seus modos brutais. Mas ela era bonita, tinha os seus dias em que era toda doçuras e o envolvia completamente em seus braços. Assim fora no começo, mas tudo isso se acabara. Não, nem ele queria ter mais uma vez toda aquela miséria! Mas não é tão fácil assim mudar a si mesmo e a vida...

— Então vamos nos casar logo de uma vez! — dizia Aksel premendo-a.
— Já? — respondia ela — já não posso. Primeiro preciso ir à cidade, tratar de meus dentes. Não demora, estarão todos arruinados.

Não havia outro remédio senão deixar tudo ficar como estava. Barbro não recebia mais ordenado, recebia muito mais do que o ordenado que lhe cabia, e cada vez que pedia dinheiro e o obtinha, agradecia como se lhe tivessem dado um presente. Aksel é que não conseguia compreender o que ela fazia com o dinheiro. No que o gastaria ela, ali no campo? Estaria acumulando, formando um pecúlio? Mas guardar dinheiro para que? Ainda mais como o fazia, ajuntar, ajuntar o ano inteiro.

Muita coisa Aksel não conseguia compreender. Ela não ganhara um anel de noivado, um anel de ouro, até? De fato reinara paz entre eles por muito tempo depois de tão grande dádiva. Mas o efeito do presente não era eterno, longe disso, e ele não podia continuar a comprar anéis para ela. Em suma, não o quereria ela mais? Mulheres têm dessas coisas esquisitas. Teria ela em outro lugar um homem à sua disposição, com lavoura, criação e casa nova? Aksel podia ir ao extremo de bater na mesa, exasperado ante a estupidez e os caprichos de que uma mulher é capaz.

Barbro parecia não ter outra coisa na cabeça senão a vida na cidade: Bergen. Bem, isso era com ela. Mas então, por que fizera toda a viagem de volta, para o Norte? Um telegrama do pai, só por si, não a teria feito ceder um passo; ela devia, pois, ter tido algum outro motivo. Ali estava ela, insatisfeita da manhã à noite, ano após ano. Baldes de madeira e não de folha e de ferro, caldeirões pesados em vez de caçarolas, viver tirando leite em vez de dar um pulo à leiteria, botinas camponesas, sabão ordinário, saco de feno em vez de travesseiro; nunca ouvir a banda, nunca ver gente. Que vida ela levava...

Muitos eram os atritos depois do grande choque, muitos...

— Não te lembras mais do que fizeste a meu pai, não é? começava Barbro.

— Que fiz eu a teu pai? — retrucava Aksel, admirado.

— Sabes muito bem o que. Mas nem assim vais ser inspetor de linha!

— Que sei eu...

— Tu, inspetor! Não acredito antes de ver.

— Queres dizer que minha cabeça não dá para isso?

— Se é que tens cabeça, melhor para ti! Mas não lês nem escreves, nunca tomas o jornal na mão.

— Sei ler e escrever o bastante para meu uso — replicou ele.

— E tu o que tens é uma boca muito grande, nada mais!

— Toma isso, para começar! — gritou ela, atirando o anel de prata em cima da mesa.

— E o outro? — perguntou ele.

— Se queres de volta teus anéis, podes levá-los! — vociferou ela, demorando-se a puxar do dedo o anel de ouro.

— Não quero nada com criatura tão ordinária — declarou ele, retirando-se.

Naturalmente ela passou a usar outra vez os dois anéis. Acabou também, por não se incomodar absolutamente com o fato de Aksel suspeitar dela pela morte da criança. Ela ainda o tratava com pouco caso. Não que confessasse qualquer coisa, mas dizia:

— Bem! E se eu de fato a tivesse afogado? Vives aqui no campo e nada sabes do que passa em outros lugares!

Certa vez, quando discutiam o caso, ela parecia querer fazê-lo entender o quanto ele tomava aquilo demais a sério; ela mesma não atribuía ao assassinato de uma criança mais valor do que merecia. Sabia de duas moças, em Bergen, que tinham matado o próprio filho: uma pegara dois meses de cadeia, mas por ter sido boba e não ter sumido logo a criança, apenas deixando-a ao relento, para que morresse de frio, e a outra fora absolvida.

— Não — explicou ela —, a lei não é mais tão dura e desumana como dantes. Além disso, não é sempre que se descobre. Uma das moças, que trabalhava no hotel, em Bergen, matou duas crianças; era de Cristiânia e usava chapéu enfeitado de penas. Pela última, foi condenada a três meses de prisão, mas a primeira nunca foi descoberta — rematou Barbro sua história.

Aksel escutava tudo aquilo e temia-a cada vez mais. Tentava compreender, distinguir as coisas naquela escuridão. No fundo tinha ela razão: ele tomava muito a sério essas coisas, a seu modo. Vulgar e depravada, ela não merecia um só pensamento mais profundo. Para ela, infanticídio nada tinha de mais, não era nada de extraordinário; pensava nessas coisas com a leviandade moral e a baixeza que se podia esperar de uma criada. Isso revelou-se, também, nos dias que se seguiram. Nem um momento de preocupação pelo que sucedera, ela continuava calma e natural como dantes, inalterada, com a cabeça cheia de bobagens, de futilidades próprias de uma empregadinha doméstica.

— Tenho de ir à cidade por causa de meus dentes — dizia — e, além disso, preciso de um casaco novo.

Vira um tipo de casaco curto, que chegava pouco abaixo da cintura e estivera na moda durante alguns anos, e queria um igual.

Se ela encarava tudo com tanta simplicidade, que remédio tinha Aksel senão ceder e sossegar? Ele nem sempre suspeitara seriamente dela, e Barbro não confessara nada, pelo contrário, cada vez que se tocava nisso, negava toda e qualquer culpa, sem indignar-se, sem obstinação. Negava com uma naturalidade do diabo, como uma criada nega ter quebrado um prato quando só pode ter sido ela. Ao cabo de algumas semanas, porém, Aksel não se conteve mais, aquilo estava passando da conta; deteve-se um dia no meio da sala, abalado por uma súbita revelação. Por Deus! Todos tinham visto o estado de Barbro! Tinham visto que ela estivera grávida e que voltara ao natural, magra de novo. Onde estava então a criança? — perguntariam. E se viesse gente sondar? Um dia pediriam explicações. Se nada houvesse de anormal se tudo estivesse certo, teria sido muito mais acertado enterrar a criança no cemitério. Estaria longe daqueles arbustos, longe de Maaneland.

— Nada disso — discordou Barbro. — Isso só teria trazido dificuldades para mim. Teriam aberto a criança e feito inquérito.

Não quero saber de amolações.

— Contanto que não tenhamos encrencas...

Barbro perguntou, de bom humor:

— Que andas matutando? Deixa a criança onde está, no mato — e até sorriu ao acrescentar — ou achas que te virão buscar? O que tens a fazer é não dar com a língua nos dentes e não andar falando besteiras por aí.

— Eu sei, eu sei...

— Então eu afoguei a criança, talvez? Ela mesma se afogou na água quando eu caí. Inventas cada uma! Onde já se viu? E além disso, nunca vai ser descoberto...

— Foi descoberto no caso de Inger, de Sellanraa, ouvi dizer — objetou Aksel. Barbro pensou naquilo.

— Pois eu não me preocupo — disse, por fim. — A lei, hoje é outra. Se tu lesses jornais saberias dessas coisas. Muitas moças, hoje em dia, têm filhos e os eliminam e ninguém lhes faz nada por isso!

Barbro explicou-lhe tudo isso como uma pessoa esclarecida, de visão ampla, ensina a um ignorante; disse-lhe que não andara à toa pelo mundo afora. ouvindo, vendo e aprendendo, e que hoje sabia muito mais do que ele. Expunha sempre seus três argumentos principais: primeiro, ela não matara; segundo, não era tão perigoso, ainda que o tivesse feito; e terceiro, nunca o descobririam.

— Pois eu acho que todas as coisas são descobertas — atalhou ele.

— Capaz! Quase nunca! — replicou ela e, quer fosse para confundi-lo, quer para incutir-lhe coragem ou por pura vaidade e jactância, fez estourar uma bomba: — eu mesma já fiz uma coisa que nunca foi descoberta.

— Tu? — inquiriu ele, incrédulo que fizeste?

— Que fiz? Matei!

Talvez não tivesse tido a intenção de ir tão longe; mas agora era obrigada a ir além, ele ali estava, fixando-a, ávido por ouvir o resto. Mas nem ao menos era um atrevimento indomável que a animava; era apenas ostentação vulgar. Bazófia, ânsia de querer dominar a situação a todo o custo e vencer no bate-boca.

— Não me acreditas? — bradou ela. — Lembra o cadáver de criança no porto? Fui eu quem o atirou lá.

— Que?

— O cadáver de criança. Aquela vez... Não tens memória!

Nós o lemos no jornal.

— Estás doida. Completamente! — exclamou ele, algum tempo depois. Mas seu embaraço foi para ela sangue nos dentes, incitou-a, deu-lhe força para esmiuçar detalhes.

— Eu levava a criança na minha caixa, morta, naturalmente. Liquidei-a assim que nasceu. Quando chegamos ao cais, atirei-a ao mar.

Ele continuou sombrio e mudo e ela a falar. Fazia tempo aquilo, vários anos, fora quando ela viera a Maaneland. Contava-o só para ele ver que nem tudo se descobre, longe disso. Que achava ele, que tudo quanto o povo faz é descoberto? Não faltava mais nada! E que fazem os casados, nas cidades? Matam as crianças antes de elas nascerem, havia doutores só para isso. Não queriam ter mais de uma criança, duas, no máximo. Para isso o doutor abria um pouquinho o útero da mulher. Aksel que o acreditasse, nada havia nisso de extraordinário lá fora, no mundo.

— Então certamente eliminaste essa última criança também, não é? — perguntou ele.

— Essa, não — respondeu ela, indiferente —, essa me caiu.

Mas voltou a explicar que não teria sido tão perigoso. Parecia estar habituada a pensar naquilo e ter-se tornado negligente. Talvez a primeira vez tivesse sido um pouco desagradável, uma sensação estranha para ela: matar uma criança. Mas a segunda vez... Ela podia pensar no ato praticado com uma espécie de fatalismo; estava feito e era coisa que se faz sempre.

Aksel saiu de casa com a cabeça pesada. Não o preocupava tanto o fato de ter Barbro morto a primeira criança; não era da conta dele. Nem nada achou de repreensível no fato de ter ela tido aquele filho: ela não era nenhuma menina inocente, nem fingira sê-lo, pelo contrário, não ocultara sua experiência e lhe ensinara muita brincadeira obscura. Muito bem. Mas a última criança ele não teria querido perder. Um menino, uma criaturinha branca, enrolada num trapo... No caso de ser culpada da morte dessa criança, ela o ofendera, praticara um crime contra ele, Aksel; partira um laço muito valioso, que não podia ser reatado. Mas podia ser que ele estivesse sendo injusto, e ela, de fato, escorregasse no córrego e não mais tivesse podido levantar-se. Embora o trapo ali estivesse, o pedaço de camisa que ela levara consigo...

As horas foram passando, chegou o meio-dia e depois a noite, e Aksel foi deitar-se e ficou com os olhos cravados na escuridão até adormecer. Dormiu até de manhã. Raiou um novo dia e, depois desse, outros dias vieram.

Barbro continuou a mesma. Sabia tanta coisa do mundo e tratava com indiferença essas coisas corriqueiras, que para o povo do campo pareciam perigos e motivos de terror. Isso era de algum modo um consolo, ela era bastante sabida para dois, descuidada para dois. Além disso ela não parecia pessoa perigosa. Barbro, um monstro? Qual nada! E ainda por cima era uma moça bonita, de olhos azuis, nariz ligeiramente arrebitado, ágil no trabalho. Ela andava farta de tudo aquilo, da casa nova, dos baldes de madeira, que era preciso esfregar tanto, farta de Aksel talvez, e daquela existência obscura, num lugar afastado e ermo, mas não matava nem os animais e nunca ele a surpreendera ameaçando-o de faca em punho à noite.

Só uma vez ainda aconteceu falarem do cadáver de criança no mato. De novo ele achava que se devia ter enterrado a criança no cemitério e jogado terra em cima; ela, porém, sustentava como antes que seu modo de proceder fora o mais acertado. E acrescentou alguma coisa, demonstrando que também raciocinava, era até astuciosa, ia, em pensamentos, além dos seus estreitos horizontes, refletia, com seu mirrado cérebro de selvagem.

— Se for descoberto — argumentava — falarei com o *lensmand*. Já trabalhei em casa dele e a Sra. Heyerdahl me ajudará. Nem todas têm essa vantagem, e ainda assim são absolvidas. E, além disso, papai está bem com a gente graúda, é oficial-de-justiça e tudo o mais.

Aksel limitou-se a menear a cabeça.

— Duvidas?

— Achas que teu pai pode fazer alguma coisa?

— Que sabes tu! — gritou ela, zangada. — A não ser que o arruinaste ao tirar-lhe a terra e o ganha-pão.

Ela certamente tinha uma vaga impressão de que o renome do pai fora abalado ultimamente, que sua reputação caíra, o que poderia vir a prejudicar a ela mesma.

Que podia Aksel responder a tais invectivas? Nada. Podia calar-se. Era homem da paz e do trabalho.

Ao aproximar-se o inverno, Aksel Stroem estava de novo só em Maaneland. Barbro partira. Foi este o fim. Sua ida à cidade não ia demorar muito, afirmava, não era como uma viagem a Bergen. O que ela não queria por mais tempo era andar perdendo um dente atrás do outro, até ter uma boca como a de um bezerro recém-nascido.

— E quanto irá custar isso?

— Eu posso saber? — retrucara ela. — Em todo caso não custará o teu dinheiro, eu ganharei para pagá-lo.

Explicara-lhe que era a melhor ocasião para viajar; havia só duas vacas para ordenhar; até a primavera as duas outras teriam cria e ainda por cima todas as cabras também; começaria a estação dos trabalhos de lavoura e de novo haveria grande azáfama até pelo mês de junho adentro.

— Faze o que quiseres — disse Aksel.

Não lhe ia custar nada, nada mesmo. Ela só queria algum dinheiro — só um dinheirinho, coisinha de nada — para a viagem e para o dentista, e além disso precisava do tal casaco e de diversas coisas mais; mas se ele não estivesse de acordo, paciência, ficaria por isso mesmo.

— Já te dei dinheiro que chega, antes — disse ele.
— Mas esse já se foi... que tempo!
— Que? Não o puseste de lado?
— Pôr de lado? Podes vir procurar na minha mala para ver se tenho dinheiro guardado! Se em Bergen, onde eu ganhava muito mais, não economizei, ora...
— Pois eu não tenho dinheiro para te dar!

Na verdade ele não acreditava muito que ela nunca mais voltasse dessa viagem. Mas ela já o atormentara tanto com sua oposição em todos os sentidos, com seu gênio impossível que tal hipótese lhe era indiferente. Ela acabou conseguindo arrancar-lhe algum dinheiro, mas não era coisa que valesse a pena comentar; ele fez também vistas grossas quando ela preparou uma quantidade enorme de comida para levar. Ele mesmo a levou, no carro, com sua mala, até o barco de passageiros.

Estava liquidado o assunto.

Teria sido perfeitamente possível viver outra vez sozinho no sítio, ele já estava acostumado a isso antes, mas ficava muito preso por causa dos animais, quando tinha de afastar-se por algum tempo de casa, a criação ficava abandonada, sem trato. O negociante aconselhara-o a tomar Oline em sua casa, no inverno; ela já estivera em Sellanraa durante vários anos, estava velha agora, mas ainda sacudida e trabalhadeira. Mandara recado a Oline, mas esta não viera nem ele ouvira notícias dela.

Enquanto esperava, Aksel ia trabalhando no lenheiro, malhando o trigo em sua pequena eira e cuidando de seus animais. Ao redor, silêncio e solidão. Lá uma vez ou outra Sivert de Sellanraa passava, indo à aldeia ou voltando de lá. Levava cargas de lenha, peles ou produtos de lavoura, mas voltava quase sempre com o carro vazio, pois bem poucas mercadorias a herdade de Sellanraa tinha de comprar fora.

De vez em quando também Brede Olsen passava por Maaneland. Sobretudo nos últimos tempos apontava mais amiúde por lá. Que vinha fazer tantas vezes? Parecia que nas últimas semanas tentava parecer indispensável ao telégrafo, para talvez lhe deixarem ficar no cargo. Desde a partida de Barbro ele nunca mais entrara em casa de Aksel passava direto. Era o cúmulo da arrogância, pois ele continuava a morar em Breidablik, não cuidava de mudar. Um dia em que ele ia passando, sem ao menos cumprimentar, Aksel o deteve e perguntou quando pensava desocupar a casa.

— De que maneira te livraste de Barbro, hem? — perguntou ele em vez de responder.

Uma palavra puxou outra.

— Pois eu te direi: tu a mandaste embora sem a mínima compensação, deixando-a sem recursos. Por pouco ela nem conseguia chegar a Bergen.

— Ah? Então ela está em Bergen?

— Está. Finalmente conseguiu chegar lá, escreveu ela, mas não o deve a ti.

— Dentro em pouco te despejarei de Breidablik.
— Ora! Por favor! É quando quiseres — retrucou o outro, zombeteiro —, mas depois do ano novo nós mesmos nos despejaremos — acrescentou, retirando-se.

Então Barbro viajara para Bergen. Dera-se o que Aksel imaginara. Isso não o preocupava. Era só o que faltava, preocupar-se com aquela criatura perversa. Mas apesar de tudo, até aquele momento ele ainda não perdera todas as esperanças de vê-la voltar. Diabo! Então ele assim se afeiçoara por aquela criatura, por aquele monstro! Vivera com ela horas deliciosas, horas inesquecíveis. Precisamente para evitar que ela fugisse até Bergen, ele fora tão mesquinho ao dar-lhe dinheiro, por ocasião da despedida.

Não obstante, ela conseguira desertar. Até umas roupas dela ainda estavam penduradas por lá e em cima do forro ficara jogado um chapéu seu, enfeitado com asas de passarinho, embrulhado num papel mas ela não viria buscar aquilo. Talvez sua fuga assim lhe causasse, a ele, certa tristeza. Como se fosse por ironia, o jornal dela continuava a chegar e certamente não deixaria de vir até o novo ano.

Fosse lá como fosse, havia mais em que pensar, cumpria-lhe ser homem e enfrentar a situação.

Na primavera tinha de construir um puxado na parede da casa nova, na face norte; ainda no inverno devia derrubar os toros e serrar tábuas. Aksel não possuía mata cerrada, de grandes troncos, em suas terras; nelas cresciam apenas abetos esparsos, de grande porte. Escolheu para corte alguns que ficavam mais perto de Sellanraa, para reduzir o mais possível o carreto.

Certa manhã alimentou bem os animais, de maneira a poderem agüentar até a noite, fechou bem as portas e saiu para a mata. Além do machado e da cesta de comida, levava um rastelo para limpar a neve. No dia anterior houvera grande tempestade, com nevascas, mas naquele dia tudo estava calmo e o tempo ameno. Aksel acompanhou a linha telegráfica o tempo todo até atingir o lugar desejado. Ali tirou o paletó e começou a trabalhar, com o machado. Ia derrubando as árvores, cortando os galhos, ajeitando os tocos e empilhando a lenha miúda.

Brede Olsen passou para cima, certamente havia desarranjos na linha, a tempestade da véspera devia ter feito estragos. Ou talvez Brede ia sem propósito. Tornara-se tão assíduo no serviço, melhorara muito. Os dois não se falavam nem se cumprimentavam.

Aksel notou que o tempo estava mudando, ventava cada vez com mais força. No entanto, continuou a trabalhar. Passava muito de meio-dia e ele não tinha ainda comido. Foi quando derrubou um enorme abeto que, caindo, o atirou ao chão. Como teria acontecido aquilo? O caso é que acontecera. Uma árvore oscila, na raiz, o homem a quer derrubar para um lado, o vento para outro, e o homem acaba perdendo. Ainda por cima a neve cobria o terreno, em declive. Aksel pisou em falso, escorregou para o lado e foi parar com o pé numa fenda. Ficou escarranchado sobre uma rocha, imobilizado pela grande árvore, caída em cima dele.

Não teria sido tão grave se ele não tivesse ficado numa posição desastrosa. Tanto quanto podia sentir estava com os membros intatos, sem fraturas, mas ficara com o corpo torcido, sem poder desvencilhar-se do grande peso. A muito custo conseguiu livrar uma das mãos. Sobre a outra estava deitado. Não podia alcançar o machado. Olhou em roda, pensando, como teria feito qualquer animal do mato, preso numa armadilha. Olhou em torno, ponderou e trabalhou embaixo da árvore. Brede deve voltar outra vez lá de cima dentro em pouco, pensou, tomando um fôlego.

No início não se alarmou, aborrecendo-se apenas por ficar detido ali, pela sua falta de sorte. Nem de longe estava preocupado, não temia pela saúde quanto menos pela vida. Sentiu, é verdade, que a mão sobre a qual caíra deitado, ia ficando morta embaixo dele e que a perna na fenda também esfriava. Mas tinha de agüentar. Brede não devia demorar.

Mas Brede não vinha.

A tempestade foi aumentando de violência. A neve batia-lhe diretamente no rosto. "O negócio está começando a ficar preto!" pensou, mas ainda tranqüilo. Era como se olhasse para si mesmo, através da neve, avisando que chegara a hora de tomar cuidado, pois a coisa estava ficando muito séria. Após longo espaço de tempo deu um grito. Certamente o grito não ia longe, na tempestade, mas devia ir ao longo da linha telegráfica até Brede. Aksel estava deitado, pensando as coisas mais absurdas e inúteis. Ah, se pudesse alcançar o machado e abrir caminho, libertar-se! Se ao menos conseguisse tirar a mão, comprimida contra alguma coisa cortante, devia ser uma pedra, ia penetrando cada vez mais nas costas da mão, ferindo-a. Se pelo menos aquela pedra do diabo não estivesse ali. Mas ninguém até hoje sabe contar de um gesto bom de uma pedra!

Estava ficando tarde, a neve caía cada vez mais densa, Aksel ia sendo completamente coberto, submerso, indefeso contra a neve que se acumulava, inocente e ignorante, em seu rosto. Durante um curto tempo a neve derretia, mas depois o rosto foi esfriando e a neve não derretia mais. Aquilo ia tomando um jeito muito sério!

Chamou, deu dois longos gritos, e pôs o ouvido à escuta.

O machado submergia na neve. Só via ainda um pedacinho do cabo. Mais adiante via a cesta de comida pendurada numa árvore. Se a pudesse alcançar! Como teria comido, mastigado com vontade, a grandes bocados... E como já estivesse exigindo tanta coisa da vida, podia também desejar o paletó, pois fazia frio. Deu mais um grito prolongado.

De repente Brede estava ali. Parou e fitou o homem que chamava. Parou só por um segundo, olhando para aquele lado, como se quisesse apenas verificar o que se passava.

— Podes vir e me dar o machado? — gritou Aksel, numa voz lamentosa.

Brede tirou os olhos da cena, compreendeu o que acontecera e apressou-se a olhar para cima, para o fio telegráfico e até começou a assobiar. O homem estava louco!

— Vem cá e me dá o machado — repetiu Aksel, elevando a voz — estou aqui embaixo de uma árvore!

Brede, porém, era por demais zeloso em seu serviço, olhava só para o fio telegráfico, assobiando com fúria. Sim, o homem assobiava, alegre, vingativo!

— Queres matar-me! Nem ao menos me podes dar o machado! — gritou Aksel.

Mas aí parece que Brede tinha o que examinar mais embaixo, algo a ver nos cabos, pois desapareceu na nevasca.

Bem, bem... Bom seria se Aksel conseguisse livrar-se pelas próprias forças, o bastante para alcançar o machado. Retesou o ventre e o peito, tentando erguer o enorme peso que o imobilizava. Mexeu a árvore, sacudiu-a, mas o único resultado foi que caiu ainda mais neve em cima dele. Após mais algumas tentativas baldadas, desistiu.

Começou a escurecer. Brede se afastara, mas não podia ter chegado muito longe. Aksel gritou de novo e desabafou em voz alta: "Abandonas-me aqui, assassino? Não tens alma, nem pensas na tua salvação? Sabes que podias receber uma vaca em troca de me dar uma ajuda, por pequena que fosse. Mas és um cachorro, Brede, e queres matar-me! Vou denunciar-te, isso é tão certo como estar eu deitado aqui. Vais lembrar-te do dia de hoje! Nem ao menos vir e me dar o machado!"

Silêncio. Aksel lutou de novo, sob a árvore, ergueu-a um pouco, com a barriga, e tudo o que conseguiu foi ser ainda mais soterrado pela neve. Suspirando, desistiu, vencido. Estava ficando extenuado e com sono. Pensou nos animais. A essa hora deviam estar mugindo, desesperados, na cabana, sem água nem comida desde a manhã. Barbro não está mais lá, desertara, fugira levando os dois anéis. A noite fechou-se de uma vez. o que não seria o pior, se não fosse o frio. Sua barba estava congelando, dentro em pouco o gelo lhe fecharia os olhos. Que bom teria sido o paletó, que se achava tão perto. pendurado numa árvore. Seria possível? Uma perna estava como morta, até em cima, na coxa. "Está tudo na mão de Deus!" — disse ele. Parecia até saber falar como um beato, quando queria. Estava cada vez mais escuro, ele podia morrer sem uma luz acesa! Tornou-se todo brando e bom e, para mostrar-se humilde, sorriu com doçura para a tempestade, para a neve inocente, que vinha de Deus. Seria até capaz de perdoar Brede...

Ficou bem quieto, a sonolência o foi invadindo, cada vez mais, estava como que paralisado por um veneno. Via tanta brancura em frente aos olhos, matos e campos brancos, grandes asas, alvos véus, velas brancas, tudo branco... Que podia ser? Bobagens!

Sabia muito bem: aquilo era tudo neve e ele estava deitado no campo. Isso, sim, não era fantasia, estava de fato sendo soterrado pela neve, preso ao chão sob uma árvore.

Tornou a chamar, ao acaso. Deu um urro. Em plena neve jazia o peito possante e peludo de um homem, urrando. Devia ser ouvido até na cabana pelos animais. Gritou e tornou a gritar. "E tu és porco e um monstro! — gritou para Brede. — Pensaste no que estás fazendo, deixando-me perecer aqui? Nem me pudeste dar o machado? És um animal imundo ou um homem? Mas se tua intenção é me deixar, vai, e boa viagem!"

Devia ter adormecido. Estava todo rijo e sem vida, mas com os olhos abertos, grudados com gelo, não os podia piscar; teria dormido com os olhos abertos? Talvez tenha cochilado só um minuto ou talvez tenha sido uma hora inteira, só Deus o sabia. Mas agora Oline estava ao seu lado. Ouvia-a perguntar: "Estás vivo, em nome do sangue de Jesus Cristo?" E depois ela perguntou como se explicava estar ele deitado, ali, se não estava doido. Em todo caso, Oline ali estava, ao seu lado.

Oline tem alguma coisa de chacal, parece que fareja desastres, aparece sempre na hora da desgraça. Tem bom faro, não há dúvida. E como teria ela se arranjado na vida se não fosse o seu bom faro? Recebera o recado de Aksel e atravessara a montanha com seus setenta anos para vir à sua casa. Ontem, com a tempestade, passara bem abrigada e segura em Sellanraa, chegara a Maaneland hoje, não encontrara ninguém em casa, alimentara os animais, saíra de vez em quando até a porta para escutar, ordenhara os animais à noitinha, escutara de novo, e não podia compreender o que acontecera.

Ouvira gritos e fizera com a cabeça um sinal de assentimento: ou é Aksel ou são os gnomos, e em ambos os casos vale a pena ir sondar o que é, e encontrar a eterna sabedoria do Onipotente em tanta inquietação que vai pela floresta. A mim nada acontecerá, pois não mereço que Ele se detenha por tão pouco...

E ali estava ela.

O machado? Oline pôs-se a cavar febrilmente na neve e não encontrou o machado. Ia remediar sem machado e tentou mover a árvore, tal como ela ali estava, mas era como uma criança e apenas conseguiu sacudir os ramos extremos. Pôs-se de novo a procurar o machado, no escuro, cavou com mãos e pés; Aksel não podia mostrar, só dizer onde o machado se achava no começo. Mas ali não estava mais.

— Se não fosse tão longe daqui até Sellanraa! — disse Aksel. Mas Oline começou a procurar seguindo sua própria cabeça e Aksel gritou para ela que não, que por ali não estava.

— Não, não está, não — disse Oline. — Eu só queria olhar por todos os cantos. E que é isso aqui? — acrescentou de repente.

— Será que o encontraste? — perguntou Aksel.

— Sim, com a ajuda do Todo-Poderoso! — respondeu Oline, com ênfase.

Aksel é que não estava muito para conversa enfática, admitiu que talvez não estivesse com a razão muito perfeita, que quase perdera a cabeça. E que ia fazer Aksel com o machado? Não se podia mexer, Oline teve de abrir caminho a golpes de machado. Oline já pegara num machado em sua vida, ora se pegara, já cortara mais do que um feixinho de lenha para uma noite.

Aksel não podia andar, uma perna estava morta até o quadril, e havia qualquer coisa nas costas, sentia pontadas tão fortes que soltou gritos estranhos. Tinha a impressão de ser apenas um resto de si mesmo, uma parte ficara ali embaixo da árvore.

— Coisa mais esquisita... — disse ele — não entendo! Oline o entendia e tudo explicou, maravilhada, ante a certeza de ter salvo uma pessoa da morte. Ela o sabia: o Todo-Poderoso a usava como humilde instrumento, não quisera enviar suas hostes celestes. Aksel não percebia o sábio expediente e a resolução do Senhor? E se lhe aprouvesse enviar um verme da terra.

Ele o poderia ter feito.

— Sim, eu sei — disse Aksel. — Mas me sinto tão esquisito... Esquisito? Ele que esperasse um pouquinho só, que se mexesse, curvasse e endireitasse o corpo, isso, um pouco de cada vez, suas juntas estavam duras, os membros rijos e mortos, ele que pusesse o paletó e se esquentasse. Mas ela nunca esqueceria o anjo do Senhor que a chamara à soleira da porta a última vez, quando ela ouvira os gritos da mata. Era como nos dias do paraíso, quando tocavam as trombetas das muralhas de Jericó.

Maravilhoso. Mas, enquanto ela falava, Aksel ia ganhando tempo, exercitando seus membros e aprendendo a andar.

Foram aos poucos andando até a casa, Oline continuando seu trabalho de salvamento, suportando-o, indo de um jeito ou de outro. Um pouco mais adiante encontraram Brede.

— Que aconteceu? — acudiu Brede, solícito — estás ferido? Posso ajudar?

Aksel calou-se, em atitude de recusa. Prometera a Deus não vingar-se de Brede, não o denunciar. Mas sua promessa não fora além disso. E que iria Brede fazer de novo lá por cima? Teria ele visto que Oline chegara a Maaneland e compreendido que ela escutaria os gritos de socorro?

— Então, estás aí, Oline? — disse Brede, loquaz. — Onde o encontraste? Embaixo de uma árvore? Coisa estranha. Eu estava correndo a linha quando ouvi gritos. Quem fez meia-volta imediatamente foi Brede! Eu queria estar a postos, para ajudar se fosse preciso. Então eras tu, Aksel! Estavas embaixo de uma árvore?

— Viste e ouviste tudo, muito bem, ao descer — respondeu Aksel.
— Passaste por mim sem te deteres.

— Deus que me perdoe! — gritou Oline, ao ouvir tanta maldade.

— Se vi? Mas claro que vi. Podias ter chamado. Por que não chamaste? Eu te vi muito bem, mas pensei que estavas descansando um pouco.

— Fazes bem em calar-te! — preveniu Aksel. — Querias deixar-me lá, de propósito.

Oline compreendeu imediatamente que Brede não devia intervir, o que teria reduzido a indispensabilidade dela, tornado seu ato de salvamento menos absoluto. Tratou de evitar que Brede ajudasse, não o deixou nem carregar a cesta de comida ou o machado. Naquele momento Oline estava inteirinha do lado de Aksel; quando uma vez estiver em casa de Brede, tomando uma boa xícara de café, estará ao lado de Brede.

— Não podes ao menos me deixar levar o machado e o rastelo? — propôs Brede.

— Não — respondeu Oline em lugar de Aksel — ele mesmo os quer levar.

— Podias ter-me chamado — insistiu Brede. — Nós certamente não somos tão inimigos que não pudesses pedir-me ajuda. Chamaste? Mas, então, o devias ter feito com mais forças, devias ter lembrado que a tempestade de neve estava braba. E além disso podias ter acenado com a mão.

— Eu não tinha mão livre para acenar — respondeu Aksel. — Bem viste que eu estava preso ao chão como se estivesse acorrentado.

— Não, isso não vi. Imagina! E agora deixa-me levar tuas coisas, sim?

— Deixa Aksel em paz! — atalhou Oline. — Ele está machucado.

Mas certamente o cérebro de Aksel começara a trabalhar de novo. Já ouvira falar na velha Oline e compreendeu que ela lhe sairia cara e se tornaria um tormento para o futuro se lhe coubesse inteirinho, só a ela, o mérito de lhe ter salvo a vida. Resolveu dividir o triunfo e deixou Brede carregar o cesto e as ferramentas e até murmurou qualquer coisa, que lhe era um alívio e um benefício. Mas Oline não quis consentir naquilo, arrancou o cesto da mão do outro, declarando que só ela e mais ninguém carregaria o que fosse necessário. Era a ingenuidade matreira em luta de todos os lados. Aksel ficou por um momento sem apoio, e Brede de fato teve de largar o cesto e ampará-lo, embora ele não cambaleasse mais.

Continuaram o caminho assim, Brede apoiando o homem debilitado e Oline carregando as coisas. Carregou-as toda afoita, mas cheia de amargura e faiscando de raiva. Afinal coubera-lhe a parte mais insignificante e mais grosseira do salvamento. Que diabo vinha Brede fazer ali?

— Ouvi contar por aí, Brede — disse ela —, que vendeste teu quintal. É verdade isso?

— Quem é que quer saber? — retrucou Brede, ousado.

— Quem? Não sabia que querias fazer segredo disso.

— Pena que não apareceste, Oline, para fazer tua oferta pelo sítio.

— Eu? Quem sou eu? Zombas de uma pobre coitada!

— Então não enriqueceste? Dizem que herdaste o escrínio do velho Sivert, ah, ah, ah...

Ser lembrada da herança malograda não contribuiu para tornar Oline mais satisfeita.

— Pois o velho Sivert tinha a melhor das intenções para comigo, nada posso dizer contra ele. Mas assim que estava morto o limparam de todos os bens terrenos. Tu mesmo sabes o que é ser limpo de tudo, Brede, ser despojado de seus bens e viver sob telhado alheio. Mas Sivert-Velho vive agora em grandes salões e tabernáculos e tu e eu, Brede, ainda andamos na terra para sermos pisados por qualquer um.

— Que me importa tua conversa — disse Brede, e logo em seguida dirigiu-se a Aksel — estou satisfeito de ter vindo para poder te ajudar a ir para casa. Estou andando muito depressa?

— Não.

Mas brigar com Oline? Provocar um bate-boca com Oline? Impossível. Ela nunca cedia e ninguém a podia igualar em matéria de misturar céu e terra, amizade e ingratidão, estupidez e bom senso. E ter de ouvir que é realmente Brede quem ajuda Aksel a ir para casa!

— O que ia eu dizendo — começou ela — chegaste a mostrar teus sacos de pedra àqueles grandes senhores que estiveram em Sellanraa aquela vez?

— Se quiseres, Aksel, eu te porei nas costas e te carregarei para casa — disse Brede.

— Não; — respondeu Aksel — mas fico-te muito obrigado!

Continuaram a andar e não faltava muito para chegarem. Oline imaginou que devia aproveitar bem o tempo, caso ainda quisesse arranjar alguma coisa.

— O melhor teria sido salvares Aksel da morte — disse ela. — E como foi mesmo? Viste-o em sua desgraça e ouviste seu grito de socorro e passaste direto?

— Acho bom calares a boca, Oline! — respondeu Brede.

Isso de fato teria sido o mais acertado para ela que penava, vadeando a neve, carregando um grande peso, já sem fôlego. Mas ela absolutamente não calou a boca. Julgava ter guardado o melhor para o fim. Era assunto perigoso. Deveria ela se arriscar a tocar nele?

— E como vai Barbro? — indagou — não vais me dizer que ela caiu fora?

— Sim — respondeu Brede, levianamente — e graças a isso tens trabalho para o inverno.

Mas aquilo foi uma mão na roda para Oline, que podia dar a entender o quanto ela era procurada, desejada por todos e por toda a parte na sua aldeia; podia ter estado em dois lugares, sim, até em três. No presbitério também a queriam. E ao mesmo tempo ela insinuou uma coisa que Aksel podia muito bem ouvir, não fazia mal nenhum: fora-lhe oferecido tanto e tanto para o inverno, e além disso sapatos novos, e uma pele de carneiro ainda por cima. Mas ela sabia que em Maaneland ia trabalhar para um homem direito, acima dos outros, que a gratificaria bem, e preferia o lugar aos outros. Não, Brede que não se preocupasse com isso; até ali seu pai do céu lhe abrira sempre todas as portas e tudo lhe oferecera. E quase parecia que Deus tivera especial intenção ao mandá-la a Maaneland: ela salvara uma vida ao chegar.

Mas a essa altura Aksel estava exausto e as pernas negavam-se a suportá-lo por mais tempo. Era de estranhar, pois ele estava começando a caminhar melhor à medida que o calor e a vida iam-lhe voltando ao membros; agora ele efetivamente era obrigado a apoiar-se em Brede para manter-se de pé! Aquilo pareceu começar quando Oline falara de seu ordenado e desde que ela de novo lhe salvara a vida, fora de mal a pior. Estaria ele uma vez mais tentando diminuir o triunfo dela? Sabe Deus o que havia, mas seu cérebro certamente voltara a funcionar direito. Quando já se aproximavam das casas, ele se deteve e disse:

— De fato não parece que eu possa chegar em casa!

Brede o pôs sem mais nem menos nas costas. E assim prosseguiram, Oline transbordando de veneno, Aksel estendido a todo o comprimento nas costas de Brede.

— Mas Barbro não ia ter criança? — perguntou Oline. — No que deu aquilo?

— Criança? — gemeu Brede, arcando sob o peso que carregava.

Era uma estranha procissão, mas Aksel deixou-se carregar até ser deposto na soleira de sua porta.

Brede arfava, sem fôlego.

— Ou ela não tinha criança? — insistiu Oline.

Aksel apressou-se a intervir, dirigindo-se a Brede com as seguintes palavras:

— Não sei como eu teria chegado em casa hoje se não fosses tu. E não esqueceu Oline: obrigado, Oline, foste a primeira a me encontrar! Muito obrigado a ambos!

Assim Aksel foi salvo.

Nos dias que se seguiram, Oline não queria falar em outra coisa senão no grande acontecimento; Aksel mal o podia suportar por mais tempo. Oline era capaz de mostrar até o lugarzinho onde ela estava quando um anjo do senhor a chamara à soleira da porta para ouvir o grito de socorro. Mas Aksel tinha mais em que pensar, tinha de ser homem. Recomeçou seu trabalho na mata e quando acabou a derrubada iniciou o transporte dos toros para Sellanraa, para a serra.

Belo e metódico trabalho de inverno, enquanto durar: levar toros morro acima e tábuas serradas morro abaixo. Mas é importante meter mãos à obra e terminar antes do ano novo, quando começa o grande frio e o gelo paralisa o trabalho da serra. O serviço vai indo bem, tudo vai quando é preciso; quando acontece Sivert de Sellanraa vir da aldeia com o trenó vazio, também ele carrega um toro e ajuda seu vizinho. Os dois então conversam à vontade pelo caminho e fazem ótima companhia um ao outro.

— Quais são as novidades na aldeia? — pergunta Aksel.

— Não há nada de novo — responde Sivert — a não ser que vem gente nova aqui para o campo.

Um homem novo — era uma novidade interessante, como não? Eram maneiras de Sivert. Cada ano chegava gente nova à região e ali se estabelecia; contavam-se agora cinco novas quintas abaixo de Breidablik. Dali para cima a colonização ia mais devagar, embora a terra ali fosse mais fértil, com menos charnecas. O colono que se atrevera a ir mais longe fora Isak, quando lançara as bases de Sellanraa, ele era o mais arrojado e mais inteligente de todos. Mais tarde Aksel Stroem viera atrás dele; chegara, pois, um homem novo. O recém-vindo ia ficar com uma grande área de solo baixo, mas arável, com trechos de mata, abaixo de Maaneland. Ainda havia muita terra...

— Ouviste que espécie de homem é? — perguntou Aksel.

— Não — respondeu Sivert. — Sei que ele traz casas já prontas que transporta até aqui e arma na mesma hora.

— Então deve ser homem de recursos?

— Parece. Vem com família, a mulher e três filhos. E traz cavalo e criação.

— Quer dizer que é homem de recursos — disse Aksel. Nada mais sabes?

— Não. Só que ele tem trinta e três anos.

— Como se chama ele?

— Aron, disseram. Chamou sua quinta de Storborg[21].

— Storborg? Bem. Nada modesto.

— Ele é da costa. Dizem que cuidou de pesca.

— Resta ver agora se é lavrador. Nada mais ouviste a respeito dele?

— Não. Pagou à vista ao receber a escritura. Mais não ouvi. Dizem que deve ter ganho muito com a pesca. Vai estabelecer-se aqui e negociar.

— Ah? Vai negociar?

— É o que andaram contando.

— Veja só! Então vai abrir casa de negócio...

Era o que havia de mais importante, e os dois vizinhos o comentaram por todos os modos pelo caminho. Era uma grande notícia, talvez a novidade mais importante em toda a história da região e dava o que falar: para quem o novo homem pretendia vender? Para os oito colonos

---

21. *Storborg* — o nome significa literalmente: "Grande Castelo". — N. do T.

que habitavam os campos comuns? Ou esperava ele arranjar fregueses também na aldeia? De qualquer maneira a casa de negócio teria importância, talvez até estimulasse a colonização da zona, as propriedades possivelmente aumentariam de valor; ninguém o poderia saber.

Não se cansavam de debater o caso. Aqueles dois homens tinham os seus interesses e desígnios, tão importantes como os de quaisquer outras pessoas. O campo era o seu mundo, e o trabalho, as estações do ano, a pecuária e a lavoura eram as suas aventuras. Haverá emoções numa vida assim? Há, e como! Muitas vezes seu sono era inquieto, muitas vezes trabalhavam além das horas de comer, mas tudo suportavam, tinham saúde, nem sete horas embaixo de um tronco de árvore os prejudicava por muito tempo, desde que os membros estavam intactos. Uma vida sem horizontes, sem largueza, sem perspectivas? Ora! Que perspectivas, que mundo de novidades havia na futura quinta de Storborg, com uma casa de negócio em pleno campo!

Debateram aquilo até pelo Natal...

Aksel recebera uma carta. O envelope era grande, com um leão; era um ofício do Estado, e mandava-o ir buscar fios telegráficos, aparelho de telégrafo, utensílios e ferramentas em casa de Brede Olsen, e encarregar-se da inspeção da linha a partir do dia primeiro do ano.

CAPÍTULO III

Carros puxados por muitos cavalos cruzaram os baixios; eram as casas do novo homem que estavam sendo transportadas, em vários carregamentos, durante alguns dias. Descarregaram tudo num lugar que ia chamar-se Storborg, e que um dia, certamente, de fato se tornaria grande. Quatro homens trabalhavam nos morros, tirando pedras para uma parede, e para dois porões que serviriam de depósito.

Os carros trouxeram uma carga atrás da outra. Cada parede está pronta de antemão, é só pô-la de pé quando chegar a primavera; aquilo já está tudo calculado, cada peça tem um número de ordem, ali não faltam nem portas nem janelas, nem vidraças de cor para a varanda. E um dos carroceiros trouxe um dia um carregamento de estacas. Que seria aquilo? Um dos colonos, de um sítio abaixo de Breidablik, o sabe; é do sul e já viu coisa assim antes: aquilo é a grade do jardim, explicou. Então o homem quer fazer jardim ali no campo, grande jardim.

As coisas iam bem, nunca antes se vira tanta carroça para baixo e para cima nos baixios, e muitos que tinham cavalos ganhavam um bom cobrinho fazendo carretos. Também isso foi ventilado: ali havia probabilidade de ganhar alguma coisa no futuro, o negociante ia receber sua mercadoria do país e do estrangeiro, e ia precisar de carretas, da costa até ali, ia ter serviço para muitos cavalos.

Parecia que ali tudo seria feito em grande escala. Viera um encarregado de serviço ou administrador, rapaz ainda moço, que tratava dos carretos; era todo metido a importante, e achava que não havia cavalos que chegassem, quando, na verdade, nem faltavam tantas cargas assim para trazer.

— Não há mais tanto assim para carregar, as casas estão quase completas, não é mesmo? — diziam-lhe.

— Sim, mas tem muita mercadoria! — respondia ele.

Naquele momento Sivert de Sellanraa ia passando, a caminho de casa, como sempre, com o carro vazio. O encarregado gritou, ao vê-lo:

— Vens vazio lá de baixo? Por que não trouxeste uma carga aqui para Storborg?

— Eu poderia ter feito isso. Mas não sabia de nada — respondeu Sivert.

— Aquele é de Sellanraa — cochichou um. — Eles têm dois cavalos...

— Vocês têm dois cavalos? — perguntou o encarregado. Tragam os dois para cá e façam carretos para nós. Aqui há dinheiro para se ganhar!

— Muito bem — respondeu Sivert. — Não é nada mau. O caso é que justamente agora andamos apertados com o tempo.

— Não tem tempo para ganhar dinheiro! — exclamou o encarregado.

Não, em Sellanraa não tinham tempo de sobra, havia sempre muito que fazer. Tinham até, pela primeira vez, ajustado homens para trabalhar, dois pedreiros suecos, que quebravam pedra para um estábulo.

Durante muitos anos esse estábulo fora o grande plano de Isak. A cabana para os animais tornara-se muito pequena e muito ruim; um estábulo de pedra, com paredes duplas e esterqueira no fundo, figurava sempre entre as coisas a serem feitas. Estas, porém, eram muitas, uma puxava a outra todo o tempo, era um não acabar de construções. Ele tinha serra e moinho e estábulo de verão; não devia ter uma ferraria? Apenas uma pequena oficina de ferreiro, para o que fosse preciso; a aldeia ficava bem longe e era preciso ir lá cada vez que a marreta estava com os cantos arrebitados ou que se tinha de consertar um par de ferraduras. Era só o que ele queria, o que era estritamente necessário: uma minúscula oficina de ferreiro, com forja e bigorna. Não devia tê-la? E assim se foram tornando tantas as casas, grandes e pequenas, em Sellanraa.

A quinta foi crescendo cada vez mais, tornando-se cada vez mais importante; naturalmente era impossível passar sem criada na casa de moradia, e Jensine tinha de continuar ali. Seu pai, o ferreiro da aldeia, às vezes pergunta por ela, quer saber se a filha não volta logo para casa; mas não insiste demais, é muito cordato, cede sempre, sem dúvida tem lá os seus motivos para isso. Sellanraa fica no extremo do *almenning,* e cresce, cresce sem parar, cada vez tem mais casas e mais arais, só a gente é sempre a mesma. Os lapões já não passam por ali, nem fazem de conta que aquilo é seu, como dantes; há muito que isso acabou. Em geral os lapões não passam, quase mais pela região: preferem contornar a quinta, dando uma grande volta. Mas, nas raras vezes que passam, não entram mais na casa, ficam parados do lado de fora, se é que ficam parados. Lapões sempre vivem nos cantos, em lugares ermos, no escuro; é só trazer ar e luz a um recanto, e eles definham, desaparecem, como praga, como bichos imundos que são. Lá uma vez ou outra um bezerro ou uma ovelha desaparece nos pastos distantes, nos campos que ficam bem longe da casa. Nada se pode fazer. Sellanraa pode suportar o prejuízo, é claro. E Sivert, mesmo que soubesse atirar, não tem espingarda, mas não sabe, é um rapaz pacífico e alegre, tudo, menos agressivo, é um grande brincalhão. "Ou muito me engano, ou há aí uma lei que proíbe atirar em lapões!" — costuma ele dizer, gracejando.

Sellanraa pode agüentar pequenas perdas na criação, uma propriedade grande e sólida não será abalada por tão pouco; mas que lá se viva sem preocupação... isso também não. Inger não vara o ano inteiro satisfeita consigo mesma e com a vida. Uma vez ela empreendeu uma grande viagem e desde então parece que lhe ficou um certo descontentamento inoportuno. Aquilo às vezes desaparece, mas sempre volta. Ela é trabalhadeira e hábil como nos seus melhores dias e é uma mulher bonita e sadia para seu marido, um toro humano. Mas ela não terá recordações de Trondhjem? Não sonhará ela, nunca? Sim, sobretudo no inverno. Por vezes despertara dentro dela um desejo irresistível de vida e prazer, mas, como não pode dançar sozinha, não há baile. Pensamentos tristes e livro de orações? Sim. sim... Mas aquela outra vida também é algo de esplêndido e inigualável. Deus sabe disso. Ela aprendeu a ser sóbria, os pedreiros suecos são, em todo caso, pessoas estranhas, vozes desconhecidas na quinta, mas são homens já idosos e quietos, não gracejam, só trabalham. Mas tê-los ali é melhor do que nada, dão vida ao lugar, um deles canta belas canções, enquanto trabalha, e Inger de vez em quando pára para escutar. Chama-se Hjalmar.

Mas com isso nem tudo estava bem e em ordem na quinta de Sellanraa. Há a grande decepção com Eleseus. Viera uma carta na qual ele contava que seu emprego com o engenheiro fora suprimido, mas que ele ia obter outro cargo, era apenas questão de esperar um pouco. Depois veio outra carta informando que durante o tempo em que ele esperava um elevado posto num escritório, não podia viver de nada; quando recebeu de casa uma cédula de cem coroas, escreveu de volta que aquilo fora exatamente o bastante para pagar pequena parte de suas dívidas.

— Logo agora — disse Isak — que temos pedreiros trabalhando aqui e muitas despesas... Pergunta a Eleseus se ele não prefere vir para casa e nos ajudar.

Inger escreveu, mas Eleseus não queria saber de voltar para casa de novo, não queria empreender de novo a mesma viagem, que seria perfeitamente inútil; preferia passar fome se fosse preciso.

Parecia não haver um cargo vago em nenhum escritório, em toda a cidade e pode ser também que Eleseus não soubesse abrir caminho. Sabe Deus se ele de fato era hábil e bom funcionário, talvez não fosse grande coisa... Ele sem dúvida era inteligente e aplicado, bom na escrita, mas não lhe faltaria o verdadeiro espírito, a idéia exata do trabalho? E se faltassem, como ia ele sofrer no mundo!

Quando veio de casa com duzentas coroas no bolso, a cidade o esperava com velhas contas e quando estas tinham sido saldadas, necessitava de uma bengala, não um cabo de guardachuva. Era preciso providenciar várias outras coisas: um barrete de pele, como o tinham todos os seus companheiros, um par de patins para correr no gelo das ruas, um palito de prata, para palitar os dentes e para brandir com elegância durante as palestras, em torno da mesa da taverna. Enquanto tinha dinheiro ele pagava tudo, na medida de suas posses; na recepção festiva em que fora celebrado seu regresso à cidade, mandara abrir meia dúzia de garrafas de cerveja, com a maior parcimônia.

— Que? Dás vinte oere para a garçonete? — perguntaram.
— Nós costumamos dar dez.
— Não se deve ser mesquinho! — retrucara.

E de fato não se podia dizer que ele o fosse. Não ficaria bem para ele, que vinha da grande quinta, de uma extensa propriedade. Seu pai, o margrave, possuía intermináveis matas de madeiras de lei e quatro cavalos, trinta vacas e três segadeiras mecânicas. Eleseus não contava lorotas, nem era ele que espalhara a lenda da grande herdade de Sellanraa, aquilo partira do engenheiro e agrimensor distrital há tempos, que se divertira carregando nas cores. Mas Eleseus não tinha nada contra que, em parte, se acreditasse naquelas histórias fantásticas. Já que ele mesmo nada era, bom seria que fosse filho de alguém, assim obtinha crédito que o salvava. Mas aquilo não podia continuar indefinidamente, chegaria o dia de pagar e aí estaria em apuros. Um de seus companheiros conseguiu-lhe então uma colocação na casa de seu pai, um armazém onde os camponeses compravam tudo de quanto precisavam. Era melhor do que nada. Trabalhar num armazém, com ordenado de principiante, não era o ideal para um moço de sua idade que queria ser *lensmand;* mas ali ganhava para viver, era uma solução provisória e, bem pensando, aquilo não era tão ruim assim. Também ali Eleseus era amável e direito, e todos gostavam dele. Escreveu para casa dizendo que escolhera a carreira comercial.

Foi grande a decepção da mãe. Trabalhando num armazém, Eleseus não era nem um pouco mais do que o empregadinho do negociante, na aldeia. Antes ele fora algo diferente; ninguém a não ser ele tinha saído da aldeia e se tornado funcionário de escritório. Teria ele perdido de vista o seu grande alvo? Inger não era tola, sabia que existe distância entre o vulgar e o invulgar, mas ela talvez nem sempre o soubesse distinguir com tanta exatidão. Isak era mais simples e menos inteligente; quando fazia seus cálculos para o futuro, contava menos com Eleseus, seu filho mais velho, que lhe fugia cada vez mais. Deixou, pois, de imaginar Sellanraa dividida entre os dois filhos quando ele desaparecesse.

Na primavera chegaram engenheiros e operários da Suécia. Vinham construir estradas, erguer barracas, fazer levantamentos, dinamitar, estabelecer comunicações com fornecedores de víveres, proprietários de cavalos, e entabular negociações com os proprietários de terras em torno da lagoa. Mas para que seria tudo aquilo? Não viviam eles no campo, num lugar ermo? Ia começar a exploração da jazida de cobre.

A história das minas tornara-se, pois, realidade; não fora tudo fanfarronada de Geissler.

Não eram os mesmos grandes senhores da outra vez; faltavam o proprietário de terras e o industrial; apenas o perito em mineração e o engenheiro eram os mesmos. Compraram a Isak todas as tábuas serradas das quais ele podia dispor, compraram também alimentos e pagaram bem. Conversaram e eram amáveis e gostaram de Sellanraa. — Funicular! — disseram. — Trem aéreo do topo da montanha até o mar!

— Que? — admirou-se Isak — vão passar por cima de toda a baixada?

Isak tinha dificuldade em imaginar as coisas.

— Não — explicaram, rindo — pelo outro lado, não por aqui.

Passando por aqui seriam muitas milhas até lá embaixo. Pelo outro lado da montanha há forte queda diretamente para a costa, que não fica nada longe. É por lá que vamos descer. O minério vai descer, no ar, em vagonetes suspensos. Vais ver uma coisa, vai ser formidável. Mas, para começar, teremos de descer o primeiro minério em carroças. Vamos abrir uma estrada e transportá-lo com tração animal. Empregaremos até cinqüenta cavalos, também isso vai ser um colosso. E nós não somos só isso que estás vendo aí. Que somos nós aqui? Nada! Vem vindo aí outra turma, do outro lado, um transporte com muitos operários e barracas pré-fabricadas. víveres, material e ferramentas de toda espécie. Vamo-nos encontrar no pico. Vai haver movimento, homem, milhões sairão daqui. Mandaremos o cascalho para a América do Sul.

— O dono das terras não veio? — perguntou Isak. — Que dono? Ah. sim, já sei. Não, ele vendeu tudo. — E o industrial?

— Também vendeu. Então te lembras deles, hem? Pois não vêm mais, venderam. E os que compraram deles tornaram a vender. A jazida agora está nas mãos de uma grande sociedade, gente muito rica.

— E por onde andará Geissler? — perguntou Isak.

— Geissler? Não conheço.

— O *lensmand*, Geissler, aquele que vendeu a jazida.

— Aquele? Era Geissler seu nome? Sabe Deus por onde anda! Estás bem lembrado dele?

Dinamitaram e trabalharam com turmas de muitos operários, pelo verão todo. Reinava grande atividade. Inger fazia grandes negócios com leite e demais produtos do sítio. Para ela era um prazer negociar, correr de um lado para outro, e ver muita gente indo e vindo. Com passos ruidosos e pesados Isak ia ao campo, lavrava sua terra, nada o abalava; os dois pedreiros e Sivert erguiam o estábulo de pedra. Era uma construção larga, mas muito demorada, era pouca gente para levantar a parede e Sivert, além disso, deixava muitas vezes o trabalho para ajudar na lavoura. Aí, sim, era um grande adjutório ter a segadeira mecânica e três mulheres hábeis no campo de feno.

As coisas iam bem, havia vida no deserto, tudo prosperava e o dinheiro corria.

E Storborg, com sua casa de comércio, não se revelara um negocião? Esse tal de Aron devia ser um sujeito sabido como diabo! Devia ter farejado que ali ia haver trabalhos de mineração, ter tido notícia prévia de tudo para abrir sua casa de negócio assim na hora oportuna. Ganhava um dinheirão, como um governo, como um rei. Em primeiro lugar vendia toda a sorte de artigos domésticos e roupas de trabalho; mas mineiros, quando têm algum dinheiro, não ficam contando tostões, não compram apenas o necessário. Nada disso, compram tudo quanto aparece. Sobretudo nas noites de sábado, a casa de negócio de Storborg formigava de gente e na caixa de Aron o dinheiro caía sem parar; o empregado e a esposa vinham ao balcão para ajudá-lo e ele mesmo servia a freguesia, ligeiro e incansável, mas o lugar não ficava deserto e abandonado senão alta noite. Aliás ele não se chamava Aron, não era este seu nome de batismo, chamava-se Aronsen; era como ele chamava a si mesmo e como a esposa o chamava. Sua família era grande, tinham duas criadas e um rapaz. Os proprietários de cavalos na aldeia é que estavam com a razão, era um nunca acabar de carretos, de contínuos transportes de mercadorias para Storborg; em muitos pontos a estrada tinha de ser reconstruída e consertada; ela não lembrava mais o primeiro estreito atalho de Isak pelo campo acima.

Em Storborg a terra tinha que esperar, não havia tempo para cuidar de lavoura e, além disso, quem é que tem vontade de andar cavando chão barrento? Mas Aronsen tinha jardim com grade, com groselheiras e rainhas-margaridas, sorveiras e outras árvores plantadas, um belo jardim. Nele havia um largo caminho onde Aronsen andava aos domingos, fumando um cachimbo comprido.

Nos fundos ficava a varanda da casa, com vidraças vermelhas, amarelas e azuis. Storborg. Três crianças corriam por ali, pequenas e bonitas. A menina ia aprender o que cumpre à filha de um comerciante abastado e os meninos iam, eles mesmos, ser comerciantes. Eram três crianças com futuro...

Se Aronsen não houvesse pensado no futuro, não teria jamais vindo. Poderia ter continuado com a pesca, talvez fosse feliz e ganhasse muito dinheiro também no mar, mas não era como o comércio, não era coisa tão elevada, nem ramo tão cotado. Para um pescador ninguém tirava o chapéu, mas para um comerciante rico, sim, Aronsen tinha remado o seu barco, para o futuro queria navegar a vela, "de vento em popa", como ele costumava dizer. Seus filhos teriam ainda mais vento em popa do que ele tivera, dizia, querendo indicar que lhes ia preparar uma vida com menos atribulações do que a sua.

Sua vida ali se se prenunciava próspera e agradável, o povo do lugar o cumprimentava amavelmente, também a esposa e até as crianças. Não era sem importância que todos saudavam as crianças. Os mineiros desciam do monte e não tinham visto crianças durante muito tempo; viam as crianças de Aronsen no quintal e logo falavam amavelmente com elas, como se tivessem visto três cachorrinhos. Teriam gostado de dar moedinhas às crianças, mas lembrando-se que eram os filhos do negociante, não o faziam e, em vez disso, tocavam para elas suas gaitas de boca. Entre os homens vinha Gustaf, moço jovial, de chapéu enfiado em cima da orelha e sempre contando coisas alegres, divertindo, por muito tempo, as crianças, que o conheciam e lhe corriam ao encontro; tomava as três nas costas e dançava com elas. "Oh!" — dizia Gustaf — e dançava. Tirava do bolso a gaita e tocava modas e cantigas, a ponto de as duas crianças saírem e ficarem olhando para ele, ouvindo suas canções com olhos velados. Gustaf o maluco, certamente sabia o que estava fazendo!

Em seguida entrava no armazém e esbanjava seu dinheiro, enchia a mochila de compras. Quando voltava para a lavra, levava consigo toda uma lojinha própria, que abria em Sellanraa e mostrava. Havia papel para cartas com uma flor no canto, um cachimbo novo, uma camisa nova e um lenço de pescoço, todo franjado; havia bombons, que distribuía entre as mulheres; havia coisas polidas e brilhantes, uma corrente de relógio com bússola, um canivete e muita coisa mais, como rojões, que ele comprara para soltar no domingo, para divertir a si e aos outros. Inger deu-lhe leite e ele gracejava com Leopoldina e erguia a pequenina Rebeca no ar.

— Como é, o estábulo ficará pronto logo? — perguntou aos seus patrícios, os pedreiros, com quem já fizera camaradagem.

Os pedreiros respondiam que lhes faltavam ajudantes.

— Então arranjem mais gente para trabalhar — retorquia Gustaf gracejando.

— Bom seria! — atalhava Inger. O estábulo devia estar pronto no outono, quando os animais eram recolhidos.

Gustaf soltou um foguete. Tendo soltado um, podia logo queimar todos os seis que trazia. Foi o que fez e as mulheres e crianças continham a respiração, de espanto ante as mágicas daquele feiticeiro. Inger nunca antes vira um rojão, mas aqueles raios loucos lembravam-lhe o grande mundo. Que era uma máquina de costura comparada com aquilo! E quando, por último, Gustaf tocou a gaita, Inger o teria de boa vontade acompanhado pelo caminho, de tão comovida...

A lavra vai indo num bom ritmo e o minério desce para o mar, em carroças puxadas a cavalo; um navio atracou, carregou e partiu para a América do Sul e outro aportou em seu lugar. Grande movimento. Toda a gente do campo que pode andar foi à montanha para ver as maravilhas que ali se desenrolam. Brede Olsen esteve lá com suas amostras de pedra e não foi recebido por ter o perito em mineração regressado à Suécia. Todos os domingos tem havido verdadeira romaria morro acima, até da aldeia tem peregrinado gente, e mesmo Aksel Stroem, que não tem tempo de sobra, estendeu seu caminho até as minas, nas poucas vezes em que inspecionou as linhas. Já não há quase ninguém que não tenha visto aquela maravilha. Inger de Sellanraa pôs seu vestido domingueiro e o anel de ouro e foi à montanha.

Que quererá ela ali?

Nada. Nem ao menos tem a curiosidade de ver como cavam os poços de mina, ela quer é apenas se mostrar. Quando Inger viu que outras mulheres iam ao monte, sentiu que devia ir atrás. Mesmo com uma cicatriz deformadora no lábio superior e com filhos crescidos, ela tem de ir aonde outras vão. Sente-se magoada, porque as outras são moças, mas ela vai tentar competir com elas; ainda não começou a engordar, é alta e bonitona e ainda pode se apresentar. Naturalmente não é mais cor-de-rosa ,e a tez dourada de pêssego aveludado já há muito que se foi, mas assim mesmo... Os homens iam menear a cabeça e dizer: ela não é nada má!

Foi recebida com a maior amabilidade, os operários ganharam muitos jarros de leite das mãos de Inger e a conhecem. Levaram-na por toda a parte, mostrando-lhe as minas, as barracas, as cocheiras, a cozinha, a adega e a despensa. Os mais ousados chegam bem perto dela e a pegam de leve nos braços, o que Inger não acha nada ruim, pelo contrário, até aprecia. Cada vez que tem de descer ou subir por degraus de pedra, ela ergue muito o vestido, deixando ver as pernas, mas o faz com toda a calma, é como se nada houvesse feito de extraordinário. Ela ainda é bem boa... É o que, sem dúvida, pensam os operários.

Há, apesar de tudo, algo de comovente naquela mulher já avelhantada; via-se que uma olhada furtiva de um ou outro daqueles homens ardorosos lhe vinha como dádiva inesperada. Ela era grata por um olhar e o retribuía, era uma mulher como as outras. Fora honrada, mas, sem dúvida, por falta de tentação.

Mulher velhusca...

Gustaf chegou. Deixou duas moças da aldeia com um companheiro só para vir. Gustaf certamente sabia o que estava fazendo, apertou a mão de Inger com mais calor do que era necessário e agradeceu pelo que ela lhe fizera quando de sua última visita, mas não tentou se impor.

— Então, Gustaf, não vens nos ajudar na construção do estábulo de pedra? — disse Inger, corando.

Gustaf respondeu que sim, que logo viria. Seus companheiros o escutaram e disseram que certamente não tardariam a vir todos.

— Por quê? — perguntou Inger. — Não vão estar aqui na mina, no inverno? Os operários responderam com reservas que não, que não estava com jeito. Gustaf é mais desembaraçado, diz rindo, que dentro em pouco terão apanhado todo o cobre que existe por ali.

— Não diga! — admirou-se Inger.

— Não — confirmaram os outros — Gustaf devia tomar mais cuidado e não dizer coisas assim.

Mas Gustaf não tomou cuidado, foi ainda mais longe e disse, rindo, muita coisa. Quanto a Inger, era estranho como ele a conquistava para si mesmo, embora não se insinuasse. Outro rapaz tocava sanfona, mas não era como quando Gustaf tocava a gaita de boca; um terceiro rapaz, também guapo, tentou despertar a atenção cantando uma cantiga com o acompanhamento da sanfona, mas também isso não foi grande coisa, embora ele tivesse uma voz agradável. Não demorou, e Gustaf efetivamente tinha o anel de ouro de Inger em seu dedo mínimo. Como teria sido possível, se ele não insistia? A verdade é que ele se insinuava com jeitinho, mas o fazia em silêncio, como ela mesma, não falavam nisso, ela fazia de conta que nada percebia quando ele mexia com a mão dela. Mais tarde, quando Inger estava na cozinha de campo tomando café, ouviu discussão lá fora e percebeu que era, por assim dizer, em homenagem a ela. Agradava àquela rola velha ficar escutando os doces arrulhos.

E como voltou ela do monte naquela noite de domingo? Voltou em excelentes condições, tão virtuosa como tinha ido, nem mais nem menos. Um magote de homens acompanhou-a na descida, não queriam voltar, enquanto Gustaf estava com ela, não a queriam deixar a sós com o rapaz. Inger estava encantada, nem lá fora, no grande mundo, se divertira tanto.

— Inger não teria perdido nada? — perguntaram por último. — Perdido? Não.

— O anel de ouro — disseram.

Gustaf teve de entregá-lo, pois tinha contra si todo um exército.

— Foi bom que o achaste! — disse Inger, e apressou-se a fazer suas despedidas da comitiva.

Aproximou-se de Sellanraa e viu os muitos telhados. Lá embaixo ficava seu lar. De novo despertou, para ser a mulher direita de sempre. Resolveu fazer uma volta e passar no estábulo de verão para dar uma olhada nos animais. No caminho passou por um lugar que conhecia bem: ali havia certa vez uma criancinha enterrada, ali ela afagara o chão com as mãos e colocara uma pequenina cruz. Aquilo fazia tanto tempo... No momento ela ia pensando se as moças tinham feito a ordenha e tudo o mais, sem mangar.

Os trabalhos de mineração prosseguiam no mesmo ritmo, mas correram uns rumores por ali, murmurava-se que a jazida não contivera o que prometera. O perito que voltara para casa tornou a vir e trouxe consigo mais um perito. Puseram-se a perfurar, dinamitar e explorar tudo rigorosamente. Que haveria? O cobre continuava de boa qualidade, não era esse o defeito; mas o veio ia-se tornando cada vez mais fino, não tinha profundidade alguma. Ia aumentando de espessura rumo ao sul e começava a tornar-se profundo e magnífico exatamente onde passava a linha divisória, o limite das terras da sociedade; mas ali começava o *almenning,* as terras do Estado. Com certeza os primeiros compradores não tinham imaginado que a transação fosse de muito grande alcance.

Aquilo não passara de negócios de família, alguns parentes que compravam por especulação, não trataram de garantir para si toda a montanha, a longa extensão até o vale seguinte; tinham apenas comprado um pedacinho de Isak Sellanraa e Geissler, e tornado a vendê-lo.

Que fazer? Chefes, administradores e peritos de mineração compreenderam muito bem que passos deviam dar, deviam imediatamente entrar em negociações com o Estado. Mandaram um mensageiro para a Suécia, com ofícios e plantas e tomaram, eles mesmos, o caminho do norte, para conversar com o *lensmand* e requisitar toda a área da montanha no lado sul da água. Começaram as dificuldades: a lei entrou no meio. Eram estrangeiros, não podiam comprar diretamente. Sabiam disso e tinham ordenado tudo. Mas a face sul da montanha estava toda vendida, o que não tinham sabido.

— Vendida? — inquiriram os senhores.
— Já há muito tempo. Há vários anos.
— Quem a comprou?
— Geissler.
— Que Geissler? Ah! Já sei, aquele...
— Escritura legalizada e registrada — acrescentou o *lensmand*. — Era tudo rocha limpa e ele comprou a área quase de graça.
— Quem é esse tal Geissler, que de vez em quando ouvimos mencionar? Por onde anda ele?
— Sabe Deus onde está!

Os homens tiveram de enviar novo emissário à Suécia. E tinham também de descobrir quem era Geissler. Mas enquanto esperavam não podiam mais trabalhar com a turma completa.

Foi assim que Gustaf chegou a Sellanraa, carregando toda a sua propriedade nas costas e dizendo que ali estava ele agora. Sim, Gustaf deixara a sociedade; no último domingo fora um pouco leviano demais ao falar da jazida de cobre e seu próximo esgotamento, alguém levara ao chefe as suas palavras e Gustaf fora demitido. Boa viagem! Talvez fosse exatamente isso que ele queria. Assim não despertava suspeitas de que ele ia a Sellanraa. Achou imediatamente trabalho no estábulo de pedra.

Atacaram com afinco as paredes e pouco depois veio mais um homem da lavra que também foi empregado na construção. Eram agora duas turmas e o trabalho corria. Assim teriam o estábulo no outono, claro...

Um mineiro atrás do outro desceu o morro, dispensado do serviço, tomando o caminho de casa, para a Suécia; a mineração ia parar. Aquilo foi como se um suspiro de tristeza passasse, de um a um, por todos os habitantes da aldeia; gente tola, não compreendia que mineração experimental era simples experiência, mas era. O desânimo e negros presságios apoderaram-se dos moradores, o dinheiro começou a diminuir, os ordenados baixaram, na casa comercial de Storborg reinava silêncio. Que significaria aquilo? Logo quando tudo já estava indo tão bem, Aronsen colocara um mastro e uma bandeira, adquirira uma pele de urso polar para forrar seu trenó no inverno e sortira a família toda com esplêndidas roupas. Isso eram bagatelas, mas aconteciam também coisas mais importantes: dois novos colonos haviam comprado terra de lavoura na região, lá bem no alto, entre Maaneland e Sellanraa, o que não era nada destituído de importância para aquele pequeno mundo afastado. Os dois homens tinham construído suas cabanas, cavado a terra e drenado o baixio, eram homens trabalhadores, que em pouco tempo tinham feito muito. Durante todo o verão haviam comprado víveres em Storborg, mas quando ali haviam chegado pela última vez, quase nada mais encontraram para comprar. Mercadoria? Que ia Aronsen fazer com mercadorias quando parava o funcionamento da lavra? Quase não tinha mais mercadorias em casa, só tinha dinheiro. Entre todas as pessoas dos arredores, talvez Aronsen fosse o mais desencorajado, seus cálculos tinham sido errados. Quando alguém o aconselhou a lavrar suas terras e viver delas até o advento de tempos melhores, Aronsen respondeu: "Que? Cavar o chão? Não foi para isso que eu e os meus viemos para cá!".

Finalmente Aronsen não agüentou mais, ele mesmo queria subir até as lavras e ver o que havia. Isso fora num domingo. Ao chegar a Sellanraa, quis que Isak o acompanhasse morro acima, mas Isak nunca ainda pusera os pés lá no alto, desde que haviam começado os trabalhos de mineração. Sentia-se melhor embaixo, na escosta, Inger teve de intervir.

— Não podes ir com Aronsen? É um favor que ele te pede disse ela.

Parecia até desejar que Isak se afastasse por certo tempo. Era domingo e ela teria gostado de estar sem ele durante algumas horas. Isak acabou cedendo e foi.

Viram muitas coisas esquisitas na montanha; Isak nem conseguia reconhecer o lugar, onde surgira uma verdadeira cidade de barracas e carros e onde as lavras se abriam como crateras. O engenheiro-chefe, em pessoa, os guiou, mostrando-lhes tudo. Talvez o próprio engenheiro não estivesse em boa disposição de ânimo naquele momento, mas tentou reagir contra a atmosfera pesada que pairava sobre o povo do campo e da aldeia. A visita do margrave de Sellanraa e do negociante de Storborg era ótima oportunidade.

Explicou a natureza do minério. Era minério de cobre, mas além de cobre continha ferro e enxofre. Eles sabiam direitinho o que havia naquele morro. Ali ocorria até um pouco de prata e de ouro. Não se tocam trabalhos de mineração sem entender da coisa!

— E agora o serviço vai parar? — arriscou Aronsen.

— Parar? — repetiu o engenheiro, admirado — bem servida estaria a América do Sul!

Iam interromper os trabalhos experimentais, explicou, mas por pouco tempo. Já sabiam o que aquele chão continha; depois iam construir o caminho aéreo e atacar a montanha toda em direção ao sul. Por acaso Isak saberia dizer onde andava o tal de Geissler?

— Não.

Não fazia mal, haveriam de encontrá-lo e os trabalhos seriam atacados de uma vez. Imagina, parar!

Todo comovido e extasiado, Isak ficou namorando uma pequena máquina. Era acionada com o pé e ele viu logo do que se tratava: uma pequena forja montada num carrinho, para ser mudada e usada em qualquer lugar.

— Quanto custa uma máquina dessas? — perguntou.

— A forja portátil? Quanto custa? Quase nada, uma ninharia.

Tinha várias por ali. Mas lá embaixo, no porto, sim, era outra coisa. Lá havia máquinas e instalações que eram um colosso. Coisa formidável. Isak certamente sabia que aqueles cortes profundos, verdadeiros vales e abismos cavados na montanha, não eram feitos à unha, ah! ah!

Continuaram a perambular por ali e, ao descerem, o engenheiro contou que pensava ir à Suécia qualquer dia.

— Mas volta outra vez, não é? — perguntou Aronsen.

Claro. O homem não se lembrava de nada que pudesse levar o governo ou a polícia a prendê-lo!

Isak deu um jeito de passarem mais uma vez pela pequena forja.

— Mas quanto poderá custar um negócio desses? — tornou a insistir.

Quanto custa? Assim no momento o engenheiro não o sabia dizer. Certamente custava um bocado, mas no orçamento de uma grande obra de mineração como aquela, praticamente não custava nada. Sujeito formidável, o engenheiro. Talvez àquela hora nem ele mesmo se sentisse tranqüilo e à vontade. Tratava, porém, de manter as aparências, mostrava-se jovial e magnânimo até o fim. Isak precisava de uma forja portátil? Podia levar a que aí estava! A empresa era poderosa, oferecia-lhe a forja, era um presente que lhe fazia.

Uma hora mais tarde os dois achavam-se a caminho de casa, Aronsen já mais calmo, renascidas suas esperanças no futuro, Isak pisando montanha abaixo com a preciosa forja portátil às costas. A gabarra velha estava habituada a carregar peso! O engenheiro ofereceu-se para mandar alguns homens, no dia seguinte, levar a valiosa dádiva, mas Isak agradeceu, dizendo que não valia a pena. Ia pensando na sua gente, na surpresa que ia causar ao descer com uma forja às costas.

A surpresa, porém, foi dele mesmo.

No momento em que chegava em casa um carro puxado por um cavalo e com a mais estranha carga entrava no quintal. O cocheiro era um homem da aldeia, mas ao seu lado vinha um senhor que Isak fitou, pasmado. Era Geissler.

CAPÍTULO IV

Isak teria tido ainda outros motivos para se admirar. Mas ele não era homem que pensasse em várias coisas ao mesmo tempo.

— Onde está Inger? — foi tudo quanto disse ao passar pela porta da cozinha. Queria ver Geissler bem recebido.

Sim, por onde andaria Inger? Estava no campo, colhendo frutinhas. Estivera no campo desde que Isak saíra, ela e Gustaf, o sueco. Já velhusca, a mulher andava maluca e apaixonada. O outono ia avançando, aproximava-se o inverno, mas ela sentia calor dentro de si, em seu íntimo ressurgia a primavera, as flores.

— Vem mostrar-me onde há arandos — dissera Gustaf.

Quem poderia resistir a tal convite? Ela correra ao seu quarto, séria, religiosa durante alguns minutos. Mas ele esperava lá fora, o mundo a perseguia. O fim foi ela arrumar os cabelos, mirar-se cuidadosamente ao espelho e sair. Quem não teria feito o mesmo? A mulher não distingue um homem do outro. Não sempre, não muitas vezes.

E os dois saíram, colhendo frutinhos, catando arandos no brejo, pulando de tufo em tufo, ela erguendo as saias, deixando ver pernas perfeitas. Tudo estava quieto ao redor. A perdiz já estava com os filhotes crescidos e não sibilava mais. No meio do charco havia cantinhos bem ocultos, secos, abrigados, cercados de arbustos. Não andaram nem uma hora e já estavam descansando.

— Então és assim! — dizia Inger.

Toda caidinha por ele, a mulher sorria, perdida, penada de amores. É tão doce e doloroso estar-se apaixonado, é uma coisa e outra! Certamente os bons costumes antigos mandam ficar de guarda, defender-se? Sim, mas só para entregar-se logo em, seguida, Inger sentia a paixão cruel e inexorável, desejou ardentemente e apenas quis tornar-se mais valiosa para ele.

Uma mulher avelhantada...

— Quando o estábulo estiver pronto, vais embora. — disse ela.

Não, ele não ia embora. Claro, um dia, teria de ir, mas não agora, não dentro de uma semana.

— Não é melhor irmos para casa? — perguntou ela.

— Não.
Colheram mais frutos e pouco depois tornaram a encontrar um recanto convidativo entre os arbustos.
— Estás louco, Gustaf... — disse Inger.
As horas vão passando. Certamente adormeceram entre as moitas. Adormeceram? É algo de maravilhoso, estar assim, no campo ermo, no paraíso. De repente Inger ergueu a cabeça e pôs o ouvido à escuta.
— Parece-me que ouvi alguém vindo pela estrada lá embaixo.
Quando foram para casa, o sol já ia baixo, as sombras da tarde envolviam os outeiros cobertos de urzes. Passaram por muitos lugarezinhos bonitos e protegidos. Gustaf os via e Inger, sem dúvida, também, mas tinha ela o tempo todo a impressão de que alguém estivera andando na frente deles. Mas quem poderia andar o caminho todo defendendo-se contra um rapaz bonito e doido? Inger sentiu-se fraca, apenas sorriu e disse:
— Nunca vi algo como tu...
Chegou à quinta sozinha. Foi bom ela ter voltado aquela hora, foi magnífico. Um minuto mais tarde não teria dado certo. Isak acabava de entrar no quintal com sua forja, acompanhado por Aronsen, e um carro com um cavalo parou ali naquele momento.
— *Goddag* — disse Geissler, saudando também Inger.
Ficaram todos olhando um para o outro. Não poderia ter sido melhor...
Então Geissler tornara a aparecer. Dessa vez estivera fora vários anos, mas ali estava, de volta, envelhecido e grisalho, mas ágil como sempre. E bem vestido dessa vez, com colete branco e correntão de ouro atravessado na barriga. Não se podia entender aquele homem!
Teria chegado até ele a notícia do que se passava na jazida de cobre? Viria ver a coisa de perto? Fosse lá como fosse, ali estava ele. Parecia muito animado e bem disposto. Inspecionou o lugar, virando lentamente a cabeça e correndo os olhos em todas as direções. Viu grandes transformações. O margrave ampliara seus domínios. Geissler fez com a cabeça um movimento de aprovação.
— Que trazes aí? — perguntou a Isak. — É carga para um cavalo!
— É uma forja — explicou Isak. — É coisa de que muitas vezes preciso aqui na roça — acrescentou. Ainda chamava Sellanraa de roça!
— Onde a arranjaste?
— Lá no alto, na mina. O engenheiro ma deu de presente.
— É engenheiro lá da mina? — perguntou Geissler, fingindo não saber. Então Geissler ia ficar atrás de um engenheiro de minas?
— Ouvi dizer que tens uma segadeira e trouxe comigo um rastelo mecânico para ti. Assim dizendo, apontou para a carga do carro.
Ali via-se um pente enorme, vermelho e azul, um rastelo de feno para ser puxado por cavalos. Ergueram-no do carro e o examinaram. Isak atrelou-se aos varais e experimentou-o no chão. Ficou boquiaberto

e não era para menos. Um milagre atrás do outro acumulava-se em Sellanraa!

Falaram da jazida de cobre, do trabalho de mineração.

— Perguntaram muito pelo senhor — disse Isak.

— Quem perguntou?

— O engenheiro e os outros todos. Tinham necessidade de encontrá-lo, disseram.

Isak certamente estava exagerando, podia ser que Geissler nem gostasse daquilo, pois atalhou, brusco:

— Se quiserem alguma coisa de mim, estou aqui!

No dia seguinte, os dois estafetas voltaram da Suécia, e com eles alguns dos proprietários da mina. Vinham a cavalo, uns senhores distintos e gordos, uns ricaços, a julgar pelas aparências. Quase não se detiveram em Sellanraa; sem apear foram-se informando sobre o caminho e continuaram montanha acima. Fingiram nem ver Geissler que, no entanto, estava ali mesmo, quase ao pé deles. Os estafetas, com os cavalos cargueiros, descansaram uma hora, conversaram com os pedreiros no estábulo, souberam que o senhor de idade, de colete branco e correntão de ouro, era Geissler, e prosseguiram viagem. Mas à noite do mesmo dia um deles voltou, trazendo um recado: Geissler devia subir para falar com os homens na lavra.

— Se quiserem alguma coisa de mim, estou aqui! — foi a resposta que Geissler mandou pelo mensageiro.

Tornara-se certamente um sujeito muito importante, julgava-se poderoso e talvez considerasse pouco caso um recado verbal.

Mas como se explicaria sua vinda a Sellanraa justamente quando mais dele se precisava? Sempre estava a par de tudo; sabia sempre uma porção de coisas. Quando os senhores, na jazida, receberam a resposta, tiveram de dar-se ao incômodo de descer até Sellanraa de novo. Vieram com eles o engenheiro e os dois peritos em mineração.

Houve, pois, muitas encrencas e transtornos antes de se realizar o encontro. Começava mal e Geissler fazia o papel de grande senhor.

Dessa vez os homens vieram corteses, pediram desculpas, por terem enviado recado no dia anterior, alegaram tê-lo feito por se acharem muito cansados da viagem. Por sua vez Geissler retribuiu com gentilezas, dizendo que também ele estivera fatigado da viagem, pois do contrário teria ido.

Mas passaram aos negócios. Geissler queria vender as terras ao sul do lago?

— Os senhores são compradores? — perguntou Geissler ou estou falando com intermediários?

Isso só podia ser acinte por parte de Geissler, pois qualquer um podia ver, pelo jeito, que aqueles senhores, gordos e distintos, não podiam ser intermediários. As negociações continuaram.

— O preço? — disseram.
— Sim o preço — secundou Geissler, e pensou no caso. Alguns milhões... — acrescentou.
— Não diga! — atalharam os compradores, sorrindo. Geissler, porém, não sorriu.

O engenheiro e os peritos tinham empreendido uma prospecção meio superficial por aqueles lados, feito algumas perfurações e explosões e averiguado o seguinte: o depósito de minério, oriundo de erupção, era irregular; a julgar pela sondagem provisória parecia ser mais profundo na região da divisa entre a propriedade da companhia e a de Geissler; dali para diante, ia diminuindo de espessura. Na última meia milha, não se encontrava minério que compensasse a exploração.

Geissler ouviu o relato com a maior indiferença. Tirou alguns papéis do bolso e pôs-se a examiná-los atentamente. Não eram plantas, talvez fossem documentos que nada tinham a ver com a jazida de cobre.

— As perfurações não foram suficientemente profundas observou, como se aquilo ressaltasse dos papéis que tinha na mão.

Os homens não o contestaram, mas o engenheiro indagou: — Como Geissler o pode saber? Ele mesmo não fez perfurações.

Geissler sorriu, como se tivesse perfurado centenas de metros pela terra adentro e tapado os buracos.

Continuaram debatendo até o meio-dia e aí começaram a puxar os relógios e a ver as horas. Conseguiram fazer Geissler descer até um quarto de milhão. Mas daí para baixo não cedeu um fio de cabelo. Deviam tê-lo magoado seriamente. Pareciam imaginar que ele ansiasse por vender, ou se visse obrigado a vender. Mas a realidade era bem outra. Então não o viam pelo menos tão airoso e importante como eles mesmos?

— Uns quinze ou vinte mil é dinheiro que chega — disseram. Geissler não o negou, achou que de fato era, para quem precisasse daquele dinheiro, mas que duzentos e cinqüenta mil eram ainda mais. Um dos homens disse, então, certamente para que Geissler se lembrasse qual era o seu lugar e não subisse às nuvens:

— Sim, antes que me esqueça. Trazemos lembranças da gente de Geissler, da Suécia.

— Obrigado! — retrucou Geissler.

— Mas olhe aqui — disse outro, ao ver baldados todos os esforços.

— Um quarto de milhão! A jazida não é de ouro, é de minério de cobre! Geissler fez com a cabeça um sinal de aprovação.

— Isso mesmo — disse —, é minério de cobre.

Aí, os compradores perderam a paciência, cinco tampas de relógio se abriram e fecharam de novo. Não havia tempo para brincadeiras, era meio-dia. Os homens não pediram almoço em Sellanraa. Voltaram à mina para comer da própria comida.

Assim terminou a reunião.

Geissler ficou só.

Que idéia teria ele, para agir como agira? Talvez nenhuma, talvez fosse tudo por indiferença e irreflexão? Nada disse, ele pensava, mas não se mostrava inquieto. Depois do almoço disse a Isak:

— Gostaria de dar um giro pela minha jazida e levar Sivert comigo, como da outra vez.

— Está bem, ele irá — disse Isak imediatamente.

— Não. Ele tem mais o que fazer.

— Ele vai contigo imediatamente — repetiu Isak e chamou Sivert, que trabalhava na parede.

Geissler ergueu a mão e disse, brusco: "Não!"

Percorreu a quinta, voltando várias vezes para dar alguns dedos de prosa animada com os pedreiros. Incrível que tivesse calma para isso, ele que ainda agora estava ocupado por assunto tão importante. Tendo vivido tanto tempo em condições incertas, talvez nada mais contasse para Geissler; em todo caso, não precisava mais temer que se desse com ele uma queda vertiginosa.

Chegara a ser o que era, por mero acaso. Assim que tinha vendido aos parentes de sua esposa a pequena área de terra, comprara o morro do outro lado. Por que o teria feito? Quereria aborrecer os proprietários, tornando-se seu vizinho? Sua primeira idéia devia ter sido apenas garantir para si uma faixa de terra ao sul do lago, onde forçosamente devia erguer-se a cidade mineira, se de fato algum dia houvesse exploração regular da jazida. Acabara porém sendo proprietário de todo o morro, pois as terras ali não custavam quase nada, e por não querer ele ter amolações com divisas. Tornara-se assim, por mera indiferença e comodismo, o rei das minas, um local que, destinado a barracas e máquinas, transformara-se num império que se estendia até o mar.

Na Suécia, a primeira pequena jazida foi passando de mão em mão e Geissler mantinha-se bem informado sobre o destino da terra. Naturalmente os primeiros proprietários tinham dado uma cabeçada ao comprar a área de chão. A família, reunida em conselho, não entendia patavina de mineração, e não garantira para si uma área suficientemente grande; apenas haviam comprado para se verem livres de um certo Geissler nos arredores. Não menos ridículos, porém, eram os novos proprietários; gente poderosa, de posses, podiam permitir-se o luxo de comprar terras por divertimento, por fanfarrice, sabe Deus por que. Mas quando começaram as pesquisas do solo, a prospecção efetiva, viram-se de repente em face de uma barreira: Geissler.

São crianças! talvez dissesse Geissler de si para si, lá de sua grande altura. Estava por cima, tornara-se ousado e duro de se lidar. Os homens não haviam poupado esforços para fazê-lo ceder.

Imaginavam estar lidando com um sujeito necessitado e deram a entender que pagariam algo como quinze a vinte mil. Eram crianças, não conheciam Geissler. Ali estava ele, firme e inabalável.

Os homens não desceram mais da montanha naquele dia, achando com certeza mais prudente não mostrar muita sofreguidão no negócio. Na manhã seguinte vieram, mas já com os cavalos cargueiros, pois achavam-se de regresso. Geissler, porém, tinha ido embora.
Geissler teria mesmo ido embora? Os senhores nada puderam decidir de cima dos cavalos. Tiveram de apear e esperar. Para onde havia ido Geissler? Ninguém o sabia, ele sempre andava por toda parte, tinha interesse na quinta de Sellanraa. Por último fora visto na serraria. Os estafetas foram enviados à sua procura, mas Geissler devia andar longe, pois não respondia quando o chamavam. Os homens puxavam constantemente os relógios e no início não disfarçavam seu desagrado.

— Não vamos ficar aqui, feito bobos, esperando. Se Geissler quer vender, tem de estar presente! — disseram. No entanto, sua raiva foi-se aplacando. Esperaram, começavam a achar graça, a fazer piadas, dizendo achar-se em situação desesperadora, ter de passar a noite na montanha fronteiriça. — Excelente! — diziam. — Nossas famílias acharão um dia nossas ossadas!

Finalmente Geissler chegou. Estivera apenas dando uma olhada pelo sítio e acabara seu giro no estábulo de verão.

— Também aquele estábulo, parece, já é pequeno para ti — disse, dirigindo-se a Isak. — Quantas cabeças de gado tens, ao todo, lá em cima?

Assim falava ele, com os grandes senhores ali esperando, de relógio na mão. Geissler estava corado, como se tivesse bebido.

— Puxa, que a pernada me esquentou! — disse ele.

— Esperávamos até certo ponto que o senhor estivesse presente aqui — disse um dos compradores.

— Os senhores não me pediram para ficar — respondeu Geissler. — Eu teria estado a postos...

E então, a quantas andava o negócio? Geissler estaria hoje disposto a aceitar uma oferta razoável? Também não devia encontrar todos os dias negócios de ganhar quinze a vinte mil coroas... Ou talvez sim?

A nova alusão muito desgostou Geissler. Que modo de negociar! Os homens certamente não teriam falado naquele tom se não tivessem estado impacientes, e Geissler não teria imediatamente empalidecido se não viesse com o rosto afogueado de seu giro solitário. Assim, empalideceu e respondeu friamente:

— Não me compete debater a quantia que os senhores julgam poder pagar. Sei apenas qual a quantia que me convém receber. Não estou disposto a escutar mais conversa infantil em torno da jazida. Meu preço é o mesmo de ontem.

— Duzentos e cinqüenta mil coroas?
— Isso.
Os homens montaram a cavalo.

— Vou fazer uma proposta — disse um deles. — Podemos chegar até vinte e cinco mil coroas!

— O senhor continua disposto a fazer pilhérias — respondeu Geissler.

— Eu porém vou propor-lhes um negócio sério: querem vender o terreninho que têm lá em cima, na mina?

— Sim — responderam os homens, apanhados de surpresa.

— É coisa em que se pode pensar...

— Pois eu o compro — rematou Geissler.

Ah, esse Geissler! O quintal regurgitava de gente que o escutava, todo o povo de Sellanraa, os pedreiros, os compradores e os estafetas. Ele talvez não tivesse a mínima possibilidade de arranjar dinheiro para tal transação. Mas, por outro lado, talvez sim... Só Deus sabia. Com ele nunca se podia dizer ao certo a quantas se andava. Em todo caso, suas palavras agitaram um pouco aqueles grandes senhores. Seria um ardil? Imaginaria que suas próprias terras pudessem parecer mais valiosas com tais manobras?

Os homens, de fato, pensaram na proposta, começaram até a confabular sobre o caso. Tornaram a apear dos cavalos. Aí o engenheiro se intrometeu no negócio. Na sua opinião aquilo era ir longe demais e ele parecia ter poder e até autoridade para meter-se no meio. O quintal estava cheio de gente, a ver e ouvir.

— Nós não vendemos! — disse ele.

— Não? — perguntaram os senhores.

— Não!

Cochicharam ainda um pouco, depois montaram a cavalo, resolutos.

— Vinte e cinco mil coroas! — gritou um deles.

Geissler não respondeu. Fez meia volta e foi de novo ter com os pedreiros.

E assim encerrou-se o último encontro.

Geissler parecia indiferente às possíveis consequências de seu modo de proceder. Andava de um lado para outro, falando de várias coisas. No momento interessava-lhe o trabalho dos pedreiros que colocavam algumas enormes vigas transversais no estábulo. Queriam acabar a obra naquela mesma semana, o telhado ia ser provisório, mais tarde ia ser construído novo depósito de forragem sobre o estábulo.

Isak manteve Sivert afastado da construção, deixou-o andar à toa, para que Geissler encontrasse o rapaz livre a qualquer momento, pronto para a excursão à montanha. Providência, aliás, desnecessária, pois Geissler desistira da subida ou a esquecera. Quando Inger lhe arrumou um farnel, ele desceu pelo campo e ficou fora até a noite.

Passou pelas duas novas lavouras abaixo de Sellanraa e conversou com os homens. Desceu até Maaneland e quis ver o que Aksel Stroem havia feito nos últimos anos. Não progredira muito, mas assim mesmo lavrara um bom pedaço de chão. Geissler interessava-se também por aquele sítio e disse a Aksel:

— Tens cavalo?
— Tenho.
— Lá no Sul tenho uma ceifeira e uma grade. Máquinas novas. Vou enviá-las, podes ficar com elas.
— Que? — espantou-se Aksel. Não conseguia compreender tanta magnificência, imaginava um pagamento a prazo.
— Dou-te essas máquinas de presente — explicou Geissler.
— Não é possível!
— Mas em troca vais ajudar teus dois vizinhos a gradear uns arais novos.
— Ora! Não faltarei! — declarou Aksel, sempre sem compreender inteiramente a idéia de Geissler. — Então vosmicê tem propriedade e maquinaria no Sul?
— Tenho tanta coisa a cuidar... — respondeu Geissler.

Geissler possivelmente nada tivesse, mas gostava de fazer de conta. Podia comprar a ceifeira e a grade numa cidade qualquer e enviá-las para o Norte.

Ficou conversando uma porção de tempo com Aksel Stroem. Falaram a respeito dos outros colonos do campo, da casa de negócio Storborg, do irmão de Aksel, homem recém-casado que chegara a Breidablik e começara a abrir valas, tirando toda a água das terras do charco. Aksel queixou-se de que não era possível arranjar uma mulher para trabalhar. Tinha apenas uma velha, de nome Oline, que não valia grande coisa, mas ainda devia dar graças a Deus de ter ao menos essa, ainda podia dar-se por satisfeito. Durante parte do verão tivera de trabalhar dia e noite. Poderia ter arranjado uma mulher de sua terra, de Helgeland, mas teria de pagar-lhe a viagem, além de ordenado. Havia despesas para todos os lados. Aksel contou, ainda, que se encarregara da inspeção da linha telegráfica, mas chegava quase a se arrepender.

— Isso só serve para gente como Brede — disse Geissler.
— É verdade — admitiu Aksel. — Mas sempre é um ganho a mais.
— Quantas vacas tens?
— Quatro. E um tourinho. Daqui até Sellanraa é longe e eu usava o touro de lá.

Mas Aksel Stroem tinha coisas muito mais importantes a falar com Geissler. Fora iniciado inquérito contra Barbro. Sim, naturalmente tudo acabara sendo descoberto. Barbro andara grávida, mas viajara livre e desimpedida, sem criança. Como se explicaria isso?

Compreendendo o alcance do ocorrido, Geissler disse simplesmente:
— Vem cá!

Levou Aksel consigo, para longe das casas. Deitava importância e portava-se como autoridade. Sentaram-se na beira da mata e Geissler disse:
— Agora vais me contar tudo direitinho.

Naturalmente tudo viera à luz do dia. Como podia ter sido evitado? O campo não era mais o lugar despovoado de antes e além disso Oline chegara ali. Que teria Oline a ver com o caso? Muita coisa... Ainda por cima Brede Olsen fizera-se inimigo dela. Não havia mais jeito de livrar-se de Oline, ela fixara-se no lugar e podia ir aos poucos arrancando segredos de Aksel. Ela vivia para coisas suspeitas e, em parte, delas tirava meio de vida; ali farejou logo alguma coisa, um mistério que prometia. A verdade é que Oline já estava velha demais e muito fraca para cuidar da casa e dos animais em Maaneland. Devia desistir do trabalho. Mas ela o podia deixar? Podia sair tranqüilamente de um lugar onde havia tão obscuro enigma por esclarecer? Deu conta do trabalho de inverno e, penando muito, varou também a labuta do verão, tirando forças imensas só da perspectiva de poder desmascarar uma filha de Brede. Nem bem a neve desapareceu do campo, na primavera, e já Oline pôs-se a farejar pelos arredores.

Achou o pequeno montículo verde junto ao regato e logo viu que a turfa ali fora recolocada em quadrinhos. A felicidade lhe sorriu: um dia apanhou Aksel em flagrante, pisando a pequena tumba, para aplanar a terra. Isso significava que Aksel sabia de tudo. Oline meneou a cabeça grisalha. Agora chegara a vez dela!

Não que Aksel fosse intratável, nada disso, podia-se conviver com ele. Mas era mesquinho, contava os queijos e anotava cuidadosamente cada bolo de lã. Oline nem de longe tinha liberdade de ação. E Aksel, por acaso, se mostrara como um cavalheiro, soubera agradecer quando ela o salvara, no ano anterior? Pelo contrário, ele insistia na divisão do triunfo. Costumava dizer que se Oline não o acudisse, teria tido de passar a noite gelada, ao relento, mas que Brede também o ajudara muito no caminho de casa! Estava aí sua gratidão! Oline achava que até o Todo Poderoso devia voltar sua justa ira contra os homens, no ponto em que as coisas haviam chegado. Não teria sido nada de mais Aksel trazer uma vaca e dizer: "Está aqui a tua vaca, Oline!" Mas não, nada disse...

Restava ver agora se isso não lhe ia custar mais do que apenas uma vaca! Durante todo o verão, Oline ficou atenta, fazendo parar cada pessoa que passava, e se punha a cochichar e a confiar segredos. "Mas pelo amor de Deus, nem um pio por aí afora do que eu falei!" — rematava ela. Oline também foi, algumas vezes, à aldeia. Começaram, assim, a circular rumores no campo, os boatos se infiltravam de mansinho, como o orvalho, depositavam-se na face das pessoas e penetravam nos ouvidos. Até as crianças que iam à escola em Breidablik começaram a trocar misteriosas confidências. Por último, o *lensmand* teve de se mexer, de enviar seus informes e pedir instruções. Chegou um dia a Maaneland com auxiliar e livro de protocolo, investigou, tomou notas e foi-se embora. Três semanas mais tarde, porém, voltou, tornou a investigar e a registrar, e dessa vez abriu um pequeno montículo verde na margem do regato e tirou de lá um cadáver de criança. Oline era-lhe valiosa ajuda e, em compensação, ele tinha de responder a muitas perguntas. A uma respondeu que sim, podia ser que Aksel fosse detido. Aí Oline bateu as mãos, horrorizada ante tanta depravação em que ela se via envolvida, nesse lugar, e desejou estar longe, bem longe.

— E Barbro? — sussurrou ela.

— A moça, Barbro — disse o *lensmand* — está detida em Bergen. A justiça deve seguir seu curso — acrescentou. Foi-se embora de novo, levando o cadáver.

Não era, pois, de se estranhar que Aksel andasse aflito. Prestara declarações ao *lensmand* e nada negara. Sua participação no ocorrido era, por assim dizer, a própria criança. Além disso cavara, ele mesmo, a sepultura. Terminou perguntando a Geissler como devia proceder daí por diante. Teria de ir à cidade, para ser submetido a interrogatório muito mais rigoroso, a tortura?

Geissler não era mais o sujeito atirado de outrora. A prolongada narrativa o fatigara, ele parecia absorto, talvez se desvanecera nele o espírito que o animara pela manhã. Olhou o relógio, ergueu-se e disse:

— Isso deve ser refletido maduramente. Vou pensar no caso. Terás minha resposta antes de eu viajar.

Geissler foi-se embora.

Voltou a Sellanraa à noite, comeu um pouco e deitou-se. Dormiu até dia claro, descansou bem, sem dúvida estivera exausto após a entrevista com os proprietários suecos. Só dois dias mais tarde dispôs-se a ir embora definitivamente. De novo mostrou-se superior e magnânimo, pagou prodigamente e deu uma brilhante moeda de uma coroa à pequena Rebeca.

Fez uma alocução a Isak.

— Afinal de contas, não fechamos negócio desta vez, mas dá na mesma. Um dia o negócio será efetuado. Por enquanto, paraliso o trabalho lá em cima. Eram umas crianças, queriam me ensinar! Ouviste que me ofereceram vinte e cinco mil?

— Ouvi — disse Isak.

— Pois é — continuou Geissler, e fez um gesto eliminando do pensamento todas as ofertas mesquinhas e afrontosas —, não prejudica o distrito que eu faça parar o serviço. Pelo contrário, fará com que o povo daqui cuide mais assiduamente de suas terras. Mas lá embaixo, na aldeia, a paralisação será sentida. No verão fizeram bom dinheiro lá embaixo. Eram roupas novas e boas comidas e que sei eu... Isso agora acabou. Vês tu, o povo da aldeia podia muito bem ter sido meu amigo, e talvez as coisas tivessem sido outras... Agora elas vão ser como eu quero. Quem manda, agora, sou eu...

Todavia, ao retirar-se, não parecia um homem que mandava em alguma coisa, coitado... Levava um pequeno farnel na mão e seu colete não era mais de imaculada brancura. Sabe Deus se a boa esposa não o teria equipado para aquela viagem, gastando o resto das quarenta mil coroas que uma vez recebera. Lá ia ele, voltando para casa, pobretão.

Não esqueceu de passar pela casa de Aksel Stroem.

— Pensei detidamente no teu caso — informou. — Está em andamento e nada podes fazer por ora. Serás chamado a depor e terás de te explicar. Tudo aquilo não passava de conversa fiada. Geissler certamente não pensara nem um minuto no assunto. Desacorçoado, Aksel disse que sim a tudo. Por último, Geissler emproou-se todo. Era, de novo, o homem poderoso. Franziu o cenho e disse, sisudo:

— Bom seria se eu pudesse estar na cidade e comparecer à audiência...

— Ah! Se o senhor pudesse! — exclamou Aksel.

Geissler decidiu-o no momento seguinte:

— Vou ver se arranjo tempo. Mas tenho que olhar por tanta coisa lá embaixo, no Sul... Em todo caso, vou ver se dou um jeito. Por hoje, adeus. Vou mandar-te os instrumentos de que falei.

Geissler partiu.

Seria essa sua última jornada ao campo?

CAPÍTULO V

Os últimos trabalhadores desceram do planalto. O trabalho de mineração parou. De novo a montanha jazia muda, sem vida.

Também o estábulo de pedra em Sellanraa estava pronto, com um telhado provisório de turfa, para o inverno; uma grande casa, dividida em compartimentos claros e arejados, um amplo salão no meio e grandes quartos nas duas extremidades, é como casa de gente. Dizer que Isak já uma vez morou ali, numa cabana de turfa, junto com algumas cabras. Agora não há mais cabana de turfa em Sellanraa.

Instalaram-se baias e mangedouras. Para rematar depressa o trabalho os dois pedreiros continuaram no lugar. Gustaf, porém, que, como ele mesmo afirmava, não entendia de serviço de carpinteiro, dispôs-se a ir embora. Como pedreiro, sim, Gustaf fora um companheirão. Como um urso, suspendera material pesado. A noite alegrara e animara a todos, com sua gaita de boca, para não falar no quanto ajudara as mulheres, carregando baldes pesados do ribeirão para a casa e da casa para o ribeirão. Chegou a hora de partir. Não, afirmou ele, na madeira não sabia trabalhar. Parecia que o homem fazia mesmo questão de ir-se embora, quanto antes, melhor.

— Podias bem estar aqui amanhã — disse Inger.

Ele, porém, contestou; não havia mais trabalho que soubesse fazer e, além disso, queria aproveitar a companhia dos últimos mineiros que iam embora, para atravessar a montanha fronteiriça.

— E quem me ajudará com os baldes? — disse ela, sorrindo tristemente.

Gustaf, sempre ligeiro, logo tinha remédio para isso; citou Hjalmar. Hjalmar era o mais moço dos dois pedreiros, mas nenhum deles era tão moço como Gustaf e ninguém era como ele.

— Hjalmar! Ora... — respondeu Inger, com desprezo. Mas de repente, refletindo melhor, quis incitar Gustaf e disse: — Isto é... Hjalmar não é dos piores. E sabe cantar tão bem...
— Um sabujo! — declarou Gustaf, sem se afobar.
— Mas então nem ficas para passar a noite?
— Nem isso, pois me veria sem companheiro para a caminhada.
Sem dúvida Gustaf começara a cansar-se de tudo aquilo. Fora magnífico arrebatá-la, bem às barbas dos camaradas e tê-la durante as poucas semanas que ali estivera. Mas agora ia retirar-se, em busca de outros serviços, talvez de uma namorada lá na sua terra, rumo a novas perspectivas. Podia ele andar por aí mangando, por causa de Inger? Tinha sólidos motivos para retirar-se, ela mesma o devia compreender. No entanto, ela tomara-se tão ousada, tão irrefletida, não se importava mais com coisa alguma. Tudo aquilo não durara muito entre eles, mas assim mesmo durara todo o tempo da construção.

Inger, de fato, andava perturbada e aflita. De tão fiel ela efetivamente chorava a partida do rapaz. Era uma hora amarga, pois da parte dela não era afetação, estava sinceramente apaixonada. Nem se envergonhava disso, mulher forte, cheia de franqueza, obedecendo às leis da natureza ao seu redor, sentindo arder dentro de si o calor do outono. Ao arrumar o farnel para Gustaf, seu peito transbordava de sentimentos. Não se detinha a refletir se tinha direito a esses sentimentos ou se havia perigo neles. Apenas cedia ao seu impulso, sedenta, após ter provado o prazer. Isak podia mais uma vez erguê-la até o telhado e socá-la no chão. Isso não a impediria de sentir o que sentia.

Saiu com o farnel e entregou-o a Gustaf.

Deixara um balde junto à escada para que no caso de Gustaf querer ajudá-la a carregar, acompanhá-la ao rio pela última vez. Inger talvez quisesse dizer-lhe alguma coisa, dar-lhe furtivamente um objeto qualquer, o anel de ouro, sabe Deus o que, ela era capaz de tudo. Mas aquilo devia acabar. Gustaf agradeceu pelo farnel, disse adeus e partiu. E partiu...

Ela ficou.

— Hjalmar! — chamou, em voz alta, mais alta do que era necessário. Dir-se-ia um grito de júbilo, de alegria ostentada por despeito. Ou de angústia...

Gustaf foi-se distanciando.

Pelo outono afora reina a habitual azáfama no campo, até a aldeia. As batatinhas são tiradas da terra, o trigo é recolhido, o gado grosso é solto nas socas. Há oito novas colônias e em todas elas trabalha-se com afinco. Apenas na casa de comércio Storborg, não há gado nem arais nem campos, só há jardim. Também não há mais comércio e ali ninguém anda atarefado.

Em Sellanraa cultivam nova planta de raiz, a que chamam rábano. Verdeja, exuberante, no baixio, e ostenta enormes folhas ondeantes. A dificuldade é defender a planta do ataque das vacas que em sua avidez não respeitam cercas, derrubam tudo e se atiram, a mugir, à plantação. O jeito é Leopoldina e a pequenina Rebeca ficarem de guarda na lavoura de rábano. Rebeca anda com um pau comprido na mão e é um prodígio para tocar as vacas. O pai trabalha nas imediações e de vez em quando se aproxima, afaga-lhe as mãos e os pés e pergunta se ela não sente frio. Enquanto vigia as vacas, Leopoldina, que é grande e crescida, empunha as agulhas e faz meias e mitenes de lã para o inverno que se aproxima. Ela nasceu em Trondhjem e veio a Sellanraa com apenas cinco anos. A lembrança de uma grande cidade com muita gente e de uma longa viagem num navio a vapor torna-se cada vez mais remota, vai aos poucos se apagando. Ela é filha do campo e não mais conhece qualquer outro mundo além da aldeia lá embaixo, onde esteve na igreja algumas vezes e onde fez a comunhão no ano passado.

Aparecem também tarefas fortuitas: a estrada para baixo está intransitável em alguns lugares. A terra ainda está em condições de ser trabalhada, e um dia Isak e Sivert metem mãos à obra.

Começam a abrir valas ao longo da estrada. Há dois trechos de charco que devem ser drenados.

Aksel Stroem prometeu ajudar, pois também ele tem cavalo e usa a estrada. Todavia, na hora aprazada, teve de ir à cidade com urgência. Sabe Deus o que ia fazer lá, mas era, dizia, coisa absolutamente necessária e inadiável. Em seu lugar mandou o irmão, de Breidablik, para trabalhar na estrada. O irmão chama-se Frederik.

É homem moço, casado de novo, jovial, sabe contar uma boa piada, mas é assim mesmo rapaz direito. Sivert e ele se parecem. Pelo caminho, de manhã, Frederik estivera com seu vizinho mais próximo, Aronsen de Storborg, e vinha saturado de tudo quanto o negociante lhe contara. Para começar, Frederik pedira um rolo de fumo. "Dar-te-ei de presente um rolo de fumo assim que eu mesmo tiver um", dissera Aronsen. "Que? Então o senhor não tem fumo?" "Não tenho e nem quero ter, pois não há quem o compre. Quanto achas que eu ganho num rolo de fumo?" Aronsen estivera, sem dúvida, irritado, julgava-se simplesmente logrado pela sociedade sueca de mineração. Estabelecera-se ali no campo para negociar e o trabalho fora suspenso.

Frederik sorriu maliciosamente. Divertia-se à custa de Aronsen.

— Imagina, ele não mexeu um dedo nas suas terras! — disse.

— Não produziu nem a forragem para os próprios animais; tem de comprá-la fora! Esteve lá em casa, querendo comprar feno. Eu é que não tinha feno para vender. "Não precisas de dinheiro, parece!" disse Aronsen. Para ele, o dinheiro é tudo. Jogou uma nota de cem coroas no balcão e disse: "Dinheiro! Dinheiro é uma grande coisa! Não há como dinheiro em caixa!" Para mim, ele não é muito certo da bola. E a mulher dele anda com relógio de bolso em dia de semana... Sei lá o que pode haver de tão importante para ela se lembrar a cada minuto...

— Aronsen falou num tal de Geissler?
— Se falou! E como! No sujeito que não quer vender suas terras. Aronsen estava furioso. Um *lensmand* demitido, disse ele, que talvez não possua cinco coroas de saldo em sua caderneta! Só dando um tiro num diabo desses! — O senhor tenha um pouquinho de paciência, disse eu, mais tarde ele venderá. — Fia-te lá nisso, replicou Aronsen. Eu sou comerciante, entendo do negócio, disse ele, e posso te garantir que quando uma das partes fixa seu preço em duzentas e cinqüenta mil coroas e a outra oferece vinte e cinco mil, a diferença é muito grande, não poderão entrar em acordo nem fechar negócio. Felicidades e boa viagem! — disse ele ainda. Eu só queria é nunca ter posto os pés neste buraco, não ter-me enterrado aqui com família e tudo. Não vai me dizer que pensa em vender? — perguntei. — Sim respondeu ele — é exatamente no que eu penso. Isso aqui é um brejo — vociferou — é um buraco e um deserto! Aqui não entra mais uma só coroa num dia inteiro.

Riram-se de Aronsen, não sentiam por ele a mínima compaixão.

— Achas que ele venderá? — perguntou Isak.

— É o que ele deu a entender. Já dispensou o empregado.

Sujeito esquisito o tal de Aronsen, não há o que ver! Manda embora o rapaz que podia ir fazendo alguma coisa, arrumar lenha para o inverno e recolher feno com o próprio cavalo, e fica com o administrador, que nada tem a fazer. É verdade que ele não vende mais uma coroa por dia. Mas é por não ter o que vender, não tem mercadoria nenhuma no depósito. Por que então precisa ele manter o gerente? Só se for para jactância, para mostrar a todo o mundo que tem um homem em frente à escrivaninha, escrevendo em grandes livros! ah-ah-ah! Parece mesmo que não regula bem, o tal de Aronsen!

Os três homens trabalharam até o meio-dia, comeram o que traziam nos cestos e ficaram conversando por algum tempo. Eles têm seus próprios assuntos a debater, comentam a boa ou a má situação do campo e da lavoura, não são ninharias, são ocorrências vitais que discutem com ponderação e prudência; são homens calmos, seus nervos não estão gastos, não fazem o que não devem. Começa o outono, a mata ao redor emudece, as montanhas se erguem, imponentes, o sol está ali, à noite virão a lua e as estrelas. Tudo ali é firme, sólido, estável, um mundo cheio de amor os envolve num grande abraço, e o homem, despreocupado, tem tempo para descansar entre as urzes, com o braço feito travesseiro.

Frederik falou de Breidablik, lamentando que também ele não conseguira fazer grande coisa.

— Pois já fizeste muita coisa — replicou Isak. — Eu o vi quando passei por lá.

O elogio, do mais antigo morador do campo, do gigante da região, alegrou Frederik, que perguntou, honestamente:

— Achas? Pois mais tarde ficará melhor... Este ano tive de perder tempo com tanta coisa, consertos na casa, que estava cheia de goteiras, querendo cair aos pedaços. Tive de demolir o paiol de feno e erguê-lo de novo. O estábulo era pequeno demais, tenho vacas e novilhas, o que Brede, em seu tempo, não tinha — acrescentou Frederik, orgulhoso.

— Estás prosperando aqui? — perguntou Isak.

— Estou, e minha mulher também. Por que não haveríamos de prosperar? Temos muito espaço ao nosso redor; vemos a estrada, para cima e para baixo. Gostamos do pequeno bosque perto de casa. Ali há vidoeiros e salgueiros, vou plantar mais no outro lado, assim que sobrar um tempinho. É extraordinário como o brejo secou desde que abri as valas na primavera. Resta ver, para o ano, o que crescerá nele. Se prosperamos? Se a mulher e eu temos casa, um lar e a terra?

— Então serão só os dois? — perguntou Sivert, com malícia.

— Não, sabes? Pode ser que sejamos mais — respondeu Frederik, contente. — E, já que falamos de prosperar, nunca vi minha mulher tão gorda como agora.

Trabalham até a noite, arcados sobre as ferramentas. De vez em quando aprumam o corpo e conversam um pouco.

— Então não arranjaste fumo? — perguntou Sivert.

— Não, mas dá no mesmo — respondeu Frederik. — Não uso fumo.

— Ah, não fumas?

— Não. Eu quis apenas falar com Aronsen e ver o que ele dizia.

Os dois brincalhões riram e acharam graça.

No caminho de casa, pai e filho, como de costume, falavam pouco. Isak devia ter matutado em alguma coisa, pois disse de repente:

— Sabes, Sivert...

— Sim? — respondeu Sivert.

— Não é nada, não...

Andaram um bocado de tempo, quando o pai falou de novo. — Como pode Aronsen negociar, se não tem mercadorias em casa?

— Pois é — respondeu Sivert —, mas, por outro lado aqui não há tanta gente que valha a pena de ele encher a casa de mercadorias. Podem encalhar...

— Achas? É, deve ser isso mesmo...

Sivert admirou-se um pouco do que ouvia. O pai prosseguiu. — Aqui só há oito colônias, mas podem ir aumentando. Não sei, não...

Sivert admirou-se ainda mais. No que estaria pensando o pai? Em nada? Pai e filho andaram mais um bom pedaço e estavam quase chegando em casa.

— Hum? Quanto achas que Aronsen pedirá pela casa? perguntou o velho.

— Aí é que está! — respondeu Sivert. — Queres comprá-la? — acrescentou, pilheriando.

Mas, de repente, percebeu aonde o pai queria chegar. O velho estava pensando em Eleseus, na certa. Sem dúvida, nunca o esquecera, não menos fiel de que a mãe, pensara nele, mas à sua maneira, mais perto da terra, mais perto de Sellanraa.

— O preço certamente vai ser acessível — disse ainda Sivert.

O filho tendo dito tanto, o pai percebeu, por sua vez, que fora compreendido e, como se temesse ter sido explícito demais, desviou logo a conversa, falando no trabalho da estrada, observando que era bom já estarem livres dele.

Poucos dias mais tarde, Sivert e a mãe uniram-se em misterioso conluio, confabularam em voz baixa. Tinham muito a cochichar e até escreveram uma carta. Quando chegou o sábado, Sivert teve vontade de ir à aldeia.

— Que vais fazer de novo na aldeia? Andar para gastar a sola das botinas? — inquiriu o pai, contrariado, mas com expressão mais astuciosa do que a habitual. Certamente percebia que Sivert ia ao correio.

— Vou à igreja — respondeu Sivert. Não lhe ocorrera melhor pretexto.

— Sei lá... — disse o pai.

Mas se Sivert ia à igreja podia tomar o carro e levar a pequenina Rebeca. De fato, podiam proporcionar esse divertimento à pequerrucha, pela primeira vez na vida. Ela fora tão aplicada na guarda dos canteiros de rábano e, em geral, era a pérola e o botão de rosa de todos. O carro foi atrelado e Rebeca recebeu por companheira Jensine, a empregada, ao que Sivert não se opôs.

Enquanto estavam fora aconteceu de o encarregado de Storborg vir caminhando pelo campo. E então? Que será isso? Nada de importante. É apenas um encarregado de serviço, um gerente, um tal de Andresen, que vem vindo a caminho da montanha, numa excursão, a mando de seu chefe. Nada mais. Nem passou um frêmito pela massa humana de Sellanraa por causa do acontecimento. Não é mais como nos dias passados, quando um estranho era visão rara na colônia e Inger ficava mais ou menos alvoroçada. Inger caiu em si novamente e anda calma.

Coisa curiosa aquele livro de orações, um guia, sim, um braço em torno do pescoço da gente. Quando Inger, transviada, perdeu o caminho, ao colher frutos no campo, encontrou de novo o rumo de casa, à lembrança do quartinho e do livro de orações. Estava de novo humilde e temente a Deus. Lembrava os anos, há muito já passados, quando, ao ferir-se com a agulha durante a costura, dizia: "Diabo!" Aprendera-o com as companheiras na grande mesa de costura. Agora ela se pica com agulha, sangra e chupa o sangue, em silêncio. Exige não pequeno esforço vencer a si mesma e mudar-se. Inger foi ainda mais longe. Quando todos os trabalhadores tinham ido embora, o estábulo de pedra estava concluído e Sellanraa era outra vez um sítio ermo, Inger teve uma crise, chorou e sofreu muito. Não culpou a ninguém, só a si mesma, por seu desespero, e estava profundamente humilhada. Teria gostado muito de desabafar-se com Isak e aliviar a mente, mas em Sellanraa ninguém costumava falar nos próprios sentimentos nem fazer confissões. O mais que ela podia fazer era dispensar carinhos especiais ao marido; à hora das refeições, ia até onde ele estava e pedia que viesse, em vez de chamar da porta, e à noite cuidava da roupa dele e pregava os botões. Mas Inger foi ainda além. Uma noite ela ergueu-se, apoiou-se nos cotovelos, e falou ao marido.

— Ô Isak?
— Que há?
— Estás acordado?
— Hem?
— Não é nada — disse ela. — Eu não fui como devia ter sido...
— Que? — perguntou Isak.

Ele se admirou e também se apoiou nos cotovelos, erguendo o corpo. Ficaram deitados, conversando. Ela é, apesar de tudo, uma mulher extraordinária e tem um grande coração.

— Eu não fui como devia ter sido para contigo — repetiu ela — e isso me aflige.

Essas poucas palavras o comoveram, comoveram o gigante e ele a quis consolar. Não tem jeito para isso, compreende apenas que não há no mundo outra mulher como Inger.

— Por isso não precisas chorar — disse ele. — Nenhum de nós é como devia ser.

— Não. Claro que não — respondeu ela, agradecida.

Isak tinha um modo sadio de julgar as coisas, endireitava-as quando as via tortas. Quem é como devia ser? Ele tinha razão, pois até o deus do coração, apesar de ser deus, anda metido em aventuras, e nós o podemos ver em sua fisionomia de doidivanas: um dia, mergulha num monte de rosas, lambe os lábios e se recorda, no dia seguinte crava um espinho no pé e o extrai, com o desespero estampado no rosto. Ele morre disso? Que esperança! Continua bom, como sempre. Bem arrumados estaríamos nós se ele morresse!

Mas também essas preocupações de Inger desvaneceram, ela passou por cima de tudo, mas continuou com suas horas de devoção e nelas encontrava piedosa guarida. Inger é trabalhadeira, paciente e boa, todos os dias. Distingue Isak de todos os outros homens e não deseja outro. Naturalmente ele não tem o aspecto brilhante de um jovem cantor, mas é bem guapo, ora se é! E mais uma vez ficou provado que temor a Deus e modéstia não fazem mal a ninguém.

Chegou o encarregado de Storborg, o tal de Andresen. Chegou a Sellanraa num domingo e Inger não se alvoroçou, longe disso, ela nem quis ir em pessoa levar-lhe uma tigela de leite, mas, como a criada não estivesse em casa, mandou Leopoldina. Leopoldina sabia muito bem levar uma tigela de leite; disse "faça o favor" e corou, embora estivesse com seu melhor vestido domingueiro, não tendo motivo de se envergonhar.

— Obrigado! Isso é muito! — disse Andresen. — Teu pai está em casa?

— Está. Deve andar por aí; pelas terras.

Andresen bebeu, enxugou a boca com o lenço e olhou as horas.

— É longe até as minas? — perguntou.

— Não. Uma hora de caminho, quando muito.

— Vou subir, vou dar uma olhada. A pedido de Aronsen, de quem sou empregado.

— Sei...

— Certamente me conheces? Sou o gerente da casa de Aronsen. Já estiveste lá em casa, fazendo compras.

— Já.

— Lembro-me de ti — disse Andresen. — Já lá estiveste duas vezes, comprando.

— É mais do que se podia esperar, que ainda se lembre de mim — respondeu Leopoldina.

Mas aí também estava no fim de suas forças, teve de apoiar-se a uma cadeira. Andresen tinha forças de reserva e disse:

— Então não devia lembrar-me? — e acrescentou — não podes vir comigo à mina?

Aos poucos tudo foi-se tornando vermelho e esquisito aos olhos de Leopoldina; o chão fugiu-lhe sob os pés e o gerente, Andresen, falava de grande distância.

— Não tens tempo?

— Não — respondeu ela.

Só Deus sabe como chegou ela à cozinha. A mãe fitou-a e perguntou:

— Que é que tens?

— Nada.

Nada, claro. Mas veja, agora era a vez de Leopoldina se excitar, de começar o eterno círculo. Prestava-se bem para isso, taluda, bonita, e recém-confirmada, certamente se tornaria boa oferenda. Um pássaro se agita em seu peito jovem, suas longas mãos são como as da mãe, cheias de ternura, cheias de sexo. Não sabia dançar? E como? Era um milagre como o aprendiam, mas o caso é que aprendiam a dançar em Sellanraa. Sivert o sabia, Leopoldina o sabia, uma dança nascida ali no campo, um bailado local, com muito vigor, *schottich*, mazurca, *renano* e valsa. E Leopoldina não sabia se enfeitar, se enamorar e sonhar acordada? Como todas as outras, sem tirar nem pôr! Na igreja deixaram-na usar o anel de ouro da mãe, não havia pecado nisso, era bonito, e no dia seguinte, quando ia receber a comunhão, não levara o anel, antes de estar tudo concluído. Ela podia muito bem ficar com anel de ouro na igreja, era filha de um homem poderoso, de margrave.

Quando o gerente, Andresen, desceu de novo da jazida, encontrou Isak e foi convidado a entrar. Deram-lhe almoço e café. Toda a gente de casa achava-se na sala e tomando parte na conversa. O encarregado explicou que Aronsen o enviara à montanha para verificar a quantas andavam as jazidas, se havia indícios de se ir recomeçar o trabalho de mineração. Sabe Deus se o gerente não estava mentindo, ao dizer que fora enviado, se não empreendera a excursão por conta própria. Em todo caso, não podia ter estado bem lá no alto, nas minas, em tão pouco tempo.

— Não é tão fácil ver-se, de fora, se a empresa vai começar outra vez a trabalhar ou não — disse Isak.

O administrador concordou, não era mesmo, mas Aronsen o enviara por achar que quatro olhos vêem mais do que dois.

Inger não pôde mais se conter.

— É verdade o que dizem, que Aronsen quer vender sua casa de negócio? — perguntou.

— Ele falou nisso, sim — respondeu o encarregado. — Um homem como ele pode fazer o que quer, pois tem recursos.

— Ele tem muito dinheiro?

— Tem — respondeu o gerente. — É o que não lhe falta!

De novo Inger não pôde permanecer calada e perguntou:

— Quanto pedirá ele pela propriedade?

Isak meteu-se na conversa, talvez mais curioso do que Inger, por saber as novidades. Mas não devia absolutamente transparecer que a idéia da compra de Storborg tivesse partido dele; fingiu-se alheio a tudo aquilo e inquiriu:

— Por que perguntas, Inger? — Por nada. Por perguntar...

Ambos ficaram olhando para o gerente, Andresen, esperando.

E ele respondeu.

Respondeu com bastante reserva, alegando não saber o preço. Sabia apenas o que o próprio Aronsen dissera, quanto Storborg lhe havia custado.

— E quanto foi isso? — perguntou Inger, incapaz de ficar quieta e calar a boca.

— Mil e seiscentas coroas — respondeu o encarregado.

Inger imediatamente juntou as mãos num gesto de espanto, pois, se há uma coisa que falta às mulheres é o senso e a compreensão dos preços de imóveis. Mulheres nunca fazem idéia exata do preço de uma propriedade. Além disso, porém, no campo, mil e seiscentas coroas não são quantia pequena, e Inger só temia uma coisa: era que Isak se espantasse e desistisse do negócio. Mas Isak permaneceu impassível e inabalável como uma rocha.

Limitou-se a dizer:

— As casas grandes é que encarecem...

— Isso — concordou o encarregado — são as casas grandes. Pouco antes de o gerente ir-se embora, Leopoldina assomou à porta. Coisa esquisita, parecia-lhe impossível dar-lhe a mão. Encontrou um lugarzinho no estábulo de pedra, onde ficou olhando por uma das janelas. Tinha uma fita de seda azul no pescoço, que não tivera antes; como teria ela já achado tempo de a colocar? Ele passou por lá; é de pequena estatura, meio rotundo, vivo, de movimentos ligeiros, barba cheia e clara, oito a dez anos mais velho do que ela. Não o achou nada desagradável.

Os que tinham ido à igreja voltaram para casa, na noite de segunda-feira, já tarde. Tudo fora bem. A pequenina Rebeca dormira as últimas horas do caminho e foi tirada do carro ainda dormindo e levada para dentro. Sivert ouvira muitas novidades, mas esquivou-se quando a mãe começou a interrogá-lo.

— Que tens a contar? — perguntou ela.

— Nada de importante — limitou-se a responder. — Aksel recebeu uma ceifeira e uma grade novas.

— Que estás a dizer! — exclamou o pai, interessado. — Viste as máquinas?

— Vi, sim. Estavam no cais.

— Ah! Então era isso que ele tinha a fazer na cidade aquele dia!

Sivert sabia muito bem que não era assim, que o motivo fora outro, mas não disse nem uma palavra mais. Não fazia mal o pai pensar que a causa da ida urgente de Aksel à cidade tinha sido a compra da ceifeira e da grade. A mãe que o pensasse também. Mas a verdade é que nenhum dos dois o acreditava, já lhes chegara aos ouvidos o murmúrio sobre a viagem de Aksel, que estaria relacionada com o novo infanticídio na região.

— Bem — disse o pai, por fim —, está na hora de ir para a cama.

Sivert foi deitar-se transbordando de novidades. Aksel fora chamado para o interrogatório, era um caso grave, o próprio *lensmand* fora com ele. O processo era muito importante, pois até a mulher do *lensmand*, que efetivamente tivera mais um bebê, deixara a criança e viajara também para a cidade. Prometera interceder junto ao júri.

Circulavam mexericos e rumores na aldeia e Sivert percebera bem que um certo infanticídio antigo era lembrado de novo. Fora da igreja a conversa parara à sua aproximação e, se ele não fosse quem era, talvez o tivessem evitado, desviado dele. Era bom ser Sivert, em primeiro lugar vindo de uma grande herdade, filho de homem rico, e, em seguida, um rapaz direito e trabalhador. Ele se sobrepunha a outros e era respeitado. Era figura popular, estimado por todos. Contanto que Jensine não viesse a ouvir demais antes de irem para casa! Sivert também tinha seus problemas, também o povo do campo pode corar e empalidecer. Vira Jensine sair da igreja com a pequenina Rebeca; ela também o vira, mas passara sem uma palavra. Ele esperou algum tempo e depois foi à casa do ferreiro, buscar as duas.

Estavam todos almoçando. Convidaram-no, mas ele já almoçara e agradeceu. Sabiam que ele vinha, podiam ter esperado um pouquinho. Em Sellanraa, num caso desses, teriam esperado. Ali, na casa do ferreiro, não.

— Certamente não é a comida a que estás acostumado disse a mulher do ferreiro.

— Que houve de novo, na igreja? — perguntou o ferreiro, embora também ele tivesse estado lá.

Quando Jensine e a pequena Rebeca estavam sentadas no carro, a mulher do ferreiro disse à filha:

— Olha, Jensine! Vê se não demoras muito mais a vir para casa outra vez.

Isso pode ser entendido de duas maneiras, pensou Sivert, que não se intrometia. Mas um pouco mais claramente que falassem e ele certamente teria retorquido. Assim, franziu o cenho e o esperou. Nada mais.

Tocaram pelo caminho de casa e a pequena Rebeca era a única que tinha alguma coisa a dizer, vinha transbordando de aventura na igreja, do padre com uma cruz prateada no hábito, do lustre e do órgão. Após muito tempo, Jensine disse:

— Que vergonha, essa Barbro!

— Que queria dizer tua mãe, com isso de voltares logo para casa? — perguntou Sivert.

— Que queria dizer?

— Queres deixar-nos?

— Um dia terei de voltar para casa — respondeu ela.

— Ptro! — disse Sivert, parando o cavalo. — Queres que eu volte contigo agora?

Jensine fitou-o. Viu-o pálido como um cadáver.

— Não — respondeu ela.

Pouco depois, começou a chorar. Rebeca olhou, admirada, de um para outro. Rebeca era muito útil numa viagem como essa. Tomou o partido de Jensine, afagou-a e fê-la sorrir de novo. E quando a pequena Rebeca ameaçou o irmão, dizendo que ia saltar do carro e procurar uma boa vara para ele, também Sivert teve de sorrir.

— Mas agora pergunto eu: que querias dizer *tu?* — volveu Jensine.

Sivert respondeu sem hesitar.

— Que se nos deixasses teríamos de nos ir arranjando sem ti. Muito depois, Jensine disse:

— Sim. Leopoldina já está grande e pode fazer meu serviço. Foi um triste regresso.

CAPÍTULO VI

Um homem vem caminhando pelo campo. Venta e chove, começou o tempo úmido, o fim do outono. Mas o homem não se incomoda com o tempo, parece estar contente, e de fato está. É Aksel Stroem que volta do interrogatório, absolvido. Vem satisfeito: em primeiro lugar, há no porto uma ceifeira e uma grade para ele e, além disso, foi absolvido. Não tomou parte no assassinato de uma criança. Na vida, as coisas também podem acabar bem.

Mas que horas de aperto teve de passar! Para aquele homem habituado ao árduo trabalho de todos os dias, depor em juízo foi o mais duro trabalho de toda a sua vida. Não lhe era vantajoso fazer a culpa de Barbro parecer maior, por isso tomava o máximo cuidado em não falar demais, nem revelando tudo quanto sabia, cada palavra tinha de lhe ser arrancada a custo, na maioria das vezes respondia só "sim" ou "não". Isso não bastava? Tinha cabimento agravar o caso ainda mais? Houve diversas ocasiões em que a situação parecia crítica. O homem da lei, vestido de preto, perigoso, podia, com poucas palavras, mudar tudo para pior e até condená-lo. Mas eram boas pessoas e não o quiseram aniquilar. Houve além disso poderosas forças em ação para salvar Barbro, e essas beneficiaram a ele também.

Que culpa lhe cabia?

A própria Barbro certamente não iria fazer declarações prejudiciais a seu antigo amo e amante, pois ele sabia demais, sabia coisas horríveis no caso dessa criança e também no de outra. Ela não era nenhuma tola. Barbro era bastante sabida, elogiou Aksel e disse que ele nada sabia acerca do parto antes de estar tudo acabado; tinha lá as suas idéias e nem sempre houvera harmonia entre eles, mas era ótimo rapaz, quieto e bom. Cavara sepultura nova e nela ocultara o cadáver, sim, mas isso fora muito mais tarde, só o fizera por achar que a primeira cova não era bastante enxuta, o que aliás não passava de cisma sua; Aksel era tão esquisito!

Que culpa cabia, pois, a Aksel se Barbro tomava a si todo o fardo? E a favor de Barbro movimentavam-se forças poderosas. A senhora *lensmand* Heyerdahl estava agindo.

Ela visitava gente graúda e gente miúda, e não se poupava. Insistiu em ser interrogada como testemunha e fez verdadeiro discurso em juízo. Quando chegou a sua vez de depor, ergueu-se perante a barra do tribunal e era, de fato, uma grande senhora. Abordou o tema do infanticídio em todos os seus aspectos, fez uma conferência sobre o assunto, exatamente como se tivesse obtido permissão prévia para isso. Podia-se pensar o que se quisesse da mulher do *lensmand,* mas que ela sabia falar, sabia, e era entendida em política e questões sociais. De onde tiraria ela suas palavras maravilhosas? De vez em quando, o presidente do júri parecia querer fazê-la voltar ao caso em julgamento, mas não tinha ânimo de interrompê-la e deixava-a continuar. Ela terminou com alguns esclarecimentos úteis e fez à Justiça uma sensacional oferta.

O caso — para não citar delongas e formalidades jurídicas — transcorreu como segue:

— Nós, mulheres — começou a esposa do *lensmand* —, somos a metade infeliz e oprimida da Humanidade. São os homens que fazem as leis, nós, mulheres, em nada as podemos influenciar. Mas poderá o homem compreender plenamente o que significa para a mulher ter um filho? O homem sentiu os temores, passou pelos sofrimentos, pela dor tremenda, soltou os gritos de angústia?

No caso em apreço, uma criada teve um filho. É solteira, tem, pois, de andar durante topo o tempo da gravidez esforçando-se por ocultar o seu estado. Por que deverá ela ocultá-lo? Por causa da sociedade. A sociedade despreza a mulher solteira que vai ter um filho. Não só não a protege, mas até a persegue com repulsa e opróbrio. É uma verdadeira atrocidade, de revoltar toda e qualquer pessoa que tem coração! A moça não só terá de pôr no mundo uma criança, o que já por si é dura sorte; ela ainda é tratada como uma criminosa por tê-lo feito. Ouso afirmar que para a moça que aqui está no banco dos réus até foi sorte ter seu filho, por acidente, nascido no córrego e se afogado. Felicidade, tanto para ela como para a criança. Enquanto a sociedade for como é atualmente, a mãe solteira devia ser absolvida, mesmo no caso de matar o próprio filho.

Ouviu-se ligeiro murmúrio do presidente do júri.

— Ou devia, em todo caso, receber apenas castigo brando — continuou a mulher do *lensmand*. — Naturalmente, a vida da criança deve ser conservada; quanto a isso estamos todos de acordo. Mas será que nenhuma das leis humanitárias deverá prevalecer em benefício da mãe infeliz? Procurem fazer uma idéia do que ela sofreu durante a gravidez, da tortura em que viveu para ocultar seu estado o tempo todo, sem saber o que fazer consigo mesma e com a criança que estava para nascer. Nenhum homem pode fazer idéia exata de tudo isso. Em todo caso, a morte da criança é bem intencionada. A mãe não quer tão mal a si mesma e à criança que lhe deixaria viver, a desonra lhe é insuportável. Vai-se formando em sua mente o plano de eliminar a criança. Assim, o parto é clandestino e por um espaço de vinte e quatro horas a mãe está numa tal agonia que é irresponsável, mesmo enquanto mata. Na espécie de delírio em que se encontra, ela por assim dizer nem pratica o crime; desnorteada, não sabe o que faz. Ainda com todas as juntas doendo em conseqüência do parto, tem de matar a criança e dar sumiço no cadáver. Imaginem a força de vontade necessária para esse trabalho! Naturalmente todos nós desejamos que todas as crianças vivam e é lamentável que algumas delas sejam destruídas. Mas é culpa da própria sociedade, dessa sociedade perdida, impiedosa, difamadora, perseguidora, malévola, sempre vigilante para aniquilar por todos os meios a mãe solteira.

No entanto, mesmo após tão brutal tratamento por parte da sociedade, as mães ultrajadas conseguem reabilitar-se. Não raro, precisamente após o mau passo, essas moças começam a desenvolver suas melhores e mais nobres qualidades. Os senhores da Justiça podem indagar às diretoras de instituições que dão asilo à mãe e à criança se isso não é verdade. E a experiência confirma que exatamente as moças que mataram... que a sociedade obrigou a matar seu próprio filho, se tornam excelentes governantas. Só isso devia ser motivo de séria reflexão.

O caso tem, ainda, outro aspecto: por que o homem deve permanecer livre, impune? A mãe que comete infanticídio é atirada à prisão e torturada, mas no pai da criança, no próprio sedutor, não se toca. Ora, como origem da criança, ele é também, em parte, autor do crime. Cabe-lhe até a maior parcela de culpa, pois sem ele a desgraça não teria acontecido. Por que então para ele não há castigo? Porque as leis são elaboradas por homens.

Esta é que é a verdade. A calamidade é tal que só resta clamar aos céus e pedir proteção contra essas leis feitas por homens! E não haverá melhora enquanto nós, mulheres, não tivermos voz ativa nas eleições e voto no parlamento.

Esta é, pois — disse a esposa do *lensmand* —, a sorte cruel que atinge a mãe solteira culpada, ou menos inocente, que comete infanticídio. Que dizer, porém, da inocente, apenas suspeita de crime, que não o cometeu realmente? Que reparação a sociedade oferece a essa vítima? Nenhuma! Atesto que conheço a moça acusada que aí está, que a conheço desde criança. Ela esteve a meu serviço, seu pai é auxiliar de meu marido. Nós, mulheres, nos permitimos pensar e sentir em oposição direta às acusações e perseguições dos homens, permitimo-nos ter uma opinião a respeito das coisas. A moça acha-se detida, privada da liberdade, suspeita de ter, primeiro, oculto o nascimento de um filho e, em seguida, de ter morto o filho. Pois não tenho a mínima dúvida quanto a não ter ela feito nem uma coisa nem outra; os senhores do júri chegarão à mesma conclusão, absolutamente clara. Parto clandestino? Se o parto teve lugar à luz do dia... Ela estava só, é verdade. Mas quem deveria ter estado com ela? Vivia no campo deserto, longe de tudo; a única pessoa no lugar além dela mesma é um homem. Deveria ela chamá-lo num momento desses? Nós, mulheres, nos indignamos ante uma tal idéia, baixamos os olhos ante um pensamento assim. Então ela matou a criança? Ela a teve dentro de um regato, ficou na água gelada sofrendo as dores do parto. Como chegou ela ao regato? Ela é criada, é serva, por conseguinte, tem suas tarefas cotidianas; ia ao mato em busca de zimbro para os baldes de madeira. Ao transpor o regato, escorregou e caiu na água. Ficou deitada. A criança nasceu e morreu afogada.

A esposa do *lensmand* terminou. Pela expressão do magistrado e demais membros do júri e pessoas presentes no auditório, percebeu que falara maravilhosamente bem. Reinava profundo silêncio na sala, e Barbro, comovida, enxugava de vez em quando os olhos. A senhora rematou com as seguintes palavras:

— Nós, mulheres, temos coração. Deixei meus filhos em mãos de estranhos e empreendi a viagem até aqui para vir depor como testemunha a favor da infeliz moça que aí está. As leis dos homens não podem

proibir as mulheres de pensar. Eu penso que ela já foi bastante castigada, por nada ter feito de mal. Absolvam-na e eu a tomarei em minha casa. Ela será a mais excelente governanta que já tive para meus filhos.
A mulher terminou.
O juiz observou:
— Está bem. Mas, segundo as próprias palavras da senhora, as infanticidas é que se tornam as melhores governantas...
Contudo, o juiz não discordava da senhora *lensmand* Heyerdahl longe disso, também ele era humano, sacerdotalmente brando. Depois, o promotor público conseguiu dirigir algumas perguntas à senhora, enquanto o presidente ficou a maior parte do tempo tomando notas em alguns papéis.
A sessão durou até o meio-dia ou pouco mais. As testemunhas eram poucas e o caso era, de fato, claro como podia ser. Aksel Stroem já tinha esperanças de que tudo acabasse bem, quando eis que a esposa do *lensmand* e o promotor público se uniram para lhe criar complicações, por ter ele enterrado o cadáver da criança em vez de comunicar o óbito. Foi severamente interrogado e com certeza não se teria saído bem se, ao correr os olhos pelo auditório, não visse de repente Geissler. Geissler em carne, e osso, nem mais nem menos. Sua presença deu a Aksel uma espécie de apoio, não se sentiu mais só perante a lei que o queria aniquilar. Geissler acenou-lhe com a cabeça.
Sim, Geissler viera à cidade. Não chegara a apresentar-se como testemunha, mas estava presente. Levara alguns dias antes da audiência para pôr-se ao corrente dos fatos e anotar tudo o que se lembrava da narrativa de Aksel em Maaneland. Aos olhos de Geissler a maioria dos documentos não passava de papelório sem valor, o *lensmand* HeyerdahL homem inepto, de compreensão limitada, fizera questão de mostrar no inquérito a cumplicidade de Aksel no infanticídio. Tolo, idiota! Nada sabia da vida no campo, não compreendia que a criança era precisamente o laço que devia prender a criada à casa de AkseI.
Geissler falou com o promotor público, mas teve a impressão de que não teria sido necessário intervir; ele queria ajudar Aksel a voltar para casa, para o campo e a lavoura, mas Aksel aparentemente não precisava de ajuda. As coisas pareciam tomar rumo favorável para Barbro e, se ela fosse absolvida, não poderia haver cumplicidade. Dependia do depoimento das testemunhas.
Ouvidas as poucas testemunhas presentes — Oline não fora chamada a depor, só o *lensmand,* Aksel, os peritos e algumas moças da aldeia — deu meio-dia, hora de folga, e Geissler foi de novo ter com o promotor público. Este não mudara de opinião, ainda achava que todas as circunstâncias pareciam favoráveis a Barbro, o que era bom. O depoimento da Senhora Heyerdahl fora de peso. Dependia agora da decisão do júri.

— O senhor tem peculiar interesse por essa moça? — perguntou o promotor.
— De algum modo, sim... — respondeu Geissler — ou, mais exatamente, pelo rapaz.
— Ela também trabalhou em sua casa?
— Não, ele nunca trabalhou para mim.
— Não ele. Falo da moça. É nela que se concentra a simpatia da Justiça.
— Não, ela não trabalhou em minha casa.
— Contra o homem as suspeitas são mais graves — continuou o promotor público. — Imagine isso: ele vai, sozinho, enterrar o cadáver da criança no mato. É mais do que suspeito...
— Ele ia certamente enterrar a criança — opinou Geissler. — A primeira vez ela não fora sepultada direito.
— Sendo mulher, ela não tinha a força de um homem para cavar, ainda mais no estado em que se achava. Decerto ela não podia mais. De um modo geral — acrescentou o promotor —, encaramos de maneira mais humana esses casos de infanticídio. Eu, no lugar do juiz, não ousaria condenar essa moça e, pelo que até agora se sabe, nem me arrisco a pedir sua condenação.
— Isso é uma grande satisfação! — disse Geissler, e fez uma reverência.
O promotor público prosseguiu:
— Como homem, como particular, vou ainda mais longe: não condenaria nunca a mãe solteira que mata o filho.
— É interessante — disse Geissler — que o Sr. Promotor e a senhora que depôs hoje sejam tão unânimes.
— Ah, ela! Mas ela, aliás, falou muito bem. De que servem, de fato, todas essas sentenças? Mães solteiras já de antemão sofreram tanto e foram impelidas a nível tão baixo, a tais extremos, pela dureza e brutalidade do mundo, que foram mais do que castigadas.
Geissler ergueu-se e disse:
— Está certo. E as crianças?
— Sim — respondeu o promotor —, é bem triste a sorte das crianças. Mas, bem pensando, é uma bênção que Deus dá ao tirá-las. Considere a sorte desses filhos naturais. Que fim levam esses infelizes?
Talvez Geissler quisesse escarnecer do homem rotundo e complacente ou apenas mostrar-se místico e profundo.
— Erasmo foi filho ilegítimo — observou.
— Erasmo?
— Erasmo de Rotterdam.
— Ah...
— Leonardo foi filho ilegítimo.
— Leonardo da Vinci? É? Existem exceções, é claro. Servem para confirmar a regra. Mas de um modo geral...
— Nós temos leis de proteção a aves e animais — disse Geissler. — Causa estranheza não protegermos crianças recém-nascidas...

Lentamente e com dignidade, o promotor público apanhou alguns papéis na mesa, dando a entender que para ele o debate chegara ao fim.
— Sim, sim... — murmurou, distraído — é isso...
Geissler agradeceu pela proveitosa e instrutiva entrevista e retirou-se. Retomou seu lugar no salão de audiência, para estar a postos em tempo. Certamente lhe agradava estar ali e sentir-se assim poderoso: sabia de uma certa camisa cortada ao meio, para carregar ramos de fazer vassoura. Tivera conhecimento de um cadáver de criança boiando no mar, perto do cais. Podia criar as maiores dificuldades para a Justiça; uma palavra sua naquele momento seria como milhares de gumes afiados. Todavia, não era provável que fosse proferir essa palavra, caso não se tornasse necessário. Tudo ia às mil maravilhas, até o promotor público estava a favor da acusada.

O salão se encheu e foi aberta a sessão.

Foi uma interessante comédia na pequena cidade, destacando-se a gravidade da acusação e a emocionada eloqüência da defesa. O conselho de sentença ouvia, para saber o que devia opinar sobre a moça Barbro e a morte de seu filho.

E afinal de contas não era assim tão simples decidir. O promotor público era bem parecido e certamente era também um bom homem, mas alguma coisa devia tê-lo aborrecido recentemente, ou talvez lhe ocorresse que tinha uma posição a defender na Justiça norueguesa... Era incompreensível mas ele não estava mais tão tratável como estivera pela manhã. Referia-se ao crime dizendo que se o mesmo fora praticado, eram negras as perspectivas, caso se pudesse dizer ao certo que eram tão negras quanto as declarações das testemunhas permitiam acreditar e pensar. O júri é que devia decidir. Ele queria chamar a atenção para três pontos: em primeiro lugar, tratava-se de saber se no caso havia parto clandestino, se para os juízes esse ponto já estava bem esclarecido. Fez algumas observações pessoais. Em segundo lugar, havia a peça de roupa, a camisa cortada ao meio; por que a acusada a levara consigo? Contava com a probabilidade de ir precisar dela? Desenvolveu mais esse aspecto da questão. O terceiro ponto era o sepultamento apressado e suspeito, sem comunicar o óbito ao padre ou ao *lensmand*. Aqui o homem da casa era o principal implicado e era da maior importância para a Justiça estabelecer opinião correta quanto a esse pormenor. Pois era evidente que, se o homem era cúmplice e por isso empreendia o enterramento por conta própria, sua criada devia ter cometido o delito do qual ele se tornara cúmplice.

— Hum! — disseram na sala.

De novo, Aksel Stroem sentiu-se em perigo, correu a vista em roda e não encontrou um único olhar, todos seguiam o orador com os olhos. Mas lá longe, na sala, estava Geissler de novo, com seu ar de superioridade, como se transbordasse de altivez, com o lábio inferior projetado para a frente e o rosto voltado para o teto. Aquela absoluta indiferença perante a gravidade da Justiça e aquele "Hum!" que ecoara bem alto na sala tiveram influência animadora em Aksel, que de novo não se sentiu só contra o mundo inteiro.

As coisas foram de novo tomando melhor rumo. Finalmente o promotor pareceu dar-se por satisfeito de achar que fizera todo o mal possível pois não poupara esforços no sentido de despertar suspeitas e malevolências contra ele, Aksel e deu por finda a sua missão. E fez mais. Foi ao extremo oposto. Não exigiu a condenação. Terminou dizendo sem rodeios que em vista das provas e depoimentos de que dispunham, ele, de sua parte, não ousava pedir a condenação da acusada.

Ainda bem! pensava Aksel. Não vejo a hora de estar fora de tudo isso.

Chegou a vez do advogado da defesa tomar a palavra. Era um homem moço, que estudara Direito e fora encarregado da defesa do excelente caso. Já o seu tom era convincente. Nunca um homem estivera mais certo de defender um inocente do que ele naquele momento. A verdade é que aquela senhora *lensmand* Heyerdahl lhe tomara a dianteira, usando, ao falar, pela manhã, vários argumentos que ele quisera ter lançado em campo. Aborrecia-o que ela, se antecipando, explorara o tema "sociedade". Ele mesmo tinha tanto a dizer à sociedade! Sentiu raiva do presidente do júri que não a detivera em seu discurso, era uma defesa que ela apresentara, preparada de antemão. Assim nada restara para ele, advogado.

Começou historiando a vida da moça Barbro, desde o começo. Era filha de pais modestos, mas laboriosos e respeitáveis; cedo saíra de casa para trabalhar, servira primeiro em casa do *lensmand*. Tinham ouvido o conceito em que a tinha sua ama, a Sra. Heyerdahl; não podia ser mais favorável. Barbro chegou a Bergen. O advogado mencionou uma carta de referência assinada por dois funcionários de escritório em cuja casa ela ocupara cargo de confiança em Bergen; a carta não era simples formalidade, fora escrita com carinho e convicção. Barbro regressou ao campo e foi tomar conta da casa de um rapaz solteiro. Aí começou sua desgraça.

Ela ia ter um filho com o rapaz solteiro. O ilustre promotor público — aliás de modo mais delicado e judicioso — aludira ao parto clandestino. Barbro ocultou seu estado? Ela o negou por acaso? As duas testemunhas, moças de sua aldeia natal, julgaram perceber que ela estava grávida e quando a interrogaram, ela absolutamente não o negou, limitou-se a mudar de assunto. É o que fazem as moças novas num caso desses, evitam comentá-lo. Ninguém mais o indagara a Barbro. Procurara sua ama para lhe confessar tudo? Ela não tinha ama. Era sua própria ama. Tinha um patrão, mas uma moça não procura um homem com segredos dessa natureza, carrega a cruz sozinha. Não canta, não cochicha, é como um trapista. Não se esconde, mas procura isolar-se como numa cela, encerra-se em si mesma.

Nasceu a criança. No tempo certo, um menino bem feito e são. Viveu e respirou, mas morreu asfixiado. A Justiça conhece as circunstâncias desse parto. Deu-se dentro dágua. A mãe caiu num regato e não conseguiu salvar a criança, ficou ali estirada, só mais tarde ela mesma teve forças para arrastar-se até o seco. Na criança não foram descobertos vestígios de violência, não há marcas, ninguém a quis matar intencionalmente. Morreu afogada. Não pode haver explicação mais natural.

O ilustre promotor público aludiu a uma peça de roupa. Seria um ponto obscuro ter ela levado consigo uma camisa cortada ao meio. Nada mais claro do que esse mistério: levara a peça de roupa para nela ajuntar ramos de zimbro. Ela podia ter levado, digamos, uma fronha. Mas levou uma peça de roupa. De alguma coisa ela precisava, não podia trazer nas mãos as folhas de zimbro. Não, quanto a isso a Justiça podia estar descansada, aí nada havia de suspeito.

Um aspecto, porém, não foi devidamente esclarecido: a acusada recebeu a proteção e os cuidados exigidos pelo seu estado? Seu amo a tratava com a devida atenção? Se o fez, tanto melhor para ele. Durante o interrogatório, a moça referiu-se ao seu patrão em termos elogiosos, o que indica ter ela bons e nobres sentimentos. O próprio implicado, Aksel Stroem, nada afirmou em suas declarações que pudesse agravar a culpa da acusada, nem lhe fez censuras. Nisso ele, com efeito, agiu bem, para não dizer sabiamente, pois dela depende sua absolvição. Atirar-lhe o mais possível a culpa lhe seria fatal pois caso ela caísse o arrastaria consigo à ruína.

— É impossível examinar os autos do presente processo sem sentir a mais profunda compaixão por essa moça, em seu abandono. Mas ainda assim ela não precisa apelar para a piedade, mas apenas para a justiça e a compreensão. Ela e seu amo eram, de certo modo, noivos, mas incompatibilidades e profunda diferença de interesses punham a união matrimonial fora de cogitação. Para ela, não haveria futuro ao lado desse homem. É desagradável fazê-lo, mas devo voltar ao objeto suspeito, à peça de roupa. Para irmos ao fundo das coisas: ela não levou uma de suas próprias camisas, mas uma camisa de homem, de seu amo. Surgiu assim, logo de início, a pergunta: a camisa fora posta à disposição, de propósito? Aí, achamos, poder-se-ia admitir a possibilidade de ter o homem, de ter Aksel parte no jogo.

— Hum! — ecoou pela sala, duro e alto, a ponto de interromper o orador. Todos procuraram com os olhos a pessoa da qual partira a interrupção. O juiz teve olhares severos.

Mas continuou a defesa, após ter voltado a si, também quanto a isso podiam estar tranqüilos, graças à própria acusada. Teria sido vantajoso para ela dividir a culpa, mas não tentou fazê-lo. Negou com a maior firmeza que Aksel soubesse ter ela levado uma camisa dele em vez da própria, quando foi ao regato... digo, ao mato, em busca de zimbro. Não há o mínimo motivo para duvidarmos das palavras da acusada, verdadeiras o tempo todo, que mais uma vez resistem à prova. Se ela tivesse recebido a camisa das mãos do homem, isso provaria haver infanticídio, e a acusada, amiga da verdade, nem para a ruína de um homem como esse quer contribuir, com um crime que não houve. Em geral ela se expressa de modo franco e sincero, nunca tentando atirar culpa a outros. Esse traço de retidão e ordem sempre transparece, em todos os seus atos; por exemplo, ela embrulhou com o mais meticuloso cuidado o peque nino cadáver. Assim o *lensmand* o encontrou na sepultura.

O juiz, por mera questão de ordem, chamou-lhe a atenção: o que o *lensmand* encontrara era a sepultura nº 2, e ali fora Aksel quem enterrara a criança.

— Assim é — concordou o advogado da defesa, com todo o respeito devido à Justiça —, agradeço ao Sr. Juiz. Assim se deu! Mas o próprio Aksel declarou que apenas passou o cadáver para a nova sepultura, na qual o deitou. Sem dúvida, a mulher sabe melhor do que o homem embrulhar uma criança; e quem o sabe melhor que todos? A mãe, com suas mãos carinhosas.

O juiz meneou a cabeça em sinal de assentimento.

— E, além disso, a moça, se fosse dessa espécie, não poderia ter enterrado a criança nua? Ouso até dizer que ela a poderia ter deitado numa lata de lixo. Poderia tê-la deixado debaixo de uma árvore. na terra, para que morresse de frio; isto é, se já não estivesse morta. Poderia tê-la enfiado no forno e queimado numa hora em que estivesse só. Poderia tê-la levado ao rio de Sellanraa e atirado à correnteza. Mas essa mãe nada disso fez. Ela embrulhou a criança morta e a sepultou. O cadáver estava na cova, bem embrulhado; logo, foi uma mulher e não um homem que o embrulhou.

Cabia à Justiça — prosseguiu o advogado — decidir quanta culpa se podia atribuir à moça Barbro. Realmente, de bem pouco se podia culpá-la; na opinião dele, da defesa, ela não tinha culpa nenhuma. A não ser que a Justiça a quisesse condenar por ter deixado de comunicar o óbito. Mas a criança estava morta, tudo acontecera naquele rincão distante e deserto, a muitas milhas da paróquia, do padre e do *lensmand;* que dormisse o sono eterno numa boa sepultura, na floresta. Caso fosse considerado crime enterrar o recém-nascido na mata, a acusada partilhava a culpa com o pai da criança; mas esse crime deveria em todo caso ser perdoado. Atualmente não se procurava tanto punir o criminoso, preferia-se reformá-lo, torná-lo melhor. Na Antiguidade, sim, castigava-se por toda e qualquer coisa, era a doutrina da vingança, a pena-de-talião, o Velho Testamento: olho por olho, dente por dente! Não, senhores, não é mais esse o espírito da lei. A Justiça moderna é humana, procura adaptar-se ao caráter mais ou menos criminoso revelado pelo culpado.

— Não condenem, pois, essa moça! — disse o advogado. O que se almeja não é ter mais um criminoso, mas restituir à sociedade um membro bom e útil.

A defesa fez ver que a acusada estaria, daí por diante, sob a mais cuidadosa guarda, numa nova posição que lhe fora oferecida: a Sra. Heyerdahl, que conhecia Barbro há muito tempo e que tinha madura experiência como mãe, abrira-lhe largamente as portas de seu lar. Sob o peso de sua responsabilidade, o júri ia, pois, condená-la ou absolvê-la. Para terminar, a defesa agradecia ao Sr. Promotor, que não insistira em pedir a condenação da ré. Nesse gesto via-se a mais profunda e humana compreensão.

O advogado de defesa sentou-se.

O resto dos trabalhos não tomou muito tempo. O sumário era o mesmo, visto de dois ângulos: um curto resumo de todo o conteúdo da peça, seco, tedioso e digno. Tudo correra muito calmamente, tanto a acusação como a defesa tinham porfiado em facilitar a tarefa ao presidente do conselho.

Acendeu-se a luz. Uns lampiões, pendentes do teto, espalhavam claridade miserável, que mal permitia ao presidente do júri ler suas anotações. Censurou, em tom um tanto severo, que a morte da criança não fôra comunicada às autoridades. Mas disse —, em vista das circunstâncias, isso devia antes caber ao pai e não à mãe, pois ela estava fraca demais. A Justiça tinha de decidir, também, se se tratava de parto clandestino e infanticídio. Também isso foi novamente explicado do começo ao fim. Seguiu-se a habitual injunção, de estar bem consciente da própria responsabilidade, já antes inculcada no júri, e finalmente a recomendação, não fora do comum, de que, em caso de dúvida, a sentença devia ser a favor da acusada.

Tudo estava em ordem.

Os juízes saíram da sala e entraram num quarto. Tinham de deliberar sobre um papel com perguntas, que um deles levava consigo. Ausentaram-se durante cinco minutos e voltaram com resposta negativa a todas as perguntas.

Não, a moça Barbro não matara o filho.

O juiz-presidente disse mais algumas palavras e disse que a moça Barbro estava livre.

O povo deixou a sala de audiências. Terminara a comédia.

Alguém pegou Aksel no braço. Era Geissler.

— Finalmente estás livre de tudo isso! — disse ele.

— Estou...

— Tomaram-te o tempo, por nada.

— Pois é... — concordou Aksel.

Mas, já mais calmo, acrescentou: — E ainda devo dar-me por satisfeito que escapei, que nada me fizeram.

— Também era só o que faltava! — disse Geissler, com ênfase. Isso deu a Aksel a impressão de que Geissler tinha qualquer coisa a ver com o caso, que interviera. Só Deus sabia se no fundo não fora Geissler que dirigira todo o júri e conseguira o resultado que ele queria. Era um mistério.

Aksel apenas tinha a certeza de que Geissler estivera ao seu lado durante todo o dia.

— Pois eu lhe fico muito obrigado! — disse ele, querendo apertar-lhe a mão.

— Por que? — indagou Geissler.

— Por... Por tudo.

Geissler cortou-lhe a palavra.

— Eu nada fiz. E nem me dei ao trabalho de fazer alguma coisa, nem valia mais a pena. — Mas, talvez, apesar de suas afirmações em contrário, não lhe desagradasse ouvir agradecimentos, era até como se tivesse contado com isso.

— Não tenho tempo agora para conversar mais contigo disse. — Voltas para casa amanhã? Ótimo! Passa bem!

E Geissler foi descendo a rua.

De regresso, no barco a vapor, Aksel encontrou o *lensmand* e sua esposa, Barbro e as duas moças que tinham servido de testemunhas.

— Então — disse a esposa de *lensmand* — não estás satisfeito pelo desfecho?

Aksel respondeu que sim, certamente o alegrava que aquilo tivera fim. O *lensmand* meteu-se na conversa e disse:

— É esse o segundo caso de infanticídio na região. O primeiro foi o de Inger, de Sellanraa. Acabo de livrar-me do segundo. Pois é... De nada adiantava querer furtar-se a essas coisas. A Justiça tem de seguir seu curso.

A esposa do *lensmand* certamente compreendia que Aksel não estava lá muito satisfeito por seu depoimento do dia anterior e tratou de aplanar, de superar possíveis ressentimentos.

— Espero que compreendeste porque falei contra ti ontem — começou ela, numa tentativa de apaziguamento.

— Bem... Sim, eu...

— Mas claro que o compreendeste. Ou podias crer que eu te quisesse prejudicar? Sempre te considerei um homem direito, digo-te com franqueza.

— Ora... — Aksel não disse mais nada, mas sentiu-se comovido e satisfeito.

— Pois é verdade — continuou a esposa do *lensmand* —, mas vi-me na contingência de atribuir-te parte da culpa, pois do contrário Barbro seria condenada, e tu com ela. Eu o fiz na melhor das intenções.

— Pois fico-lhe muito agradecido!

— Fui eu e mais ninguém que corri de um para outro, pela cidade, fazendo o que podia por ti e por Barbro. E certamente ouviste que todos nós, que falamos, tivemos de culpar-te um pouco para podermos, no fim, ver-vos livres.

— Sei... — disse Aksel.

— Pois nem um momento podias pensar que eu te queria fazer mal não é mesmo? A ti, que tenho na conta de homem direito...

Isso era grato aos ouvidos, depois de tanto aviltamento. Aksel sentiu-se tão comovido que teve desejos de dar alguma coisa à esposa do *lensmand,* fosse lá o que fosse, só para mostrar sua gratidão... Oferecer-lhe-ia uma coisa qualquer, talvez carne fresca, agora no outono. Tinha um garrote para abater.

A Sra. Heyerdahl cumpriu a palavra. Ficou com Barbro em sua casa. Também a bordo cuidava dela, não a deixando passar frio nem fome, nem lhe permitindo namoricos com o piloto, moço de Bergen. A primeira vez que isso se deu, a senhora nada disse, limitou-se a chamar Barbro para junto de si. Não demorou e lá estava ela de novo, flertando com o piloto, atirando a cabeça para o lado, falando dialeto de Bergen, e sorrindo. Aí a senhora a chamou e disse:

— Não me parece conveniente que fiques aí a conversar com homens, justamente agora, Barbro. Lembra-te no que estiveste envolvida e de onde acabas de vir...

— Eu apenas soube que o moço era de Bergen e por isso falei com ele — defendeu-se Barbro.

Aksel não falava com ela. Notou seu aspecto mais delicado, ela estava pálida e tinha dentes bonitos. Não trazia na mão nenhum de seus anéis...

E agora Aksel vai subindo pelo campo. Venta e chove, mas ele vai satisfeito, viu a ceifeira mecânica e a grade no porto. Sujeito formidável Geissler! Na cidade não dera uma palavra sobre a remessa das máquinas. Era um homem esquisito.

CAPÍTULO VII

Em casa, Aksel não logrou descansar por muito tempo. Com as tempestades do outono começaram para ele novas maçadas e penoso trabalho que ele mesmo fora arranjar: o telégrafo na parede de sua casa avisava que havia desarranjos na linha.

Dera valor demais ao ganho, o diabo do dinheiro é que o fizera aceitar aquele cargo, desagradável desde o começo. Brede Olsen chegara até a ameaçá-lo quando fora à casa dele buscar os aparelhos e ferramentas do telégrafo.

— Não te lembras mais que te salvei a vida no inverno, não é? — dissera Brede.

— Quem me salvou a vida foi Oline — retrucara.

— Que? Então não te carreguei para casa nas minhas pobres costas? E soubeste muito bem comprar minha casa no verão, para deixar-me ao relento no inverno!

Cada vez mais ofendido, Brede continuou. — Por mim, podes levar o telégrafo com todos os trastes! Vou com a família para a aldeia, começar alguma coisa, tu nem sabes o que é. Vai ser um hotel e um lugar onde se pode tomar café. Vais ver o que faremos! Minha mulher pode vender de tudo para comer e beber e eu mesmo posso andar fora, fazendo negócios e ganhando muito mais do que tu. Mas uma coisa eu te digo: posso te arrumar muita encrenca. .. É só eu querer. Conheço bem toda a linha telegráfica. Posso derrubar postes e cortar fios. Terás de sair correndo na hora do maior aperto de serviço. Estou te avisando. Vai escutando bem...

Aksel deveria agora ter ido buscar as máquinas, no cais. Eram douradas e coloridas, cada uma como um quadro bonito. Já as podia ter em casa, podia mirá-las, examiná-las e ir aprendendo a usá-las. E agora tinham de esperar... Não era nada bom ter de abandonar serviços necessários, urgentes, para correr a linha telegráfica. Mas era pelo dinheiro...

No alto da montanha encontrou Aronsen. O negociante Aronsen ali estava, contemplando a tempestade, ele mesmo era tal e qual uma visão que aparecesse em plena borrasca. Que quereria ele ali? Certamente não encontrando mais sossego, resolvera subir em pessoa ao monte e ver as minas. Coisas assim o comerciante Aronsen chegava a fazer, a tal ponto vivia preocupado com o futuro, seu e dos seus. Ei-lo agora em face da miséria e desolação da lavra abandonada. Máquinas enferrujando, materiais diversos, carros, tudo largado, muita coisa ao relento, uma tristeza... Pelas paredes dos barracões umas poucas placas, escritas a mão, proibiam carregar ou danificar utensílios pertencentes à sociedade, carros ou construções.

Aksel deu alguns dedos de prosa com o vendeiro maluco. — Anda caçando? Atirando alguma coisa? — perguntou.

— Eu sei em quem daria um tiro se chegasse perto!

— Em quem?

— Quem? O tal que está arruinando a mim e a todos por aqui. Que se recusa a vender sua parte da montanha e assim não deixa que haja movimento e se faça negócio, para o dinheiro circular entre o povo.

— Está falando de Geissler?

— Esse mesmo. É desse traste que falo, sim. Só dando um tiro nesse desgraçado!

Aksel riu-se e disse:

— Pois Geissler esteve na cidade há poucos dias. Ali o poderia ter encontrado. Pouco entendo disso tudo, mas acho melhor o senhor não se meter com esse homem.

— Por que não? — perguntou Aronsen, irado.

— Tenho medo de que ele seja sabido e misterioso demais, o senhor não ia poder com ele.

Discutiram algum tempo esse assunto e Aronsen tornava-se cada vez mais violento. Por último, Aksel, querendo fazer pilhéria, perguntou:

— Mas espero que o senhor não nos deixe sós aqui no campo e vá embora.
— E achas então que vou ficar aqui, fuçando nesse brejo de vocês, sem ganhar nem para uma pitada de fumo? — gritou Aronsen, furioso.
— Se me arranjas comprador, vendo essa droga!
— Comprador? — retrucou Aksel — pois a terra é boa, se for lavrada como deve; a que o senhor tem é bastante para manter o dono.
— Não acabei de te dizer que não quero me meter a cavar terra? — tornou a gritar Aronsen, no meio da tempestade de vento. — Tenho coisa melhor a fazer!

Aksel achou que não seria difícil arranjar comprador, ao que Aronsen sorriu zombeteiramente.

— Não há um só homem nesta zona toda que possa comprar — afirmou, com desdém —, ninguém aqui tem tanto dinheiro.
— Aqui, no campo, pode ser que não. Mas podem vir outros.
— Aqui só há sujeira e pobreza — continuou Aronsen, irado. — Aqui é como é — disse Aksel, ofendido. — Digo-lhe que Isak, de Sellanraa, poderia comprar a casa do senhor no dia que quisesse.
— Não creio — disse Aronsen.
— O que o senhor crê não me interessa — retrucou Aksel, indo embora.
— Espera aí! — gritou Aronsen atrás dele. — Que disseste? Achas que Isak podia ficar com a casa? Podia comprar Storborg?
— Ora... — respondeu Aksel. — Isak pode comprar cinco sítios como Storborg, se quiser. Pelos recursos, pelo dinheiro que ele tem...

Na subida, Aronsen passara longe de Sellanraa, de propósito, não queria ser visto; no caminho de volta, entrou e conversou com Isak.
— Não — disse Isak, meneando a cabeça —, nunca pensei nisso e nem pretendo tal coisa...

Pelo Natal, porém, quando Eleseus voltou para casa, Isak não era mais tão avesso à idéia. Afirmou que nunca ouvira semelhante loucura, como comprar Storborg, que a idéia não partira dele; mas se Eleseus achasse que a casa de negócios era algo para ele, era coisa em que se podia pensar.

Eleseus mantinha opinião intermediária, por assim dizer; não se poderia afirmar que estivesse entusiasmado pela idéia, mas também não que ela lhe fosse inteiramente indiferente. Fixar-se ali, em casa, era, de certo modo, o fim. O campo não era a cidade. No outono, quando muita gente do campo viera à cidade, ao interrogatório, evitara de aparecer, de se mostrar, não queria encontrar aqueles aldeões, pertencentes a outro mundo. Devia ele mesmo retornar a esse mundo?

Sua mãe queria que comprassem, Sivert também queria que comprassem, reuniram-se em torno de Eleseus e um dia os três foram até Storborg para ver de perto a maravilha.

Mas, ante a perspectiva de ver-se livre da propriedade, Aronsen tornou-se outro homem. Ele absolutamente não estava no aperto, não tinha pressa em vender! Se ele fosse embora, a casa com suas terras podiam ficar ali, aquela propriedade era "dinheiro em caixa", era uma quinta-modêlo, coisa assim em qualquer ocasião se vendia.

— Vosmicês não vão querer pagar o que eu quero pedir disse Aronsen.

Entraram, olharam os cômodos, o estábulo, o depósito, miraram os pobres restos de mercadoria: algumas gaitas de boca, correntes de relógio, caixinhas com papel cor-de-rosa, lampiões pendentes com ornamentos de vidro, enfim, só objetos invendáveis entre colonos. Havia ainda uns restos de tecidos de algodão e umas caixas de pregos.

Eleseus adiantou-se e examinou tudo com ares de entendido. — Essas quinquilharias para nada me servem — disse ele. — Pode deixá-las ficar — respondeu Aronsen. — Não lh'as estou oferecendo.

— Vou, no entanto, oferecer-lhe mil e quinhentas coroas pela propriedade, de porteiras fechadas, com mercadorias, animais e tudo — disse Eleseus. Na verdade tudo aquilo era-lhe bem indiferente, sua oferta não passara de fanfarrice, queria mostrar-se, bancar o importante.

Dispuseram-se a voltar para casa. Não fizeram negócio. Eleseus saíra-se com uma oferta vil, considerada por Aronsen um insulto.

— Não estou aqui para ouvir tuas bobagens — disse Aronsen, passando a tratá-lo por tu, a falar-lhe como um homem sério e adulto deve falar a um pirralho atrevido, que vinha com sua sabedoria de cidade, querer ensiná-lo, ensinar ao comerciante Aronsen avaliar mercadorias.

— Que eu saiba não te permiti essas confianças, tratar-me por "tu" — retrucou Eleseus, por sua vez ofendido. Daquilo só podia resultar inimizade para a vida inteira.

Mas por que teria Aronsen, desde o primeiro momento, se mostrado tão arrogante e com tão pouca vontade de vender? Ele tinha motivo para isso, pois andava de novo com certa esperança, embora remota.

Na aldeia tivera lugar uma reunião para discutir o estado de coisas surgido com a recusa, por parte de Geissler, de vender sua parte da jazida. Não era só a lavoura que sofria com isso, era todo o distrito, que se debatia, agonizante, ferido de morte por aquele golpe fatal. Por que aquela gente não podia viver tão bem ou tão mal como vivera antes da mineração experimental, na jazida? O caso é que não podia... Todos tinham-se habituado ao mingau branco e ao pão branco, a tecidos de loja para a roupa, a salários elevados, a gastar muito, a ver circular muito dinheiro. A tudo isso aquela gente se acostumara... E de repente o dinheiro fugira de novo, deslizara para o mar como um cardume de arenques. Que situação, meu Deus do céu! Que fazer?

Não havia a mínima dúvida de que o antigo *lensmand* Geissler estava vingando-se da aldeia por ter a população ajudado o amtmand a depô-lo. Menos dúvida ainda havia de que a aldeia subestimara o homem. Ele não se eclipsara, não sumira, como pensavam. Lançando mão da mais simples das armas, que consistia apenas em pedir preço exorbitante, um quarto de milhão, por um pedaço de morro, conseguira paralisar o progresso da aldeia. Esse homem tinha poder ou não tinha? Aksel Stroem, de Maaneland, sabia informar, fora o último a encontrar-se com Geissler. Barbro, de Brede, tivera um processo, fora intimada e estivera na cidade, e fora absolvida, mas o tal de Geissler estivera presente durante todo o interrogatório. E quem julgasse que Geissler fosse um pobretão, em aperturas financeiras, só precisava dar uma olhada nas valiosas máquinas que enviara a Aksel de presente.

Via-se, pois, que o sujeito tinha na mão o destino do distrito; era preciso contar com ele, chegar a um acordo qualquer. Por quanto Geissler estaria disposto a vender sua área de terra, qual seria seu último preço? Era o que precisavam tirar a limpo. Os suecos lhe haviam oferecido vinte e cinco mil, o que ele recusara. E se a aldeia, se a comuna, entrasse com o resto, só para que a transação se realizasse? Se a quantia não fosse absurda, valeria a pena. Tanto o comerciante de baixo, no porto, como o comerciante Aronsen, de Storborg, contribuiriam, secretamente. Empatariam o dinheiro, pois seriam compensados no correr do tempo.

Na reunião, foi deliberado enviar dois emissários para falar com Geissler. Esperava-se, agora, pela volta dos mesmos.

Por isso Aronsen tivera um vislumbre de esperança e julgava poder ser arrogante com quem vinha comprar Storborg. Mas sua arrogância não ia durar muito tempo.

Uma semana mais tarde os emissários voltaram com a mais cabal recusa. Mas a missão já fora mal encaminhada desde o início: um dos enviados era nem mais nem menos do que Brede Olsen, escolhido só por ter tempo de sobra. Os homens haviam, encontrado Geissler, que, no entanto, se limitara a menear a cabeça e a sorrir. "Voltem para casa!" — dissera ele. Mas pagara-lhes a viagem de regresso.

Então o distrito ia ser deixado à sua sorte, para perecer!

Aronsen primeiro deu livre curso à sua fúria e depois, mais e mais desesperado, foi um dia a Sellanraa e fechou negócio. Foi o que Aronsen fez. Eleseus teve o que queria, a propriedade, com casas, animais e mercadorias por mil e quinhentas coroas. É verdade que, logo após a entrega do imóvel, foi verificado que a esposa de Aronsen levara consigo a maior parte dos tecidos de algodão. Mas um homem como Eleseus não se importava com tais bagatelas.

— Não se deve ser mesquinho — disse ele.

Mas, de um modo geral, Eleseus não estava há muito encantado. Então sua vida estava selada, o campo ia ser a sua sepultura! Enterrando-se ali, desistia de seus grandes planos: não era mais funcionário de escritório, não ia tornar-se *lensmand,* não, nem ao menos um homem da cidade. Andava todo orgulhoso perante o pai e os seus, por ter adquirido Storborg exatamente pelo preço que ele mesmo propusera. Por aí podiam ver que ele entendia da coisa! Mas o pequeno triunfo foi de curta duração. Teve, também, a satisfação de poder ficar com o encarregado, Andresen, que de algum modo fazia parte da transação; Aronsen não tinha mais emprego para seu encarregado antes de arranjar nova casa de negócios em outro lugar. Eleseus teve uma sensação toda peculiar quando Andresen chegou e pediu que o deixassem ficar; aí Eleseu era, pela primeira vez na vida, senhor e chefe.

— Podes ficar! — disse ele. — Preciso de um encarregado aqui na casa quando eu fizer minhas viagens de negócios para entabular relações comerciais em Trondhjem e Bergen.

Andresen não era mau encarregado, como revelou desde logo, trabalhava muito e tomava bem conta de tudo enquanto o chefe Eleseus estava ausente. Fora só no começo, quando ainda era novo na região rural, que Andresen, o gerente, se metera a importante e a sujeito fino, mas a culpa fora de seu chefe, Aronsen. As coisas, agora, tinham mudado. Na primavera, quando os baixios já tinham degelado um pouco, Sivert veio de Sellanraa a Storborg e começou a abrir valas, para drenar as terras de seu irmão, e, com efeito, o encarregado Andresen também foi ao charco e pôs-se a cavar valas, embora esse trabalho não fizesse parte de suas obrigações. Mas por aí se via que espécie de homem ele era, não dos piores. O degelo ainda não era total, nem profundo. Estavam longe de poder cavar tão fundo como se devia, mas fizeram o trabalho pela metade, o que já era muito. Fora idéia do velho Isak drenar os charcos de Storborg e ali fazer lavoura; o pequeno comércio no armazém seria apenas atividade secundária, para que o povo da região não mais precisasse ir à aldeia por causa de um carretel de linha.

Sivert e Andresen estavam, pois, atarefados, abrindo valas e de vez em quando tomavam um fôlego e davam uma prosa. Andresen arranjara de um modo qualquer uma moeda de ouro de vinte coroas. Sivert teria gostado de possuir a brilhante moeda, mas Andresen não queria ficar sem ela; guardava-a, embrulhada em papel de seda, na sua mala. Sivert propôs que lutassem pela moeda de ouro, aquele que derrubasse o outro, ficaria com ela; Andresen, porém, não se arriscou a aceitar tal proposta. Sivert ofereceu vinte coroas em papel, comprometendo-se ainda por cima a fazer sozinho todo o trabalho de escavação se o outro lhe desse a moeda. Isso, porém, desagradou a Andresen, que disse:

— Para poderes ir contar em tua casa que eu não sirvo para trabalhar na terra? Não!

Acabaram concordando no preço de vinte e cinco coroas papel pela moeda de ouro de vinte coroas. À noite, Sivert correu para casa e pediu as notas ao pai.

Idéias de rapaz novo, coisas da mocidade! Uma noite sem dormir, uma milha para ir e outra para voltar, tendo de trabalhar duramente no dia seguinte — tudo isso nada era para o moço, forte e disposto, e uma bela moeda de ouro valia por tudo. Andresen era capaz de divertir-se à sua custa, de caçoar dele por causa do estranho negócio que fizera: Sivert, porém, sabia como reagir: era só dizer uma palavra sobre Leopoldina. "Ah, sim, antes que me esqueça: Leopoldina te manda lembranças!" Só isso era o bastante para Andresen deter-se no trabalho e corar.

Eram dias agradáveis para ambos quando estavam na baixada, discutindo por brincadeira, trabalhando e tornando a debater. De vez em quando Eleseus ia ter com eles e os ajudava; mas bem depressa se cansava, não era forte nem de corpo nem de vontade, mas era um bom sujeito.

— Lá vem Oline — dizia Sivert, o brincalhão. — Deves ir ao armazém e vender-lhe um pacote de café.

Eleseus não queria outra coisa. Entrar e vender uma ou outra miudeza a Oline era ótimo pretexto para escapar ao trabalho pesado de revirar torrões de terra do brejo.

Oline, coitada, bem precisava de uns grãos de café de vez em quando, quer arranjasse o dinheiro com Aksel ou conseguisse uns miúdos vendendo um pequeno queijo de cabra. Oline não era mais a mesma de antes. Na realidade o serviço em Maaneland era muito pesado para a velha e acabara com ela. Não que ela reconhecesse a própria idade ou decadência física. Nada disso, ela teria sabido o que dizer se fosse demitida! Rija e indomável, ela fazia seu serviço e ainda arranjava tempo para ir até os vizinhos, para uma boa e acalorada conversa, coisa que não tinha em casa, pois Aksel falava pouco.

Estava descontente com o processo, que muito a decepcionara! Absolvição total! Oline não podia compreender que Barbro, de Brede, escapasse impune quando Inger, de Sellanraa, apanhara oito anos de pena. Sentia uma indignação muito pouco cristã ao ver tanto favoritismo. Mas o Todo-Poderoso ainda não proferira sua sentença no caso! — dizia Oline, profetizando a possível condenação divina, que ainda viria. Naturalmente Oline não era capaz de calar-se e guardar para si seu descontentamento, sobretudo quando tinha divergências com o patrão, por um motivo qualquer. Ali ela falava com voz macia, com sarcasmo e malícia.

— Não sei como são as leis hoje em dia, para os pecadores de Sodoma. Só sei-que eu mesma me guio pelas próprias palavras de Deus. Sou tão ingênua que para mim isso ainda é tudo!

Aksel estava saturado daquilo, fatigado de sua empregada, desejava-a bem longe dali. A primavera vinha aí e ele tinha de atacar sozinho os trabalhos da estação; vinha em seguida a fenação e ele se veria doido para dar conta de tudo. Triste perspectiva. Sua cunhada em Breidablik escrevera para casa, para Helgeland, tentando achar uma boa empregada para ele, mas ainda não o conseguira. Ele teria, em todo caso, de pagar a viagem.

Fora um gesto mau e perverso de Barbro eliminar a criança e ir embora. Já em dois invernos e um verão ele se vira obrigado a remediar com Oline e parecia que ia continuar assim. E Barbro, a vil criatura, lá queria saber disso? Falara algumas palavras com ela, num dia de inverno, na aldeia, nem uma lágrima deslizara lentamente de seus olhos para congelar-se na face.

— Que fizeste dos anéis que te dei? — perguntou ele.
— Os anéis? — disse ela.
— Sim, os anéis!
— Não os tenho mais.
— Ah, não os tens mais?
— Entre nós tudo se tinha acabado — disse ela — e aí eu não podia mais usar os anéis. Ninguém costuma usar anéis depois de tudo acabado.
— Eu só gostaria de saber o que fizeste deles.
— Tu os querias de volta? — perguntou ela. — Eu não imaginei que devia fazer-te passar vergonha.

Aksel pensou um pouco e disse:
— Eu podia ter-te indenizado por eles. Não os teria dado por nada.

Mas não, Barbro desfizera-se dos anéis e nem lhe deu oportunidade de obter um anel de ouro e um de prata por um preço razoável.

Mas, apesar de tudo, Barbro não era rude e grosseira, não se podia dizer. Usava um longo avental com alças e refegos e gola branca, muito bonito. Andavam contando que ela já encontrara um rapaz na aldeia para namorar, mas isso talvez não passasse de mexerico. A esposa do *lensmand* a mantinha, em todo caso, bem refreada e naquele ano nem a deixara ir aos bailes de Natal.

A Sra. Heyerdahl de fato, zelava bem por ela; enquanto Aksel estava ali, na rua, falando com sua antiga empregada a respeito de dois anéis, ela apareceu de repente entre eles e disse:

— Não ias ao armazém para mim, Barbro?

Barbro retirou-se. A senhora dirigiu-se a Aksel.

— Não tens qualquer espécie de carne para me vender?
— Hum! — respondeu Aksel, cumprimentando.

Fora precisamente a esposa do *lensmand* que certa vez, no outono, o elogiara, chamando-o um ótimo sujeito, de homem dos mais direitos; ora, uma gentileza provocaria outra. Aksel conhecia de tempos anteriores a maneira conveniente de tratar com os maiores, com as autoridades; de fato logo lhe viera à idéia algo como um presente de carne, um novilho, que podia oferecer. Mas os dias foram passando, o outono passou, decorreu um mês atrás de outro, e ele poupou o boi. Nada de mal ia acontecer se o guardasse para si, ele se tornaria, em todo caso, tanto mais pobre se o desse, era um boizinho valioso.

— Hum. Bom diá! Não — disse Aksel, meneando a cabeça — não trazia carne nenhuma.

Era como se a mulher lhe adivinhasse os mais íntimos pensamentos.

— Ouvi dizer que tens um boi — disse ela.

— Tenho, sim — respondeu Aksel.
— E vais ficar com ele?
— Vou, sim.
— Ah! — disse a senhora. — E não tens carneiro?
— Não, agora não. Eu não criei mais do que quero manter.
— Bem, bem... Era só isso — rematou ela, meneou a cabeça e foi embora.

Aksel continuou a caminho de casa, mas, pensando melhor nesse encontro, chegou a temer que talvez tivesse cometido um erro. A esposa do *lensmand* fora importante testemunha, a seu favor e contra ele, mas, em todo caso, importante. Passara verdadeiro apuro, mas no fim fora livrado de uma situação difícil e desagradável relacionada com um cadáver de criança enterrado no mato de sua propriedade. Talvez assim mesmo fosse melhor sacrificar um carneiro.

Estranho, mas essa idéia tinha certa remota ligação com Barbro. Trazendo um carneiro para sua ama, Barbro certamente seria impressionada pelo seu gesto.

No entanto, os dias foram passando e nada acontecia de mal por causa disso. Quando ele de novo foi à aldeia, não levou nenhum carneiro, nada disso; mas no último momento resolveu levar um borrego. Era um já grande, não um cordeirinho miserável, e ele o entregou com as seguintes palavras:

— Os carneiros têm carne tão rija, e eu preferi dar-lhe coisa melhor!

Todavia, a esposa do *lensmand* nem quis ouvir falar em presentes.

— Dize quanto é — insistiu ela —, quanto queres pelo cordeiro.

Senhora direita não aceitava presentes do povo! Efetivamente o fim foi Aksel receber boa paga pelo cordeiro.

Não encontrou Barbro. Certamente a patroa o vira chegar e a fizera desaparecer dali. Felicidades para ela! Barbro o lograra, por causa dela vira-se sem empregada durante um ano e meio.

CAPÍTULO VIII

Na primavera aconteceu algo muito inesperado e muito importante: o trabalho ia ser reiniciado nas jazidas de cobre; Geissler vendera sua parte. Ter-se-ia, de fato, dado o incrível? Geissler era homem insondável, podia fazer negócio ou deixar de fazê-lo, menear a cabeça e dizer "Não" ou acená-la e dizer "Sim". Podia fazer uma aldeia sorrir de novo.

Pode ser que lhe doesse a consciência e ele não quisesse por mais tempo castigar seu antigo distrito, obrigando-o a comer mingau da lavoura local e a passar falta de dinheiro. Ou teria ele recebido seu quarto de milhão? Era possível também que o próprio Geissler precisasse de dinheiro e se visse obrigado a soltar a área de terra pelo preço que podia obter. Vinte e cinco ou cinqüenta mil também é dinheiro. Corria aliás o boato de que fora seu filho mais velho quem concluíra a transação em nome do pai.

Fosse lá como fosse, o trabalho foi recomeçado. O mesmo engenheiro voltou, com várias turmas de trabalhadores, e o mesmo trabalho foi iniciado. Era o mesmo trabalho, sim, mas executado de modo bem diverso, indo, por assim dizer, de trás para diante.

Tudo parecia perfeitamente em ordem. Os suecos voltaram, trazendo sua gente, dinamite e dinheiro. Que mais podia faltar? Até Aronsen voltou, o negociante Aronsen, que absolutamente queria comprar Storborg de volta.

— Não — disse Eleseus —, eu não vendo.

— Vende, sim, se a oferta for boa. Olhe lá, hem...

— Não.

Não, Eleseus não queria vender Storborg. A verdade é que a posição de negociante no campo não mais lhe parecia tão má; tinha uma bonita varanda com vidros coloridos, tinha um encarregado que fazia o serviço para ele, enquanto ele mesmo andava viajando. Viajar, em primeira classe, com gente fina! Pensara muitas vezes se não conseguiria, um dia, chegar até a América. Só essas viagens de negócio às cidades do sul, para estabelecer relações comerciais, já eram algo que dava para relembrar muito tempo, cada vez. Não que ele passasse da conta e viajasse em navio próprio entregando-se a orgias durante o percurso. Orgias! Ainda mais quem! No fundo ele era um sujeito esquisito, nunca mais ligara para as moças, abandonara-as, perdera o interesse por elas. Mas era, apesar de tudo, o filho do margrave, viajava de primeira classe e comprava muita mercadoria. De cada excursão voltava mais distinto e importante, por último voltou para casa de galochas nos pés.

— Que? Andas com dois pares de sapatos? — disseram.

— Sofro de frieiras — disse Eleseus.

E todos tiveram pena dele por causa de suas frieiras.

Dias felizes, vida ociosa, de grande senhor! Não, ele não queria vender Storborg. Seria voltar para a pequena cidade e ficar na lojinha, atrás do balcão vendendo para camponeses, e não ter, abaixo de si, um encarregado de serviço! Além disso, ele decidira iniciar enorme atividade em Storborg. Os suecos tinham voltado e iam inundar o campo com dinheiro, ele seria estúpido se vendesse. A cada nova tentativa, Aronsen tinha de retirar-se com nova recusa, cada vez mais furioso pela própria estupidez ao deixar o campo, ao cometer semelhante cabeçada.

Todavia, ambos podiam ter sido mais moderados, Aronsen em suas censuras a si mesmo, Eleseus em suas grandiosas expectativas; e, antes de tudo, os habitantes do campo e da aldeia deviam ter tido menos esperanças e não começado desde logo a andar sorrindo e esfregando as mãos de contentamento, como fazem os anjos, seguros da bem-aventurança eterna. É o que lavradores e aldeões jamais deviam ter feito, em todo caso, não logo; deviam ter esperado um pouco... Pois assim a decepção foi imensa, aniquiladora. Quem o haveria de imaginar? A mineração de fato começou, mas do lado oposto da montanha, a duas léguas de distância, na extremidade sul das terras de Geissler, bem dentro de outro distrito, com que não tinham a mínima ligação. De lá, o trabalho iria avançando lentamente para o norte, em direção à primeira jazida de cobre, a de Isak; quando a alcançasse se tornaria uma bênção para o campo e a aldeia. Mas, na melhor das hipóteses, demoraria muitos anos, toda uma geração...

A notícia estourou no meio da população como a pior explosão de dinamite, deixando-a sem sentidos, num estado de choque, com ouvidos tapados. O povo da aldeia entregou-se à aflição e ao pesar. Houve os que culparam Geissler, o satanás Geissler de novo lhes pregara um logro, outros se juntaram, cabisbaixos, numa reunião, e de novo enviaram uma deputação de homens de confiança, dessa vez para ir tratar com a sociedade mineira, com o engenheiro. O resultado foi nulo. O engenheiro declarou que tinha de começar o trabalho no Sul, por ser bem junto ao porto e não exigir caminho aéreo, quase nenhum transporte. Não e não. O trabalho tinha mesmo de começar no lado sul da montanha. E pronto.

Aronsen, ao ouvir isso, viajou imediatamente para o novo campo de trabalho, o novo campo aurífero. Tentou levar consigo o encarregado, Andresen.

— Que vais ficar fazendo aqui, no deserto? — disse ele. É muito melhor para ti vires comigo.

Mas Andresen não quis deixar o campo; era incompreensível, mas assim era, dir-se-ia que algo o prendesse ali, que se desse bem no lugar ou nele houvesse criado raízes. Andresen é que devia ter mudado, pois o campo não mudara, continuava o mesmo. Ali o povo e a vida eram exatamente como dantes; os trabalhos de mineração haviam-se retirado daqueles tratos, mas nenhum homem de campo perdera a cabeça por isso. Tinham a lavoura, as colheitas e os animais. Se não tinham dinheiro de sobra, o que comer, o que se precisa para viver, nunca faltava. Nem Eleseus estava em situação desesperada por ter o rio de dinheiro ido inundar outras paragens. O pior era ter ele, no seu primeiro entusiasmo, comprado grande quantidade de mercadorias invendáveis. Mas estas podiam ficar depositadas ali, contribuíam para o melhor aspecto, nada como uma loja cheia de mercadorias.

Não, o homem do campo não perdia a cabeça. Não achava o ar malsão, para ele havia público suficiente que pudesse admirar-lhe as roupas novas, domingueiras, diamantes não lhe faziam falta, vinho ele conhecia das bodas de Caná. Ao homem da terra não causam mágoa as maravilhas que não possui; para ele, a arte, os jornais, o luxo, a política valem exatamente o que o homem quer pagar por eles, nem um vintém mais. Os frutos da terra, porém, devem ser obtidos a qualquer preço, não o há elevado demais, pois são a origem de tudo, são a fonte perene da vida. Vazia e triste, a vida do homem do campo? Nunca! Menos que todas! Ele tem as forças superiores que o regem, seus sonhos, suas paixões, sua fértil superstição.

Certa vez, Sivert ia caminhando, à noitinha, ao longo do rio, quando parou de repente: viu na água, em sua frente, dois patos, macho e fêmea. Eles o viram, viram o homem e ficaram com medo. Um deles disse alguma coisa, um som curto, uma melodia em três tons, o outro respondeu no mesmo tom de voz. Aí ergueram o vôo, como duas rolinhas, cortaram o espaço, girando e, a pouca distância rio acima, pousaram novamente. Ali um falou de novo e o outro respondeu, falam na mesma língua de antes, mas na sua voz há deleite por se sentirem salvos. Afinavam a voz uma oitava mais alta! Sivert deteve-se, fitando as aves e olhando além delas, num mundo de sonhos. Um som o atravessara, uma doçura, que fez nascer dentro dele a tênue lembrança de algo selvagem e delicioso, algo que houvera antes em sua vida, mas que se apagara. Regressou a casa, em silêncio, não falou no que vira, não fez alarde, aquilo não era coisa que se contasse em palavras terrenas. Sivert, de Sellanraa, jovem e simples, saíra à noitinha e o presenciara.

Não fora sua única aventura, havia outras, outras coisas aconteciam. Aconteceu, por exemplo, que Jensine deixou Sellanraa. Aquilo causou-lhe muita perturbação de espírito.

Sim, ela acabou por ir-se embora, ela mesma quis assim. Jensine não era qualquer uma, não era como tantas, não se podia dizer. Uma vez, Sivert se oferecera para levá-la de volta à casa dos pais, e ela chorara, infelizmente; mais tarde, ela se arrependera de não ter contido o pranto e dava a entender que se arrependera. Deixou o serviço. Modo correto de proceder.

Para Inger, nada vinha mais a calhar do que isso; Inger começara a estar descontente com sua empregada. Era estranho, ela nada tinha a dizer contra a criada, mas parecia não suportar mais a sua vista e apenas ainda tolerava sua presença ali. Isso certamente era conseqüência do estado de espírito em que Inger vivia. Ela fora contrita e devota durante todo o inverno e não passava por cima daquilo.

— Queres ir embora? Pois está bem, podes ir — dissera Inger.

Era uma bênção, suas preces noturnas haviam sido atendidas.

Havia duas mulheres adultas na casa, o que fazia ali essa Jensine, louçã e casadoura? Inger presenciava com desagrado essa mania casadoira e talvez pensasse: "Exatamente como eu mesma já fui!"

Sua profunda religiosidade não se desvanecia. Não era depravada, provara, bebericara um gole, mas não queria prosseguir com isso através da idade, nem pensar em semelhante coisa, que lhe causava horror. Os trabalhos de mineração, com todos os operários, ficaram longe dali.

Graças a Deus, nada poderia ter sido melhor! A virtude não era apenas suportável, era necessária, um bem indispensável. uma graça especial. Mas o mundo era louco. Ali estava Leopoldina, a pequenina Leopoldina, um broto, uma criança, ela andava por ali transbordando de saúde e pecado; com um braço enlaçando-a na cintura ela cairia, cederia. Ela começara a ter manchas no rosto, o que já indicava ardências no sangue; a mãe se lembrava bem disso, era quando começava a agitação no sangue. A mãe não condenava a filha por causa dessas manchas no rosto, mas queria vê-las acabar, Leopoldina devia pôr um fim naquilo. Aquele encarregado, Andresen, também não tinha mais o que fazer senão vir ali aos domingos e ficar conversando com Isak, sobre lavoura? Então os dois homens podiam imaginar que a pequena Leopoldina não entendia nada? Ah, a mocidade! Era doida antigamente, havia trinta, quarenta anos, mas hoje em dia era ainda pior.

— Pode ser — disse Isak, quando falaram no assunto —, mas a primavera está aí e Jensine foi-se embora. Quem nos vai ajudar por ocasião dos trabalhos de verão?

— Leopoldina e eu cuidaremos da fenação — replicou Inger. — Prefiro trabalhar no rastelo dia e noite! — acrescentou, exaltada e em ponto de chorar.

Isak não compreendeu a razão daquele estado de ânimo da mulher, mas tinha lá as suas próprias idéias. Encaminhou-se para o canto da mata com picareta e alavanca e começou a trabalhar uma pedra. Isak de fato não compreendia por que a criada, Jensine, ia-se embora. Era uma moça direita e trabalhadeira. Em geral ele só compreendia as coisas mais simples, o trabalho, os atos legítimos e naturais. Ele era espadaúdo e possante, não podia haver alguém menos astral, comia como um homem forte, o que lhe fazia bem, por isso era muito raro ele perder o equilíbrio.

Aí estava uma pedra. Havia muitas pedras mais, mas ali estava uma para começar. Isak prevê o dia em que terá de construir uma casinha ali, uma moradia para si e para Inger, e quer aproveitar a ocasião e ir arrumando o lugar, enquanto Sivert está em Storborg, para não ter de dar explicações ao filho, o que prefere evitar. Naturalmente chegará o dia em que Sivert vai precisar de todas as casas da quinta para si, e os pais terão de morar numa casa própria. Na verdade as construções em Sellanraa nunca acabavam. O grande paiol de forragem, em cima do estábulo de pedra, também ainda não estava construído. Mas as vigas e tábuas para ele já estavam prontas.

Ali estava, pois, essa pedra. Não parecia muito grande, pelo que dava para ver acima da terra. Mas não se abalava com os golpes, devia pois ser de bom tamanho. Isak cavou ao redor da pedra e tentou movê-la com a alavanca, mas ela não se mexia. Tornou a cavar mais e tornou a experimentar — nada. Isak foi para casa e voltou com uma pá para remover a terra acumulada. Cavou de novo e tentou. Ainda nada. Está firme essa danada! pensou Isak, certamente, em sua paciência com a pedra. Cavou uma porção de tempo, mas a pedra ia cada vez mais terra adentro e não havia bom jeito de a pegar. Seria cacete se fosse obrigado a dinamitá-la. As batidas para tocar a pua, para perfurá-la, seriam ouvidas e atrairiam toda a gente da casa. Continuou cavando. Teve de ir embora outra vez e ir buscar a panca. Experimentou-a. Que esperança... Voltou a cavoucar. Isak começava a se aborrecer com aquela pedra, franziu a testa e olhou-a, como se tivesse chegado naquele momento para inspecionar as pedras naquela área e achado essa uma peculiarmente estúpida. Criticou-a, ela era tão redonda e idiota, não havia onde se lhe pegar, estava em vias de a declarar deformada. Dinamitá-la? Fora de cogitação; nem valia a pólvora. Devia desistir, mostrar medo, ser vencido por uma pedra?

Pôs-se de novo a cavoucar. Trabalhou duramente, mas não desistiu, nem recuou. Finalmente conseguiu meter-lhe a ponta da panca por baixo e fez força: a pedra não se mexia. Sua técnica nada deixava a desejar, mas não dava resultado. Que seria isso? Não arrancara pedra antes, na vida? Teria envelhecido? Coisa mais engraçada, mais ridícula... É verdade que notara recentemente sinais de que suas forças minguavam, quer dizer, não notara nada e não se incomodara com coisa nenhuma, era tudo imaginação, cisma... Atacou a pedra de novo, decidido a vencê-la.

Não era pouca coisa quando Isak firmava o corpo contra uma panca e lhe imprimia toda a sua força e seu peso. Ficou meio deitado, calcando, calcando repetidas vezes, ciclópico e formidável com um torso que parecia ir até os joelhos. Havia nele certa pompa e esplendor, sua figura era majestosa.

A pedra não se abalava.

Era preciso cavar mais, não havia outro jeito. Dinamitar? Nada disso! Era preciso cavar mais. Trabalhou com muito afinco, a pedra tinha de sair dali! Não se podia dizer que por parte de Isak houvesse algo de perverso naquela teima; era o amor arraigado do homem da terra, um amor obstinado mas sem a mínima ternura. Era ridículo de se ver, primeiro ele como que rodeava a pedra, aproximando-se de todos os lados, depois avançava para ela, cavava em toda a volta, apalpava-a, hesitante, em seguida tirava a terra com as mãos, um maluco. Mas em nada disso havia carinho. Era o ardor, mas só ardor do zelo, da afobação.

E se experimentasse a panca de novo? Enfiou-a onde achou que dava mais jeito. Nada! Estranha teima e rebeldia de uma pedra! Mas parecia ir ceder, Isak tentou de novo, com esperanças.

O trabalhador da terra tinha a sensação de que a pedra não era mais invencível. Aí a panca escapou e atirou Isak ao chão. Diabo! — praguejou. Aquilo lhe escapara. Seu boné fora empurrado para o lado, o que lhe dava um aspecto de salteador, de espanhol. Ele cuspiu.

Inger veio vindo.

— Vem, Isak, vem comer — disse ela, boa e amável.

— Já vou — respondeu ele, não querendo que ela se aproximasse nem querendo saber de conversa.

Inger, porém, nada percebeu e veio.

— Que nova idéia tens? — perguntou ela, visando a abrandá-lo com a alusão de que ele tinha quase diariamente uma nova idéia extraordinária. Mas Isak estava rabugento, brusco.

— Não sei ainda — respondeu.

Inger, no entanto, tola, continuou a perguntar e a falar com ele e não se retirou.

— Já que o viste — disse ele — quero tirar essa pedra.

— Ah, queres tirá-la daí?

— Isso.

— Não posso ajudar-te, não? — perguntou ela.

Isak meneou a cabeça. Mas em todo caso era bonito que ela se oferecesse para ajudar, e ele não a pôde repelir.

— Se podes esperar, um pouquinho só — disse ele, e correu para casa, para apanhar malho e talhadeira.

Se ele pudesse tornar a pedra áspera, arrancando uma lasca no ponto exato, a panca pegaria melhor. Inger segurou o martelo e Isak bateu com o malho. Bateu e tornou a bater. Finalmente conseguiu o que queria, uma lasca soltou-se.

— Muito agradecido pela ajuda — disse Isak. — Mas deixa ainda a comida esperar um pouco, quero primeiro arrancar essa pedra.

Mas Inger não foi embora, e no fundo agradava a Isak que ela ficasse por lá, vendo-o trabalhar. Já gostava disso desde o tempo de moço. Conseguiu finalmente um bendito ponto de apoio para a panca, e balançou — a pedra se moveu!

— Ela se mexeu! — disse Inger.

— Não é brincadeira tua? — falou Isak.

— Brincadeira? Ela se mexe!

Até aí já chegara, pois. A pedra cedia. Diabo! Conseguira afinal a ajuda da pedra, começou a haver colaboração entre eles. Isak moveu o pau em vários sentidos e a pedra se mexia, mas era só, mais do que isso ela não fazia. Continuou por mais algum tempo, sem resultado. De súbito ele compreendeu que não se tratava apenas do peso morto de seu corpo; a verdade é que ele não tinha mais as forças de antes. Aí é que estava o negócio! Perdeu a rijeza e agilidade de outros tempos. Peso? Deitar-se com todo o peso sobre o grosso pau, até quebrá-lo, era o de menos. Ele estava é fraquejando, isso sim. E o homem paciente encheu-se de amargura ao pensá-lo; e ainda por cima, Inger estava ali e via tudo!

De repente, desistiu da panca e agarrou o malho. Foi tomado de fúria, estava disposto a violências. Ainda estava com o boné caído sobre uma orelha, com aspecto de salteador. Pôs-se a andar em roda da pedra, possante e ameaçador, como se quisesse colocar-se em posição bem visível para ela, parecia disposto a deixar essa pedra feito um montão de ruínas, restos destroçados do que ela fora antes. Por que não devia fazê-lo? Quando se tem ódio mortal a uma pedra é simples formalidade despedaçá-la. E se a pedra oferecesse resistência, se não se deixasse despedaçar? Pois ela ia ver uma coisa! Ia ver quem dos dois sobreviveria no campo de luta!

Mas Inger, percebendo muito bem o que estava fermentando dentro dele, arriscou, tímida:

— E se fizéssemos força, os dois, no toro?

Com o toro ela queria dizer a panca!

— Não! — gritou Isak, furioso. Mas, após um momento de reflexão, acrescentou: — Bem... Já que ainda estás aí. Não entendo por que não vais para casa. Vamos tentar.

Conseguiram virar a pedra sobre um canto. Custou, mas conseguiram.

— Arre! — exclamou Isak.

E aos seus olhos revelou-se algo de inesperado. A face inferior da pedra era plana, muito larga, bem cortada, regular, polida como um assoalho. Era apenas metade de uma pedra, a outra metade devia estar por ali, nas imediações. Isak sabia muito bem que as duas metades da mesma pedra podem estar localizadas em pontos diferentes na terra, que as geleiras em imensos espaços de tempo as distanciam. Mas o achado o extasia e alegra, é pedra preta da melhor qualidade, ótima para a soleira da porta. Uma grande quantia em dinheiro nem de longe teria causado tanta satisfação ao homem do campo.

— Bonita soleira de porta! — exclamou, cheio de orgulho. Inger exclamou, de boa-fé:

— Não sei como o podias saber!

— Hum! — fez Isak — achas que cavei o chão aqui por nada? Voltaram juntos para casa, Isak logrou admiração imerecida, mas de sabor semelhante ao da merecida. Pôs-se a narrar como andara caçando uma boa pedra para soleira, o tempo todo, descrevendo como finalmente agora a encontrara. Daí por diante também seu trabalho no terreno vago que escolhera não despertaria mais suspeita; podia cavar ali quanto quisesse, sob o pretexto de estar procurando a outra metade da pedra para a soleira. Pediu, até, a ajuda de Sivert, quando este voltou para casa.

Mas havia chegado ao ponto de não mais poder sair sozinho para arrancar uma pedra do chão, muito havia mudado, não eram boas as perspectivas, devia apressar a preparação do lugar. A velhice alcançara Isak, ele começava a amadurecer para a vida no canto confortável da lareira. O triunfo que conquistara ao achar a pedra chata foi-se desfazendo durante o dia, era glória ilegítima, de pouca duração. Isak já andava um pouco arcado.

Não houvera um período em sua vida, quando era o bastante alguém falar em pedra ou em valas perto dele para deixá-lo atento, vigilante? E isso fora ainda agora, fazia apenas alguns anos... Naquele tempo os que olhavam de esguelha para um charco drenado, que fugiam ao trabalho da terra, teriam feito melhor em não se meter com ele. Pois ele começava, agora, a encarar essas coisas todas com mais calma. Herregud! Que havia de fazer! Nada era mais como antigamente, todo o campo mudara de aspecto. Antigamente não existira aquele largo corte na mata, para a linha telegráfica, as rochas lá no alto, perto do lago, não haviam sido dinamitadas e despedaçadas. E os homens? Em suas saudações desejavam como antes a paz do Senhor, ao chegar, e um bom dia, ao partir? Davam apenas um ligeiro aceno com a cabeça, ou nem isso.

É verdade que também não havia Sellanraa antes, havia apenas uma cabana de turfa, ao passo que agora... Naqueles tempos também não houvera o margrave.

Mas o que era o margrave hoje em dia! Não era mais do que um homem, um triste ser humano, murcho e abatido. De que adiantava comer bem e ter bons intestinos se não tirava mais forças da alimentação? Quem tinha força agora era Sivert, e ele devia dar graças a Deus que Sivert a tivesse. Mas, imagina, se Isak também tivesse força! Por que o seu maquinismo já devia enferrujar? Trabalhara como um homem, suas costas tinham suportado fardos próprios para um burro de carga, devia agora ter paciência necessária para descansar num cômodo sofá.

Isak está descontente e melancólico.

Um chapéu velho está apodrecendo no chão. Deve ter sido trazido até lá, ao canto da mata, pela ventania, ou talvez os meninos o tenham trazido quando ainda eram pequenos. Está ali jogado, por anos e anos, desfazendo-se cada vez mais; já foi um chapéu novo, todo amarelo. Isak lembra-se de quando veio para casa com ele, do armazém, e Inger disse que era um bonito chapéu. Alguns anos mais tarde, fora à casa do pintor, na aldeia, e mandara pintar de preto e polir o chapéu, e dar-lhe uma orla verde na aba. Ao voltar de novo para casa, Inger achou que era um chapéu mais bonito ainda. Inger sempre achava tudo bonito. Bons tempos aqueles, em que ele cortava lenha e Inger vinha vê-lo trabalhar, era o melhor tempo de sua vida. Quando chegava março e abril, ele e Inger ficavam doidos um pelo outro, exatamente como os pássaros e os animais do mato, e em maio ele semeava o trigo, plantava as batatas e prosperava, e sentia-se bem o que dava o dia. Havia trabalho e sono, amor e sonhos, ele era como o primeiro touro, que era uma maravilha, ao chegar, grande, brilhante e liso, um rei entrando em seu domínio.

Hoje em dia, não havia mais um mês de maio como os daquele tempo. Isso não se encontra mais.

Isak andou vários dias muito deprimido. Eram dias tristonhos. Não sentia mais nem vontade nem forças para meter mãos à obra no paiol de forragem; aquilo ia ficar para Sivert fazer um dia; importante agora era a nova casinha, a sua. Não pôde mais esconder, por muito tempo, de

Sivert, o que estava fazendo na orla da mata, qualquer um já veria que ali ia ser o fundamento de uma casa. Um dia revelou tudo.
— Aí está uma boa pedra, se fôssemos construir — disse ele.
— E ali está outra.
Sivert não revelou a mínima surpresa, mas respondeu:
— Sim, ótimas pedras!
— Que te parece? — disse o pai — cavamos tanto em busca da outra pedra para a soleira, que o lugar ficou bom para se construir aqui... Só não sei...
— De fato, não é mau lugar para uma casa — respondeu Sivert, dando uma olhada ao redor.
— Achas? Podia muito bem ter uma casinha aqui, para hóspedes, para alguém morar, que viesse nos visitar.
— De fato.
— Devia ser sala e quarto. Viste como foi quando os senhores suecos cá vieram pela última vez e não tínhamos casa nova para eles. Mas que achas, a casa devia ter, também, uma pequena cozinha? Talvez queiram cozinhar.
— Não podem ficar sem cozinha, claro, seria uma vergonha para nós, isso sim — opinou Sivert.
— Como achares.
O pai calou-se. Mas Sivert era um rapaz admirável, logo compreendeu e logo sabia o que era indispensável para uma casa destinada a alojar senhores suecos. Não perdeu mais tempo com perguntas, mas apenas acrescentou ainda uma sugestão.
— Se quisesses fazer como eu penso, farias um pequeno puxado na parede norte. É bom ter um puxado, caso os suecos queiram pendurar suas roupas molhadas.
O pai não se fez de rogado.
— É isso mesmo! — disse.
Ambos se calaram e puseram-se a trabalhar com as pedras.
Algum tempo depois o pai recomeçou:
— Eleseus não veio para casa, pois não?
— Ele não demora aí... — respondeu Sivert, evasivamente. Eleseus o que queria era estar longe dali, era viver viajando.
Não podia ele encomendar suas mercadorias por carta em vez de ir comprá-las no lugar? Comprava-se mais barato assim, vá lá. Mas, e o que custavam as viagens? Então não contava? Ele tinha umas idéias assim, esquisitas. E para que quereria ele mais tecidos de algodão e fitas de seda diversas para toucas de batizado, chapéus de palha brancos e pretos e cachimbos compridos? Os moradores da região não compravam essas coisas e os fregueses da aldeia só vinham a Storborg cada vez que se viam sem dinheiro. Eleseus era muito competente, à sua maneira, era de vê-lo escrever no papel ou fazer uma conta, com giz! "Queria eu

ter tua cabeça!" diziam os que o viam. Tudo isso podia estar muito bem, mas o caso é que ele estava gastando demais. Esses aldeões nunca pagavam suas dívidas e até pobres diabos como Brede Olsen tinham vindo a Storborg no inverno e comprado a crédito, levando tecidos de algodão, café, melado e parafina, tudo fiado.

Isak já gastou muito dinheiro com Eleseus, com o comércio e as viagens do rapaz, já pouco lhe resta da grande quantia que recebeu pela jazida de cobre. Qual seria o fim disso?

— Como achas que vai indo o negócio de Eleseus? — perguntou Isak, de repente.

— Como vai indo? — perguntou Sivert, visando a ganhar tempo.

— Não parece que esteja indo.

— Pois ele acredita que vai.

— Falaste com ele sobre isso?

— Não. Andresen é que o disse.

O pai refletiu um pouco e sacudiu a cabeça.

— Aquilo decerto não vai adiante — disse ele. — E é pena, por causa de Eleseus.

O pai tornou-se cada vez mais sombrio, ele que já antes não andava muito radiante.

Aí Sivert saiu-se com uma novidade.

— Vem mais gente agora morar aqui no campo.

— Como?

— Vêm mais dois colonos. Compraram terras próximas às nossas.

Isak deteve-se, com a alavanca na mão. Essa sim era uma grande novidade e uma boa novidade, uma das melhores.

— Seremos então dez aqui no campo — disse ele.

Deixou-se explicar onde os novos homens tinham comprado. Trazia toda a geografia da região na cabeça e fez um movimento de aprovação.

— Pois fizeram bem, ali há boa mata para lenha. Há, também, uns pinheiros ainda, que dão toros para serrar. O terreno é inclinado para sudeste.

Assim, nada conseguia quebrantar os homens da terra. Vinha gente nova aí. Os trabalhos de mineração terminaram, mas em vez de matar a lavoura, isso lhe foi um benefício. Não era verdade que o campo estava agonizando, pelo contrário, começava a regurgitar de vida, dois novos homens vinham, quatro braços mais, novas terras lavradas, campos, pastagens e moradas. Não há como pequenas áreas cultivadas, em plena floresta. Uma cabana, uma fonte, crianças e animais domésticos... Ondula o trigal nos baixios onde antes só crescia a cavalinha, campânulas azuis florescem nos penhascos, e o sol dourado brilha nas bolsas-de-pastor ao redor da casa. Ali vive a gente da lavoura, conversa, pensa e está sempre em contato com o céu e a terra.

E aí estava agora o primeiro homem no campo. Ele veio um dia, andando enterrado até os joelhos na vegetação do charco e no tojal, encontrou uma encosta batida de sol e construiu nela a sua morada. Outros vieram atrás dele, pisaram um trilho no *almenning* deserto. Outros e outros vieram ainda; do primeiro atalho surgiu um caminho e depois uma estrada na qual podiam andar carroças. Isak devia sentir-se satisfeito, devia atravessá-lo um estremecimento de orgulho: fora o fundador de um distrito rural, era o margrave.

— Sim, sim... — disse —, não podemos andar metidos com esse lugar para a construção, o tempo todo, caso queiramos acabar o paiol de forragem ainda este ano.

Certamente o disse num súbito assomo de bom humor, de novo ânimo para a vida.

CAPÍTULO IX

Uma mulher vai subindo pelo campo. Cai uma chuva estival constante, ela se molha, mas não se incomoda, pois tem mais em que pensar, vai ansiosa e impaciente. É Barbro, nem mais nem menos, Barbro de Brede. Está ansiosa, sim. Não sabe como a aventura irá terminar, mas saiu da casa do *lensmand* e deixou a aldeia. Foi o que houve.

Evita todas as casas, vai pelo campo, para não encontrar ninguém. Cada um compreenderá para onde ela vai, pois leva um amarrado de roupas às costas. Está a caminho de Maaneland, quer morar lá de novo.

Servira durante dez meses na casa do *lensmand*, o que não é pouco, calculado em dias e noites, mas é uma eternidade contando-se o constrangimento e as saudades. No começo tudo ia bem, a Sra. Heyerdahl zelava por ela e lhe dava aventais e a vestia bem, era um prazer ir fazer compras no armazém com vestidos bonitos. Barbro fora criança ali, conhecia a todos, do tempo em que brincava pela rua e ia à escola, beijava os rapazes e jogava vários jogos com pedrinhas e conchas. Correu tudo bem alguns meses. Mas aí aumentaram os cuidados da Sra. Heyerdahl e, quando começaram os festejos de Natal, ela se tornou rigorosa. Para que serviria tanta severidade? Só para inutilizar as boas relações! Barbro não o teria suportado se não fossem certas horas noturnas que lhe pertenciam: das duas às seis da manhã ela podia estar tranqüila e conseguiu muito prazer roubado nessas horas. E que espécie de moça era a cozinheira que não a denunciava? Uma moça como as outras: ela mesma saía sem licença. Saíam em noites alternadas, para uma ficar de guarda e evitar surpresas.

Demorou para ser descoberto. Barbro absolutamente não era tão leviana que sua fisionomia a traísse, não trazia no rosto marca de sua depravação, era impossível atribuir-lhe qualquer espécie de vida devassa. Ela oferecia a resistência, como lhe era imposto. Quando os rapazes lhe pediam para dançar nos festejos natalinos, recusava uma vez, duas vezes, mas na terceira vez respondia: "Vou tentar vir das duas às seis!" Exatamente como a mulher decente deve responder, sem fazer-se pior do que é nem ostentar atrevimento. Era uma criada, servia o dia inteiro e não conhecia outro divertimento além de namoricar. Era tudo quanto ela desejava. A Sra. Heyerdahl fazia-lhe preleções e lhe emprestava livros — sem perceber o papel de boba que fazia. Barbro, que vivera em Bergen, lera jornais e freqüentara teatros. Não era nenhuma ovelha inocente, vinda do campo.

A esposa do *lensmand* deve ter desconfiado de alguma coisa. Uma madrugada, às três horas, chegou-se à porta do quarto das empregadas e chamou:

— Barbro!
— Sim? — respondeu a cozinheira.
— Barbro não está aí? Abre a porta!

A cozinheira abriu a porta e explicou: Barbro não estava, tivera de ir à casa dos pais, depressa.

— Para casa, com pressa? Às três da madrugada? — atalhou a mulher, e quis saber mais a respeito.

Pela manhã, houve grande interrogatório. Brede foi chamado e a senhora lhe perguntou:

— A Barbro esteve em casa às três horas da madrugada?

Mesmo desprevenido, Brede respondeu que sim.

— Às três? Esta noite? Ficamos muito tempo em pé, porque tínhamos uma coisa a falar — respondeu o pai de Barbro.

— Pois Barbro não sairá mais à noite! — declarou a patroa, em tom solene.

— Não, claro que não — apressou-se a garantir Brede.
— Não, enquanto estiver na minha casa.
— Não. Estás ouvindo, Barbro? Bem eu te falei! — disse o pai.
— Podes visitar teus pais pela manhã, de vez em quando determinou a patroa.

Todavia, a vigilante senhora parecia não se ter livrado inteiramente de sua suspeita. Esperou uma semana e fez um teste, às quatro horas da manhã.

— Barbro! — chamou ela.

Dessa vez, porém, a cozinheira estava fora e Barbro estava em casa; o quarto das moças era todo pureza e inocência. A mulher teve que inventar, às pressas, um pretexto qualquer.

— Recolheste a roupa, ontem à noite?
— Recolhi, sim.
— Foi bom, pois está começando a ventar muito. Boa noite!

Era, aliás, incômodo para a senhora fazer o marido acordá-la à noite e andar pela casa toda até o quarto das empregadas para ver se estavam lá. Ela acabou não o fazendo mais, deixando tudo correr à vontade.

Assim, se a sorte não falhasse, Barbro poderia ter ficado ainda um ano inteiro com sua patroa. Quis, porém, o destino que as coisas se precipitassem.

Era de manhã, bem cedo, na cozinha. Barbro tivera uma desavença com a cozinheira, nem era uma briga tão pequena, as duas falavam cada vez mais alto, esquecendo que a patroa podia vir a cada momento. A cozinheira procedera mal e saíra à noite sem que fosse sua vez, assim logrando a outra, só por ser a noite de domingo. E que alegou ela, como desculpa? Não poderia ter dito que precisava ir despedir-se de uma irmã querida que ia viajar para a América, por exemplo? Nada disso. Ela nem achou necessário se desculpar, afirmou simplesmente que essa noite de domingo era sua, que a folga lhe cabia de direito.

— Tu não tens mesmo um pingo de sinceridade e de vergonha! — vociferou Barbro — sua cachorra!

A patroa estava à porta. Seu primeiro impulso fora pedir explicações por aquela algazarra, mas no momento limitou-se a responder ao cumprimento das moças e pôs-se de repente a olhar fixamente para Barbro. Aproximou-se e fitou ainda mais de perto e mais atentamente o peitilho do vestido da moça. Aquilo começava a tornar-se desagradável. De súbito a mulher deu um grito e recuou até a porta. Sem compreender o que significava tudo aquilo, Barbro correu os olhos pela frente do vestido. Um piolho! Tanto barulho por tão pouco, ora... Barbro teve de sorrir e, habituada a agir em circunstâncias extraordinárias, deu um piparote atirando o piolho a distância.

— No chão? — gritou a senhora. — Estás doida? Apanha o bicho do chão! Já!

Barbro, de fato, começou a procurar e de novo atuou com presteza e presença de espírito. Fez de conta que achara o piolho e fingiu atirar alguma coisa no fogão.

— Onde arranjas isso? — inquiriu a mulher, excitada.

— Onde arranjo isso? — retrucou Barbro.

— Sim! Quero saber por onde andas, onde o foste buscar? Responde!

Aí Barbro cometeu o erro de não dizer "no armazém!", o que teria sido satisfatório. Em vez disso, insinuou que não sabia de onde vinha o piolho, mas desconfiava que o pegara da cozinheira.

Esta reagiu imediatamente à altura.

— De mim? Sabes muito bem onde arranjas teus piolhos! — Mas quem esteve fora esta noite, foste tu!

Novo erro. Barbro nunca devia ter tocado naquilo. A cozinheira não teve mais motivo de silenciar quanto às saídas noturnas. Lá veio toda a história, das noites que a outra passava fora. A esposa do *lensmand* estava extremamente agitada. Nada tinha contra a cozinheira, sua ira voltou-se contra Barbro, a moça por cujo caráter ela se responsabilizara. E tudo ainda podia ter sido salvo, se Barbro tivesse abaixado a cabeça, como um junco, e se mostrado aniquilada de vergonha e feito promessas das mais sagradas para o futuro. Mas não. A patroa acabou por lembrar à sua governanta tudo quanto fizera por ela, e aí Barbro se tornou impertinente e começou a responder, a tola. Ou talvez nem fosse tão tola assim, fosse, pelo contrário, bem sabida, quisesse levar o caso ao extremo e ver-se fora de lá?

— Arranquei-te às garras da lei! — disse a patroa.

— Se é por isso — revidou Barbro — teria dado na mesma para mim, se a senhora não se tivesse metido no meio!

— Está aí a gratidão que se recebe! — gritou a senhora.

— Se é para falar, vamos falar tudo! — replicou Barbro. Eu podia ter sido condenada, a pena já não teria sido mais do que alguns meses, eu teria saído e estaria livre de amolações!

Por um momento, a patroa ficou perplexa. Sem conseguir falar, abriu e fechou a boca várias vezes e não saiu uma palavra.

Assim que achou a fala, mandou-a embora.

— Muito bem — respondeu Barbro — como a senhora quiser!

Nos dias que se seguiram, Barbro ficou na casa dos pais.

Mas não podia continuar ali para sempre. Não que lá fosse ruim, a mãe vendia café e vinha muita gente à casa, mas Barbro não podia viver disso e tinha, também, outras boas razões para arranjar uma sólida posição. Assim, tomou, pois, um saco com suas roupas e começou a jornada pelo campo. Dependia, agora, de querer Aksel Stroem ficar com ela! Mas ela mandara publicar os proclamas no domingo anterior.

Chovia, o caminho era pura lama, mas Barbro continuava a andar. Anoitecia, mas como ainda não era a estação avançada, não escurecia. Pobre Barbro, não poupava as próprias forças, ia com um firme propósito a um determinado lugar onde ia começar nova luta. Para falar a verdade, ela jamais se poupara, nunca fora indolente, por isso ainda estava bonita e bem feita de corpo. Barbro tinha fácil concepção e freqüentemente usava essa faculdade para a sua própria ruína; nem se poderia esperar outra coisa. Aprendeu a salvar-se, de apertura em apertura, mas conservou assim mesmo várias boas qualidades; a morte de uma criança não representava nada para ela, mas podia dar bombons a uma criança viva. Tinha ótimo ouvido para a música, tangia as cordas da guitarra de modo suave e correto, acompanhando o próprio canto, a voz rouca, agradável e um pouco triste de se ouvir. Ela, poupar-se? Tão pouco pensava em si, que ela mesma se arruinara e não o sentia como uma perda. De vez em quando, chorava e pungia o próprio coração, relembrando uma ou outra ocorrência em sua vida; mas isso fazia parte do todo, vinha das canções que ela cantava, era a poesia e a doçura que havia dentro dela. Enganar a si mesma e a muitos outros. Se pudesse ter levado a guitarra, teria tocado um pouco para Aksel naquela mesma noite.

Tratou propositadamente de chegar bem tarde. Em Maaneland, tudo estava bem quieto. Olha, Aksel já começou a fenação em torno das casas e conseguiu até recolher algum feno seco! Calculou que Oline, sendo velha, devia estar dormindo no quarto, ficando Aksel fora, no paiol de feno, onde ela mesma outrora dormia. Excitada como um ladrão em vias de penetrar em casa alheia, aproximou-se da porta conhecida e chamou em voz baixa:

— Aksel!
— Que há? — respondeu Aksel imediatamente.
— Não há nada. Sou só eu — disse ela, entrando. — Mas não vais poder me alojar por esta noite, vais?

Aksel fitou-a, custando um pouco a compreender o que se passava. Ficou ali sentado, em roupa de baixo, fitando-a.

— Então és tu... — disse. — Aonde vais?
— Isso depende... Se precisas de alguém para ajudar nos trabalhos de verão...

Aksel pensou no caso e perguntou:
— Então não vais ficar lá onde estavas trabalhando?
— Não. Saí da casa do *lensmand*.
— Posso precisar de alguém, claro, trabalho é que não falta no verão. Mas que quer dizer tudo isso? Estás pensando em voltar para cá?
— Não te incomodes comigo — atalhou Barbro. — Amanhã mesmo continuo meu caminho. Vou a Sellanraa e ao outro lado do morro. Tenho um emprego lá.
— Tens lá um lugar já fixo?
— Tenho.
— Pois eu de fato podia precisar de alguém para o verão.

Ela estava encharcada. Trazia roupas no saco e tinha de mudar as que tinha no corpo.

— Não te incomodes por eu estar aqui — disse Aksel, apenas recuando um pouco em direção à porta.

Barbro começou a tirar a roupa molhada, ambos conversando, enquanto isso. Aksel virava muitas vezes a cabeça e a olhava.

— Sai um instantinho só, agora — disse ela.
— Sair? — admirou-se ele. De fato, não era uma noite para se sair. Ficou vendo-a despir-se cada vez mais. Não podia tirar os olhos dela, e Barbro era irrefletida, não tratou de ir pondo peças secas à medida que ia tirando as molhadas. Sua camisa é muito fina e de tão molhada se lhe cola ao corpo; desabotoou-a num ombro e voltou-se para o lado, já tem prática nisso. Ele emudeceu por completo naquele momento e observou que ela necessitava apenas de um ou dois rápidos movimentos para livrar-se por completo da camisa. Feito maravilhoso, pensou ele. Lá ficou ela, absolutamente irrefletida e estouvada.

Mais tarde, ficaram deitados, conversando. Sim, ele necessitava de alguém para o verão, sem dúvida.

— Ouvi falar nisso por aí — disse Barbro.

Mais uma vez, ele começara sozinho a fenação naquele ano; Barbro devia compreender em que situação apertada ele se encontrava. Sim, Barbro compreendia tudo. Por outro lado, fora exatamente Barbro que naquela ocasião desertara, deixando-o em apuros, sem mulher para ajudar; ele não o podia esquecer, e ela ainda por cima levara os anéis. Por mal dos pecados, o jornal dela continuava a vir, aquele jornal de Bergen, do qual ele parecia nunca mais ir ver-se livre; tivera de pagar um ano inteiro.

— Foi muito mal feito do jornal! — disse Barbro, o tempo todo tomando o partido dele.

Mas ante tanta complacência, Aksel também não pôde mostrar-se desumano, admitiu que Barbro tinha motivo de zangar-se por ter ele tomado ao pai dela o trabalho de inspeção do telégrafo.

— Aliás — acrescentou — teu pai pode ficar de novo com o cargo de inspetor do telégrafo, não quero mais saber disso, prende-me muito, toma todo meu tempo.

— Está bem — disse Barbro.

Aksel refletiu durante algum tempo e depois perguntou sem rodeios:

— Como vai ser isso? Queres ficar só durante o verão?

— Não — respondeu ela. — Será como quiseres.

— Estás falando sério?

— Estou. Quero exatamente o mesmo que tu queres. Não deves mais duvidar de mim.

— Ah...

— Não. E mandei publicar os proclamas para nós.

Não era tão mau assim. Aksel ficou deitado, pensando muito tempo no que ouvira. Se dessa vez fosse intenção séria e não um vergonhoso logro, teria mulher própria e ajuda para sempre.

— Eu podia arranjar uma mulher lá de casa — disse ele que até já escreveu que quer vir. Mas eu teria de lhe pagar a viagem de volta da América.

— Ela está na América? — perguntou Barbro.

— Sim. Foi para lá no ano passado. Mas não se está dando bem.

— Não te incomodes com ela — declarou Barbro. — Que seria feito de mim? — acrescentou, começando a mostrar-se comovida.

— Não. Também não combinei nada certo com ela ainda. Não querendo ficar atrás, Barbro confessou que ela podia ter noivado com um moço de Bergen, carroceiro de uma cervejaria, muito grande e importante, homem que exercia cargo de confiança.

— E ele com certeza até hoje anda penando por minha causa — rematou ela, com um suspiro —, mas tu sabes que quando duas pessoas estiveram tão ligadas como tu e eu, Aksel, eu não posso esquecer. Podes-me esquecer quanto quiseres, eu me lembrarei sempre de ti!

— Quem, eu? Se é por isso não precisas chorar, pois nunca te esqueci.
— Não...
Essa confissão estimulou Barbro e ela disse:
— Em todo caso pagar a viagem dela, da América até aqui, quando podes passar sem isso...
Desaconselhou-o de tal empreendimento, que lhe sairia muito caro e que não era necessário. Barbro parecia ter-se metido na cabeça que devia fazer-lhe a felicidade, ela e não outra.
Durante a noite chegaram a um acordo. Não eram estranhos um para o outro, já haviam debatido várias vezes os passos a tomar. Até a necessária cerimônia de casamento devia ter lugar antes do dia de Santo Olavo e da fenação, não precisavam fingir um perante o outro. A própria Barbro era agora quem mais apressava. A impaciência de Barbro não causava estranheza a Aksel nem lhe despertava suspeitas, pelo contrário, sua pressa em casar o lisonjeava e incitava. Sim, ele era homem do campo, de pele muito grossa, não ia ao fundo das coisas, era tudo, menos sutil. Estava em situação apertada com trabalho e tinha lá as suas necessidades; via o lado prático das coisas. A tudo isso juntava-se o fato de Barbro, depois de tanto tempo, lhe parecer nova e bonita, quase um pouco mais graciosa do que antes. Ela era a maçã e ele a mordeu. Os banhos já haviam sido publicados.
Quanto ao cadáver da criança e ao interrogatório, ambos silenciaram.
Falaram, porém, de Oline. Como iam livrar-se dela?
— Ela tem de sair! — declarou Barbro. — Não lhe devemos favor nenhum. Velha linguaruda e maligna...
Revelou-se no entanto ser empresa bem difícil afastar Oline.
Logo na primeira manhã, quando Barbro apareceu, a velha Oline certamente previu qual seria seu destino. Sentiu-se imediatamente perturbada e intranqüila, mas tratou de ocultá-lo, cumprimentando-a amavelmente e oferecendo-lhe uma cadeira. Tinham-se arranjado até então em Maaneland, Aksel carregando água e lenha e fazendo o trabalho mais pesado e Oline dando conta do resto o melhor que podia. No correr do tempo, ela concordara consigo mesma em ficar pelo resto da vida na colônia, e agora vinha Barbro e anulava seus planos.
— Eu naturalmente já teria dado café, se aqui em casa houvesse um só grão que fosse — disse a velha a Barbro. — Vais para mais longe, no campo?
— Não.
— Ah? Não vais para cima?
— Não.
— Não é de minha conta — insistiu Oline. — Mas então vais voltar para baixo?
— Também não. Por enquanto fico aqui mesmo.
— Ficas aqui?

— Creio que sim...
Oline esperou algum tempo, usando a velha cabeça, cheia de diplomacia.
— Pois é... — começou enfim — só assim estarei livre disso aqui. Não é sem tempo!
— Ora — disse Barbro, pilheriando. — Aksel foi tão ruim para ti?
— Ruim para mim? Aksel? Não te atrevas a troçar de uma pobre velha criatura, que só vive esperando pela libertação final! Aksel para mim foi um pai e um emissário das alturas, cada dia e cada hora, só tenho boca para gabá-lo. Mas acontece que não tenho ninguém de meu aqui no campo, vivo só e abandonada em chão alheio, quando tenho toda a minha gente do outro lado da montanha.

No entanto, Oline ficou por ali. Não podiam livrar-se dela antes de concluída a cerimônia do casamento. Oline relutou muito, mas acabou dizendo que sim, que lhes faria o favor de olhar pela casa e a criação quando fossem casar. Demoraram-se dois dias. Mas quando voltaram, casados de novo, Oline ainda não se abalou. Ia adiando a partida, alegando um dia estar adoentada e no outro que ameaçava chuva. Procurava agradar Barbro com conversas, dizendo que agora a comida era diferente em Maaneland, que todo o modo de vida melhorara, e que até o café mudara na casa! Oline a nada recuava, pedia o conselho de Barbro em coisas que ela mesma sabia melhor.

— Que achas? — dizia — vou ordenhar as vacas tal como estão enfileiradas, ou começo com a vaca *Bordelin?*
— Podes fazer como achares melhor.
— Eu não estou dizendo! — exclamou Oline — estiveste por esse mundo afora, entre gente graúda e fina e aprendeste de tudo. Enquanto que eu, pobre de mim...

Não, Oline a nada recuava e fazia suas manobras políticas, o que dava o dia. Não é que ela contou a Barbro como se dava bem com seu pai, Brede Olsen, como eram amigos! Como não! Tinham vivido juntos dias agradáveis, ele era homem tão bom e generoso, de sua boca nunca saía uma palavra rude!

Mas esse estado de coisas não podia durar sempre, nem Aksel, nem Barbro queriam Oline por mais tempo, e Barbro tirava-lhe todo o trabalho. Oline não se queixava, mas lançava olhares ferozes para sua ama, e mudava ligeiramente de tom.

— A senhora é de boa família! — dizia — Aksel esteve na cidade no outono do ano passado, não o encontraste? Mas não, estavas em Bergen. Ele viajou de propósito, para comprar ceifeira e grade. Comparado com vosmicês, agora, que é o pessoal de Sellanraa? Nada!

Ela irradiava pequenas malícias, mas também isso de nada lhe valia, os amos não a temiam, e um dia Aksel lhe disse sem mais rodeios que ela devia ir-se embora.

— Ir-me embora? — perguntou Oline — de que jeito? De gatinhas? Negou-se a ir, pretextando não estar bem de saúde e não poder mexer as pernas. E, para agravar ainda mais a situação, quando lhe tiraram o trabalho e ela foi, aos poucos, excluída de toda a atividade, aluiu e de fato ficou doente. Arrastou-se por ali ainda uma semana, Aksel a fitava, furioso, mas ela só de maldade não arredava pé. Por último, teve de ficar de cama.

Absolutamente não esperava, resignada, pela libertação final; contava as horas até o momento de levantar-se de novo. Pediu um doutor, luxo desconhecido na zona rural.

— Doutor? — espantou-se Aksel. — Não estás doida, não?

— Como assim? — perguntou Oline, por sua vez, toda branda.

Mostrava-se meiga e gentil, feliz por não ser pesada a ninguém, por poder pagar ela mesma o doutor.

— Tens com que? — perguntou Aksel.

— Então não tenho? — replicou Oline. — E, além disso, não creio que ficarei aqui jogada, morrendo como um animal em face do Salvador.

Aí Barbro se meteu na conversa e perguntou levianamente: — Está faltando alguma coisa? Não ganhas comida aqui, que eu até te dou na cama? Café, se não te dei, foi para teu benefício.

— És tu, Barbro? — disse Oline, apenas virando os olhos para ela. Estava muito mal e tinha aspecto medonho, com os olhos enviesados.

— Deve ser como dizes, Barbro, que eu ficaria pior tomando um pinguinho de café, uma colherada de café.

— Se fosses como eu, terias outra coisa em que pensar, além de café — disse Barbro.

— Não estou dizendo? — respondeu Oline. — Nunca fostes daquelas que deseja a morte de um ser humano. Preferes que todos se emendem e vivam. Mas que é isso? Será que estou enxergando demais? Estás outra vez esperando neném, Barbro?

— Eu? — gritou Barbro, logo acrescentando, furiosa — tu merecias que eu te pegasse e te atirasse à esterqueira, só por causa dessa tua boca grande demais!

A doente calou-se, num momento de reflexão, mas seus lábios tremeram como se ela quisesse sorrir e não pudesse.

— Ouvi alguém chamar esta noite — disse ela.

— Ela perdeu o juízo! — cochichou Aksel.

— Não, não perdi o juízo. Era como se alguém chamasse. Vinha do mato ou do córrego. Coisa esquisita, era exatamente como uma criancinha, chorando. Que? Barbro já foi embora?

— Já foi, sim — disse Aksel. — Não quis ouvir mais tuas besteiras.

— Não falo besteiras, nem estou maluca, como pensas. Não, não. O Todo-Poderoso não deseja nem ordena que eu compareça perante o trono e a ovelha ainda, com tudo quanto eu sei a respeito de Maaneland.

Eu ainda vou recuperar. Mas deves chamar o doutor para mim, Aksel, que tudo irá mais depressa. Qual é a vaca que queres me dar?
— Que vaca? Te dar?
— Sim. A vaca que me prometeste. É a vaca *Bordelin?*
— Estás é falando bobagens.
— Ora! Sabes muito bem que me prometeste uma vaca no dia em que te salvei a vida.
— Eu? Não sei nada disso...
Aí Oline ergueu a cabeça e o fitou. Calva e grisalha, a cabeça sobre o longo pescoço de ave, tinha ela aspecto grotesco e terrível. Aksel estremeceu e sua mão, estendida para trás, tateou à procura do trinco da porta.
— Ah! — exclamou Oline — vejo que espécie de homem tu és! Está bem, não vamos falar mais nisso. Posso viver sem a vaca e a partir de hoje da minha boca não sairá uma palavra sobre ela. Mas foi bom que te mostraste exatamente como és, para que eu saiba, em outra ocasião, com quem estou lidando.

À noite, Oline morreu. Não se soube quando, mas foi à noite, em todo caso já estava fria pela manhã, quando os dois entraram.

A velha Oline. Assim ela nasceu e morreu...

Nem para Aksel nem para Barbro foi grande contrariedade poder enterrá-la para sempre. Não precisavam mais andar vigilantes, estavam satisfeitos e tranqüilos. Barbro voltou a queixar-se de dores de dente, mas a não ser isso, tudo estava bem. Verdadeira tortura era o eterno lenço de lã que cobria a boca e que tinha ela de afastar cada vez que ia dizer uma palavra. Aksel não conseguia compreender como alguém pudesse ter tanta dor de dente. Ele certamente observara o modo cuidadoso com que ela mastigava, já todo o tempo, mas não lhe faltava um só dente na boca.

— Não mandaste colocar dentes novos? — perguntou.
— Mandei.
— E também os novos doem?
— Sempre com troça, com tuas brincadeiras! — retrucou Barbro, irritada, embora ele houvesse perguntado de boa-fé.

Amargurada, ela, não se contendo, deixou escapar o que havia.
— Podes ver muito bem em que estado me encontro, não podes?

Em que estado ela se encontrava? Aksel olhou um pouco melhor e achou-a embarrigada.
— Não vais me dizer que esperas criança? — arriscou.
— E então? Tu o sabes muito bem! — respondeu ela.

Ele a mirou, com ares de imbecil. Lerdo para pensar, ficou um bocado de tempo aprofundado em cálculos, contando: uma semana, duas semanas, estamos na terceira semana...
— Eu sei? — disse ele.

Aquilo irritou Barbro ao extremo e ela irrompeu em pranto, chorando alto, como se fosse vítima da maior injustiça, profundamente ofendida.

— É só me enterrares também, que estarás livre de mim! — gritou.
Estranho, que pretextos a mulher pode inventar para chorar.
Não, Aksel absolutamente não quer enterrá-la, é tudo menos melindroso ou suscetível, só vê o lado útil de tudo, não sonha com caminhar num tapete de flores.
— Isso quer dizer que não poderás recolher feno neste verão? — perguntou.
— Não posso? — respondeu ela. espantada.
Por Deus do céu, do que uma mulher pode sorrir, de um momento para outro! Esse modo de encarar o caso fez com que uma satisfação histérica a invadisse e ela exclamou:
— Pois vou trabalhar por dois na fenação! Vais ver! Farei todo o trabalho de que me incumbires e mais ainda. Acabar-me-ei de trabalho e serei feliz, contanto que te veja satisfeito!
Houve mais lágrimas e sorrisos e ternuras. Só havia os dois no ermo, ninguém a temer, portas abertas, calor estival, zumbido de moscas... Ela estava tão dócil e devotada, queria tudo quanto ele quisesse.
Após o pôr-do-sol, ele atrelou o animal à ceifeira mecânica, queria cortar ainda um pedaço de campo até a manhã seguinte. Barbro saiu, apressada, como se trouxesse algum recado importante, e disse:
— Ó Aksel! Como podias pensar em mandar vir alguém da América? Ela não poderia estar aqui antes do inverno, e que farias então?
Barbro tivera aquela idéia no momento, e logo teve de vir correndo com a novidade, como se fosse algo de urgente.
Mas ela não teria tido necessidade nenhuma de dizer aquilo. Aksel reconhecera, logo de início, que tomando Barbro, teria quem o ajudasse durante todo o verão daquele ano. Esse homem nunca oscilava e jamais sonhava com as estrelas. Agora, que arranjou mulher própria para ter em casa, pode ficar com o telégrafo ainda por algum tempo. Num ano aquilo já é algum dinheiro que vale a pena, e vem a calhar, enquanto ainda não há grande coisa para vender de sua lavoura. Tudo vai indo num bom ritmo, ele vive na realidade. Por parte de Brede, que agora é seu sogro, não teme mais assaltos à linha telegráfica.
A sorte começa a sorrir para Aksel.

CAPÍTULO X

O tempo vai passando, o inverno vem e passa, chega a primavera.
Naturalmente Isak teve de ir à aldeia um dia. Perguntaram-lhe que ia fazer lá. Respondeu que não sabia. Varreu bem varrida a carroça, colocou o banco e lá se foi, estrada afora. Naturalmente levava consigo vários produtos, mantimentos para Eleseus, em Storborg. Nunca saía um cavalo de Sellanraa sem uma ou outra coisa para Eleseus.

Se Isak vinha tocando seu carro pelo campo abaixo, algo de importante devia acontecer, pois ele raramente vinha. Sivert costumava vir em seu lugar. Nas duas primeiras colônias, os moradores estavam na porta da cabana e comentaram. Lá vai Isak em pessoa, disseram. Aonde irá ele hoje? Quando passou por Maameland, Barbro estava à janela de vidraça, com uma criança no braço. Lá vai Isak em pessoa, pensou ela, ao vê-lo passar.

Chegou a Storborg e parou.

— Ptro! Eleseus está em casa?

Eleseus saiu. Está em casa, sim, não viajou ainda, mas vai viajar, vai fazer sua excursão de primavera às cidades do Sul.

— Aqui trago alguma coisa que tua mãe mandou — disse o pai. — Não sei o que é, não vai ser nada de importante. Eleseus recebeu as vasilhas, agradeceu e perguntou:

— Não trazes carta ou coisa parecida?

— Trago — disse o pai, e começou a mexer nos bolsos deve ser da pequena, de Rebeca.

Eleseus tomou a carta, era exatamente o que ele esperara, sentiu que ela era grossa e macia, disse ao pai:

— Foi pena que vieste tão cedo. Dois dias cedo demais. Mas se puderes esperar um pouquinho, podes levar minha mala.

Isak apeou e amarrou o cavalo. Deu uma volta pelo terreno. O pequeno encarregado Andresen não é mau lavrador, trabalhando em lugar de Eleseus; naturalmente teve a ajuda de Sivert, de Sellanraa, que veio com os animais, mas também por conta própria drenou um bocado de charco e ajustou um homem para revestir as valas com pedra. Naquele ano não mais iam comprar forragem fora em Storborg e no ano seguinte Eleseus podia manter cavalo próprio. E só o podia graças ao interesse de Andresen pela lavoura.

Algum tempo depois, Eleseus chamou, dizendo que estava pronto com a mala. Ele mesmo lá estava também, e queria ir junto; vestia elegante roupa azul-marinho, com colarinho branco, galochas nos pés e bengala. Assim, chega mais de dois dias antes da partida do barco, mas não faz mal, ele pode esperar na aldeia, tanto faz ele estar lá como no armazém.

Pai e filho partiram. O encarregado Andresen ficou no armazém, e desejou-lhes uma boa viagem.

O pai é cuidadoso para com o filho e quer dar-lhe o banco inteiro, mas Eleseus o recusa imediatamente e senta-se ao seu lado.

Passaram por Breidablik e Eleseus de repente se lembra de que esqueceu alguma coisa.

— *Ptro!* Que é? — perguntou o pai.

Era o guarda-chuva. O guarda-chuva de Eleseus, que ele esquecera. Mas não pôde explicá-lo e disse apenas:

— Agora não adianta mais. Vamos embora!

— Não vamos voltar?

— Não, toca, vamos adiante.

Mas era o diabo que ele se tivesse esquecido. Aquilo fora a pressa, só porque o pai andara pelas terras, esperando. Agora Eleseus tinha de comprar um guarda-chuva novo, assim que chegasse a Trondhjem. Não fazia mal nem bem que ele possuísse dois guarda-chuvas. No entanto, Eleseus estava tão agastado consigo mesmo que saltou e pôs-se a andar atrás do carro.

Desse jeito, não puderam conversar muito, pois o pai tinha de virar-se para trás cada vez que queria dizer alguma coisa.

— Quanto tempo vais ficar fora? — perguntou o pai.

— Uns vinte dias, mais ou menos. Um mês, quando muito.

O pai admirou-se de que a gente não se perca nas grandes cidades, de que ninguém se extravie. Eleseus explicou que estava acostumado a andar em cidades, não se perdia, nunca tinha acontecido ainda. O pai achou que ficava feio ele estar sentado só no carro, e disse:

— Agora, vais subir um pouco ao carro, estou cansado disso!

Eleseus, porém, de modo algum quis tocar o pai do assento e preferiu subir e ficar ao seu lado. Antes de mais nada, almoçaram, com o bom farnel do pai. Depois continuaram.

Passaram pelas duas últimas colônias, e era fácil de ver que se aproximavam da aldeia: havia, efetivamente, nas duas casas, cortinas brancas nas janelas pequenas da sala, que davam para a estrada, e na cumeeira do paiol de feno erguia-se um pequeno mastro para a bandeira de dezessete de maio[22].

— Lá vai Isak! — disseram os moradores das duas últimas propriedades, quando viram os viajantes.

Finalmente, Eleseus conseguiu desviar os pensamentos da própria pessoa e dos seus afazeres e problemas, o suficiente para perguntar:

— Por que vai à aldeia hoje?

— Hum! — respondeu o pai — por nada de especial.

Mas como Eleseus ia viajar para longe e nada haveria de mal se ele soubesse o que ia fazer o pai, este, refletindo melhor, explicou, ou melhor, confessou:

— Vou buscar Jensine, em casa do ferreiro.

— E tu mesmo tens de descer e andar atrás dessas coisas? Sivert não podia ter ido?

Eleseus mostrava, assim, sua falta de compreensão, imaginava que Sivert fosse à casa do ferreiro buscar Jensine, após ter esta feito papel de soberba e saído de Sellanraa.

---

22. *Dezessete* de *maio* — Festa nacional norueguesa: dia da Constituição. N. do T.

Não, não dera certo com a fenação no último ano. É verdade que Inger pegara com vontade no trabalho, conforme prometera, Leopoldina também fizera a sua parte, e que, além disso, tinham rastelos puxados a cavalo. Mas o feno era, em parte, de qualidade pesada e o campo ficava longe de casa. Sellanraa era, agora, uma grande propriedade, as mulheres também tinham outras coisas a fazer além de rastelar feno; os animais eram muitos, a comida tinha de estar pronta à hora certa, havia queijo e manteiga para fazer, lavagem de roupa e serviço de forno, mãe e filha acabavam-se de tanto trabalho. Isak não queria passar mais uma vez por um verão assim, e determinou, resoluto, que Jensine devia voltar, se estivesse livre. Inger também nada mais tinha a objetar contra isso, ela recobrara o juízo e concordou logo. Inger tornara-se mais ponderada; não é pouca coisa recuperar o juízo quando uma vez se o perdeu. Inger não tinha mais calor que necessitasse de expansão, nem ardor particular que devesse manter sob controle; o inverno a refrescara e não sobrara mais do que o calor necessário para a vida no lar; começara a ser mais gorda e cheia, bonita e de aspecto imponente. Era estranho como aquela mulher não fenecia, não ia decaindo aos poucos; talvez fosse por ter começado tão tarde a florescer. Só Deus sabe de onde vêm todas as coisas, nada tem uma só causa, há uma série de causas que agem em conjunto. Inger não gozava da melhor reputação no conceito da mulher do ferreiro? De que a mulher do ferreiro a podia culpar?

Com seu rosto deformado, ela fora lograda, usurpada em sua primavera, mais tarde fora colocada em atmosfera artificial e lhe foram desviados seis anos de seu verão; como ela ainda tinha vida dentro de si, seu outono devia, por força, vir a manifestar-se em crescimento luxuriante e intempestivo. Inger era melhor do que são em geral as mulheres dos ferreiros, um pouco danificada, um pouco desnaturada, mas de bom caráter, aplicada...

Pai e filho continuaram a viagem, chegaram ao albergue de Brede Olsen e recolheram o cavalo ao galpão. Era noite e eles entraram.

Brede Olsen alugara aquela casa, originalmente um depósito e pertencente ao negociante, e a dividira em salas e dois quartos. Não é das piores e está bem situada, a casa é procurada por gente que vem tomar café e, em geral, por gente dos arredores da aldeia que vai viajar com o barco.

Brede parece ter tido sorte uma vez na vida, ter achado o que lhe convém, e só o deve à sua mulher. Ela, efetivamente, tivera a idéia de se estabelecerem com café e pensão quando estivera vendendo café, durante o leilão, em Breidablik. Era uma sensação tão agradável negociar, sentir as moedas, o dinheiro contado, entre os dedos. Desde que ela chegou à aldeia o negócio tem ido bem, a mulher faz bom movimento com o café e dá alojamento a muitos que não têm onde pousar. Ela é uma bênção para os viajantes. Tem uma boa ajudante, Katerine, a filha, já moça e ligeira para atender fregueses. Mas naturalmente é apenas uma questão de tempo, até a pequena Katerine não mais querer estar em casa dos pais, trabalhando na pensão. Mas, por enquanto, o negócio vai sofrivelmente, dá para ganhar dinheiro, o que é o mais importante. O começo fora, pois, decididamente bom e poderia ter sido ainda melhor se o negociante não tivesse tido falta de roscas e biscoitos para o café. No dia da festa, dezessete de maio, todos os fregueses clamaram em vão por biscoitos para o café, por pão. Só assim o negociante aprendeu a estar bem sortido de produtos da padaria, nos dias de festa na aldeia.

Aquilo dá para a família e o próprio Brede irem vivendo o melhor que podem. Muitas vezes só comem pão amanhecido com café que sobra, o que os mantém vivos e dá às crianças um aspecto delicado, por assim dizer, refinado. Nem todos têm pão para o café! — comenta o povo da aldeia. A família Brede parece que vai indo bem, tem até um cachorro, que anda entre os hóspedes, pedindo e ganhando pedacinhos de tudo e engordando.

Um cachorro gordo é ótimo cartaz numa pensão, dá a entender que ali se come bem!

Naquele conjunto, Brede Olsen ocupava a posição de dono da casa, e além disso progrediu bem. Tornou-se novamente auxiliar e oficial de justiça do *lensmand* e durante algum tempo lhe foi dado trabalho regularmente; mas no último outono sua filha Barbro perdeu as boas graças da esposa do *lensmand,* por causa de uma ninharia, para falar francamente, por causa de um piolho! Desde então Brede também não é bem visto ali. Ele, porém, não perdeu grande coisa com isso, há outros amos que o procuram e lhe dão trabalho, de propósito, para fazer raiva à esposa do *lensmand*. Ele é, pois, homem procurado, o doutor o quer para guiar seu carro, e a mulher do pastor gostaria de ter mais porcos só para poder mandar chamar Brede cada vez que deve matar um — são as palavras dele mesmo, Brede.

Mas naturalmente a família Brede muitas vezes passa aperto, nem todos ali são tão gordos como o cachorro. Graças a Deus, Brede é de gênio leve, não se preocupa muito. Os filhos vão ficando cada vez maiores, costuma dizer, vão crescendo; parece não levar em conta que vão chegando continuamente crianças novas, pequenas. Os que são grandes e foram embora cuidam de si mesmos, e de vez em quando mandam alguma coisinha. Barbro está casada em Maaneland e Helge trabalha na pescaria de arenque; sempre que podem reservam alguma coisa ou dinheiro para os pais, até Katerine, que atende fregueses na casa, pôde, por estranho que pareça, dar ao pai uma cédula de cinco coroas, certa vez, no inverno, quando tudo ia mal. Boa menina, disse Brede, de si para si, e não perguntou de quem ela obtivera a nota e por que a recebera. Assim devia ser, as crianças devem ter coração, pensar em seus pais e ajudá-los.

Brede não está inteiramente satisfeito com o filho, Helge. Às vezes, no armazém, rodeado de ouvintes, ele desenvolve seus pontos de vista quanto aos deveres dos filhos para com os pais.

— Vejam, por exemplo, Helge, meu filho. Não tenho nada contra isso, que ele use um pouquinho de tabaco e tome um trago de vez em quando. Todos nós fomos rapazes... O que não quero é que ele nos mande uma carta atrás da outra só com lembranças. Não deve fazer sua mãe chorar. É o começo do mau caminho. Antigamente era diferente, os filhos, nem bem tinham idade para isso, iam trabalhar e ajudavam um pouquinho os pais. Não devia ser assim? Pai e mãe não foram os primeiros a tê-los no coração, a suar sangue para mantê-los vivos durante todo o longo tempo do crescimento? Isso é coisa que se possa esquecer!

Dir-se-ia que Helge tivesse ouvido o discurso de seu pai, pois chegou carta sua com uma cédula, logo cinqüenta coroas de uma vez. A família Brede fez um festim, fez extravagâncias, comprando carne e peixe no mesmo dia, para o almoço, e um lampião com enfeites de vidro, para a melhor sala da pensão.

Iam levando a vida assim, e que mais podiam querer? Viviam, sempre da mão para a boca, mas sem apreensões quanto ao futuro. Que mais se pode querer!

— Temos hóspedes! — disse Brede, e conduziu Isak e Eleseus à sala com o lustre novo. — Mas que vejo? Certamente não vais viajar, Isak?

— Não, vou apenas até a casa do ferreiro.

— Então deve ser Eleseus que vai de novo às cidades do Sul? Eleseus, acostumado a morar em hotéis, logo se sente em casa.

Pôs-se à vontade, pendurou o casaco e a bengala na parede e pediu café. Comida o pai mesmo trazia na cesta. Katerine entrou com o café.

— Não, vosmicês não vão pagar! — exclamou Brede. — Estive tantas vezes em Sellanraa e fui bem recebido, comi e bebi, e em casa de Eleseus tenho conta nos livros. Katerine, não deves cobrar um vintém!

Mas Eleseus pagou, tirou a bolsa e pagou direitinho, dando vinte oeres a mais. Nada de bobagens com ele.

Isak foi à casa do ferreiro e Eleseus ficou sentado ali mesmo.

Dirigiu algumas palavras a Katerine, mas não mais do que o estritamente necessário; preferia falar com o pai dela. Eleseus não se incomoda com moças, dir-se-ia escarmentado por elas e ter perdido o interesse. Sua indiferença faz crer que nunca teve tendências amorosas. Ali no campo, na zona agreste, é esquisito um homem como ele, um senhor elegante, com as mãos finas de alguém que escreve e o gosto de uma mulher por coisas de luxo, guarda-chuva, bengala e galochas. Escarmentado, transformado, um moço solteiro que não se podia compreender. Também não lhe crescia barba muito forte no lábio superior. O rapaz certamente tinha por quem puxar, vinha de boa família e começara bem, ia ser um homem capaz; depois entrara numa atmosfera artificial e mudara, não era mais o mesmo. Talvez fosse isso. Teria trabalhado com tanto afinco no escritório e no armazém que perdera toda a sua originalidade? Quem sabe? Talvez fosse essa a causa. Em todo caso, lá ia ele, bondoso, apático, sem entusiasmos nem paixões, prosseguindo, indiferente, mais e mais pelo caminho errado. Podia invejar qualquer homem no campo, mas nem isso fazia.

Katerine está acostumada a gracejar com os hóspedes e, para espicaçá-lo, perguntou se já ia outra vez ver a namorada que tinha no Sul.

— Tenho mais em que pensar — respondeu Eleseus. — Vou a negócios, vou estabelecer relações comerciais.

— Não deves ser tão adiantada com gente melhor, Katerine! — repreendeu-lhe o pai.

Brede Olsen trata Eleseus com atenção e deferência, é todo respeito e cortesia. E tem de ser mesmo, é sábia medida de sua parte, pois deve dinheiro em Storborg, está sentado perante seu credor. E Eleseus? Ah, ele gosta de cortesias e as retribui com bondade e gentilezas. Chama o outro "prezado senhor", só por brincadeira, e faz histórias. Contou que esquecera o guarda-chuva.

— Íamos justamente passando por Breidablik quando me lembrei do guarda-chuva!

— Vosmicê certamente vai visitar nosso pequeno negociante, cá da terra, essa noite, para tomar um trago? — perguntou Brede.

— Se eu tivesse estado só, iria — respondeu Eleseus —, mas estou com meu pai.

Brede estava bem humorado e continuou a prosa.

— Depois de amanhã, vem cá um sujeito que está de viagem, de regresso para a América.

— Veio visitar os seus?

— Sim. É lá da outra aldeia, lá de cima. Andou fora um bocado de anos e esteve em casa, com sua gente, no inverno. A mala dele já chegou com um carroceiro. É um malão e tanto!

— Eu mesmo já pensei em ir à América — disse Eleseus, sincero.

— Vosmicê? — exclamou Brede, admirado. — Precisa disso?

— Não pensei em ir para ficar. Que sei eu... Mas já fiz tantas viagens, que podia fazer mais essa.

— Só se for por isso. Devem ganhar um colosso de dinheiro e ter muitos recursos lá na América. Olha esse rapaz de que falei. Pagou as despesas de uma festa de Natal depois da outra, lá na aldeia de cima, nesse inverno. Quando vem aqui em casa, diz: "Me dê todo um caldeirão de café e todos os biscoitos que tens em casa!" Quer ver a mala dele?

Foram ao corredor e olharam a mala. Era uma maravilha, brilhando de metais e guarnições em todos os cantos, com três fechos, além da fechadura.

— À prova de gazua! — disse Brede, como se já o houvesse experimentado.

Tornaram a entrar na sala, mas Eleseus emudecera. Aquele americano da aldeia de cima o aniquilava, viajava como viaja uma alta autoridade, era lógico que Brede estivesse impressionado por um tal personagem. Eleseus pediu mais café e tentou também parecer rico, pediu biscoitos para o café e deu-os ao cachorro, mas assim mesmo sentia-se insignificante e oprimido. Que era sua própria mala comparada àquela maravilha! Lá estava ela, de pano-couro preto, com os cantos gastos e esbranquiçados, uma mala de mão. Por Deus, que ele ia comprar uma mala magnífica, quando chegasse ao Sul, ora se ia!

— Não deve dar nada ao cachorro, não vale a pena — disse Brede.

Eleseus de novo se tornara humano e afetava.

— Como esse cachorro está bonito e gordo! — disse ele.

Um pensamento puxou outro, interrompeu a conversa com Brede e saiu, foi ao galpão, onde estava o cavalo. Ali abriu a carta que recebera de casa. Apenas a enfiara no bolso sem examinar o dinheiro que ela continha; já antes recebera cartas assim de casa, e sempre elas continham várias cédulas, um auxílio para a viagem. Mas que seria aquilo? Era um grande pedaço de papel manilha, todo rabiscado pela pequenina Rebeca, para o mano Eleseus, e anexa havia uma cartinha da mãe. E que mais? Nada mais. Dinheiro, nada...

A mãe escrevia que não pudera pedir mais dinheiro ao pai dele, pois bem pouco restava da riqueza que tinham recebido pela jazida de cobre, tudo se fora com a compra de Storborg, de todas as mercadorias e com tantas viagens que ele, Eleseus, empreendia. Devia tentar arranjar-se sozinho com a viagem desta vez, pois o pouco dinheiro que restava devia pertencer aos seus irmãos, para que não ficassem completamente sem nada. Feliz viagem e carinhosas lembranças.

Nenhum dinheiro.

Eleseus não tinha o bastante para a viagem ao Sul. Limpara a caixa em seu armazém e não encontrara grande coisa. Bem tolo fora ele ao mandar recentemente dinheiro a seu fornecedor em Bergen, para saldar algumas faturas. Podia ter esperado com aquilo. Naturalmente fora leviano de sua parte pôr-se a caminho sem abrir a carta primeiro, podia ter-se poupado a viagem até a aldeia com sua mala miserável. Lá estava ele agora...

O pai voltou da casa do ferreiro, tendo conseguido o que queria, Jensine ia com ele no dia seguinte. Jensine não fizera oposição, não fora difícil persuadi-la; compreendera, desde logo, que em Sellanraa necessitavam de ajuda para o verão e concordava em vir. De novo agira de modo correto.

Enquanto o pai falava, Eleseus pensava nos seus próprios negócios. Mostrou ao pai a mala do americano, dizendo:

— Bem gostaria eu de estar lá de onde veio essa mala!

— De fato, não seria o pior! — respondeu o pai.

Pela manhã, o pai preparou-se para a viagem de regresso.

Comeu, atrelou o cavalo ao carro e passou pela casa do ferreiro, para apanhar Jensine e sua mala. Eleseus ficou, vendo-os partir, e quando desapareceram na orla da mata, pagou a despesa na pensão, dando gorjeta.

— Deixa minha mala ficar aqui, até que eu volte! — disse a Katerine, ao se retirar.

Aonde iria Eleseus? Só tem um lugar para onde ir: voltar para trás, voltar para casa. Tomou o caminho pelo campo acima, tendo o cuidado de andar tão perto quanto possível do pai e de Jensine, mas sem ser visto. Andou, andou, andou... Começou a invejar cada morador do campo.

Eleseus é um caso perdido. Pena...

Não tem seu comércio em Storborg? Mas aquilo não dá para ser grande senhor, ele faz muitas viagens divertidas para estabelecer relações comerciais, isso custa demais, suas viagens não são baratas. Não devemos ser mesquinhos, diz ele, e paga vinte oere, quando poderia gastar dez. O comércio não pode sustentar esse homem pródigo, esbanjador. Ele necessita de subvenção de casa. A essas horas, as terras de Storborg produzem batatas, trigo e feno para o gasto, mas todos os outros mantimentos têm de vir de Sellanraa. E é só isso? Não, Sivert tem de transportar gratuitamente as mercadorias de Eleseus, na carroça, do porto até a casa. Mas isso é tudo? Ainda não. A mãe tem de lhe arranjar dinheiro, com o pai, para as viagens. Mas agora é tudo? Não. O pior ainda vem.

Eleseus negocia como um idiota. Sente-se tão lisonjeado com o fato de vir gente da aldeia comprar em seu armazém de Storborg, que de boa vontade fornece a crédito. À medida que se ia espalhando na região que ele vendia fiado, mais e mais gente vinha comprar, aquilo foi um deus-nos-acuda. Eleseus não tinha mãos a medir, o armazém se esvaziava de mercadorias, se enchia de novo e tornava a esvaziar-se. Todo esse movimento custava muito dinheiro. Quem paga tudo? O pai.

No começo, a mãe sempre advogara a sua causa: Eleseus era o cérebro da família, tinha de tomar um bom impulso inicial; bastava lembrar como comprara Storborg barato e como soubera, com absoluta exatidão, quanto queria dar pela propriedade! Quando o pai achava que Eleseus, com aquela brincadeira, estava só matando o tempo e esbanjando dinheiro, a mãe intervinha: como podia ele atrever-se a dizer coisa assim! Repreendia-o por suas expressões grosseiras, era como se o bruto do Isak estivesse se excedendo, tomando demais liberdade perante Eleseus.

É que a mãe já estivera fora dali, já viajara, e compreendia que Eleseus, para falar a verdade, estava se perdendo ali no campo, ele que se acostumara a coisa melhor, a mover-se na grande sociedade. Ali lhe fazia falta a companhia de gente à sua altura. Gastava demais com gente imprestável, mas não o fazia por maldade, nem para arruinar os pais; agia assim por causa de seu bom caráter, tinha por força que ajudar os que estavam abaixo dele. Era o único homem na região que usava lenço branco, sempre lavado de novo. Se quando o povo do lugar o procurava, confiante, querendo comprar a prazo, ele recusasse, isso podia ser mal interpretado, podiam julgar que ele, afinal de contas, não era o bom sujeito que em geral se acreditava. E, além disso, ele tinha compromissos, como o único homem de cidade, único gênio ali no campo.

Tudo isso a mãe tomava em consideração.

Mas o pai, que não entendia patavina daquilo tudo, um dia lhe abriu os olhos e os ouvidos, ao dizer:

— Olha aqui. Este é o resto do dinheiro que recebi pela jazida.

— Ah, é? E o resto? Onde está?

— O resto, Eleseus o gastou.

Ela bateu as mãos, num gesto de espanto e exclamou:

— Mas então ele que use a cabeça!

Pobre Eleseus, dissipado, transtornado. Provavelmente devia ter sido a vida inteira homem do campo. Aprendendo a escrever letras, fora reduzido a isso, a um homem sem energia, sem profundeza. Mas não é homem de espírito negro, nem satânico; não é apaixonado nem ambicioso, não é quase nada, não é nem um grande malandro.

Há nele algo de malfadado, de funesto, é como se um mal o carcomesse por dentro. Talvez tivesse sido melhor se o bom engenheiro distrital não o tivesse descoberto, ainda criança. Ao levá-lo consigo e fazer dele alguma coisa na vida, certamente lhe arrancara as raízes, na infância, deixando-o desnorteado. Tudo quanto Eleseus agora empreende indica algo de danificado, pervertido, dentro dele, algo escuro sobre um fundo claro.

Eleseus andou, andou sem se deter. Os dois no carro passaram por Storborg. Eleseus, descrevendo uma curva, também passou por Storborg; que iria ele fazer em sua casa, em seu armazém? Os dois chegaram a Sellanraa à noite e Eleseus lhes veio nos calcanhares. Viu Sivert sair, admirar-se ao dar com Jensine, viu os dois trocarem um aperto de mãos e rirem-se um pouco. Em seguida, Sivert tomou o cavalo e foi à cocheira.

Aí Eleseus atreveu-se a aparecer. O orgulho da família aventurou-se a aparecer. Não caminhou a passos firmes, esgueirou-se furtivamente até encontrar Sivert na cocheira.

— Sou eu, apenas — disse ele.

— Também tu! — disse Sivert, de novo admirado.

Os dois irmãos começaram um colóquio em voz abafada; tratava-se de Sivert fazer a mãe arranjar algum dinheiro, um último recurso, dinheiro para viagem. Assim não podia mais continuar, Eleseus estava farto daquilo tudo, pensou maduramente no caso, tem de ser ainda naquela noite, uma viagem longa, para a América, na mesma noite.

— América? — disse Sivert, em voz alta.

— Psiu! Pensei muito tempo nisso. Deves, agora, convencer a mãe, assim não pode mais continuar, já pensei muito em tudo isso.

— Mas, América? — insistiu Sivert. — Não, não deves fazer isso!
— Só isso! Não há outra saída. Se eu voltar agora, ainda alcanço o barco.
— Não vais comer primeiro?
— Não estou com fome.
— Não queres dormir um pouco?
— Não.
Sivert queria bem ao irmão e tentou retê-lo, mas Eleseus ficou firme. Uma vez na vida ficou firme. Sivert estava desnorteado. Primeiro fora a surpresa ao ver Jensine e, agora, Eleseus queria, de uma hora para outra, deixar o campo, por assim dizer deixar este mundo.
— Que vais fazer com Storborg? — perguntou.
— Andresen pode ficar com tudo — respondeu Eleseus.
— Andresen? Como assim?
— Ele não vai ficar com Leopoldina?
— Não sei. Creio que sim.
Falaram ainda uma porção de tempo, sempre em voz baixa.
Sivert opinou que o melhor seria o pai vir para que Eleseus falasse diretamente com ele, mas Eleseus absolutamente não queria saber disso. Ele nunca fora homem para enfrentar uma situação como essa, sempre necessitara de intermediário. Sivert explicou:
— A mãe, sabes como é. Com ela perto, não chegas a nada, de tanta choradeira e falatório. Ela nem deve saber o que se passa.
— Não — concordou Eleseus — ela não deve saber de nada. Sivert foi, ficou fora uma eternidade, e voltou com dinheiro, muito dinheiro.
— Toma, é tudo quanto ele tem. Achas que chega? Conta.
Ele não contou.
— Que disse o pai?
— Não disse muita coisa. Espera um pouquinho agora, que eu vou-me vestir e te acompanho.
— Não deves fazer nada disso. Deves deitar-te.
— Tens medo do escuro, talvez? De ficar só aqui na cocheira? — perguntou Sivert, numa pobre tentativa de pilheriar.
Ausentou-se por um momento e voltou, vestido, trazendo também ao ombro a cesta de comida do pai. Saíram da cocheira e deram de cara com o velho.
— Ouvi que queres viajar para tão longe? — disse o velho.
— Sim — respondeu Eleseus — mas eu volto.
— Não quero te deter agora, está na hora... — murmurou o velho e voltou-se para ir. — Feliz viagem! — disse ainda, numa voz estranha e afastou-se rapidamente.
Os irmãos caminharam através do campo. Já longe, sentaram-se e comeram. Eleseus estava com fome, quase não pôde parar de comer. Era uma noite de primavera, calma e bonita, havia galos selvagens brincando nas colinas e o ruído familiar fez o emigrante desanimar por um momento.

— Tempo bonito... — disse ele. — Agora deves voltar, Sivert! — Hum... — disse Sivert, continuando ao seu lado.

Passaram por Storborg, por Breidablik. Por todo o caminho, em uma ou outra colina, os galos do mato brincavam. Não havia música da banda, como nas cidades, mas havia vozes que proclamavam: a primavera chegou. De repente, ouviu-se o primeiro pássaro canoro, na copa de uma árvore; acordaram outros, houve perguntas e respostas por toda parte, mais do que uma canção, um hino. O emigrante, sem dúvida, sentiu a primeira saudade, sentiu a desolação, estava a caminho da América, e não poderia haver alguém mais maduro para isso do que ele.

— Mas, agora, deves voltar, Sivert! — repetiu.

— Sim, sim... — respondeu o irmão — já que assim o queres.

Sentaram-se na orla da mata, viram a aldeia estendida em sua frente, as casas de negócio, a ponte de embarque, a pensão de Brede. Homens moviam-se lá embaixo, em torno do barco de passageiros, preparando sua partida.

— Acho que não tenho mais tempo de ficar por aqui sentado — disse Eleseus, pondo-se de pé.

— Imagina, viajares para tão longe... — disse Sivert.

— Mas eu voltarei — respondeu Eleseus. — E aí não virei com uma mala de viagem de pano-couro!

Quando fizeram as despedidas, Sivert deu ao irmão um pequeno objeto envolto em papel.

— Que é isso? — perguntou Eleseus.

— Deves escrever muitas vezes — respondeu Sivert, afastando-se.

Eleseus abriu o papel e olhou. Era a moeda de ouro, as vinte coroas em ouro.

— Não deves fazer isso! — gritou ele. Sivert ia-se distanciando.

Andou um pouco e sentou-se, de novo, na orla da mata. Lá embaixo, em roda do barco, o movimento ia aumentando. Sivert via gente embarcando, viu o irmão também subir a bordo. O barco largou e foi-se afastando do cais. Eleseus iniciara a viagem à América.

Nunca mais voltou.

CAPÍTULO XI

Uma estranha caravana vem subindo em direção a Sellanraa.

Em conjunto talvez fosse um pouco ridícula, mas não é apenas ridícula. São três homens carregando enormes fardos, sacos que lhes pendem para a frente, no peito, e pelas costas abaixo. Vão em fileira de ganso e atiram gracejos um ao outro, mas carregam grande peso. O pequeno encarregado Andresen abre a fila. Aliás é sua caravana. Ele equipou a si mesmo, a Sivert de Sellanraa e ainda um terceiro, Fredrik

Stroem de Breidablik, para a expedição. É um sujeitinho atirado, o tal de encarregado Andresen; tem um ombro inclinado, enviesado para o chão e seu paletó está torto, puxado do pescoço, a tal ponto vai carregado, mas leva seu fardo, galhardamente. Não comprou, sem mais nem menos, Storborg e o negócio deixado por Eleseus, pois para tanto não tinha posses; para ele foi melhor esperar e, talvez, mais tarde conseguir tudo por nada. Andresen não é homem sem préstimos; por enquanto, arrendou a propriedade e dirige o negócio.

Examinou o estoque de mercadorias existente e encontrou uma infinidade de artigos invendáveis no armazém de Eleseus, desde escovas de dentes, toalhinhas bordadas para mesa e até passarinhos montados em molas de arame, que piam quando se os apertam num determinado ponto.

Com todas essas mercadorias ele se pôs a caminho, numa excursão, na qual as quer vender aos operários das minas, do outro lado da montanha. Sabe de experiência, do tempo em que trabalhou com Aronsen, que operários de minas, com dinheiro no bolso, compram tudo o que aparece. Apoquentava-o só que tivera de deixar para trás seis cavalinhos de pau que Eleseus comprara na sua última viagem a Bergen.

A caravana chegou a Sellanraa e arriou os fardos. Não repousaram por muito tempo; assim que tomaram leite e, por brincadeira, ofereceram suas mercadorias a todos os moradores da quinta, tornaram a pôr a carga às costas e continuaram viagem. Não é apenas brincadeira o que estão fazendo. Vão rompendo para a frente, em direção sul, cortando a floresta.

Andaram até o meio-dia, pararam, comeram, e em seguida andaram até a noite. Aí, acamparam, deitaram e dormiram algum tempo. Sivert ficou dormindo numa pedra à qual chama poltrona. Sivert é sabido, como bom camponês. O sol aqueceu a pedra durante todo o dia, tornando-a boa para se sentar em cima e dormir. Seus companheiros, que não sabem dessas coisas, não quiseram aceitar conselhos, deitaram-se entre as urzes, na terra, e acordaram com calafrios e constipados. Comeram e continuaram a jornada.

À medida que prosseguem vão apurando o ouvido, esperando ouvir detonações e encontrar operários e minas em exploração durante o dia, pois o trabalho já deve ter progredido muito, vindo do mar em direção a Sellanraa. Não ouviram explosões. Andaram até o meio-dia sem encontrar gente, mas passando, de vez em quando, por grandes buracos cavados no chão, lavras experimentais. Que quererá dizer tudo isso? Deve, certamente, significar que o minério é extraordinariamente rico naquela parte da montanha, os homens trabalham no puro cobre, pesado, e por isso avançam muito devagar.

Por volta do meio-dia, encontraram mais lavras, mas gente, nada. Andaram até a noite e já viam o mar mesmo ali embaixo. Peregrinaram através de um campo ermo, todo cavado por lavras abandonadas, e, por mais que escutassem, não ouviram detonações. Aquilo já estava por demais estranho. Tiveram de acender fogo e acampar uma noite mais. Trocaram idéias: o trabalho teria terminado? Teriam, agora, de voltar com sua carga? "— Isso não, é fora de cogitação!", logo opinou o encarregado Andresen.

Ao raiar o dia, um homem veio vindo em direção ao seu acampamento, um homem de aspecto abatido, macilento, que franziu o cenho e os fitou com olhar penetrante.

— És tu, Andresen? — perguntou o homem. Outro não era senão Aronsen, o negociante Aronsen. Ele nada tem em contrário a tomar um café quente e partilhar o famel da caravana, e sentou-se entre eles. — Vi a fumaça aqui, do acampamento de vocês, e vim ver o que era — explicou. — Pensei cá comigo: vais ver, vão criar juízo e recomeçar o trabalho. Mas então são só vocês! Aonde vão?

— Para cá mesmo.
— Que levam aí?
— Mercadorias.
— Mercadorias! — gritou Aronsen. — Vêm aqui vender mercadorias? Para quem? Aqui não há gente. Todos foram embora, no sábado.
— Quem foi embora?
— Todos. Aqui não ficou ninguém. E além disso, eu tenho mercadoria que chega e sobra. Tenho o armazém cheio. Podem comprar o que quiserem aqui...

Mais uma vez o comerciante Aronsen via-se em situação desesperadora. O trabalho de mineração parara.

Conseguiram acalmá-lo com mais café e o interrogaram. Oprimido e desanimado, Aronsen sacudiu a cabeça.

— É uma coisa incrível! Isso não se compreende! — foi dizendo.

Tudo ia bem, ele vendia muito e ajuntava dinheiro, a aldeia ao redor prosperava, ali havia recursos para comprar farinha da melhor, branca, para uma escola nova, para lustres artísticos e sapatos de cidade. Aí. os grandes senhores acharam que a mineração não compensava mais, pararam o trabalho. Não compensava? Como é que antes compensava? O cobre puro não aparece à luz do dia, a cada detonação? Tudo safadeza, ladroeira, e da grande... Eles lá querem saber se põem um homem como ele em situação aflitiva? Mas devia ser, como ouvira dizer, andar de dedo, de Geissler naquilo, outra vez. Nem bem Geissler aparecera, e já o trabalho tinha parado. Ele parecia cheirar as coisas...

— Então a tal de Geissler está aqui?
— Então não está! Onde mais devia estar! Por mim, devia estar é morto, com um tiro na cabeça! Chegou um dia, com o barco de passageiros, e disse ao. engenheiro: "Então, coma vão as coisas?" "A meu ver, vão bem", respondeu a engenheiro. Mas Geissler ali estava, tornou a perguntar: "Então, vai tudo bem, hem?" "Sim, que eu saiba, vamos indo..." respondeu o engenheiro. Mas assim que abriram a mala postal

foi a conta, havia carta e telegrama para a engenheiro, mandando, dizer que não, valia mais a pena continuar, ele que mandasse parar tudo, de uma vez! Os camponentes da caravana olharam um para o outro, mas o chefe Andresen não parecia ter perdida a ânimo.

— Devem voltar para casa o quanto antes! — aconselhou Aronsen.

— Pois é o que não, faremos — respondeu Andresen, enquanto, embrulhava o caldeirão do café.

Aransen fitou os três, um depois do outro.

— Vocês estão, é doidos! — disse ele.

O encarregado Andresen bem pouco se incomodou com seu antigo chefe, agora o chefe era ele mesmo, equipara a expedição para ir a regiões distantes; seria, para ele, perda de prestígio, voltar para trás, dali mesmo.

— E para ande querem ir? — perguntou Aronsen, azedo.

— Não, sei ainda — retrucou Andresen. Mas ele certamente tinha uma idéia. Devia estar contando, com os nativos, com os antigos habitantes do lugar. Eles eram três homens carregados, de pérolas de vidro, e anéis.

— Vamos embora! — acrescentou, dirigindo-se aos companheiros.

Ora, naquela manhã, Aronsen pretendera, de início, ir mais longe, pela montanha, já que se pusera a caminho e andara tanto; queria ver, com os próprios olhos, se todas as minas estavam desertas, se era verdade que todas os homens tinham ido embora. Mas vendo aqueles vendedores ambulantes, de saca às costas, tão abstinados e decididos a prosseguir viagem, não pôde levar a cabo, seu intento, teve de ficar para dissuadi-los sempre, de novo, de sua loucura, evitar que fossem adiante. Furioso, Aronsen pôs-se a marchar em frente à caravana, voltando-se a cada instante e gritando, para os moços, tentando, opor-se ao seu avanço, defendendo a região que era dele. Assim chegaram até a cidade de barracas.

O agrupamento de casas estava vazio e desolado. Os mais importantes utensílios e máquinas haviam sido guardados dentro de uma casa, mas caibros, tábuas, carroças quebradas, caixas e barris andavam atirados a esmo por ali, por toda parte via-se material abandonado. Em uma ou outra casa viam-se placas proibindo a entrada.

— Aí podem ver! — gritou Aronsen. — Não há mais um gato-pingado por aqui! Aonde querem ir?

Ameaçou a caravana com grandes desgraças e com o *lensmand*; ele mesmo a seguiria, passo a passo, para fiscalizar e apanhá-la vendendo sem licença artigos de venda proibida. Aquilo ia dar cadeia e trabalhos forçados, no duro!

De repente, alguém chamou Sivert. Então o lugar não estava inteiramente abandonado, não era uma cidade morta. Um homem surgira no canto de uma casa, acenando para eles. Sivert, carregando seu fardo, encaminhou-se até lá e viu quem era: Geissler.

— Tu, por aqui? — disse Geissler.

Estava corado, de bom aspecto, mas seus olhos evidentemente não suportavam o sol de primavera, pois usava óculos de vidro fosco. Sua fala era a mesma de antes, animada.

— Foi um acaso feliz encontrar-te aqui — prosseguiu —, poupa-me a jornada até Sellanraa. Tenho tanta coisa a cuidar... Mas dize-me uma coisa: quantas lavouras novas existem agora no *almenning?*
— Dez.
— Dez novas colônias? Isso, sim. Fico satisfeito ao sabê-lo. Deviam ser trinta e dois mil homens como teu pai aqui na terra! Sei porque o digo. Fiz o cálculo direitinho e cheguei a esse resultado.
— Tu vens, Sivert? — gritaram os companheiros. Geissler os ouviu e respondeu prontamente: — Não! — Irei atrás — gritou Sivert, e arriou o fardo.

Os dois sentaram-se e conversaram, Geissler estava em ótimo estado de espírito, falando o tempo todo, apenas se calando cada vez que Sivert dava uma breve resposta, para em seguida recomeçar com mais ardor.
— Que encontro feliz, não o posso esquecer. Em geral nesta viagem tudo dá tão certo! E, agora, essa sorte de te encontrar, aqui e poupar-me a volta por Sellanraa! Vai tudo bem em casa?
— Tudo bem, obrigado.
— Acabaram o paiol de forragem em cima do estábulo de pedra?
— Já.
— Eu, aliás, ando tão ocupado, não sei onde tenho a cabeça, acho que nem darei mais conta de tudo. Sabes, por exemplo, onde estamos sentados agora? Na ruína de uma cidade. Os homens a construíram contrariando a si mesmos. Verdadeiramente sou eu o culpado de tudo, isto é, sou um dos intermediários num pequeno jogo do destino. Começou com teu pai achar algumas — pedrinhas no monte e te deixar brincar com elas, quando eras criança. Foi assim que começou. Eu sabia muito bem que essas "pedras tinham apenas o valor que o homem lhes quisesse dar. Ora, dei-lhes um valor, determinei um preço por elas e as comprei. Daí para cá, as pedras foram passando de mão em mão, fazendo um estrago tremendo. O tempo foi correndo. Vim aqui há uns dias, sabes para que? Vim comprar de volta as pedras!

Geissler calou-se e fitou Sivert. Viu, também, o saco e perguntou subitamente:
— Que é que carregas aí?
— São mercadorias — respondeu Sivert. — Vamos à aldeia com elas.
Geissler parecia não ter interesse pela resposta, talvez nem a tivesse ouvido, pois continuou sua arenga.
— Vim, então, comprar de volta as pedras. A última vez deixei meu filho vender, é um moço, de tua idade, mais nada. Na família, ele é o relâmpago e eu sou a névoa. Eu sou dos tais, que sabem o que é o certo, o verdadeiro, mas não o praticam. Mas ele é o relâmpago, agora pôs-se a serviço da indústria. Foi quem vendeu, em meu lugar, a última vez. Eu sou qualquer coisa, ele não é nada, é apenas o relâmpago, é o homem moderno, de hoje, apressado. Mas o relâmpago, por si só, sem outra

função além de ser relâmpago, é estéril. Olha a tua gente, de Sellanraa: contempla todos os dias os picos azuis, que não são invenções recentes do homem, mas montanhas antigas, profundamente ancoradas no mais remoto passado; tua gente as tem como companheiras. Os teus ali vivem com o céu e a terra, de que são parte, são uma parcela do todo, amplo e imenso, sólido e arraigado. Os teus não precisam levar a espada na mão, levam a vida de mãos vazias e cabeça descoberta, no coração de um mundo amigo. Vês! Ali está a natureza, é tua e dos teus! O homem e a natureza não se bombardeiam, dão razão um ao outro, não concorrem um com outro, não se empenham numa corrida para vencer um ao outro, mas caminham ao lado um do outro. No meio de tudo, anda a tua gente de Sellanraa. As montanhas, a floresta, os brejos e prados, o céu e as estrelas... Ah, não há ali pobreza nem rações medidas, ali não há medidas... Ouve-me, Sivert: sê contente! Os teus têm do que viver e por que viver, têm no que acreditar, os teus dão vida, criam, e produzem, são indispensáveis na terra. Nem todos o são, mas os teus o são: indispensáveis na terra. Os teus mantêm a vida. De geração em geração, os teus plantam e criam, e, quando morrem, a descendência continua a procriar. É isso o que se chama a vida eterna. Que recebem em paga? Uma existência de razão, e poder, uma existência que tudo encara do modo correto, com inocência e virtude. Que compensação têm os teus? Ninguém, dirige ou governa seu povo de Sellanraa, que tem sossego e, autoridade, que vive envolto na grande amizade. Eis o que os teus recebem em paga. Vivem num seio, brincam com uma quente mão materna, e sugam a vida. Penso em teu pai, que é um dos, trinta e dois mil. E que são tantos outros? Eu sou qualquer coisa, sou a névoa, estou por toda parte, sobrenado, sou chuva em terra seca. Mas os outros? Meu filho é o raio, que por si nada é, é o lampejo passageiro e estéril, ele sabe agir. Meu é filho é o tipo de nossos dias, é o homem de hoje, acredita sinceramente. no que o tempo lhe ensinou, no que o judeu e o ianque ensinaram; a isso só posso menear a cabeça. Mas nada tenho de místico, é apenas na minha família que sou a névoa. Aí estou eu, meneando a cabeça. A verdade é esta: falta-me a capacidade para o procedimento irrepreensível. Se eu tivesse tal capacidade, eu mesmo poderia ser o raio. Assim, sou a névoa.

Geissler como que voltou a si de repente e perguntou:

— Já acabaram o paiol de feno em cima do estábulo de pedra?

— Já. E o pai fez mais uma casa.

— Que? Mais uma casa?

— Para quem chegar de fora, diz ele, para o caso de Geissler chegar.

Geissler pensou no caso e decidiu:

— Então devo vir, claro. Sim, irei até lá, pode avisar teu pai. Mas ando tão ocupado! Estive com o engenheiro daqui e lhe disse: "Dê lembranças minhas aos senhores lá na Suécia: e diga-lhes que quero comprar!" Resta ver, agora, no que vai dar. Para mim, é tudo a mesma coisa, não tenho pressa. Devias ter visto o engenheiro. Ele tocou o serviço aqui, manteve tudo em funcionamento, com gente e cavalos, dinheiro e máquinas e muito alarde, coitado, pensava que estava fazendo o que é certo não sabia melhor. Quanto mais pedras pudesse transformar em dinheiro, melhor, imaginava estar fazendo alguma coisa muito meritória, arranjava dinheiro para a aldeia, para a nação. Corria, a passos de gigante, para uma catástrofe e não o percebia. Não é de dinheiro que o país precisa, o país tem dinheiro de sobra; o que falta são homens como teu pai. Imagina, alguém transformar os meios em fins e ainda se orgulhar disso! São doentes e doidos, não trabalham, não conhecem o arado, conhecem apenas os dados. Não é meritório aniquilar-se a si mesmo em sua loucura? Olha, eles arriscam tudo! O único erro é que jogar não é arrojo, não é nem ao menos coragem, é temor. Sabes o que é o jogo? É o medo, com fronte suada. É o que é. O erro é que não querem marcar passo com a vida, querem ir mais depressa, adiantar-se à vida, correm, penetram à força, como cunhas, na vida. Mas aí os flancos reclamam: Pára aí, alguma coisa está quebrando, acha um remédio, uma solução! alto! dizem os flancos. Assim a vida os vai esmagando, de mansinho, mas com certeza. E aí começam os lamentos, as queixas sobre a vida, a fúria contra a vida! Cada um deve fazer como quiser e gostar, uns terão motivo para queixas, outros não, mas ninguém devia se enfurecer contra a vida. Não deviam ser severos, justos e duros para com a vida, deviam ser piedosos e defendê-la. Basta pensar que jogadores a vida deve suportar!

De novo, Geissler voltou a si e disse:

— Deixemos isso como está.

Sentia-se evidentemente cansado, começou a bocejar.

— Vais descer? — perguntou.

— Vou.

— Mas não há pressa. Deves-me uma longa excursão à montanha, Sivert, ainda te lembras? Eu me lembro de tudo. Lembro-me até de quando eu tinha um ano e meio. Eu me inclinava de uma ponte, em Carmo, e sentia um certo cheiro. Ainda hoje me lembro desse cheiro. Mas deixa estar isso tudo. Podíamos ter feito a excursão agora, se não tivesses esse saco. Que tens no saco?

— Mercadorias. São de Andresen, que as quer vender.

— Eu sou, pois, um homem que sabe o que se deve fazer, mas não o faz — continuou Geissler. — Isso deve ser entendido ao pé da letra. Eu sou a névoa. Agora, eu talvez compre de volta a jazida, um dia desses, não é nada impossível. Mas nesse caso não andarei olhando para as nuvens, dizendo: "Caminho aéreo! América do Sul!". É o que fazem os jogadores. O povo daqui pensa que eu sou o diabo em pessoa, já que eu sabia de antemão que isso ia quebrar. Mas nada há de místico em mim, tudo é muito simples: as novas jazidas de cobre em Montana. Os ianques são jogadores mais espertos do que nós, nos matam com sua concorrência na América do Sul. Nosso minério é pobre demais. Meu filho é o raio, obteve a informação e eu logo vim flutuando para cá. É tudo tão simples... Eu me antecipei de algumas horas aos senhores na Suécia. E é só.

Geissler tornou a bocejar, ergueu-se e disse: — Se vais descer, vamos indo!

Tomaram o caminho para baixo, Geissler oscilando atrás, fatigado. A caravana parou junto à ponte de embarque; no cais, o alegre Fredrik Stroem está-se divertindo a valer à custa de Aronsen.

— Estou sem tabaco aqui, o senhor tem algum?

— Já te dou tabaco! — respondeu Aronsen.

Fredrik riu-se e o consolou:

— O senhor não deve ficar tão desesperado por isso, Aronsen! Só vamos ainda vender essas mercadorias, na sua frente, depois vamos embora, para casa.

— Vai-te embora, vai lavar esta tua boca suja! — gritou Aronsen, irado.

— Ah-ah-ah! Mas agora não fica aí, pulando e dançando. Quero ver o senhor como uma pintura!

Geissler estava cansado, muito cansado, até com os óculos escuros os olhos se lhe queriam fechar, na claridade primaveril.

— Adeus, Sivert! — disse, de repente — não posso, assim mesmo, ir a Sellanraa, desta vez. Dize-o a teu pai, sim? Ando muito ocupado. Mas avisa-o de que irei, mais tarde.

Aronsen, ao vê-lo passar, cuspiu atrás dele e exclamou: — Só dando um tiro nesse sujeito!

Em três dias, a caravana vendeu tudo, até esvaziar os sacos, e conseguiu bons preços. Foi um negócio brilhante. O povo da aldeia ainda tinha dinheiro, pois a quebra da companhia fora recente, e estava treinado em matéria de gastá-lo. Precisavam daqueles passarinhos com pernas de arame, para colocá-los na cômoda, no quarto; compravam, também, bonitas facas de cortar papel para abrir o almanaque. Aronsen esbravejava.

— Como se eu não tivesse coisas tão bonitas como essas na minha loja! — vociferou.

O negociante Aronsen viu-se em apuros. Deliberara seguir e vigiar aqueles vendilhões, mas estes, a certa altura, se separaram, cada um tomando seu caminho pela aldeia, e ele se fazia em pedaços para perseguir os três. Desistiu, por isso, primeiro de acompanhar Fredrik Stroem, por ser o mais ligeiro na réplica, não tendo papas na língua; em seguida desistiu de Sivert porque ele não lhe dava uma palavra, mas só vendia; preferiu, por isso, seguir seu ex-empregado e prejudicar-lhe o negócio nas casas. Mas o encarregado Andresen conhecia seu antigo chefe e sabia quão pouco ele entendia de comércio e de artigos de venda proibida.

— Então achas que é permitida a venda de linha de carretel, inglesa? — perguntou Aronsen, com ares de entendido. Não é proibido?

— É — respondeu Andresen —, mas eu não carrego carretéis de linha aqui. Isso eu vendo lá embaixo, no campo. Não trago um único carretel de linha, pode ver!

— Seja lá como for. Mas vês que eu sei o que é proibido. A mim tu não ensinas.

Aronsen agüentou um dia inteiro, mas aí desistiu, deixou também Andresen em paz e foi para casa. Os mascates viram-se livres da fiscalização.

Foi aí que o negócio começou a ir de vento em popa. Era no tempo em que as mulheres usavam tranças postiças e o encarregado Andresen era mestre em vender tranças postiças. Conseguia vender tranças louras para moças morenas e só tinha a lamentar que não houvesse tranças ainda mais claras, cinzentas, que eram as mais valiosas. Todas as noites os rapazes se encontravam num ponto combinado, relatavam as ocorrências do dia e um tomava emprestado aos outros os artigos de que vendera todo o estoque. Andresen tomava então de uma lima e raspava a marca alemã de um apito para caça ou afastava a marca "Faber" das canetas. Andresen era um trunfo, sempre fora.

Sivert, porém, revelou-se uma decepção. Não que ele fosse um moleirão e falhasse na venda de mercadorias. Vendia até mais que os outros, mas recebia muito pouco dinheiro por elas.

— Tu não falas bastante, não tens lábia — disse Andresen.

Não, Sivert não tinha lábia, era legítimo homem do campo, calmo e de poucas palavras. Que havia para falar? Além disso, Sivert queria estar pronto até o dia santo e voltar para casa, havia muito trabalho no campo.

— É Jensine que o chama de volta! — opinou Fredrik.

O mesmo Fredrik também tinha seu trabalho de primavera que o esperava e pouco tempo havia para desperdiçar. Mas ainda assim, não é que ele achou de ir à casa de Aronsen, no último dia, só para ficar batendo boca?

— Quero vender-lhe os sacos vazios — disse Fredrik. Andresen e Sivert ficaram do lado de fora, esperando, enquanto isso. Ouviram a mais acalorada discussão partindo do armazém, e de vez em quando, a risada de Fredrik. As tantas, Aronsen abriu a porta da loja e mandou-o pôr-se no olho da rua. Fredrik não vinha, não tinha pressa e continuava a falar, o último que ouviram do lado de fora foi que ele tentava vender a Aronsen os cavalinhos de pau.

Aí a caravana tomou o caminho de casa. Três rapazes cheios de mocidade e saúde. Cantavam, enquanto iam indo, dormindo algumas horas no alto do monte — e continuaram a jornada. Quando, na segunda-feira, chegaram a Sellanraa, Isak começara a semear. O tempo era próprio: ar úmido e, de vez em quando, o sol aparecia, um arco-íris enorme estendido no céu, de lado a lado.

A caravana se desfez. Adeus, Adeus...

Lá vai Isak, semeando, um tronco de homem, uma figura de gigante. Vai em roupas de fabricação caseira, a lã é de suas próprias ovelhas, as botinas do couro de seus novilhos e vacas. Anda religiosamente de cabeça descoberta, quando semeia. Bem no vértice da cabeça é calvo, mas a não ser isso, tem cabelo até demais, há uma roda formada por cabelo e barba, em volta de sua cabeça. É Isak, o margrave.

Raramente sabe que dia e mês é. Ele lá precisa disso! Não tem contas a saldar, as cruzinhas na folhinha indicam quando as vacas vão ter cria. Mas sabe quando é dia de S. Olavo, no outono, sabe que então já recolheu feno seco, e sabe quando é a festa da Purificação, na primavera, e que três semanas depois, dessa festa burso desperta do sono de inverno; aí, toda a semente já deve estar no chão. Sabe tudo quanto é importante saber.

Ele é homem do campo, de corpo e alma, é lavrador sem descanso. É um homem que ressurgiu do passado e aponta para o futuro, é remanescente da primeira lavoura, pioneiro da agricultura do passado, com novecentos anos de idade, e assim mesmo o homem do dia, atual.

Nada mais lhe resta do dinheiro das jazidas de cobre, tudo se evaporou. E quem tem alguma coisa de sobra, agora que as minas de novo jazem abandonadas? Mas o *almenning* ali está, com dez lavouras e convidando outras centenas.

Aquele chão não dá nada? Ali dá tudo: homens, animais e plantas. Isak semeia. O sol da tarde brilha nos grãos, lançados de sua mão, que descrevem um arco e caem na terra como gotas de ouro. Sivert vem, e vai gradear a terra, depois passará o rolo e de novo a grade. A floresta e os picos das montanhas os contemplam, majestosos e possantes. Ali há coesão, há propósito.

Ouve-se ao longe, na encosta, o tilintar dos cincerros, que se aproxima cada vez mais. São os animais que, ao anoitecer, procuram o aprisco. São quinze vacas e quarenta cabeças de gado miúdo, perfazendo ao todo três vintenas. As mulheres vão indo ao estábulo de verão, com suas muitas vasilhas para leite, que carregam em varas atravessadas no ombro. São Leopoldina, Jensine e Rebeca. Vão as três, descalças. a margravina não está com elas, a própria Inger ficou, preparando a comida. Bela e altiva, ela reina em sua casa, uma vestal, zelando pelo fogo num fogão de cozinha. Mas ainda assim, Inger já viajou pelo mar grande e esteve na cidade, e agora está de novo em sua casa. O mundo é imenso, regurgita de minúsculos pontinhos. Inger é um deles. Quase nada, em toda a Humanidade, um único pontinho.

E a noite cai sobre o campo.

A presente edição de OS FRUTOS DA TERRA de Knut Hamsun é o Volume de número 9 da Coleção Excelsior. Capa Cláudio Martins. Impresso na Líthera Maciel Editora e Gráfica Ltda., à rua Simão Antônio 1.070 - Contagem, para a Editora Itatiaia, à Rua São Geraldo, 67 - Belo Horizonte - MG. No catálogo geral leva o número 01007/7B. ISBN. 85-319-0705-5